X

MANDARAGE X

FURUKAWA HIDEO

曼陀羅華X

古川日出男

新潮社

Live Coverage of the Apocalypse
黙示録（アポカリプス）の生放送

目次

第一部　1995－2003

大文字のX

1

私たちの東京は静かだ。たとえば雨の朝、息子と私はともにレインコートを着て、外出する。息子のそれは黄色、私のは薄茶色で、メーカーは同じだけれども揃いではない。また、息子はゴム長靴を履いているけれども私は履かない。長靴の色は？　きれいな白色《ホワイト》だった。足もとが目立つことを私は歓迎した。息子も歓《よろこ》んだ。

跳ねて、跳ねて、歩いた。

手をつないでいる時間は短い。私たちはしばしば、握ってもたちまち離す。他のことに必要だからだ。手が。腕が指が、手の甲も掌も。だから私たちには、傘は邪魔なのだ。だから私たちはレインコート派なのだ、親子で。

私たちの暮らす土地には運河と橋がある。

橋の上には人影が、二つ、三つ、いや四つある。こちら側の歩道に、だ。車道のかたわらの、私たちの側に、だ。そして息子が、駆ける、一人――の歩行者――を追い抜いて、ふり返る。私たちは四メートルは離れた。息子は語り、私は聞いた。それから、私が語り、息子は聞いた。応じて、言葉を返して、また走った。私たちはともに静かだ。息子のゴム長靴はぱちゃぱちゃと言うのだけれども。雨はしーしーと降るのだけれども。車はびゅうびゅう走行するのだけれども。

そうなのだけれども、この東京は静かだ。

息子はもう、七メートルは先に行った。

足をとめ、身をひるがえした。私を見ている。運河に架かる橋は、少しばかり弓形《ゆみなり》に盛りあがった構造だから、橋のその中央にいる息子は、高いところにいて、普段は私のことを見上げるばかりなのに、いまは正視できる。そのことに心を弾ませている、たぶん。言葉を届ける。私にだ。七メートルは離れていて、しかし伝わらないメッセージはない。

もちろん私は大声など出さない。なぜなら、私たちの東京は静かだから。


それは二〇〇一年の梅雨のことで、息子は五歳だった。私は何歳だったか？　いつものように、私は息子の年齢《とし》に五十二を足す。それは少しも正確な算術ではない。が、他に手段はない。私の人生は五十二歳で変わってしまったのだし、それは「停まってしまった」とも言い換えられる類いだから。

もちろん私は、注意おさおさ怠らないのだけれども。

どのようにフリーズし続けていても、警戒、おさおさ怠らないのだけれども。

だけれども老いはする。残念なことだ。年齢《とし》など、本当に停まってしまえばよいものを。

2

にぎやかなひと時もある。

私たちに私のガールフレンドが加わる。私のガールフレンドは私の息子の戸籍上の母親だ。それから、戸籍上の私の妻だ。私はほとほと感心するが、彼女は息子にあやとりを教えた。そして二人で遊ぶのだった。順番に、手を交えて、川を作る、吊り橋を作る、小舟を作ってダイヤのような幾何学模様を作って、蛙を作る。どうやったのだ？ 私は「ほう」と唸ってしまう。

息子は笑う。楽しいから笑うのだ。それも、声を立てて笑う。

ハハッと響いた。

私のガールフレンドは一人あやとりでライオンも作れる。それから月も。それから鯨も。

私はほとほと感心してしまう。しかも、息子もまた「できる」ようにしてしまえるのだ。あっさりとコミュニケーションする。

以前は折り紙を教えた。

その時も息子は、自分の手指が、たとえば鳥（鶴）を、たとえば花（菖蒲《あやめ》）を生めるとわかるや、笑った。

だから、二人で――息子と彼女とで――何百羽をも生んだ。いつもにぎやかに。にぎやかに。

それらは優しい時間だ。

けれども私のガールフレンドは息子の産みの母ではないし、いささかも「母親っぽい」態度をとらない。私はそのことに、感謝する。なぜならば、そもそも、私が父親であればいいのだから――それだけなのだから。

年に三度か、四度だけ、私のガールフレンドは私たちの前に現われる。


私は、すでに二度結婚していて、さらに、二度離婚している。私は、一度も子供を持とうとしなかった。二度めの離婚（三十代の前半のことだ）はこれが原因だったとも言える。その私がこうして息子を得、かつ三人めの妻を迎えている。公文書のうえでは、だが。このことを奇妙だと、もちろん私は思う。

一九九五年以前に、私はこんなふうな〝現在《いま》〟を想像できたか？

もちろん、できるはずもなかった。

その術《すべ》がなかった。

もしもあったのだとしたら、それはただの魔術だ、となる。

私はそのような力――魔の現象――を全身で否定する。

しかし、否定というようなネガティブな語を私は用いたいとは思わない。この文脈では。むしろ私が用いたいのは、いいや、私がしたいのは、いいや、やはり私が用いたい、駆使したいのは、ただの愛情だ。

言葉。その用い方に、私は（細心の、とまでは言わないが）それなりの注意を払う。職業柄そうする。「しないでいいぞ」と思っていても、してしまう。これぞ、不断のトレーニングなのかもしれない。不断の努力、それがあって私はプロフェッショナルとして立っているのかもしれない。もう二十年もだ。もう三十年もだ。違う……じきに三十年も、だ。

私の時間は息子の時計に、その生《せい》の時計に呑み込まれつつある。やはり。

上手には歳月を数えられない。

3

息子には笑い声があるのだった。それから、もちろん、息子には泣き声もある。

乳児期、いろいろと泣きわめいていた頃、私はどうしたか？　当然だが、あやした。おぶうのだった。揺らして、私自身は歩むのだった。要点は二つ、私たちの皮膚《はだ》が密着すること——しかし衣類ごしでも問題はない——かつ振動があること。どうやら熟睡しているか、あるいは熟睡《それ》を求めるか以外の時には、「揺れていない」ことは放置や放棄を意味するらしい。要するに安心の反対側にあるのだ。

そして、安心すれば落ち着き、寝る。

安心のためにお襁褓《むつ》を替えることや温めたミルクを与えることが要るのは、いうまでもない。

そんなものは、私には、苦にならない。

泣きしきっていた息子を、背負い、寝かせる。あるいは、黙らせる（とは安んじさせるの謂《い》だ。言葉とは関係しない）。その後は私は、仕事をした。私は「立ったまま仕事をする」ことを覚えた。デスクの高さを変えたのだ。床からおおよそ一メートルの高さに、コンピュータを置けるようにして、コンピュータというよりも実際にはキーボードだ、文字入力装置を置けるようにして、そうして叩いていれば、息子を背負っていても支障はない、それどころか、ゆらりゆらり揺らしていても障《さわ》りはない。私は、こうしたタイピングを、まさにタイプライターを座らずに強打し連打する幾人かのアメリカ人作家たち——の姿勢——に学んだ。

私は思ったのだった。どこでも書ける、と。

こうした恰好でも書ける、と。

そして私は集中した。背には、おぶわれた息子がいたが、前には、ディスプレイがある。つまり私の正面には言語があった。日本語だ、私によって打ち出される言葉、フィクションを構築する文字、私は、ある一文字を打ち出すために母音だの子音だのの鍵《キー》を一度か二度（あるいはもっと）叩き、次の一文字に移り、そして事態は二文字程度では終わらない。私が、私、とコンピュータで記述するためには三文字も要るのだ。わとたとしが要るのだ。そして、その三文字が一文字に変換されると、その一文字はあと十文字を要求するのだ。十文字は、さらに百文字を要求するのだ。一と十と百——そこまで来たら、作家はやはり千文字まで進まなければならない。躊躇してはならない。後退する？　そんな選択肢はない。

書かなければならない。

前進しなければならない。

息子を、背負っていない時の私だが、だいたい目を見た。顔を見た。私は向き合って、寄り添った。いっしょに寝る時には、ただ添った。ほら、皮膚《はだ》は密着する。


そうでない時に鍵《キー》を押している。私はキーボードを叩いていて、たとえば二時間か三時間に一度だが、ふと動きを止めている。われ知らず、だ。私はディスプレイから視線を外している。どこを見ている？　手もとだ。私の、手指だ。これは大事な道具なのだけれども、二重の意味でそうなのだけれども、この私の指は、どうだろう、血にまみれてはいないだろうか？　どの指も（両端に具《そな》わる小指さえ）永久《とわ》に濁らない鮮血に染まっているのでは？

かもしれない。

そう思ってから、違う、と否《いな》む。

私は認識する、これは否定だ。しかし必要なのだ、そうも認識する。そこからだ。そこから、ふたたび叩かれる鍵《キー》が叩かれる。一文字が叩かれて、十文字が呼ばれて、百文字は視野に入り、ついに千文字が求められる。欲せよ、ひたすらに欲せよ。私は、アメリカ南部の作家、ウィリアム・フォークナーのあの名台詞に魅せられる。この男は言ったのだ、「作家の値打ちは失敗の大きさで決まる」と。私はそこには倣《なら》った。私は、だから、失敗するように大作を書いている。書きつづけている。四十万字から成る小説を。六十万字から成る小説を。あるいは八十万……。

しかし、問題は、そこにはない。

問題は、私に無署名の成功作があるのだ、ということ。

4

ところで昭和十七年だ。

昭和十七年は一九四二年だ。

二〇〇一年は平成十三年だ。

昭和七十六年ではない。

一九九五年は平成七年だ。

昭和七十年ではない。

断層がここにある。——何の？


私たちの東京は静かで、私たちの図書館も静かだった。私は自慢したっていいのだ。息子ほど図書館に似合いの子はいない、と。いるものか、と。たとえば二歳、つまり乳児期を卒業して、這い這いも卒業して、どうにか歩け、むしろ走れ、転べ、つまりそういう年齢《とし》になって、その頃から私たちは図書館に連れ立つ。そうすることに迫られると、だ。「集中的な調べ物」が要る、と判断したりすると、だ。

館内で息子は騒がない。

むろん物音は立てる。なぜって、たとえば二歳だったのだから。あるいは二歳半、あるいは三歳、四歳児だったのだから。けれども、わーわーは言わない。ぎゃーぎゃーとは叫ばない。仮に二歳の時分であっても、鳴らすのはパタパタという足音、それだって柔らかな床に吸収された。たまに本を――稚《いと》けない手にあまるので――落とし、転倒し、でもドシンとは言わない。言わせない。そう愚かではないのだ。息子は。転《まろ》ぶにも学習する、そう何度も派手にはしないと。

いずれにしても、二歳、あるいは二歳半でも、泣きわめかない。

図書館員たちが私に目礼する。

「すばらしい子ですね」と。

「見事な子ですね」と。

そう。私は自慢してよい。

それから、図書館員たちのことだけれども、この人びとは職業作家であるからと私に挨拶するのではない。近隣のその図書館の書架に、私の本は並ぶ。それも十冊超あるのだけれども、それらの背表紙と〝私〟は結びつかない、はずだ。なにしろ、私には長い白い髪が具わる。それから白い眉。白い髭も。公《おおや》けになっている私のポートレート類は、四十代のもので停まっている（はずだ）。あるいは五十一歳のものもあったかもしれないが。五十二歳の取材記事――に添えられた写真――もあったかもしれないが。が、その以前と以後では、私の外見《そとみ》は決定的に異なる。

私はかつてのポートレートの私に肖《に》ない。

変装などしないでも。

とはいえ施設の利用カードは作らない。私は、（小説を著わしつづけたというこのキャリアにおいて）筆名を用いていないから。目立たないようには努める。

とはいえ「すばらしい子」を持つのだから、その点は、注目される。

大型図書の閲覧室は、天井が高い。その高みに窓が七つもあって、たとえば新聞を持ち込むと、紙面はきらきらする。息子は美術書のページを繰《く》る。私は、そのかたわら――私たちは大型の閲覧テーブルに並んで座っている、私たちには定席《じょうせき》がある――写真集のページを繰る。そうなのだ。ところで昭和十七年だったのだ。私は、『戦時下・東京』とのタイトルの大部の書を棚から抜いた。昭和十七年は一九四二年だ。その年の東京には何があるのか？　その時代の東京には？

戦時下、との言葉は、暗鬱さを想わせる。

が、違った。

明るさはそこかしこに見出された。たとえば、ほら。これは銀座の写真だ。キャプションに撮影日がある。五月二十七日、「海軍記念日」と。そんな記念日を私は知らない。しかし、あったのだ。あったのだし、記念祝典もあったのだ。海軍陸戦隊が銀座を行進した、らしい。それを群衆が歓呼して迎えた、見守った、らしい。その〝群衆〟のほうがこの写真に撮られている。後景に電車、これは市電の車輛だろうか？　車内も人でいっぱいだ。そして見分けられる限り、みな、憂鬱さとは無縁だ。その顔が。

期待している。

敵は全部戮《ころ》すぞ、と期待している。

やれるぞ、と確信している。明るい。

一九四二年、それは私の生まれた年だ。

一九四二年、いや昭和十七年、私は生まれて、だから「戦後生まれの作家」とは括られず、要するに世代で好《い》い目を見ずに、しかも私には戦中の記憶がない。あるものか。誕生月は、さっきの『海軍記念日』の二カ月あと、ここからの私の時間――歳月――はしっかりと屹立していて、ほとんど暈《ぼ》けない。私が九歳のうちに日本は独立を回復した。アメリカ進駐軍の記憶は、ある。そして、薄い。それよりも十一歳だ。私は十一歳で、生まれて初めてものを書いた。やや官能的な文章だった。ひと目に触れさせないようにしないとな、と思った。思ったことを憶えている。つまり、それほど記憶は鮮明だ。そして、言葉とは見られてはいけないものなのだ、とも感得した。世間に流通する言葉がいっぽうに存在し（たとえば教科書に、学校に、それから家庭に、地域つまり世間に）、秘めたほうがよい言葉が他方、生める。まだ存在しないにしても生産は可能である。

私はよいスタートを切ったわけだ。

あとは密かに書きつづけるだけだし、いずれ、公けにするだけだった。

それは、要するに、「作家になる」と見定めたということだが。

が、それはあまりにも最終的なゴールであり過ぎる。私は先を急がなかった。そして、そのゴールに到達すると、切ったテープが出発点《スタートライン》だったと判明するであろうとも、漠然と予感していた。

ところで言語……言語だ。

私が、息子とともに図書館にいることは、じつによい。馴染む。

息子が図書に囲まれているのも、興味深い。

私は、館内《そこ》で、息子に呼びかける。しばしば名前を呼ぶ。私は啓と言うのだ。だが、この説明はやや不正確だ。私は、本当は、まずケと言ってから、次いでイと言うのだ。

私は啓などとは言っていない。

私は最初、「お前は、ケ――イ――」と言ったのだから。教えたのだから。何度も。何十度、何百度、何千度も。

同時に、私は、父だ、とも。

お前は、息子だ、とも。


啓。息子の啓は一九九六年に生まれた。この年の二月生まれ。一九九六年は平成八年だ。どうしてだ？　……いいや、この疑問はひとまず眼中に入れない。そして、入れるべきは目のこと、まさに眼中の眼《め》のこと。

この世に生を享《う》けた息子の、視覚に、異常はなかった。

私は、それを懼《おそ》れたのだ。生まれつき目が弱いのではないか、とはオブラートに包んだ言い方だが、ある種の障害が現われることを案じたのだ。むろん危惧の根拠はあった。

だから確認しつづけた。新生児の段階で、まず、眼球が動いていることを確かめた。たぶん明暗は認識されている、と安堵した。しかし、そうなのか？　そうではないのかもしれない。時おりの凝視もあった。何に注目した？　したのか？　それから、生後二カ月、眼前に玩具を置き（私は玩具の類いまで買ったのだ。いろいろと買い揃えたのだ）、それを動かした。視線は――啓の両眼は――それを追った。追った！　だが、本当か？　空気の揺らぎに反応しただけではないのか？

生後三カ月。いや四カ月。焦点が定まり出す。

私を見ている。

私を、父だ、と見ているのだ。

ああ父親だ、これが、と。

生後半年までに、私は完璧に安堵している。大丈夫だ、これならば視覚に問題はないのだ、と。そして、ゆえに遅れた。息子は臭いに敏感だったし、息子の啓は感触（触感）にも感度のよさを示したし、だから私は、考えずにいた。だから私は、気づかずにいた。こんなにもこんなにも、遅れた。他人《ひと》は難じるだろう、新生児の時点でどうして聴覚スクリーニング検査を受けさせなかったのか、と。「そこには事情があったのだよ」と、私は言える気もするし、もちろん言えないのだ、とも了解している。

いずれにしても、息子は、声には反応しなかった。

音には反応しなかった。啓は。

聴力に問題があることはあきらかで、そう、難聴だった。いや。もっと。

高度の難聴だった。聾者だった。

5

父子——私と啓。ケのサインはこうだ。親指は曲げる。四本の指は揃えて、立てる。イのサインはこう。小指を伸ばす。それ以外の四本の指を拳状《こぶし》に握る。これはアルファベットのｉでもある。これらは手話である。これらは独自の文法を持った日本手話（という言語）の、指文字である。

　私は、もちろん、学んだ。

　単語レベルであれば独習できるし、息子に伝えられる。そうだ。啓に手を、指を、それから顔の表情（表わした感情）や口の形も重要なのだけれども、そうしたものを動かして初めて語ってみせたのは私だ。私は、自分がいまだ誰ともその会話の実践をしたことのない言語を用いて、息子とのコミュニケーションに臨んだ。乳児期の子との、だ。私は、これは謙虚さの極限の地点から語るのだが、日本語と手話の〝バイリンガル〟になろうと努めて、無謀にも初学にして独学のほう——後者——を啓の母語にと選び、教えた。

　教えたのだった、私自身が。


　いうまでもないが、私だけでは足りない。

　いうまでもないが、父子の間だけでのコミュニケーションは言語《それ》に社会性を与えない。

　のちに、手話サークルには通った。

　息子と私は、いっしょに通った。

　だが、その前に個人教師を雇った時期がある。もちろん啓のために。その学びのために。しかし、もちろん私のために。これはもろもろ考慮しての結論だが、私はその教え手——個人教師、すなわち乳幼児相手の家庭教師——も聾者にお願いした。私との筆談は「可能である」ことを条件に。

　そうなのだ。むしろ私だったのだ。手話の、その社会性をもっと、もっと、もっともっと……と獲《え》なければならなかったのは。

私は一歩を進んだ。私たちは一歩を進んだ。

単語レベルを卒業して、二語文を操り、三語文を操るようになる。

しかも、それを、私は注意おさおさ怠らない状態・環境をつねに維持して、推し進める。

私は啓の年齢《とし》に五十二を足す。私の人生は五十二歳で停止したも同然だから。


二〇〇二年から二〇〇三年。均衡《バランス》を保っていたものは崩れ出す。

啓が就学年齢に達する、という段階に至って、いろいろ生じる。たとえば曇り空の朝、そして週末、天気予報は「夜まで降水確率はゼロである」と告げたので、私たちはレインコートを着用していないし、携えてもいない。しかし、どうしてだか私は、上空に目をやってしまう。雨雲がないか、確認してしまう。低気圧が迫っているのではないかと皮膚《はだ》にせっつかれて、そんな確認をしがちになってしまう。老いた肉体は独自の——個性的な——警報を出しがちなのだ。すると、おかしな気づきが訪れる。むしろ視野の隅だ、下方《した》だ、道路の……あの車の、あの車種。あのナンバープレート。いいや、だから、あの番号。

あれは一度通り過ぎた。

あれはまた現われた。後ろから？

戻ってきて、通り過ぎた。そして、ほら、徐行だ。

……停まる？

何かが（タイヤではないものが）ぎいぎい音を立てる。ぎいぎい、ぎいぎい。ぎぎぎぎぎ。息子はそれを聞かないし、聞けない。私はそれを聞けるし、他の人間たちは聞かない。私はポケットに手をやる。ズボンの尻ポケットに。そこに柄《つか》がある。折り畳みナイフ《フォールディング》の柄がある。私は、老体だが、それならばすぐ出せる。それならば瞬時に刃《やいば》を出せて、構えられる（し振るえる）。私は、手話以外にも独習した。ナイフ格闘術というのを独習した。私は肝に銘じている、いつもだ、つまり——年寄りは筋力に頼っていては駄目だ。

私は護《まも》る。保護者だから。啓を。

私が護る。

すると、速度を落とした果てに完全に停まった車からは、恐れていた人間たちは出てこない。後部座席から歩道に、二人が降りるが、二人とも十歳か、せいぜい十二歳までの男児でしかない。「おじいちゃん家《ち》は、こっちだって、僕言ったでしょ！」と二人が叫んだ。「でも、でも、お前がぁ！」といま一人が反撥した。わあああっと言った。助手席のドアが開き、四十前後の女が降車し、この子らをたしなめ出したところで、私は臀部《でんぶ》にやった手を、解放する。

そのポーズからも。緊張からも。

私は、視線を上空に戻す。

しかし認識するのだった、この予感は外れたが、しかし予感があったことは事実だ、と。そして、そもそも、未来についてだったなら、私はなかなかの大家《たいか》なのだ。

6

遅かれ早かれ彼らは現われる。

未来についてならば、私はなんでも言える。

なんでも書ける。

もう証明ずみだ。

そう——だからこそ彼らは現われるのだ。


書ける……なんでも書ける?

然《しか》り。五十二歳の私は書けた。彼らはそれを見越したのだ。その点において、彼らには魔の能力があった。


これは二〇〇〇年のことだけれども、計六度、私は住民票を異動させた。転出届を出し、転入届を出し、また転出を、と繰り返した。

これで捲《ま》けた。

私は、不審がる役人には絶妙な弁明を——「これは取材です。この地に暮らして、もって小説の取材です。家族で」等——しようと構えていたのだが、杞憂だった。書類に、資料に、印鑑(三文判だ)に、なんら不備がなかったから、なんら問い質《ただ》されない。

ほとんど拍子抜けの感がある。

しかも、私は、私たちは、実際には転居などしていなかったのだし。その間《かん》は。

時どき日本地図を広げて、好適な場所というのを想像して（ただし都市部に限った）、それから〝行動〟に移しもする。私は、ずいぶん楽しそうなのだろう。啓がしばしば何をしているのと訊いた。繰り返し繰り返し、尋ねた。日本を探険しているんだよ、と私は答えた。

日本はどこにあるの？

日本はここにあるよ。

ここが日本なの？

ここは日本だよ。ここは東京だよ。

啓は、わかった、という顔をする。啓は、わからない、と目の表情で訴える。

私は徐々に説明する。国家・日本がある。その内部に、それぞれの都市がある。東京は都市である。ここは東京の内部にある。この運河と橋のある土地は、東京、に含まれる。

ここは東京だね、と啓は言った。四歳で、もう言った。

日本の中心だね、とも言った。——私が教えたから。

私が教えなかったのは、東京には中枢がある、だの、それは（地域名で言ったら）霞が関だろう、だの、そうしたことだ。そこまでは啓には要らない。そんなデータは啓には要らない。私の息子には。もしかしたら、私にも。

住民票は、ある時期に、前述したように徹底的に移した。会社勤めをしていれば、「上からの指令での転居」がままあるのだろう。私に、それはない。そもそも勤め先がない、これは彼らに対するアドバンテージだ。それと、私は代理人を雇った。私が五十二歳だった年のその次の年から。私は直接にはもはや出版社、編集者たちと連絡を取らない。原稿ですら、代理人経由でしか渡さない。私は、以前のとおりに文芸シーンにいるが、と同時にいない。私の現住所は捉《つか》めない、ということ。

おかしな話だが、間にエージェンシーを挟んだ結果、いいや、……成果か？　私はふたたび売れ出した。

それは、よいことだ。私たちの暮らしのために、よいことだ。

私は、いつもいつも思っている。普通の生活を営むのだ、と。私は作家だったし、いま現在も作家で、あの時も作家だった。ほら、断絶がない。断絶、断層が。

断《た》たせてなどやるものか。

私の内側には対象の異なる二種類の憎悪があって、ともに渦巻いている。もつれあって。また、私の内側には愛情がある。たっぷりある。私は、息子といっしょに平然と暮らすことで、復讐する。そしてこの復讐は二重なのだ。それからまた、こうした意思は、「逃げ切るためには逃げない」とのプランにも沿うのだ。わが矛盾の、逆説のプラン。どのみち、啓と私の親子《ペア》は目立つ。私は、時に祖父視もされ、「いいえ父親なのです」と項《うなじ》をそらして言い（つまり言い返し）、手指の言語でその息子とおしゃべりする。拙さは残るが、手話で。そうなのだ——地味ではない。かつ作品には筆名もない。

だから堂々とするのだ。

堂々として、彼らを捲こう。

が、予感が来たのだった。それの。

襲撃の。

襲われるぞとの。

たとえば、拉致。

7

拉致についてならば私は大家だ。

経験豊富だ、と言い換えようか？　それをされたから、それには通じている。拉致、それから監禁、それから軟禁。長い時間が経過した。しかし起点に位置するのは拉致だった。これが車中監禁に連なって（たしか三日三晩はそうだった）、私は私自身がどこにいるのかもわからなかった。捉《つか》めなかった。日本の、どこなのか？　東京都、埼玉県、山梨県、長野県、いや……静岡の県下？　この頃、すでに彼らは公安警察の監視対象だったわけだが、しかし警視庁の公安部の、それから道府県警の警備部にせよ刑事部にせよ、その手は足りていなかった。しかも彼らの側を構成する人員は多過ぎた。幹部も多過ぎた。内部の権力闘争もまた多かった。

私は拉《らっ》されて、なかなか戻らない。

私は彼らに協力する。

彼らの求めに応じる。

その結果、監禁は〝軟禁〟に緩み、私はある程度の自由を得て、それを〝かなりの程度〟に変え、そして。

そして、長い時間を脱した。

私は啓とともに脱出した。私がもうけた子とともに。

脱《のが》れ出た直後だ。私は公衆電話を探して、かけた。私はガールフレンドの自宅（とはいえアパートだが）の番号にかけたのだった。この頃、私のガールフレンドはまだ携帯電話もＰＨＳも持っていない。私も持っていない。私は一九九八年に携帯電話を所有する。

「空腹だ」と私は言った。

「何度も何度も」と彼女は言った。「連絡したの。どうして、いなかったの？」

「電話をかけたの？」と私は訊いた。私に、電話をしていたのか、と。

「した。百遍」

「多いね」

「気がかりで——」

「あのさ」と私は言った。「さっきの、『どうしていなかったの』って質問、あれはさ」

「あれが何？」

「『どうしていたの？』って訊いても、いい類いだ」

「かもね」

ガールフレンドの声から緊張感——というよりも切迫した語気《トーン》——がふっと消えた。

「お腹《なか》がすいてる、って言った？」

「かなり」

「食べに来る?」

「今日は大丈夫?」

「大丈夫。一人、別れたから」

「そうなんだ」と応えながら、私は月日が本当に経過したと実感した。「どっち? どっちと?」

「Y」

それはイニシャルではなかった。符牒ではあったが、Younger(年下の)の頭文字でしかない。あと一人、符牒を持った人間がいて、これはOだ。もちろんOlder(年上の)の頭文字である。私のガールフレンドには、私たちが知り合った当時、二人の恋人がいたのだ。三つ年上の男——O——に一つ年下の男——Y——が。そのことで悩んでいた。私は相談に乗った。当時、彼女は三十三歳だった。

いや。

私が電話をかけた時、私はもう五十二歳の向こう側にいたから、彼女もまた三十三歳ではない。もう少し年齢《とし》を加えた。

いずれにしても、私はOよりも遥かにOlderの相談役で、しかも、彼女の頭のよさにはほとほと感心していたから、しばしば会い、時どきは——やはり——寝てしまうことがあって、つまり私は彼女をガールフレンドに抱えた。ただし、私は他に異性の友達を持たなかった。一人めの妻と別れたのを契機に、同性の友達もおおかた失っていた、とうに。二度めの結婚をし、離婚をし、その間に「(ほとんど)友人はいないが知人は(多数)いる」とのスタイルをものにした。すると、作家として様《さま》になった。

なかなか筋の通る話だ。

「Yと、か」と私は答えたのだった。「それでOとは深まった？」

そのように尋ねる私にいわゆるジェラシーはない。

「そういうの、ほんとに……いま訊きたい？」とガールフレンドが尋ねた。

「うん。二番めに重要だ」

「どうして？」とガールフレンドは言った。

「シンプルに言うと……」

「言うと何？」

「それを解説したら、君を巻き込む。だから解説しない」

「しなかったら巻き込まない？」

「いいや。私はこれからお願いをするから、それに応諾してもらったら、巻き込む」

「凄いね」

彼女が微笑んだ――線《ライン》の彼方で――のが、わかった。

そして彼女の頭は回転する。いつものように。あるいは、（私が拉《らっ》される）以前と同様に。

「一番めに重要なのは？」

「食事」

「それだね」

このように私たちは会話した。それから啓が泣いた。私の、左腕のなかで。受話器を握っていないほうの手の、抱える弧の内側で。

「……えっ」と彼女は唸った。

「食事はね、二人分」と私は言ったのだった。「君のを勘定に入れないで。それと哺乳瓶とか、ねえ、用意できる？」

8

お父さん、と啓が言った。何について話そうとしているの？　と私に訊いた。私は、花だよ、とだけは言えた。しかしそれ以上はどのようにしても説明できない。その花の、実物がないからだ。指して、示せないからだ。なぜならば曼陀羅華《まんだらげ》は、天界に咲いている。地上《ここ》にはない。仏が出現すれば、仏が説法すれば、それは同時に天上から降る。が、それ以外の時には、見られない。見られないものをどう語る？　ただし、実物というもののある曼陀羅華も地上《ここ》には存在した。ナス科の朝鮮朝顔《ちょうせんあさがお》だ。原産は熱帯アジア、有毒植物、しかし乾《ほ》した葉は喘息煙草の原料にもなる。そして、花は大型で、美しい白色《ホワイト》だ。むろん朝顔形だ。この植物の又《また》の名が曼陀羅華であって、それならば実在する。手にも入る。ちなみにウィリアム・フォークナーの小説にもこちらの曼陀羅華は出る。邦訳ではもちろん「朝鮮朝顔」と書かれた。それは『響きと怒り』という作品の、第一部に早《はや》、出現するのだ。開巻、早。語り手の握って遊ぶ――手に玩《もてあそ》ぶ――ものとして。その語り手は健常者ではない。そして、その「朝鮮朝顔」は曼陀羅華ではない。私はそれだけは言いたい。しかし啓には遠回りしないで説きたい。

天上から降る白色《ホワイト》の美花が、曼陀羅華だよ、と。そして啓が訊いた。考え込む私を見るに見兼ねたのか、言った。お父さん、お父さん、いろんな花を僕に見せてね。

きっとね。きっとね。

約束ね。

9

私は拉《らっ》される。

一九九五年三月三十日だ。その朝、臨時ニュースがメディアを賑わす。東京都荒川区の南千住で警察庁長官が何者かに狙撃された、重傷を負った、この報道が狂濤《きょうとう》と化す寸前に（それはしかし午前九時半は回っている、はずだ）、東京都中野区の東中野の賃貸マンションの一室を出た私は、神田川沿いで拉致される。その朝は小雨が降っている。私は傘をさしている。二人、やはり傘をさした男が、前方から現われる。そこは、神田上水公園だった、生い茂った木立《こだち》があり石のモニュメントがあり遊具があった、遊歩道では曜日や時間帯を問わずジョギングする人間の姿が見られたが、この日は違う、空模様のせいだ、私は漠然とそう考える。が、何者かが後方から、私に迫る。ランナー？　私はそう感じるのだけれども、目が、前にいた二人の傘の男も迫るのを認める。口は、背後から塞がれる。腕は、前方から捕らえられて、不思議な形に固められる。傘の男たちはもう傘をさしていない。放り出している。

そうじゃない。私もだ。

私の傘。

腹を何度か叩かれ、私は愕然としている。頬を撲《は》られて、頭が揺れたのか視野に閃光のようなものがひと条《すじ》走り、私は呆然とし、萎える。あまりに唐突だ。私はひきずられる。木立の蔭に。どうしてだかスラックスの裾のことばかりを気にかける。汚れる、汚れるぞ、と。一瞬、口のあたりが楽になり、声を発することも可能な状態を得る、しかし私はわーともぎゃーとも言わないし、お前たちは誰だと詰問もしない。相応の言葉が――声が――この瞬間にはないのだ。私は、選べない、選びたい、職業的な矜恃《プライド》のためにもそうしたい、このやにわの暴力に適《かな》った日本語はなんだ？ そんなふうに考えられたのは、けれども三秒にも満たない間だったはずで、またしても口は塞がれた、今度は布状のものを強引に嚙まされる。それは私の後頭部で、というよりも頸部の付け根で、縛られる。

堅《かた》い――痛い。

私は二人の男の目を見る。見るのが、目、であったのは、二人がともに野球帽をかぶり、かつマスクを着用していたから。他に個性を感じさせるパーツが、それぞれの顔面になかったから。一人の眼《まなこ》はぼんやりしている。他方の眼は血走っている。対照的だな、と私は考え、目もとで判断するならば若い、こいつらは二十代ではないか、とも考える。神田上水公園に並行する道――車道――のほうに運ばれている、と推断する。路上に駐《と》められた車があって、その車内《なか》に押し込められるのかと思ったら、この直感は当たりもしたし、外れもする。

私は車輌後部の荷物入れに放り込まれる。そう、トランクに。

10

トランクにはトランクの居心地がある。

床面に、それから側面にも、何かは敷かれるか、詰められるかしている。緩衝材。だから——と私は最初に思う、これは計画的だ。人をここに「収納」する心積もりが、事前にあったのだ。しかし——と私は次いで（あるいはほとんど一時《いちどき》に）思う、この程度の設《しつら》えで、何を、どう、和らげる？

私は側頭部を疼《うず》かせている。両膝ともに傷《いた》めたように感じる。だとしたら——と私は続いて連想した、私は屈葬されたも同然だな。このトランク空間に。私は、それから縄文時代の日本で盛んに屈葬が行なわれていた理由を、本能的に洞察しようとし、が、それと同時に、だとしたら——と別なことも連想している。計画的なものだとしたら、これは、この犯行は、私を「収納」するためにあったのか？

誰でもよかったのか？

いまの時刻、神田川沿いを、手頃な獲物として歩いている人間であれば？

傘をさして歩いている歩行者であれば？

これだ、と私は感じる。第一に私が考えなければならないのは、私は私ゆえに狙われたのか、だ。

私は屈葬に関しての考察から離れる。

たちまち側頭部の疼痛《とうつう》が勢いを増す。

しかし出血はないはずだ、と思い、外傷は、と脳裡で言い換え、そのことを確認したいと願うのだが、荷室内に灯りはない。体勢を変える。右肩を下側《した》にした恰好から、そろそろと上向きに。左右の膝を、屈折させたまま順に立てて、そろりそろり、まず左、それから右と伸ばす。十センチ……二十センチと伸ばせる。しかしそこまでだ。いずれは左肩を下側《した》にしたいのだが、それはその時に試みよう。その時。

その時にだって？

私はどのような予測をしている？　私はこれから、何十分も、何時間も拘束されるのか？

いやだ。

ふいに声がほとばしりそうになる。ついに。やっと。悲鳴をあげるのが適切だと判明する。これは、計画的な犯行なのだ。灯りを求める。トランク内には暗闇しかない、というわけではない、とじきにわかる。陽光の点が……どこかに……ある。一つ、いや二つ。三つ。射し入っている。隙間？　閉じたトランクの蓋の？　それとも車体の継ぎ目か。わからない。というのも光の点々は足もとにあるからで、私は、「収納」ずみであるがゆえに、まともに頭も上げられない。空気穴だろうか。「収納」された人間を窒息させないための対策、加工だろうか。そう考えた途端、私は息苦しさに襲われる。窒息、窒息、と。そもそも私は猿ぐつわを嚙まされているのだ。呼吸《いき》をするにも不自由している。恐慌が襲う。

しかし。

息、口、と考えて、これは瞬時の反応だったが、また目はわずかにしか明かりを得られていないこともあって、耳、が感度を上げた。私の両耳がそうしたのだった。いいや、実際にはそうではない。

むしろ出来事の衝撃から耳はその機能を一時停止していたのだ。トランク内の居心地を知ろうと触覚が優先されて、視覚は視覚で必死に光を探って働いて、また、そうだった、嗅覚も。私は、このトランクの内部では葱《ねぎ》の臭いがする、そう驚いていた。私は、屈葬のことや計画的な犯行のことを考察するの下層で葱だなとも考えていた。意識化はせずに、だ。私は、しかしながら野菜農家の車ではないだろう、とか、この一両日の間に買い物に用いられて、それで葱の臭気が残ったのだな、とか、そこまで判断していた。だから私は、触覚、視覚、嗅覚をフルに用いていて、すなわち聴覚が出遅れたのだ。

ここには声が流れている。

誰かがいるのではない（そんなことはありえない）。テープの音声が流れている。低音量で。わざと？　その絞られた音量は、……わざと？　小さなカセットプレイヤーがある、とわかる。荷室内に転がされている。わかった。私の頭の、ほんの左側だ。左側奥の、このトランクの隅だ。私の耳もとに、耳もとに、……姿勢を変えたら。明瞭に聞こえるようにあった。再生されるテープの音声が。しかも、人声のみ。

嘘だろう、と私は言う。

11

嘘だろう。

これは説法テープだ。教義を説いているのだ、その団体の、指導者が。声でわかる。一九九五年三月三十日の今日、この声を聞き、その主《ぬし》が誰かを言い当てられない人間は、日本にほとんどいない。私は確言できる。なにしろ朝から晩まで、その教団についての過熱報道が続いている。今朝もだ。今朝だってそうだ。その臨時ニュースは教団に関しての情報と、あるいは憶測と、セットだった。報道の荒波は、警察庁長官の狙撃、に、八日前の強制捜査、というのを合わせ技で駆動力とした、と言うのが近い。なぜならば、その八日前は、ほとんど軍事作戦、軍事行動だった。教団施設は東京都内で、それから全国で捜索された。私は記憶を探る、たしか警視庁機動隊の、百名超……百二十名？　そうした人員が主力の突入部隊が東京では編制されて、動いたはずだ。富士山の裾野は、もっと、もっと凄まじかった。捜査陣は二千五百名にも及んだ、はずだ。防毒マスクをした捜索隊員がいた。というよりも全身を防護服で固めていて、しかも手には鳥籠を……一羽のカナリアを入れた鳥籠を提《さ》げていて、その光景は繰り返し、繰り返し、テレビの画面等に流れた。今朝だって流れたのだ。カナリアは黄色いし、画面で映えるから？　それはわからないが、防毒マスクをするわけ、はテレビを観ている人間のほとんどが理解していた。この強制捜査の二日前に、都心で、毒ガスを用いての無差別テロが発生していたからだ。通勤時間帯に、地下鉄の三つの路線の五本の電車に化学兵器が撒かれた。ダメージの中心は——狙いは——霞が関。

何者かが無差別の大量殺人を意図したのだ。

その二日後に、その宗教団体の、強制捜査に警察は踏み切ったのだ。

国が、とも言えるのか。

国家、対、宗教団体？

報道が常軌を逸するのは当然でもあって、その団体の主宰者――教祖――に視線やメディアのカメラが集中するのは当然であって、しかしそれだけではない、マスコミはその教祖を数年前から人気者扱いしていた。私より年少やまた年長の（いわゆる）知識人にも男を評価する者は多かった。男。そうだ、教祖は男だ。年齢《とし》は私より十二歳か、十三歳下だったはずだ。この教団は、出家制度を採っている。出家信者を多数抱えていて、たしか……千数百人いる。在家信者はその十倍、と報道されていたか？　その教祖は、宗教家は、解脱《げだつ》者を名乗る。

相当に奇妙な団体だった。

だから人気者だったのだ。

きちんと宗教法人格を持つ。

だから警察がやすやすとは手を出せないでいたのだ。「手をこまねいて」とメディアに登場する解説者たちは言った。口を揃えた。

私は、解脱というものには、興味がある。

興味があるだけだ。その境地がどうにも想像しえないから。

彼らは終末思想を掲げる（または持つ）。ユダヤ・キリスト教のように？　わからないが、教団は仏教系だったはずだ。いや、主宰神がシヴァなのだからヒンドゥー教系？　やはり、わからない。私には。かつ、キリスト……キリストの名を、声は挙げている。テープの音声が。教祖のその説法が。霊的救済、霊的救済、と言う。唱える。私は救世主だ、と。

キリストの転生？

なぜ仏教とヒンドゥー教に、それが混じる？

それよりも――それよりも。私はなぜ、これを聞いている？　こんなものを？　違う、言葉には正確を期さなければ。私は、なぜ、こんなものを聞かされているのだ？　こんなふうに拘束されて――車中（であるが、より酷《ひど》いところ、トランクの内側）に「収納」されて？

12

何時間もが過ぎているのだろう、と私は思う。

惨《むご》すぎることが三つある。一つ、私はこんなふうに説法の声を聞かされて、それも――耳のほんのそばで、だ、しかも――囁き声に似て、そうしたボリュームで、だ、すなわち――唯一の（感覚・認知できる）同乗者にして、だ、すると私はそのたびに不可避にその声の主を風貌その他を想起する。つまり、（「そのたびに」とは「常時」の謂《い》いなのだから）常時その男の心像を再現するようにと強いられる。男の、その長髪、というよりも蓬髪《ほうはつ》？　それから髭面、それから閉じられた瞼、そうだ目には障《さわ》りがあるのだと言っていた、メディアが解説した、全盲？　それから派手な宗教服。それも煌《きら》めきのある紫色の。テープは、エンドレスで再生されている。内容が繰り返されるから、わかる。しかも三回め、いや四巡めに入った。乾電池が切れるまで、これは続くのか？

三つあることのその二。疑念が増えた。私は、私が「この私であるから狙われた」のか否《いな》かを考えなければならない、と考えていて、それはつまり、私の職業（作家業、私の〝商売〟）と関係するわけだが、しかし、それを見極める前に、またもや課題だ。こんなにも教祖の声が流れるから、この犯行は「その宗教団体と必ず関係する」とこんなにも私が思いかけている、そのこと自体に仕掛けがあるのではないか？　私が、解放後に「彼らに拉致された」と言う、それからまた文章（声明の類い）も発表する、それが期待されている……としたら。

　ありうる。

　それが、ある、と推測しえて、私は苦しむ。いま、何者をも敵と視《み》てはならない。私は被害者だ、これは事実だ。しかし、加害者は誰なのか？　それは不明だ。加害者は、いるのだが――現に車を運転している――それでも勢力はわからない。目下、私にできることは観察だけだ。

　しかし、いつできる？

　三つめ、惨たらしさのこれが三つめだ。すでに何時間もが過ぎたこと。私は誰のことも見て……目撃することが叶っていない。私は、闇と、それから（射し入る）陽光の点々は感知する。他には、心中に教祖のイメージを視、あとはない。惨い。私は誰かの顔を見たい。実際に見たいのだ。私は悶《もだ》えかけている。

　仮に何時間もが経過しているのならば、車もまた「何時間も走行している」と口走りそうになる。しかし、そう証言しては不正確だ。なにしろ自動車は停まる。信号機がしじゅう停車《それ》を命じるのだし、他の時間にも停止していることがある。おおよそ数分を超えたと知ることで、私はそう判断する。――この停止は信号とは無関係だ、と。コンビニに入った？　駐車場に駐めた？　私は、警察が停めているのならばいいのに、と何度か念じる。その願いが、あまりに幼稚なので、それはないのだろうなと早々に諦める。毎度。しかし意識は向ける、車輛の走行・進行に。すると、ああ右折だ、左折だ、今度は急停車だ、まだ発車しない、と気にかけてばかりいて、揺れを余分に感知してしまい、酔う。その車酔いを自覚した瞬間に、ぞっとする。もしも嘔吐したら、どうなるのだ？

猿ぐつわを嵌められたままへどを吐いたら、私は窒息する。

違う——窒息死する。

13

じっとしている。

頼む、頼むと思う。停まれ。もう停車しろ。下ろせ。

噛んだ猿ぐつわが、もはや湿らない。その布が……私の口中で。むしろ乾いているのではないか。なぜならば私の唾液がないから。私の唾液は涸れて、だいぶ久しいから。脱水？　いずれ脱水症状になるのか？　私は相当に喉が渇いている。そうなのだ、当然のことだ。当然のことなのに忘れていた。なぜならば、意識は水でいっぱいのほうに奪われていたから。いっぱいで、満杯だ。尿の袋《いばり》が。つまり膀胱が。膀胱には四百ミリしか尿を溜められない。それを超えると……超えると、どうなるのだろう？　漏らす。

私は、漏らそうか、と思う。

漏らしてやろうか、ここで、と。

しかし、屈辱は自分自身に返る、とわかっている。

だから堪《こら》える。


停まった。

しかもアイドリングしていない。

振動が感じられないことで感じられた。

エンジンそのものが停止したのだ。

私は期待する。

耳をすます。下りるか？　誰か降車するか？　運転手が——共犯者たちが——どうだ？　耳をすまそうとすると、鼓膜がしっかり捉えるのは教祖の説法だ。その男の声。テープの音声。違う！　私は叫びそうになる。私が聞きたいのは、その向こうにある物音だ、と。あるいは人声だ、と。教祖の説法の、それからトランクの蓋の、その向こうの、と。

説法テープは、「この世界には最終的破局が訪れる」うんぬん、と語る。

そうした旨を語っている。

ああ、そうだろうよ、私は同意する。

停車が続いている。

誰か荷室《ここ》に近づけ。

目を凝《こ》らす。凝らしても意味はない。いや、ある。光の点々……陽光が……霞んでいる。

弱まっている。

なぜ？

「なぜって」と私は自答する。「日没を迎えるからだろうよ」

声に出したつもりが、出していない。

出せない。

夜になるのか？

二十分は経ったはずだ、と（希望も込めて）推測した直後、エンジンがふたたび作動する――かけられる。発車する。

私の望みが絶たれる。


いまの季節、日の入りは何時だった？　人間の目で感じられる日没《それ》は？

思い出せない。私は鈍りだしている。思い出せれば、「収納」以後のおおよその経過時間が容易に弾《はじ》き出せるのに。

糞、糞、糞、と私は思う。

頭蓋にこだまするように、教祖の声が、救済、救済、救済と言った。

糞の救済？

それから、またもや、ぞっとする。私は漏らすだろう。私の膀胱には四百ミリを超える液体が溜まっているはずだから、必然泄《だ》される。漏らす。それを仕返しと考えることは、できる。いまならばできる。漏らしてやる。ここに。しかし、液体ではない排泄物は？　固形のそれは？　そう――糞だ。

それを漏らして、それで報復は可能か？

私は戦慄《わなな》いてしまう。
絶望的に、堪える。

14

停車した。いや、駐車したのだ。雰囲気でわかった。雰囲気が違ったのだ。「しっかり駐めるぞ」という勢いで停まった、ということ。勢いと言おうか、心持ちと言おうか。しかも、物音が。このトランクの蓋に、ガチャガチャ鳴る、音が――振動が――。私は反射的に目を瞑《つぶ》る。瞑った。まぶしい。まぶしかったのだ。蓋の、錠《ロック》が外されると、車外《そと》の、電灯（だろうと思う、論理的に考えて。もう夜間なのだから）が射し込んだ。灯りが。私――の網膜――には強烈すぎた。だから瞼を閉じたのだし、しかし、「知りたい」との衝動はただちに開けさせた。もう一度。何が起きているのか、その手がかりを得たいのだ。なんでも、なんでも。誰が来たのか、知りたいのだ。そうした欲求が私を衝《つ》き動かす。すると、そこには凶器がある。眼前に、刃《やいば》がある。

ナイフだ、とわかる。大型の。――狩猟ナイフ？

言われていることもわかる。

私は、いっさい騒ぐな、と命じられているのだ。この瞬間から、いっさい、と。

もしかしたら（これまた希望的観測だが）猿ぐつわを取られるのかもしれない。

その時には、絶対に黙れ、と。

命じられている。目の前のナイフの刃に。

では黙ろう。

横たわっていた、というよりも横倒しに「収納」されていた体を起こされる、引き起こされる。腕を摑んで。両腕、両肩だ。やはり三人いる。一人は私に触れない。ナイフを——眼前に——突きつける担当だから。そして、この三人は、まず確実に神田上水公園で私をさらった三人であるはずだが、断言は難しい。なぜならば、全員、マスクなどしていない。野球帽は、一人はかぶっているが、鍔《つば》を後ろにしている。同一人物か、を確認する術《すべ》がないのだ。そもそも。しかし、目もとは？　そうだ、若い。若い二人がたしかに混じる。一人の眼は……ぼんやり。一人の眼は……血走っている。二十代の後半？　そして、私を揃って強引に立たせて、それも車外に、トランクの外の地面に、そうしようと試みて、しかしながら私の膝は、そもそも痛めつけられているし、長時間の屈曲で弱り切っている、だからガクッと折れた。

私は、その瞬間に、漏らす。

尿を。

しかも、ちょっと漏らすのではない。開栓したといった態《てい》で、徹底的に、徹底的に、出すのだ。意思ではどうにも制御できないのだ。止められないのだ、途中では。

それは、ジャアアアッとは音は立てないが、膝下に足首のほうに靴の内側に、と流れて、むしろ雪崩《な》れ込んで、あふれて、奇妙な籠もった悪音とともに地面——アスファルト舗装の——に落ちる。

その前に臭いがある。

活《い》きのいい尿臭がある。

両脇の二人が気づいた。三人めの、ナイフ担当の男も舌打ちする。視線は、私のそれも含めて、みな私のスラックス(の股間から、大腿部あるいは裾口)に落とされている。

しかしそれ以上は誰にも見咎められない。私の「失禁」は。なぜならば、私の「収納」されていた車は、より大型のピックアップ車の、蔭になっていたから。

「なっていた」というよりも、そのように駐められていたから。二輌が、ともに。協力して? ピックアップの荷台には幌《ほろ》が張られている。私は、歩け、歩け、と促される。しかし私は、複数の感情に襲われている。まずは解放感。放尿は、叶ったのだ。それから羞恥。いや、情けなさ。むろん甚《はなは》だしい不快感。生あたたかい豪雨を浴びた真夏の夕方の、下半身(の感触)が催させる類いの。それからまた、三人がマスクをしていない、という事実。彼らは顔をあらわにしている。私は、目撃したかったが、本当に目にしてしまっている。加害者たちの容貌を。それは、つまり、後戻りできないということだ。私が「見ている」ことをこの彼らは「知っている」のだ。私は、事態の重さを認識し、震える。

そうした感情が一遍に来ている。

しかし、私の目は。

私の目は、希望を探し求めてもいて(意識は打ちひしがれていたのに、だ)、ここがどこであるのか、を肉体そのものの判断で把《つか》もうとする。

サービスエリアか? 高速の。

背後は――いや、二方向が――森。雑木林。

サービスエリアの駐車場で、しかも、私の「収納」されていた車の、周囲数メートルに駐まるのはその幌のピックアップだけ。

たぶん、そうだ、とまでは把握する。

と同時に、私は自棄《やけ》になりつつある。私は馬の尿《いばり》のように大量に漏らし、しかも替えの下着、スラックス類もない。また、喉が、胃が、全身が水分を欲していて（こうも無様な状況なのに！）、しかも餓《かつ》えているとも自覚した。空腹？　この期に及んで？

ピックアップの荷台——幌の内側——に引っぱり上げられる。

そこに、新たに二人いる。この二人はマスクを着けている。明らかに変装用に。私は、逆に安堵してしまう。変装しろ、もっと変装しろ、と。背後で囁かれる何事か。ここまでの経緯の報告……現況報告？　私がみじめに漏らしたとも、言え、言ってしまえ。そして、たしかに言われたのだった。なぜならば下着を渡される。新品の、Mのトランクスだ。用意がいい。そして、そこまで用意がいいのであれば、私は「監視下にずっと（あるいは「しばし」）置かれる」のは、必至なのだとわかる。私は希望をやや絶つ。しかしながら、私の脱水状態は本物で、劇烈に空腹で、私は、ペットボトルの水を与えられ、コンビニで売られているような惣菜パンを二個与えられると、ある意味、感動する。

下着を替える際、荷台に積まれた段ボールを衝立《ついたて》代わりにする。

しかしナイフの男には見張られている。見られている。

「ズボンは、ない。ここには」と簡潔に言われる。「我慢して」

その命令の語尾が「我慢しろ」ではないことを、私は心に留める。手がかりとして。

私は、飲食のためにもちろん猿ぐつわを外されたのだが、私は、もちろん黙りつづけている。観察する。キャップを後ろ前にかぶった男の、帽子から覗いた襟足の毛は、染められている。いわゆる茶髪だ。ここ数年で髪を染める若者が増えた。その「今時の若者」ふうであることが、意図的だ、とわかる。変装。

私は、ありがとう、ありがとう、と黙って念じる。私は加害者たちを観察できている。加害の勢力のその構成員を。

五人とも、二十代の半ばから後半。いや、一人は……三十代？　そこまで察《み》る。

ふたたび猿ぐつわを噛ませられる。

15

そして私の寝床は依然としてトランクだ。

ご丁寧にも、テープは交換された。説法（の内容）が換えられた。ボリュームはそのまま。低い。

教祖は私の耳もとで延々と囁いている。それを聞きながら眠る。下着は、たしかに新しい、けれども荷室内に尿臭は籠もる。スラックスから移って。それがどうした。私は監禁されている。

その現実だけを咀嚼する。

それから、目覚めるごとに、トランク内の闇に点々を探す。陽光の――かつ呼吸孔の？――点々を。

それが射せば、朝だ。時間は、私にだって捉《つか》める。時間は私のものだ。

私は黙る。私は観察する。

私は被害者だ。私は騒がない。

監禁されるなど、拉致されるなど、まるで映画だなと思うのだけれど、映画の内側にいるようだなと思うのだけれど、映画にはこうしたみじめなディテールはないな、とも感じる。せめてサービスエリアにシャワーがあれば。股座《またぐら》から意識を背ける。

朝を迎える。その間、私は幾度も眠った。たぶん車も、長時間駐まった。数カ所に。何度か。


朝の次は夜。

夜の次は朝。

三日め……三日めだと？

説法テープの交換に至っては、八度め。徹底して何本も聞かせる。頭蓋の内部に、教祖の声、声、声しかない。

三月三十日に私は拉《らっ》されたはずなのだから、今日は四月……二日？

そうではない。四月一日だ。

三月は三十一日まである。あった。

あったはずだ。

国家対宗教団体は、どうなった？

重態の警察庁長官は？

わからない。わかるはずがない。

わかりたい。

全身が泣いている。悲鳴だ。私の体は言葉を獲得したのだ。適切なる声を。

肉体の……肉体の文学？

何を言っている。私は。俺は。

私のトランクは三つめだ。私は、乗り換えたのだ。私は「収納」され直した。尾行されないために？　そのために車種を変えた？　そうだろうか。尿臭のためかもしれんぞ。

一日に、三度、下ろされるようになった。

食事だ。人気のないところでトイレもさせてもらえる。監視された便所の、監視された個室で、排便。

しかもスラックスを新しいのにできた。それは、用意されたのだ。Mサイズのジャージの、だからスポーツウェアだったが。

それから、他の地点で、今度はシャツを与えられた。

パーカを与えられた。

そのたびに「着て」と言われた。前のは「脱いで」と言われた。前のとは、私の私物、自前の衣類だったわけだが。

それらは、明らかに処分された。

そして三日めの、朝が――昼を越して――夜になって、私は、靴下やシューズまで新品で、下着は連日替えて、そのトランクは三つめで、つまり車輛が三台めで、肉体の疲弊（責めさいなまれ方）は極限に達しつつあって、脳内には説法ばかりがあって、あまりものを考えていない。その状態――その恰好――で、そこに到着する。

夜、山間《やまあい》の一軒家に。

どこの、と私は最初に思う。いつもながらに、無理強いに立たせられて。

どの都府県の、と。

ここは、どこの、地面だ？

16

坊主頭がいる。

年齢《とし》は、私とふた回り離れているとは思えない。が、ひと回りは確実に離れる。下に、だ。つまり四十には達していない。穿いているのはチノパンツ、土埃色《カーキ》をしていて、その上に薄手のセーター、地味な黄土色をしている。サマーセーターなのかもしれない。なにしろもう、四月だから。

頭を坊主刈りにしたその男は、山間の、一軒家にいるのだけれども、この民家の内部にはもう一軒の家がある。そのように私は感じる。広い居間があり、畳敷きで、ある程度の高さの床下を有し（つまり縁の下がある）、この畳の居間の中央に、コンクリートの箱――部屋――があって、いいや、「ある」というよりも建てられていて、上部は天井に届きそうだし、下部は床をつらぬいて（つまり敷板を剝がすか断《た》って、畳も断って）、地面に達している、はずだ。

コンクリートの部屋には鉄扉《てっぴ》がある。

そのドアは開いている。奥側に向かって。

開いた、その内側の間《ま》に、坊主頭がいる。

椅子に腰を下ろしているが、それは回転式のもので、私をそこに迎えた瞬間には、男は、テーブルのほうに対していた。椅子はテーブルに面していて、テーブルには小型テレビが載っていた。画面にはニュース番組が映っていた。音は無音《ミュート》に設定されていた。しかしテロップが騒々しかった。その教団がらみの特番だと私は視認した。一瞥しただけでわかる、例の、過熱報道の一環なのだと。

「先生」と声を出してから、坊主頭はしばし無音《ミュート》の画面を凝視し、私にも観るよう促してから、電源を落とした。画面が死んだ。そして、椅子が回転した。坊主頭は私を――扉口《とぐち》に立たされている私を――見た。

私は縛《いまし》められてはいない。両手や、両足や、それから、口は。

その口を、開いていない。まだ。

「先生は、テレビって観ます?」

私は、普通にね、と言わんとして首肯する。

「観るんだ?」

また首肯する。

「新聞はいっぱい読むんだろうな、とは思ってましたけど」と坊主頭は言って、「ああ、いや失敬、これは本題に入るのを急ぎすぎたな。失礼しました。自分は、本当に失敬極まりないな。まずはあれですね。謝罪だ」

そう言って、じっと私を見る。

私は、ほんの一〇度か二〇度ほどの角度で、首を傾ける。黙ったまま。

そもそも私は考えている。私は、先生、と呼びかけられたのだ。ならば私は、私ゆえに狙われた、となる。

そうなのか？

じき確かめられるだろう。

「ああ、そうか！」と男は大袈裟に言う。「いいんです。いいんです、先生、しゃべって。大変に礼を失しました。またもや失礼をした。自分たちは困ったもんです。何度やっても人間の連れ去りには慣れない。アマチュア根性がどうにも抜けない」

「プロは、いるのかな」と私は言ってみる。

ひさびさに声を出した。

やはり違和感がある。しかもところどころ嗄《しわが》れた。

「え？　ぷろ？」

「拉致の」

「ああ、そのプロ。いますよ、います。いろんな国家のいろんな機関のいろんな工作員。それから民間のアウトロー集団。暴力団もそうだし、思想系の闘争組織も……ね？　いるでしょう、先生」

「私は、なんのプロだろう」

「あなたは、文筆のプロです」

そのために私は拉さ、れ、た。

第一の結論を私は摑む。

「一昨日《おととい》から、でしたね。じつにじつに、すみませんでした。そう、初めはこの謝罪からです。こんなに時間がかかってしまって……トランクは窮屈でしたよね？　しかし、自分たちとしてもしょうがなかった。あなたは指定席の所有者でした、けれども、ほら、空いている助手席や後部シート……先生は見られなかったわけですけれども、そちら側にはいろいろと乗りましてね、何人もがね、ここで乗って、そこで下ろして、ここで拾って、あっちに逃《のが》してってね。あったわけです。必要が。こういう言い方は失礼ですが、いやはや、またまた失礼だ、自分たちは……ええ、本当に失敬千万ですねえ。しかし、言いますね。事態のこの局面で先生のプロジェクトばかりに要員は割けない」

「私のプロジェクト」と疑問を口にする。

「ええ」

「私の」どうしてだか、語尾を疑問形にできない。

「自分たちはあなたのマンションを張ったのです。先生」頭が坊主刈りの男は、どうしてだか、左の目尻だけを下げる。どうしてだ？　しかも、器用だ——「あなたの行動パターンは決まっている。あなたは、執筆のために生活のルーティンを定《さだ》めている。午前八時と八時半にコーヒーを一杯ずつ、ね？　その前に朝食、朝食には必ずオレンジジュース、ね？　読書、雨でも散歩、それから仕事部屋、でしたね？　そういうエッセイを四本、五本、いや毎度書いてますね？　読みました。それでも決行の三日前から、見張りました。しかしそうじゃないんです、重要度があるほうは。その一昨日の朝から、ちょうど三日間かあ。見張りを外していないんですよね。先生のマンションの。すると、誰も訪ねてこないってことが確かめられた。もちろん、捜索願いも。いまだに出されておらず、です。あなたは大人であって、ゆえにいわゆる保護者なしってことで、よいでしょうか？　よろしい？」

私は返事をできない。何がよい？

「郵便物は、転送させます。こちらに。東中野のマンションの郵便受けから最低週一はピックアップさせる。いや二回がいいかな？　どうです？　どういう頻度で書簡は溜まります？」

何を言っている？

「それと、あれです、家賃は振り込みましょう。私らで。そうすれば、管理会社とも問題にならない。不動産会社？」

何を言ってる？

「ね？」

「何を言っているんだ？」と私は言う。

「大事なのは手紙です。出すほうの」と男は言う。「これから先生が出すほうの、ですよ。ただちに認《したた》めるほうの、です。直筆は効きますからねえ。出版社に宛《あ》てて、いやいや、それぞれの編集部の、親しい編集者に宛てて、それから親類？　家族？　いるようでしたら、そこにも。それから、ご友人？　いるようでしたら、ぜひ。親しい方がおられれば、ですが、『旅に出た。小説のためだ』って文面はどうでしょう？　いやいや、『文学のためだ』が先生っぽいかな？　わが文学。併せて、唐突ですまん、とかね。迷惑をかけることを詫《わ》びるぞ、とか。『しかし一、二年執筆は休みたい』と添えたら、もう完璧です。誰も先生を捜さない」

「一、二年」と私は反復する。

「ええ」

「長いね」と私は、感情をまじえずに――まじえられずに――言う。

「けれども執筆はしますよ」

「する」またもや疑問形の語尾にならない。私の発話は。

ほら、と坊主頭は言って、卓上の、テレビよりも向こう側を指して、するとあるのだ。私は、指し示されてから気づいたのだ。原稿用紙。万年筆とインク瓶。ワープロ専用機。また、メーカーの異なるノート型パソコンが二台。無造作に積み重ねられている。きっとOS違いだろう。それからノート類。それから鉛筆、先は尖っている、もう整列している。何本も。

準備は万端です、と坊主頭。

用意が……用意がいい。これはなんだ？

17

私はまた沈黙しそうになる。沈黙を守りそうになる。

「ああ、そうだった。テレビ！」坊主頭が叫ぶ。「先生は、テレビを観るし、新聞を読みますね？」

ひと言で答えられる質問だったから、私は答える。

「読む」

と。観る、は飛ばした。

「では、先生。あなたはどう思います？　一連の事件は、彼らがやったのか？」

「彼ら」と私はまた、感情なしに反復する。

「殺人。それから無差別殺人。無差別大量殺人。それからもろもろの地下工作。終末来《きた》れりの組織的な演出。教団がやったのか？」

「君たちがやった、と私は思う」と私は答えている。

18

「そうかなあ。全部かなあ」

坊主頭は楽しそうだ。

私の回答を何も否定しない。何も。彼ら、をこの男が教団と言い換えて、その教団を私が、君たち、と言い換えたことに関しても。

私は戦慄《わなな》いてもよい。いま。

私は戦慄けない。

「さあて、先生。先生」と男は続ける。「あなたは、おもしろいですねえ。あなたは、わめいて騒ぎませんし。非難の怒号もぜんぜんなし。パニックにも陥りませんし」

陥ってるよ、と私は思うが、言葉にはしない。

「自分はね、これまでに何人かさらいましたが、ええ、主犯となってね、だけれども、そういう人はいなかったなぁ」

「さらって、どうしたの？」私は尋ねる。

「ご想像にお任せします」と坊主頭は答える。また目尻が下がる。左側だけ。

私は、少しだけ想像する。

やめる。

想像することは術策に嵌まることだと言い聞かせる。

「想像力は大事ですよ。想像力は。そうでしょう、小説を生業《なりわい》とされる先生？　世に、武闘派と言われる連中はいます。そして武闘派には、二種類があります。想像力の欠如した武闘派と、それから、そうだなあ……文学的な？　ええ、文学的な武闘派と。自分は後者ですね。自分らの一団はね。そして、それは大事でしょう。未来を『信じる』とかね。未来に『殉じる』とかね。これもイマジネーションの力だから。さて。さてさあて」

男は腰を上げる。回転椅子から。とうとう。

「一つ言えることは、あなたの失踪は悟られていない、です。だから、どっちでもいいんですよ。あなたが協力的でも、非協力的でも。うん、なにしろあなたは消えているんだから。なにしろ、事態の局面はもう末期なので。事局は末期、ですよねえ。そういうわけで、どちらでもよいんです。先生ご自身に選んでいただいて。協力か、非協力か。もちろん、いっそ帰依《きえ》するというオプションもありだ。これはね、救済されますよ。先生が」

「救済」と私。

「自分はね、昔、先生のファンだった」

「昔」と私。

「読者だった、ということで。だから先生のプロジェクトだって発案できた。発案、そうして実行。ね？　自分はね、端的に言ってね、先生に未来を書いてもらいたいだけですよ。それからね、『いいよ』って応えてもらえてね、執筆にかかられるって約束なんかもしてもらえたらね、お風呂にも入れますよ。今晩。いまから」

そういうふうに弱点が突かれるのだ、と私は思う。私は。股座《またぐら》を洗いたい、と猛烈に感じて。


選択肢は。

死。

風呂。執筆。

いいや。風呂それから執筆。

消される……抹消されることと、それ以外。

口のなかを洗浄したい、と劇烈に思う。

19

私は何も考えないことにした。部屋は与えられた。そのコンクリートの箱だ。民家の内側に建てられているもう一軒、鉄扉が具わった房室、そこは「瞑想室」と呼ばれていた。彼らのあいだで。外から錠を掛けられる。が、内側に鍵の類いはない。この「瞑想室」が私の仕事部屋となった。書斎？ 独房？ どちらとも言えた。両者の機能を兼備する、と洒落ようか。しかしテレビ付きだ。豪勢な監獄、そう言える。私は何も考えないことにした。先生に基礎知識は要ります、と言われた。けれども、すでに具わっています、と坊主頭に仄めかされた。そのとおりだ。私は教義を学習してしまっている。いつ？ トランク内にこの私があった、そのトランク体験期間ちゅうに。教祖の説法テープ、あれらの集中講義。私は教団の、この教団の、特殊な宗教用語類にすら親しんでいるのだ、いまや。しかし世界観は足りない。私はもっと学ばなければならない。彼らには、体系的な教養の本というのがなかった。教祖の著作は複数あったが（それからまた機関誌も多数が発行されていた）、系統立った教えを記す一冊がない、とは、「聖書がない」を意味する。予言にしてもそうだ。それは、口頭では多数、しかし教祖の〝口から〟で終わる。そのレベルにとどまる。指が足りない。字が足りない。だから。私は、私は何も考えないことにした。私は仕事に集中した。ここは仕事部屋なのだから。テレビは、観てよいのだった。「外界の情報に触れることは、禁ずる」とは言われなかった。情勢に関して——の情報——はアップデートするよう、むしろ勧められた。すると、教団の幹部たちが、幹部を含める信者たちが、続々逮捕されている。私は正直に言って戦《おのの》いたのだが、四月の上旬の段階で、教団の所有する旧ソ連製ヘリコプター、なるものが画面に映った。警察の捜査が、教団の施設内にそんな航空機を発見した。そんな航空機がマスコミの目にさらされて、画面越しに私の目にもさらされた。武装ヘリに転用できます、と。一九九五年四月の上旬だ。中旬だ。下旬だ。私は何も考えない。何も、考えないことにした。四月二十三日、教団の最高幹部が刺殺された。その報道を観た。なにしろメディアの撮影機材の前で刺されたのだ。いや。刺されたのが二十三日で、死んだのは翌二十四日未明。凶行は何度も何度も、その瞬間がテレビに流される。私は何も考えないことにした。教祖の逮捕は時間の問題だ、と言われ出した。坊主頭はどう言ったか？　教祖の逮捕は時間の問題ですね、と言った。

「強制捜査前に、自分たちは、いろいろとシナリオを練っていたのですが、通じないなあ。通じねえよ、もう」

そう言った。

私は予言書を作らなければならない。私は没頭しつづけた。私は、私は、私は何も考えないことにした。しかし考えた。文章を考えるのだった。展開を練るのだった。物語を編む、いつもの私の仕事だ。本業でもある。十一歳で、生まれて初めてものを書いてから後《のち》ずっと、それが「本業になる」状況をこそ希《こいねが》ってきたのだ。丹念にプロットを動かす、文体を強める、あるいは意識的に弱めて、緩急をつける。そうだ、そんなふうな訓練ならば何十年としてきた。作品を完成させる努力ならば、厭《いと》いはしない。作品？　私は、映像《イメージ》を求めた。なにしろ予言書なのだ。新約聖書でいったら黙示録なのだ。私の集中力は、持続する、執筆する私の集中力は。他には考えられない。私は始原的な時間と終末的な時間を、綯《な》い交《ま》ぜにした映像《イメージ》に没入した。そうしたビジョンの捕獲に、だった。作品……しかし、これは私の、作品なのか？　原稿料は払われない。著者名も出ない。無署名となるのだ。そのことに空虚さを感じるか？　無力感を覚えるか？　私は、私は……感じないし覚えない。そうなのだ、私は何も考えないことにした、のだから。四月三十日、いや五月三日、いや五月五日、そうだ発見されたのは五月五日だ、西新宿の地下街のトイレで青酸ガスの発生装置が発見されたのは。その致死量は、一万三千人分あった。「いやあ。いやあ」と坊主頭が言う。これが成功していたらなあ、と言う。しかし歎息はしない。私は二種類の予言書を用意しなければならない。一つめは叙事詩、いかにも聖的で、二つめは戦闘マニュアル、いかにも世俗的。用意は、よいほうがよいのだ。坊主刈りの男は私の「瞑想室」を訪れるたびに言った、答えられることは全部、自分は先生に答えますからね、と。

「なにしろ自分たちは、この教えを、国教にするんですよ」

そう言った。

いまもそう思うの、と私は訊いた。もちろん、もちろん、と男は言った。統《す》べられた聖典もないのに？　と私が訊いて、だから先生がほら、黙示録、と男が答えた。ほら、予言書から、絶対にきっと行けますよ、自分たちの再出発が、と続けた。彼らの再出発、と私は思った。私の業《カルマ》、と私は思った。業《カルマ》？　どうしてこんな言葉を、私は採る？　カルマ、カルマ・ヨーガ、ヨーガ、因果応報。カルマ・ヨーガとは「結果を顧みない義務の遂行」だったのではないか？　坊主頭は、こんなふうにも言った。たとえば、自分たちは殺人を正当化する教義を持っています、秘密金剛乗、と。たとえば、自分たちは手術をしているのです、この国家の、と。卑しい物質文明に、鉄槌、ですね、と言い、爽やかに笑いもした。私は感心してしまった。ここまで追いつめられているのに、と。それから、たとえば、どの程度の挺数《ちょうすう》となる自動小銃が密造ずみか。大量生産がすんでいたか。たとえば、警察や自衛隊に――現段階でも――どの程度の信者がいるか。潜《もぐ》っているか。そこまで教示されると、私は、私自身、「ちょっと私は知り過ぎだな」と思う。そして、そこまで知り過ぎているから、二種めの予言書が著わせる。具体的な戦闘の、戦術のマニュアルが。使用兵器を詳述した文書が。私は、教団内部の武闘派（の独立部隊）しか知らない事実を、多々、共有するのだから、私は、さらに選択肢を喪失している、と認識するのだけれども、し続けているのだけれども、私は、何も考えないことにした。

執筆以外の、何も考えない。

そして、これもまた映画だ。私がその内側にいて、出演する映画ではない。拉致と監禁のそれではない。私が制作しようとしている非商業映画だ。しかも起用する俳優は、決まっている、主演スターが。時代のスポットライトを一身に浴びる著名人、にして教祖、にして救世主。いわば、生きている〝神〟。それを私は、主役にした。

20

執筆とはディレクションでもある。監督役を務めること。たとえば登場人物たちの操作、その演技(演技指導)、たとえば絶妙な台詞回し。執筆者が用意するのは、台詞そのもの、だけか? 回すのは読者か? しかし、あらゆる作者はひとまず監督《ディレクター》に似る。そして、兼、脚本家《シナリオライター》である。

子役は重要だ。私は映画の話を続けるのだけれども——商業・非商業を問わない——、「子供の役を子供が演じる」という要素は、一般の舞台芸術(演劇)に比したら特異で、にもかかわらず、あるいはだからこそ、これが映画という表現《もの》の成否の肝になったりする。ところで、私はどうして、子供のことなどに触れている? 大勢の「保護」の事例があったからだ。教団の子供たち、とは出家修行者の子供たちのことで、この子らは教団施設に暮らしていた。そうした事実を警察の強制捜査が明らかにして、たしか四月十四日、一時《いちどき》に五十三人が「保護」された。他にも「保護」事例はあったが。親は信者だが祖父母はそうではないから、当局に救出を依頼した、とか。そもそも親である信者が逮捕された、とか。子供たちもまた信者だったのだが（疑いなく教祖、教説を信奉している）、その身柄は強制的に確保された、そして児童相談所に送られた、つまり国に「保護」された。

この頃からだ。

私は、子供、と考え出した。何も考えないことにしていた私は、執筆のためにそれを考えた。教祖にもまた家族がいて、子供たちがいて、全員揃って施設内で暮らしていた。この嫡出の子らも「保護」されるのではないかと囁かれた。かつ、これは坊主頭が私に明かしたのだが（「答えられることは全部、自分は先生に答えますからね」――）、嫡出子ではない教祖の子供もいて、しかもこの子らには戸籍がなかった。「保護」はまぬがれない。

この頃からだ、ビジョンが憑《つ》いた。私に。

私は、主役と子役、と考えはじめた。なにしろ――これもまた映画なのだから。

教祖の逮捕は時間の問題だ、とテレビは言っていた。私の仕事部屋のテレビが。「瞑想室」のテレビが。教祖の逮捕は時間の問題ですね、と坊主頭も保証した。すると、教団からは指導者が……霊的指導者が消えることになる。教祖不在の巨大組織、それはどうなるのか？　代行者は置ける、むろん。最高幹部たちが、教祖の側近たちが、代行して……いや。彼らは逮捕された。あるいはまた、彼らも逮捕必至だ。坊主刈りの男がそのように、やはり保証する。ならば、そこは二世では？　と思うが、前述したように教祖の子らにも「保護」の虞《おそ》れがある。その可能性は高まった。私は、それを踏まえて、予言書を……予言書を……。

ビジョンは憑いた。

21

主役と子役。

教団を率いるのは、やはり教祖でなければならない。彼こそがスターなのだから。あの長髪、いや蓬髪《ほうはつ》、あの野性味あふれる髭面、それゆえの聖なる霊気《オーラ》、そして全盲。五年前に全盲になったのだ、と私は知る。その前には、片側はやや見えた。その前には、鍼灸師をしていた。盲学校に通っていた。寄宿制だった。

この教祖は逮捕されて、拘置所——などの刑事施設——に入る、のだろう。

しかし教団を指導・統率するのは、やはりその後も教祖でなければならない。

教祖の子供でも、駄目だ。前述のような理由があり、また、奇蹟で生まれたわけではないから。このような非常時だから、降誕した、等。そのように「奇蹟で誕生する」ことは要る。

では……。

教祖そのものでもある子、は？

まっさらな子、は？

説法には〝指導者《グル》のクローン〟なる印象的なフレーズがあった。「高弟になるには」を語る内容だったのだが、クローン、は手がかりだ。私の発想の。着想の。

私は、教祖でもある胎児、を想い描いた。ビジョン。かつ、それは絶対的なタイミングで、この地上に生まれ落ちる。新約聖書の、あの、処女受胎に匹敵する圧で。すなわち神話的な圧で。すなわち予言書にふさわしい、適切なる、適切なるそれで。

その胎児は「教祖救出」を指示するのだ。生誕の前に、母の胎内から。

どこから救出するか？　奪還するか？　刑事施設または〝世間〟から。だから――当局の手中から。逮捕後に。

22

傲然たるビジョンが私に書かせる。また、命じる。子宮が要る、と。

坊主頭は私に約束した。極秘裡に「受胎のイニシエーション」の希望者を募る、と。

私は、母親は器量よしでなければね、と言った。

坊主頭は、未成年の女性信者がいいだろう、と応じた。

決して警察にもメディアにも、それどころか内部対立を増している（らしい）教団内においても、まだ注目されるに至っていない人間、信徒。しかし霊的資質にはあふれた者、女。

……霊的？

私は、坊主頭にうなずいた後《のち》、何をうなずいているのだろうと不思議に思う。

しかし執筆する。

執筆を――基盤ごと――準備する。展開させる。予言書を。それも二種類ともに。私の記述は、文章は、当たらなければならない。予言は成就しなければならない。私の予言書はさかのぼっている。たとえばその四月の――この四月の――ひと月前に。み月前に。私はまず、近い過去に生じた出来事を書き著わして、しかも、それを〝予言群〟として筆述するものだから、ぶじ的中する。それらの数々に、陰謀なのだ、宗教弾圧なのだ、と註する。「その年、その三月、われわれは斯《か》く弾圧されるであろう」と。そして、その四月――この四月――テレビ画面に映し出される出来事を、順々に私は〝予言群〟に織り込んで、事後的に当てる。こうなるであろう、ああなるであろう、教団の重鎮は刺殺されるであろう。その運命の年の四月。それから、五月になり、私は、その運命の年の五月に、われらが指導者《グル》が、と記す。

記した。捕縛される、と。

ここまでで、私は、いったい何十……何百時間を執筆に費やしたのか。

しかし、もちろん、予言書の執筆はそこでは終わらないのだ。教祖逮捕では。

私は何も考えなかった。私は考えつづけた。

23

ところで映画だ。

映画ならば、演技指導で、俳優たちの台詞回しのディレクションで、――いいや、台詞の言い回しは当人に委ねる。私が、監督《ディレクター》であり脚本家《シナリオライター》である私が仕込むのは、読まれる台詞まで、だ。

たとえば、こういう台詞だ。

いや、その前にシーンの解説だ。場面x、法廷。詳細を書き込むならば東京地方裁判所、たぶん。教祖の初公判がある、目下開かれている。教祖は証言台に立っている、そうだ、わが、我らが主演スターだ。そして台詞、これを私が書いて宛《あ》てた。「雄弁に」との指示《ト書き》は入れた。が、あとは俳優任せ、答弁の演技に没頭してもらう。そして、言ってもらうのだ。

「ええ、私は確信犯です」

と。

「宗教的な確信犯です」

と。

「起訴された事件、いっさいの犯罪、すべて教祖の私からの指示である」

と。

そして言う。「あなた方は善悪の彼岸に思いを馳せられないのか？」と。そのように、傲然と、言う。なぜならば私のビジョンが不遜だから。あまりに傲然としているから。

24

一九九五年五月十六日、教祖の身柄は捕らえられた。

同年十月二十六日、初公判は行なわれた。私選弁護人の解任による延期、との噂が流れたが、そうはならなかった。私の予言書（の二種類の描出）を裏切るようには展開しなかった。東京地裁での、一般の傍聴席は四十八席、けれども傍聴希望者は一万三千人を超えた。そこで教祖は、堂々たる演技を披露した。彼が、私の予言書を熟読したから。いや、この言い方は少しく正確さに欠ける。彼は読まなかった。読めなかった。全盲だったから。ではどうしたのかと言えば、聞いた。テープの音声を聴取したのだ。私の予言書はその文言《もんごん》を吹き込まれて、カセットプレイヤーから再生された、もしかしたらハイエンド機種のオーディオ装置から、だったかもしれないが、いずれにしても「テープ返し」だ。私は、以前に彼の説法を聞いた、聞かされた。だから、彼は業《カルマ》を返される。

彼は罪状認否をした。意見陳述をした。傍聴席、そしてメディア、と騒然となった。

その説法は仏の説法ではない。もしも真の御仏《みほとけ》の説法であれば、あれが降るのだが、と私は思った。天上からあの白色《ホワイト》の花々が降るのだが、と私は思った。仏教関係の知識を増やしている私は、地上世界にはない美花が、曼陀羅華《まんだらげ》が、と思ったのだった。

もちろん降らなかった。もちろん。

そして圧巻の台詞回し。このスターは華麗に演じたのだ。「善巧方便《ぜんぎょうほうべん》による殺人、そうです」――ここで両手をひろげた、と報道された――「ええ、私は確信犯です」といきなり断じた。宗教用語は私が書いた。繰り返す――書いたのは私だ。

それから――繰り返す。私は「胎児が教祖救出を指示する」とのプロットも用意して、こちらの台本も、台詞も、書いた。

25

一人の女が教祖の子供を宿している。若い。成人年齢に達していない。美しい。公判日以前から、彼女は膨らみ出した腹を指し、「ここに教祖はいます」と言っている。「教祖は拘置所《あちら》にもいて、こちらにもいます」と言っている。この妊婦は、あまたの奇蹟を見せるのだが、なかでも最大のそれは一九九五年十月二十六日にある。この孕《はら》み女は、二百数十の出家信者を前に、教祖が法廷で語ることを語る。ほぼ同時に、語る。教団の修行道場内で、だ。公判がどのように進んでいるかの報告がマスコミに出る前に、だ。修行道場は山梨県下にあって、東京地裁の本庁の置かれた東京都千代田区からは遠く離れている。にもかかわらず。「胎内の教祖が、いま語ります」と女は語る。鬼気迫る表情。その眼《まなこ》。胎児は……口をきき出している。それを……母親が口にする。その台詞を。その台詞の作者は？　私だ。

いずれにしても奇蹟は生じて、その奇蹟は「本物である」と認定される。教団の信者たちに。認めないのは、私や、私のプロジェクトの発案者である坊主頭や、いずれにしても数人。これは極秘事項なのだ。ただし予言書は、すでに、千名を超える残存の信者間に――密かに――頒布された。第一の（表《おもて》の）予言書のみ、だけれども。第二のそれ、裏の予言書を渡されたのは、その十分の一……に満たない。ところで、私は、教団の信者たちが認定する、しないの件《くだ》りで、私を勘定に入れて「しない」の側を解説した。私は信者か？　いまや、そうか？

26

女はもちろん教祖と性交した。四月の終わりか五月に。それが「受胎のイニシエーション」だ。着床はいつだった？　そこまでは予言できない。私にだって見通せない。「受胎のイニシエーション」が何人の未成年者を相手に施されたのか、は、坊主頭は明かさなかった。誰もがやすやす妊娠するわけではない。まして教団の非常時だ。その四月の終わり、その五月の上旬から中旬、そうだった。また、誰もがやすやす勃起し、射精するわけでもなかろう。非常時なのだ。

しかし非常時だからこその奇蹟。着床。

いや、非常時だからこその勃起。射精。

性力崇拝の密教《タントラ》的ではある。

それもまた霊性や、霊的資質うんぬんか？

私に……私に決定的だったのは、私が字を書き、すると子供は孕まれた、の一点。〃妊婦の女性信者〃を誕生させたのは私だ。つまり、私が書いたことでその胎児は宿った。現実に。その若い女の腹に。かつ、遺伝子（「精液」と言おう）の提供者は教祖である。

私は、はたして、恐怖のうちにも責任を抱《いだ》いたか？

思い出せない。


思い出す。

転々としたのだ。私は軟禁状態だったが、移動時には拘束された。つまり彼らが拠点を変える時だけは、監禁された。ここでの「彼ら」とは坊主頭の一派である。拠点とは当局側から見てのアジトである。私は、だんだんと学ぶ、教団内の分派と対立の多さ、大きさを。組織とは、そういうものか？巨大になればなるほど？　しかも教祖逮捕のカウントダウンが進み、実際に逮捕され——となると、内部の権力闘争は弥増《いやま》した（らしい）。坊主頭は言う、幹部単位みたいな感じで融通できる資金があってね、と。それに涎《よだれ》を垂らす奴らもさ、まあ、前々からいるわな、と。阿呆め、と悪態をついた。それから私に言うのだった、先生は、自分の、いわば最終のツール……みたいな？　だから、誰にも奪《と》られるわけにはいかないし。プロジェクトの背景を勘づかれるわけにも。先生、先生、あなたは恐ろしい予言書を書いている。「最高です」

褒められる私は次のアジトへと移動中で、だから、拘束状態だ。それも御念《ごねん》の入《い》ったことに目隠し付きだ。それでも、押し込められたのは後部座席であってトランク内ではない。私もずいぶん出世した、と私は思った。この教団内で序列をあげているも同然だ。それこそ、じきに坊主頭の右腕……か？

私もいまや武闘派の作家か？

アジトからアジトへ、転々。

そして、八月か九月だが、私はもう目隠しをされない。されないようになっていた。それから十月、あの特異な刑事裁判はあったのだ。教祖の初公判、騒然たる公開法廷、かつ教団の修行道場においては公けの（二百数十名をも目撃者＝証人とする）奇蹟付きの。


思い出す。

この公判後、私はどうしてだか重みのある人物として遇される。教団内で。私は、ある程度の自由を得る。あちらの施設に顔を出しもする、こちらの秘密アジトで挨拶をしたりもする。坊主刈りにした男の、参謀なのだ、と目《もく》された。もしかしたら事実でもあるのだが。外面《そとづら》的には、私は、坊主頭に率いられる「独立部隊」の顧問だ。この部隊は一九九五年の春まで、分隊、または遊撃隊の扱いだった。いまでは本隊だ。相当数の著名な（とは「メディアに顔が出てしまった」の意だ）幹部たちが逮捕されてしまったゆえ。要するに、坊主頭は存在感を増している、教団《ここ》で。

ここで。

ここでの私は作家ではない。その素性は明かされないし――ほとんど厳秘だ――そもそも別名を授かっている。いかにも高位修行者ふうの名。インドの聖者に由来した名前。坊主頭の片腕にふさわしい、異称にして衣装。それを私は着た。着用するや、私も演技する者となった。私は、もちろん、依然として監督《ディレクター》で脚本家《シナリオライター》なのだが。
少しばかり、その映画に出る。

白い花弁、白い花弁。曼陀羅華《まんだらげ》の白色《ホワイト》の花。降ればいいのに。

27

——選ばれた信者が、霊力に護られている。力は、宙《そら》を裂き、その日のその道、受難の歩みを進める教祖の縛《いまし》めは、雷光とともに解かれる——

——選ばれた信者（九十名は必要）が、霊力に護られている。霊力にはカラシニコフ一九七四年型自動小銃と、教団所有の工場で量産された山梨県産の五十挺が含まれる（一九九五年三月十八日朝に、搬出。後《のち》、隠匿が完了）。小型銃器の力は、宙《そら》を裂き（魁《さきが》ける二十名程度は防弾チョッキを着用のこと。味方討ちの回避にも努めること）、その日のその道（一九九六年に開かれるであろう第四回公判、その移送のための護送車のルート、これを道と定める）、受難の歩みを進める教祖の縛めは（移送中は、通例ならば手錠、腰縄姿となる、と想われる）、雷光（銃火。むろん銃撃戦は必至である）とともに解かれる（殉教者は出る、と覚悟せよ。しかし、あなたたちは選ばれたのだ。選ばれた信者のなかから、さらに選ばれたのだ。善き転生《てんしょう》があなたたちを待つ。来世は教祖とともに。いずれごいっしょに！）——

殉教には保険がある。†「来世」であり、つまり穢《けが》れなき世に転じられるとの保証であり、いわば特典である。†殉教者ならでは、の恩恵である。†その「来世」の存在は、「前世」が信じられている教団内では、当然、疑われない。†しかし、死ぬこと、に恐れはある。†しかし、生まれる前、である「前世」に価値が与えられているのだから、死んだ後、にも容易に価値が授けられる。†しかも、生まれる前、には二種類があって、一つは、いわゆる「前世」であるのだけれども、もう一つは、今《こん》生《じょう》に連なるのだけれどもまだ出産される前の状態、すなわち、産まれる前——としての生まれる前。†そして、後者の状態にある胎児が奇蹟を起こした、起こしつづけている。†ゆえに（演繹すると）「前世」は信じられるのだし、また「来世」も同前。†よって殉教の保険それ自体が保証される。†かつ、教祖じきじきの言《げん》がある。†実際には、教祖は勾留先からはメッセージをじきじきには届けられない、接見する弁護士を通しても、暗号めかしても、指示は（その内容から言って）届けられない。†「さあ私を救出せよ」とは——「さあ私を奪還せよ」とは——「当局の手中から」とは。†その最中に命を落としても、殉教だ、だから恐怖は要らないのだ、とは。†教祖は、教祖として直接に語るが、しかし口は女の口だ。†声は女の声だ。†すでに女は保証したのだ、教祖は拘置所にも彼方《あちら》にもいる、と。†

腹を指して。†

わが胎児を指して。†
その腹だが、たいそう膨らんだ。†
一九九六年、一月、母親は臨月に入った。†俗に妊娠期間は十月十日《とつきとおか》と言われるが、実際の平均は二百六十六日。†つまり俗説は事実よりも長い。†そのような期間設定には、何かがあるのだろう、何らかの背景があるのだろう、何事かに対する配慮が。†なぜ、受精の日からそうも遡行するのか。†家制度やそれ以前の（それこそ王朝期にさかのぼる）婚姻制度について、私はついつい考えるのだけれども、ここでは日本史は関係ない。†いや、日本史だ。†これは日本の歴史で、これがその一九九六年なのだ。†昭和七十一……違った。†元号は平成で、その八年か。†ならば私は何歳なのか。†しかし私の年齢《とし》など、どうでもよい。†問題は胎児なのだ。†そして胎児の母親なのだ。†ここに教祖はいます、と言い、その教祖が指示しています、と続け、そう、「私の奪還を」と胎児の母親は言うのだった。†
一月下旬、決行。†妊婦はほとんど産婦になっている。†

日比谷公園内に第四回公判の傍聴券の抽選場所が設けられる。日比谷公園は、東京地方裁判所の敷地と区画《ブロック》が隣り合っている。傍聴希望者の数はついに二万人を超えて、それは教祖の答弁が市民感情を――〝世間〟の神経を――逆撫でしつづけているためである。「私は宗教的確信犯である、腐敗しているのは日本である、世紀末に浮かれる日本社会である」との滔々《とうとう》たる語り、台詞回し。この日比谷公園の蜿蜒長蛇《えんえんちょうだ》の列は利用される。警察に通報がある。また、大手マスコミの各社、各媒体にも。その内容は、「教祖に制裁を加える」と言い放つ勢力がこの行列に混じる、とのものである。この混雑に紛《まぎ》れ込んでいる、とのものである。そして事実、「制裁を加え」んとする一群に扮した信者たちが紛れる。警備の人員がおおいに公園側に割かれる。しかし、これは陽動である。だから速やかな通報があった（誰あろう教団所属の人間たちがした）。過去三回の公判は、教祖の移送状況、裁判所の内外《うちそと》の警備状態、等々を徹底的に観察させ、偵察させた。東京地裁はその教祖公判において、正門以外はつねに鎖《とざ》した。金属探知の門《ゲート》も別途設けた。併せて、ボディチェックを行ない、手荷物検査もした。法廷内では事を起こせない、と教団は踏んだ。この「教団」とは第二の予言書の実行委員、戦闘部、具体的には坊主頭に動かされている集団を指す。そこで日比谷公園での騒擾《そうじょう》が演出されたのだが、また、実際に数千人規模のパニックが生じたのだが、事は東京拘置所と地裁の間で構えられている。東京拘置所は葛飾区にあり、移送ルートは、前三回、全部変わった。が、「東京地裁の所在地は動かない」との点は決定的で、日比谷公園の騒動は、ルートの候補を二つか三つに減らす。いや、三つか二つに絞る。これを、さらに一つに絞る。絞り込むために坊主頭の率いる――子飼いの武闘派信者たちから成る――〝本隊〟が最前線に出ている。一つに、絞られる。そこからは黙示録である。黙示録には段階がある。たとえば順々に開かれる七つの封印、たとえば順々に鳴らされる七つの喇叭《らっぱ》、たとえば順々に繰り出される七つの災禍《わざわい》。一九九六年、その一月の東京の黙示録（黙示録もどき）は、第一に、中空《なかぞら》が撃たれて、開始が告げられる。何を狙ったのか。信号機である。交通信号である。しかも七カ所の交叉点の信号機の一斉狙撃、青、黄、赤の灯りは失われる。それは交通信号の「真空地帯」の創出である。第二に、その真空に通行人が吸い込まれる。十八カ所で横断歩道を長い長い外套《オーバーコート》の男たちが渡る。冬である。冬は、内側に自動小銃を抱ける外套《オーバーコート》を当たり前にする。冬が味方する、襲撃者たちに。第三に、護送車の前後の車輌（むろん、当局の関係車輌）へのアタック。発砲。第四に、二カ所の——あらかじめ護送車の「逃げる」方面と予想された——交叉点での発煙筒への点火。濛々《もうもう》と煙があがる。第五に、轟き。すなわち爆発物の使用。大通りに穴を開ける。第六に、カラシニコフ乱射。教団密造の自動小銃の（一時的な）斉射。第七に、解体現場用の、金属切断可能な刃《ブレード》を装着した電動の鋸《のこぎり》や、その他の工作機械類の唸り、あるいは咆哮。車体が斬られる。その第七の延長に、坊主頭の仁王立ち。予言は、当たらなければならない。成就されなければならない。だから率先して、教祖を救出し、だから七発か八発もの当局の弾を、浴びる。しばし、仁王に立った（らしい。私は目撃していない。私は現場にいない）。この間に〝本隊〟の残党（二名だったらしい）が教祖を運ぶ。自分たちで制圧・確保している——しかし次々と崩されている——「真空地帯」の区画《ブロック》から区画《ブロック》へ。それから譬喩《ひゆ》としての、地下へ。教祖の、縛めの様態は解かれた。が、教祖もまた弾を浴びている。生命《いのち》はある。

主役は奪還された。
子役は？

28

私の出演シーンに入る前に、世間、それから私の、その双方の心理——の推移的なるもの——を並べる。まずは私だが、私は相変わらず何も考えない、のだけれども、同時に考える。それも、執筆（の内容）に関して思考、熟考するのではなかった。もう筆は擱《お》かれたのだ。私は、作品《もの》を仕上げた作者、として考えたのだ。事後の筆者として。私が書き、事は起きた。私が書いて、彼らは死んだ。もちろん私は、脅されて書いたのだ。拉致され、監禁され、その後はまあ〝軟禁〟だが、いずれにしても選択肢はなかった。「協力か、非協力か」ではなかったのだ。協力か、協力か、協力か……。もちろん帰依するというオプションがこのほかに提示されたことを私は忘れていない。そうすれば先生は救済されると坊主頭は言った。いっそ帰依すれば？　と。そのように言った坊主頭は逝《い》った。教祖救出のミッションで〝本隊〟は結局、壊滅した。ミッション完遂にはそれほどの代償が要ったのだ。殉教者は二十八名。

二十八名。

同士討ちも含めて。さすがに戦闘・戦争には素人だった、が、信仰面では玄人で、だから教えに殉じられた。当局側、および累《るい》が及んだ一般市民にも負傷者多数。唯一の幸い——死者は出なかった。そちら側には。幸いの内側の厄難——警察関係者には深傷《ふかで》が多い。片足を切断することになった隊員の報、等。しばしは意識不明の重体者、これがたしか六名いた。私が……書いたことで。私が、予言書を用意したことで。私は被害者だった。初めは、初めは。いまは？

しかし、私は騒がない。

騒がないことを私は被害者の時期——トランク監禁期——に学んでいる。

そして私の心理の推移《うつりゆき》だが、私は焦点を「書いたら、死んだ」の反対側に絞る。私がそれを書いて、そうしたら多数の死傷者が出た、のは事実だ。人が生きていて、すなわち生《せい》なる状態があって、死はその後に来る。概念としての「来世」も。すると、その前というのも考えてよい。生、のその前だ。

生まれるという……誕生するという……その種のこと。それは贖《あがな》いか？　つまり、「書いたら、生まれた」は？　――私の筆が受胎させた、は？

ここまでが私の心理。

騒ぎ、との話題に戻そう。私は騒がなかった。世の中はそうではなかった。日本社会は、だ。いわゆる〝世間〟は、それはそれは大変に圧倒されていた。驚歎したし、ほとんど感歎した。この奪還劇に耳目《じもく》でもって接して。集団自殺なのか、との声があった。この様相は、この集団殉教の様相は、ほとんどそうではないのか、と。それほどの信仰とは何か？　もちろん〝世間〟の忿怒《ふんぬ》は凄まじい。当然のことだ。しかし何事かが一線を越えた。要するに超越的だったのだ。その「『捕縛された教祖』の救出」の実際が。宗教？　これが……これこそ……宗教？　過去三度の公判での教祖の言《げん》、の印象も変わった。宗教？　真の宗教家の、もしかしたら説法？　そのような思いに至りもし、〝世間〟は息を呑んだ。そして、次なる段階は。一部は支援もする。支持もする。一部の人間、一部の勢力は。

要するに支援者と支援組織が生まれた。

29

しかし先を急ぎすぎては私の出演シーンが蔑《ないがし》ろになる。

仮に「地下病院」と呼ぼう。そこに奪還された教祖はいる。私の映画の主役だ。とはいえ、私など端役《はやく》に過ぎないから、教祖の容態は知らない、ほとんど詳細は知れない。しかし信者間で「深刻だ」とは囁かれている。重篤？　それよりも意識に別状があるのだと言う。これも囁きだが。だから実態は不明だ。私は、その「地下病院」の面会謝絶の集中治療室《ICU》もどきの在所も、もちろん知らないのだけれども、しかし「地下病院」がいわば総合病院なのだ、各臨床科が具わるのだ、とは知っている。科、ごとの所在は変わるけれども。私は、「地下病院」には産科もあるのだ、と知っている。私は、私が予言書の作者であることを知る人間はもはや教団内にはいないのだ、と知っている。予言書は無署名で、それも二種類とも無署名で、かつ、このプロジェクト……〝私のプロジェクト〟がそもそも機密事項で、詳細を知るのは発案者やその他の二、三人に限られた、と私はだいたい知る。要するに、そうした人間は、もう教団に残らない。逝った。

　さて、私は誰か？

　私は、いろいろと知り過ぎていて、しかし、「私が知り過ぎていることを知る」人間を教団の内部にほぼ持たない、なのにどこか、高位信者のようで、宗教名もあって、つまり異称＝衣装を着用していて、かつ坊主頭やなにやら、〝本隊〟の——殉教者のリストでは筆頭の——人間たちの顧問扱いでもあったから、敬意すら払われる。教団内で。その全体が地下に潜りつつある教団内で。それにしても相当な逮捕者数だ。たぶん自然な流れなのだろうが、この機に乗じての脱会者、また脱会の宣言なしの逃走者、遁走者も多い。「ここまで反社会的になるとは」と怖《お》じたのだ。すなわち潜伏（教団全体の）と同時の大混乱がある。これも幸い……組織の厄難が私の幸い。というわけで私の出番だ。台詞はない。いや、あった。アドリブで。それは最後に出る。最後に、口にされる。

　端役（私だ）が動いたのは、二月。奪還劇の翌《あく》る月に入ってから。そして、それの誕生を見てから。

端役（私だ）は産科のありかを知っている。端役（私だ）はそれなりに尊《たっと》ばれるところがあるので、怪しまれずに産科にゆける、近づける、その地下施設に入れる、入った、揺籃《ゆりかご》、そこに新生児がいる、男の子だ、教祖の子供だ、その精から生じた、嘘だ。

私がもうけたのだ。

私が、書き、誕生させた。

これは私の息子。さわる。あたたかい。あたたかいよ。柔らかいし温《ぬく》いよ。抱きあげる。それから、少し念じる。ほら、ほら、ひらいて。瞼を。その目を両方とも。そして、ほら、ほら、私の蒙《もう》も……この蒙昧さも、ひらいて。啓《ひら》いて。

「啓いて」と私は言い、そのアドリブが根拠になる。命名の。

息子の、名前の。

啓——。

私と啓は地下を出る。

30

私たちの東京は静かだ。私たちに音は要らない。私たちに戸籍は要る。父親、息子。そのために母親。驚いたことに私の妻だ。勘定するならば三人めの妻。戸籍はある、で、私は何歳だ？　私は何歳になった？　その公文書に、私の生年月日はたしかに載る、それも元号のほうの年で載る、昭和十七年だ、一九四二年ではない、なのに昭和十七年はどうしたって一九四二年だ、妙だ。しかしその奇妙さに注意を奪われてはならない。そもそも戸籍の生年月日が、もう、私には軽いのだから。私の年齢《とし》において、五十二歳、この数だけが猛威をふるう。暴威をふるう。そして戸籍に必要なのは多種の届け出で、たとえば婚姻届、たとえば出生《しゅっしょう》届、また出生証明書がその前に要る。こうしたものの偽造は、教団の――一部の――セクションが得意で、そこには〝本隊〟が含まれた。もちろん。証明書のブローカーたちと関係した。私も、盗難車輛の「手配」だの贋《にせ》の運転免許証の「獲得」だのには智慧《ちえ》をつけられていて、よって入る、手に入る、闇医者の「発行」した出生証明書も。そう、私たちに要ったのは戸籍とこうした届け出類で、他に要ったのは愛だ。私は、生み落とした生命《いのち》を徹底的に愛する。

31

ガールフレンドが遊びに来た。いまは二〇〇三年。私とガールフレンドには音が要る。

「学校は？」

「一年間の就学猶予を教育委員会に認めてもらっていた、けれども次の年度は、四月からは聾学校に通わせる。小学部に」

「小学校ではないのね？」

「幼稚部や小学部や中学部や高等部がある。けれども、余分なものもある。口話《こうわ》教育なんだけれども」

「なに教育？」

「口話法。口の、話法。手話は手のそれで、手話法で、そうではない教育」

私のガールフレンドは、よくわからないな、という顔をした。

「つまり」と私は言った。「日本語の発音が、練習させられる、ことになる」

「無理でしょう」

「声は出せる」

「知ってるわ。いつもいつも、啓は楽しそうに、笑えるもの。大きな笑い声を立てるもの。元気だもの」

「そして訓練し、そして日本語の単語を教え、随時矯《た》め、つまり、発音の矯正だ、そうして話せるようにする。読唇術も、学ぶらしい、教えるらしい。そうしたものを足したのが口話教育」

「意味がわからない」と彼女は言って、その反応は私をじつのところ安堵させる。「聞こえない啓に『いまの発音は間違っている、そうじゃない、直せ』って……指導する？　どうやって？　どうやって、その正しさを啓が理解するの？　音もそうだし、指導がよ。その指導の正しさを、よ。どうしたって無理。無謀で強引で、とても乱暴。そうでしょう？」

「そうだ」と私はもちろん答える。もちろん。「だけれども、およそ十年前まで、おおよそ大半の聾学校で、手話は禁止されていた」

「禁……？」

「『日本に住むならば、日本語を話せ』との視座。手話は別言語だ。教育現場はそんなものを認めなかった。以前は」

「現在は」と彼女は促す。もちろん。

「認めてはいる。数年以内に日本手話だけで授業を行なう聾学校も、創設される可能性がある。というのも、ついこないだ、構造改革特別区域法が国会で成立した。この一環で教育特区が認められた。ここに成算がある、らしい。けれども、現在は、そこまでは――」

「――ない。進んでいない」

「そう」

「どうするの？　いいえ、どうしたの？　あなたは」

「直談判した」と私は答えた。「『息子をお願いします。また、口話法に関しては、その指導のいっさいをボイコットさせます。ご理解をお願いします』と」

「言ったんだ？」

「私の声は、言うためにある」と私は言った。

32

私たちの土地には運河がある。

運河と橋がある。

それらの橋の、弓形《ゆみなり》の中央に、時おり二人で立つ。

その時、これは私たちの橋だな、と感じる。

運河は、私たちの砦の……城砦《じょうさい》の、濠《ほり》だなとも。

私は、そうした機会に小さな実験を試みる。

世界は、何種類あるのか、を確かめるのだ。

視覚に障《さわ》りを持った人間のそれを知ることは、簡単だ。瞼を閉じる、すると「見えない、見られない」世界が現われる。

盲者はここを生きている、と悟れる。

続いて、閉じていた瞼を開いて、すると私の——私に知覚される——世界がある。

展《ひろ》がる。

ここからの眺めであれば、東京だ。

つねに東京だ。

しかし、三つめの世界は難しい。耳は閉じられないから。聾者の世界を、ほとんどの人間は想い描けない。音が、ない、というのは、就寝中ですら「ありえない」状態だから。

私に言えることは、東京は決して一種類だけではない、ということ。

他に言えることはあるだろうか？　教団が日本に宣戦布告していない世界があるかもしれない、ということ？　警視庁にはもちろん刑事部と公安部があって、しかし第三警察はないかもしれない東京がある、ということ？　教団は破産宣告を受け、宗教法人格を奪われ、にもかかわらず国民――の一部――に支援されて地下に存続するのでは、な、い、日本も、ありうる、ということ？

私たちは待つ。

いや。私が待つ。

彼らを。または御仏《みほとけ》の出現を。曼陀羅華《まんだらげ》を。

大文字のY

わたしは一九九五年の四月十九日に十九歳となった。十一日後に受胎のイニシエーションを受けた。わたしは志願者だった。同じように願い出た女性信徒は多かったというから選《え》り抜かれたのだとも言える。だとしたらわたしは表現を改めなければならない。誕生日の十一日後にわたしは受胎のイニシエーションを授けられたのだと。受胎のイニシエーションを受けたとの言い様《よう》は不遜だ。

教祖は盲者でいらっしゃったので乳房はご覧にならなかった。わたしの乳首をご覧にならなかった。けれども左右の乳首を一つずつ口に含まれた。教祖の長い御髪《みぐし》はわたしの胸部に垂れてふわりとひろがって皮膚《はだ》を覆われた。わたしはその時点で恍惚となった。教祖は紫色の長衣《ローブ》を着ていらっしゃって下は脱がれていたと思う。最終的には蓮華坐《れんげざ》を組まれた。またマントラも朗唱された。わたしはとうに上下ともに脱いでいた。わたしは仰臥《ぎょうが》していたのだった。わたしの乳首にはエネルギーが盈満《えいまん》していた。もちろんエネルギーは骨盤から昇るのだった。教祖の指が導かれるのだった。わたしは臍《へそ》に這われる指を感じた。それから陰毛を掻き分けられる指を感じた。ゆったりと摩《さす》られる。

精神が肉体から離れる感覚がある。

わたしは準備をしている。

直接に陰唇に触れられるのではない。わたしの股間をまさに股《もも》と股の間として確認されていらっしゃる。つまり左の太股《それ》と右の太股《それ》と胴体とが合流する場所。その証しに陰毛の尽きる部分をしばしば摩られるのだった。陰毛のボーダー？　それからわたしは理解する。わたしの性器には入り口がある。そこを護るのは陰唇だ。それから膣がある。膣のゴールには子宮がある。子宮とはまさに子の宮《みや》だ。宮とは奥深い建物だ。教祖はそれら全体を確認されていらっしゃる。恥骨に掌を這わせられる。恥骨のうえに繁る陰毛を掻き分けられる。そして境界の部分を指で往《ゆ》き来《き》される。その範囲に力が注入されるのだとわたしは了解した。いま注がれていらっしゃるのだと。つまり入り口から膣からゴールまで。受精卵と胎児の宮《みや》まで。わたしはこの範囲を忘れてはならない。わたしはいま教祖の指がたどっておられる線《ライン》を失念してはならない。左の股の付け根。右の股の付け根。それから教祖は「いやらしい行為とは違うのだよ」と言わんばかりに陰唇は触《さわ》らずに二つの股の間に指を走らせられる。膝の方向へ。すーっと指が下がってふたたび戻られる。その合流点でわたしの陰毛の繁茂は始まってボーダーは左と右の斜めに走る。

教祖の指もそのように走られた。

わたしは声を洩らしている。

「洩らしてよいのだよ」と命じられずに命じられている。

わたしはその範囲が聖化されたのを知る。その象徴たる記号すら得る。シンプルな線《ライン》で描かれた記号《もの》だ。つまりわたしの股間を示したY。しかしその股間は特別な股間である。特別な陰部である。なにしろここには教祖が宿られるのだから。縦の線が膝のほうにすーっと伸びる大文字のY。その膝とはわたしの膝である。だとしたら大文字のYとはわたしのことである。

わたしはもっとも特別な志願者だったのだと現在《いま》こうして顧みて思う。いまは二〇〇三年。それゆえにわたしの口ぶりは不遜だとは言えない。

いずれにしても教祖は十九のわたしと結合なされた。

文字を大事にしなければならない。数字を大事にしなければならない。

「キリスト教の正典としての『黙示録』」とある時ラジオで教祖は語られた。光栄にもわたしは収録を手伝っていたのだけれども十九の誕生日はまだ迎えていない。一九九五年の三月二日であって十八だった。実際には日付は変わっていたから三月三日だったのだとも言える。

「この正典には封印や喇叭《らっぱ》が描かれる。神秘的な書物ですし、ハルマゲドンという語《ことば》が出ます。けれども解釈をしなければと急《せ》いてはならないよ。シンボルの解読は後回しだ。冒頭の第一章から素直に、誠実に臨まなければなりません。わかるね?」

わかりますとわたしは答えた。他のスタッフともども声を揃えて応答した。

「第一章、まず神がこう言われるね? 『私はアルファであり、オメガである』と。これらはギリシア語の第一字であり、また、第二十四字、お終いの文字です。自分はそうであるのだと言っている。万物の初めだ、そして終わりだと。それを文字をもって宣言されるのだから、文字は大切です」

文字は大事なのだ。ギリシア語のアルファベットでも英語のそれでも。

「それから黙示録の作者ヨハネは予備の幻を見るね？　ここに何が顕《あら》われる？　これは第一章の十三節だ。そこからだ。七つの燭台があって、その中央に〝人の子〟のような者がいる。その声、その大声がヨハネに呼びかけて、命じていた。『洪水の轟きのようだった』と描写されるよ。その声は。〝人の子〟とはなんだ？　イエス・キリストだ。それでは〝人の子〟のような者は、その右手に何を持つ？　七つの星だ。この星にもまた解読は要らない。なぜならば『七つの星は七つの教会の使いたちである』と釈《と》かれているからね。第一章の末尾の、二十節に」

わたしたちはうなずいた。うなずきはラジオで放送《オンエア》されない。

そのラジオは深夜零時から午前三時まで。前半が初心者向けで後半が実践者向けだった。放送は日本に向けてされているけれども放送局は日本にはなかった。ロシアにあった。教団はモスクワ放送に枠を得ていた。一九九二年四月からだ。そしてウラジオストクの中継基地から番組を流した。初めは国内で制作していた番組テープを空輸したそうだ。それが衛星回線の利用で〝生放送〟の形態に変わった。

一九九五年の三月二十二日まで続いた。実際には日付が変わっていたから三月二十三日？　ラジオは翌《あく》る日にも〝生放送〟の収録はしたのだけれどもロシアが放送を拒んだ。衛星通信で送っていたのだけれども。

わたしは高校生のうちに教団に入信した。一年生から二年生までは在家だった。三年生になるや出家した。出家というのは俗世間を捨てて教団内の共同生活に入ったということだ。食事は一日二回。私物は持たない。もちろん家族との関係は断《た》った。それは簡単なことだった。わたしが父親に興味を持たないように父親がわたしに関心を示すことはなかったし母親はわたしの生母ではなかったから。

実の母はわたしの弟と妹だけを引き取った。一歳年下と二歳年下である。しかもわたしを家《いえ》と結びつける名前は共同生活に入るや消えた。出家者は新しい名前を持つのだ。たとえばサンスクリット語の。たとえばチベット語の。パーリ語の。

わたしのはパーリ語だった。

わたしは修行を進めなければならない。俗名を抹消させて霊的な指導を仰ぐ。と同時に奉仕活動にも勤《いそ》しむ。それらは功徳《くどく》を積ませることになるのだ。たとえば在家信者であったら道場に足を運んで布教用のビラを折ったり。わたしは出家していたから専門というのを持たされた。わたしの二つめの専門がラジオ班だった。制作スタッフだ。ちなみにラジオ班の前は暮らしの班だった。洗濯を担当させられた。そこにいたのは四カ月ほどだったと思うがある日「在学中は部活動はやっていたのか」と高位の信徒に問われた。わたしは高校に入った直後は放送部に所属していた。出身中学がいっしょの先輩に誘われたからだった。ほかに積極的な理由はないし教団の教えというものを知るや幽霊部員も同然となった。実際に高二の夏休み前には正式に退部した。けれども「放送部にいたことがあります」と応《いら》えるとラジオ班に回された。驚いた。とはいえコーナー編成やそのための調査《リサーチ》やいわゆる〝声の出演〟をわたしが担うのではなかった。録音のアシスタントになった。職務の大半は単純作業である。だから十八のわたしにもやれた。

けれども充実していた。現場が。スタジオは自前で教団のプレハブの建物内にあった。その建物は山梨県にあった。周囲にはわたしたちの大精舎《だいしょうじゃ》が点在した。ラジオは日替わりで高位の信徒がパーソナリティを務める。ただし最高位の成就者たちはゲストでしか出ない。もちろん教祖も。しかし確実に出るのだ。月に幾度かは出演される。たとえば「教団弁護士である高弟との対談」等で。生出演される。わたしは裏方だったけれども制作の現場ではじかに教祖に接することができた。レコーディング機材の設置などで。

それ以上のことが一九九五年の三月二日にはあった。三月三日だったかもしれないけれど。教祖のこの日の「ヨハネ黙示録とは」の説法には普段に増して臨場感が要るとされて収録ブースの内部《なか》にスタッフが招かれた。裏方がだ。つまりわたしも。わたしが前《さき》に「光栄にも収録を手伝った」と言ったのはそういうこと。その説法はラジオの前半部に充《あ》てられた。つまり初心者向けだった。だから出家者のうちでもわたしを含めた裏方たちが適当だったとは言える。わたしたちは「わかるね？」と問われてわかりますと答えた。それがなかなかに相応だったと言える。

ただし揃ってうなずいたのは過失だ。放送《オンエア》はされない首肯のジェスチャーに意味はない。

けれども教祖は寛容であられた。

説法を澱《よど》まず続けられた。

しだいに熱量を高められた。何章分も前進された。

やがておっしゃった。

「ここから先の章になるね。ヨハネの視《み》た幻に解釈が求められるのは。シンボルの解読だ。あるいは秘められた未来図の読み解きかな？　そうなのだよ、それは読解されなければならない」

予言は読解されなければならない。

わたしに霊的資質があると判断したのは教祖であられる。

わたしは蓮華坐を組む。組むや呼吸《いき》に集中する。その呼吸法は速さを要求する。わたしの意識と呼《い》吸《き》とは同期し出す。そのまま尾骶骨《びていこつ》を探る。エネルギーはそこに眠っているから叩いた。わたし個人はそれをノックに似ると感じる。「いますか？」と尋ねるのだ。つまり「在宅していますか？」と。そのためにノックをする。ノック・ノックをする。それが呼吸《いき》に合わせてノック・ノック・ノックとなる。ノック・ノック・ノック・ノック・ノック・ノク・ノク・ノク・ノク・ノクとなる。ほとんどノ・ノ・ノ・ノ・ノ・ノ・ノ・ノ・ノ・ノ・ノ・ノ・ノ・ノとなった辺りでエネルギーは昇り出す。場合によっては脊《せき》柱《ちゅう》をいっきに突きあがる。いまは二〇〇三年だからわたしは常時急上昇に至らせられる。が一九九五年当時はそうではなかった。なかでも受胎のイニシエーション以前はそうではなかった。出産以前はそうではなかった。

わたしは一度めの受胎のイニシエーションの三日後に二度めの受胎のイニシエーションを授けられた。

その二日後に三度めの受胎のイニシエーションを授けられた。

わたしは都度《つど》「大文字のYとはわたしのことである」と自覚した。

四度めの受胎のイニシエーションもあった。

だが教祖は運命の年の五月十六日に囚《とら》われの身となってしまわれた。運命の年とは一九九五年。その〝逮捕〟じたいに問題はない。なぜならば予言書にあったから。「われらが指導者《グル》は捕縛されるであろう」と明記されていたから。

そんなものはただの予言の的中である。

呼吸法と観想に話を戻せば一九九五年当時もいまも昇ったエネルギーは身中《しんちゅう》に炎を熾《おこ》す。その炎は視えるし尾椎《びつい》から頸椎《けいつい》へと絡まりついている紅炎《こうえん》をはっきり視なければならない。燃える燃える燃えると。誓いを唱える。ここで軛《くびき》を割る。断つ。肉体の価値よりも霊の価値を。生の価値よりも死の価値を。それから御仏《みほとけ》に供物を捧げることを観ずる。供え終わったら炎を頭頂に至らせる。

わたしの頭が溶ける。

わたしの呼吸《いき》はフ・フ・フ・フ・フ・フ・フ・フ・フ・フ・フ・フと言っている。

やがて頭の鉢より甘露がしたたり落ちる。それを観る。視える。すると体内の車輪が浄化される。車輪とは霊的エネルギーの壺である。七つある。上から順に浄《きよ》めなければならない。

再度誓いを唱える。呼吸《いき》の照準が胸部に移る。わたしはヒンドゥーの女神への変化《へんげ》に入る。それは白いターラーである。白いターラーは乳首から二つ三つの分身を出す。分身たちはもちろん白いターラーである。わたしが白いターラーなのだからわたしの乳首から白いターラーたちが発するのだ。それは聖なるわたしの母乳である。それは御仏に供物を捧げる。またもや。またもや。わたしの無知は断ち切られる。その後にわたしは花を観想する。これは雨華瑞《うけずい》である。そのような言葉で呼ばれる瑞兆である。天から四種類の華《はな》が雨《ふ》る。花々が降る。白いものが曼陀羅華《まんだらげ》。その大型のが摩訶《まか》曼陀羅華。赤いものが曼殊沙華《まんじゅしゃげ》。その大型のが摩訶曼殊沙華。なかでも尊いのは天妙華《てんみょうげ》こと曼陀羅華。これぞ第一の華。花。

その花が降れば御仏の説法は間近い。

以上の行法は解脱に至る道である。二〇〇三年のいまのわたしは成就者たちの一人だからとうに解脱に至っているが。

予言書に話を戻せば大いなるエピローグをその書物は具える。当たり前のことである。運命の年の五月に教祖〝逮捕〟があって翌る年の一月に教祖〝救出〟がある。それでは解放された教祖はといえば宗教戦争に入られる。そのように予言は断じた。それどころか教祖は世々《よよ》永遠となられるとも記述した。具体的にはこうだ。「初代も二代めも同じお方、二代めも三代めも同じお方、教祖は永代にして、人類《ひと》の歴史に比《たぐ》い無《な》し」と。また「斯《か》くして濁世《だくせ》は浄化される」ともあるしその前に「オリンピック、のち、東京制圧」とも「その年のいなごはその年なりに現われる」うんぬんともある。「弾圧する者どもは歎《なげ》き悲しめ。歎き悲しめ！」とあって「おお、天罰の執行者。われらが教祖！正六面体の都市《ヘブンリー・エルサレム》をここ地上に！」とも歌われる。まさに叙事詩の調子で。

　教団の未来は讃《たた》えられる。

この大団円《ハッピーエンド》。完全勝利に終わる宗教戦争。

　わたしは剃髪《ていはつ》の殉教者を思い出す。

　一九九六年一月の下旬に死んだ。

　だが一九九五年には生きている。

　わたしは一九九五年に幾度か見《まみ》えたこの殉教の英雄を思い出す。こんなことを言った。

「君には理解してもらいたい。プログラムは絶対的に達成されなければならないのだ、と、このことを。このプロジェ……プログラムは、教団の再出発のためには不可欠なのだ、と。そしてこのプロジェク……プログラムは、俺が関与すると知られてはならない。俺と、俺の部隊が背後にいるのだ、とは。部隊！　はは！　そもそも教団に武装集団がいたら大問題だ。それだけで体制に、国家権力に、マスコミに、張られる。おじゃんだ。いやいや、教団に武装集団はいたかもしれない、が、残存していたら大問題だ。教団の重鎮たち、高弟たちはだいたい逮捕されたに等しいのだから、残存しているわけがないのだ。そして君は誰とも話していないのだ。俺とも話していないのだ。この坊主頭は君と対面せず、この坊主頭には名前がないのだ。ないな？　――よし」

　わたしはその殉教者の名前を忘れた。

　だがわたしに諭《さと》したことの大部分を憶えている。こう言った。

「妊娠検査薬は？　陽性か。悪阻《つわり》らしいのは？　ある。よし、一週間後に医者に診《み》せる」

　その二週間後にこう言った。

「君たちは妊娠した。君たちというのは、『受胎のイニシエーション』を授けられた五人だ。そうだ、君を含めて五人の教団《うち》の出家者だ。幸いなるかな全員が身籠《みご》もった。教祖の御子《みこ》を。だが、一人だけはそうではない者を身籠もる、ということになる。ここからが深遠になる……聞け。教祖は、あるいは教祖に順《したが》っているわれわれは、地上の道徳はとうに超えている。もちろん道徳ではない事象《もの》も超えている。たとえば法則だ。たとえば超越的な魂は同時存在をする。こことあちらに。それが時間の場合に起きるのが輪廻《りんね》だ。しかし空間の場合にも起きる、これは物理学の新たな段階だ。君は、教祖があちらにおられて――」と殉教者は宙の一点を指さした。たぶん葛飾区の東京拘置所を示していた。

「――にもかかわらず、こちらにもおられるのを、感じるな？　われわれを見守って」そのこちらとは山梨県下の大精舎を指した。はいとわたしは答えた。感じられたからだ。もちろん一九九五年の五月十六日の逮捕後も教祖はわたしたちを護っておられる。魂は教団におられる。教団にも。教団のあらゆる道場に。「それを凝集させる。肉に、だ。魂を肉に結合させる。受肉とはこれを言うのだ。そうすれば二つの肉体の誕生の、準備、が整う。いや、すでに教祖は拘置所《あちら》におられるから、その肉体の一つは、在《いま》す。あと一つは丁寧に産まなければならない。わかるか？　わかるか、俺の説明が？

わかるか、このプロジェクト……プログラムが。いかに深遠かが。教祖を生物として二つに成す。凝集は、ある一つの腹、母胎に対して行なわれる。より具体的に言えば、発育している受精卵、胎児に。が、どの腹の胎児《それ》かの決定はまだだ」

選抜はまだだ。

安定期に入るかどうかも問われるのだろう。

その二カ月後だった。こう言われた。

「関係者が教祖に接見した。教祖は、君を選ばれた」

わたしは選り抜かれた。ふたたび。受胎のイニシエーション一次選考の後《のち》に最終の選考も通ったのだ。

九月頭にはわたしは胎動を聞いた。一九九五年の九月。感じたのだけれども。しかし聞いたと言い表わすほうがわたしの実感に適《かな》う。それは声であられる。「降臨したぞ」との声であられる。「お前の腹に救世主は宿ったぞ」との。

わたしはさらに言われる。

その剃髪の殉教者に「そうだ。君には声が聞こえるが、しかし、他人《ひと》にはどうか? 胎児は口をきけない。当然のことだな。生まれ落ちるまではどうしようもない。すると、君が発声器官を貸すしかないということになる。君の口を、だ。君の舌を、だ」

お貸しするしかない。

「初公判は十月二十六日だ。教祖はこの日、東京地方裁判所で、証言台に立たれる。雄弁に語られるだろう。そのことは予言書にもある。『われらが指導者《グル》は雄弁であられるだろう』と。君は予言書は、そうだな、見たな。当然だな？　そして裁判所《あちら》で教祖が語られるのならば、こちらでも教祖は語られる。どうしてかって、君はその腹に救世主の救済者を宿しているからだ。教祖はお二人になられた。プログラムの真に深遠なる箇所は、ここからだ。君がその胎内に完璧に収めているお二人めこそが、お一人めを救出する。胎児の教祖は胎内から指示されるぞ。しかし、口は？　発声器官は？　君が貸せ。大丈夫だ。予言書には表もあれば裏もある。二種類ある。裏のほうの予言書は、『こう語るであろう』というお言葉を、一語残らず予め《あらかじ》言っている。君は、それを諳《そら》んじろ。まずは十月二十六日。いや、その前からも……その後も……ただただ肝に銘じろ。教祖は語りたがっているんだ、と。それを、それぞれの日におっしゃられるから、それ以前に、予言書はそれらを録《しる》した。マニュアルとして機能する裏は、裏の書物は、そういうものだ。さあ、一部託す」

わたしは託された。

わたしは具体的な著述者の名前は聞かなかった。そもそもプログラムは関与する信徒たちの名前をまた存在をまた個々の戦術をまた戦術の痕跡を消すように求めていた。この時点ではわたしは何も考えない。この時点を過ぎるとわたしは作者は誰なのだろうと考えざるをえない。ある時点からわたしは作者をXと名づける。それは予言書の重要性が増してからである。そのXは大文字でなければならない。未知である事物とりわけ人物はそうやって表わされるのだから。数の場合は別だ。それは小文字になる。そうした区別を大事にしなければならない。文字を大事にしなければならない。数も大切に。

この時点のわたしは諳誦《あんしょう》に専念する。

わたしは諳んじる。予言書のその一節を。あの一節を。それらを。あれらを。しかも裏の書物から採る。

おまけにわたしの霊性は飛躍的に膨らむ。

それは跳躍と言える。なぜならば教祖その人をわたしは孕むのだから。胎内に抱えるのだから。そこに教祖の威厳と全知があってそれにもかかわらずわたしが霊的にのびないという事態がありえようか？　ない。わたしは教祖の母に変容した。胎児であられる教祖の霊威がわたしに滲《にじ》んだ。

おお。みなが十九のわたしを畏《おそ》れ出す。

「あの修行者こそは教祖の御《おん》母」と。

それから一九九六年一月にあの大量殉教死がある。

二月二日にわたしは産んだ。

わたしは叡智《えいち》の塊《かた》まりを産み落とした。α
男児であられた。α
やはり教祖は男児であられた。α
ααわたしは自分が身二《みふた》つになった現実を惚《ほ》れ惚《ぼ》れと眺める。ααもはやわたしの胎内に完璧に収まる教祖はおられない。αα産道も抜けられて分娩され切って完全に体外《そと》におられる。ααわたしは産褥《さんじょく》にいて教祖は新生児用のベッドにおられる。ααそのベッドこそは奇蹟の体現であられる方の揺《ゆり》籃《かご》である。
おぎゃあと言われる。ααα
ご自身の口を使っておられる。ααα

ご自身の発声器官であって無垢なお身体《からだ》にそれは具わる。ααα
ααααわたしは産褥を起《た》って確かめる。αααα何をか？ αααα身二つをである。αααα
わたしという十九歳の褥婦《じょくふ》がいる。ααααだが揺籃には一歳にもなられない嬰児《みどりご》がおられる。αα
αα生後一カ月にも一週間にも三日にも二日にもなられない。αααα撫でる。αααα御頭《おつむり》はわたしの掌に収まりそうでもある。ααααわたしは涙を流した。
わたしは本当に世々永遠たる救世主の母親なのだ。ααααα
そして救世主もまた生物としてお二つになられたのだ。ααααα
それをわたしは身二つになることで為《な》したのだ。ααααα
ααααααお二人めの教祖がここにおられる。ααααααここに二代めがおられる。αααα
ααそれから初代があちらにおられる。ααααααあちらとは集中治療室《ICU》である。
その教祖は弾を浴びられた。ω
血を流された。ω
動脈を複雑に傷《いた》められたと聞いた。ω
ωωただし容態の委細を耳にできる人間は教団内に限られる。ωω集中治療室《ICU》がどこにあるかを知れる信徒も限定される。ωωむろんわたしは知れる。ωωわたしはお二人になられた教祖のその嬰児《みどりご》であられるほうの母である。ωωわたしは求められて集中治療室《ICU》を訪れる。ωωわたしを求めたのはもちろん初代その人であられる。
顔容《かおかたち》が変化されている。ωωω
四度めの公判に出るために髭を剃られたことが影響している。ωωω

しかし両腕がないことも影響している。ωωωωωωω頬がどちらも浮腫《むく》んでいらっしゃる。ωωωωω時おりは涎《よだれ》を垂らしておられる。ωωω鎮痛剤が効いているのだと医師が耳打ちする。ωωωω初代は「生まれたか？」と尋ねられる。ωωωωわたしは「産みました」とお答えする。ωωωω「いいぞ。いいぞ」と叡智の源泉はおっしゃられる。ωωωωあるいは叡智のオリジナルであるお方が「私の肉体は拡張したのだ。それは使える」とおっしゃられる。

わたしの眼差しは冷ややかになる。ωωωω

わたしは「まあ、この子ったら」と咄嗟に思っている。ωωωω

そのように反応してしまうわたしは真に教祖の母である。ωωωωωωωωωあちらからここに戻る。ωωωωωあちらが集中治療室《ICU》であるのだからここは産科である。ωωωωωωわたしの産褥があり産褥のかたわらに揺籃がある。ωωωωω揺籃には一歳にもなられないし生後一週間にも五日にも四日にもなられない嬰児がおられる。ωωωωωわたしは咄嗟に「あなたはわたしのお腹《なか》にいたのよ」と思っている。ωωωωω「こうして出たのよ」と思っている。

誰も騒いではならないと言われた。その〝蒸発〟に関して。そうした指示が集中治療室《ICU》の方面から来た。

もちろんわたしは騒いでいた。狂乱状態だった。

揺籃が空っぽだったのだから。

「一人、消えただけだろうが」と教祖が言われた。この教祖は初代であられる。二代めではあられない。「妊娠したのは、ほかに三……四人いたはずだ。このプロジェクトで。『受胎のイニシエーション』で。だから、わかるか？」

わかりますとわたしは答えられない。そもそも集中治療室《ICU》をふたたび訪《と》わされるまでの経緯も憶えていない。

「お前は母のままでよい」と言われた。

わかりますとわたしは応えられない。

「聖なる子供は、まだまだいるぞ。生まれたてが」と言われた。

指導者《グル》の全盲の目がわたしを射た。

一九九六年から一九九七年。わたしは二人めから六人めまでの子供に乳を吸わせる。合計五人いる。わたし以外に受胎のイニシエーションを授けられた女たちは四人で全員が産婦となったのだが一人は双子を産んでいた。それゆえに五人である。それらの子供たちが生まれたのは一九九六年の一月二十一日から二月三日にかけてである。だが誕生の正確な日付はどうでもよい。わたしは憶えたいとも思わない。これらはわたしの実子ではない。けれどもわたしは母乳を与えている。それではわたしは乳母なのかと言えばこれもまた違う。乳母となったのは実母たちである。なぜならば五人の子供たちは順番に揺籃に据えられてその二代めの教祖の〝蒸発〟による空白を埋める。これは二代めの教祖の〝候補〟になられるということである。いいや。教祖になり切れないうちは敬語は不要であるから前述のフレーズは二代めの教祖の〝候補〟になるということであると言い換えるのがよい。そしてわたしは誰なのかと言えばわたしは教団内においては彼《か》の男の子を産んだ女である。彼の男の子とはお二人めの教祖であられる。胎児の時期から教団を指揮なさった。その母がわたしであって教団にこうした〝教祖の母〟はわたししかいない。わたしは一九九五年十月以降は公《おおや》けに認知されているに等しい。もちろん内部での話だが。

内部での話だがこの〝教祖の母〟は替えがきかない。

ほかはきいた。

たとえば〝教祖の母〟の乳を持つのはわたしだけである。わたしの母乳をわたしの産みの子ではない子供らが吸った。そのこともまた五人を教祖の〝候補〟としたのだとも言えた。わたしの乳には何があるか？　真の教祖を養いうる特別な成分がある。霊的な養分であって甘《うま》みとも言える。これは誰にでもわかることだ。わたしと教祖とは身二つになる前までは身一つだったのだから。身一つの頃には母胎内でわたしは教祖を養った。臍帯《へそのお》でつなげもした。やはり栄養分を送り届けていた。それをいまでは母乳を通して行なう。この乳を授けられてただの嬰児でいられるか？

しかしながら五人もいる。わたしが〝教祖の母〟として養育する嬰児が。女児が二人。男児が三人。「女児もまた養え」と言われた。初代の言《げん》である。「なにしろ候補は多いほうが、いいのだ」

さらに言葉を足された。

「五人いれば十本の足がある。十本の手が具わる。具わる……手！」

四肢《てあし》なのであるとわたしは理解した。

とはいえ五人の嬰児には五つの口がある。わたしの乳頭は二つである。

不足する乳は五人の〝候補〟それぞれの産みの母が補った。これぞ乳母となったのは実母たちであるとの先のフレーズの真の謂《い》いである。

　これらの産みの母たちは教祖にこう問いかけられた。この教祖は初代の教祖であられる。

「お前（たち）は産みの子の育ての母になれるか？」

　こうも問われた。

「その行為《おこない》をもって帰依者であることを証せるか？　お前（たち）は、執着するだろう、そして抗《あらが》うだろう、――『わが子をベビーシッティングするだけだなんて無理です』と。が、これは無理難題か？　試煉《しれん》か？　いかにも、これは試煉である。いかにも煩悩の克服が験《けん》される。すると、できない？　だとしたら、お前（たち）は教団に献身を示せないのだ、となるな。愛児を献《ささ》げられないとはそういうことなのだ。しかし、できる？　だとしたら、それは霊的ステージを上げることとなる。なに？　あの別格の女……あの〝教祖の母〟を妬《ねた》んでしまう？　それは論外の悪感情《あっかんじょう》だぞ。であるから、断《た》て。断て、断て、断て、乗り越えろ！　私がなんのためにこの試煉をお前（たち）に与えているのか、わからないのか？」

　わかりませんと答える女たちはいなかった。

　この問答は狡智の窮《きわ》みであられる。初代は狡猾であられる。

狡《ずる》いよとわたしは思った。「まあ、この子ったら」とも思ったかもしれない。またしてもこの子はと。

反応していた気がする。咄嗟に。

なぜならばわたしは教祖の母だから。

わかりませんと答えなかった女たちだが褒美が出た。これぞ相殺《そうさい》の条件であったと言える。実子を差し出して乳母になることを認めるのならば特典を供与するぞとの。この母親たちは撮影された。巷間では〝アンダーグラウンド・ビデオ〟と呼ばれる教団の公的映像に出演を果たした。そのビデオは公的であり違法《イリーガル》である。なぜならば教団の存在そのものが地下化しつつあった。逮捕劇と法廷劇と奪還劇を経て「尚《なお》われらが教祖は健在であるぞ」とアピールするのがビデオの主目的である。この教祖とはいわずもがな初代であられる。いわずもがな盲者であられる。のみならず両腕が具わっていらっしゃらない。印象は強烈であられる。言辞は鮮烈であられる。「私たちのこの教えは国教となる。確実に、確実に！」とまでおっしゃる。暗に確実にハルマゲドンを出現させるぞとおっしゃる。ハルマゲドンとは世界の最終戦争である。初代はお一人では映られない。侍《はべ》らせる者たちがいる。それが母親たちである。わたしと同様に十九歳だの二十歳だのである。あるいは十七歳である。みな目鼻立ちは整う。しかし本当のことを言えば目の位置だの形だのに関しては不詳である。全員が布でもって目隠しをした。白い布である。赤い布である。黄色い布である。緑の布である。初代の長衣《ローブ》は紫色である。そうした目隠しの下部で母親たちは微笑した。

仏教美術において諸仏が空間内に配置されるのにも似た。

四人の母親たちは四体の菩薩像であり初代はたとえば大日如来の巨像である。大日如来のサンスクリット語は摩訶毘盧遮那《マハーヴァイローチャナ》。遍《あまね》く光を照らす者。王者。

しかも王者を筆頭に画面内に配置された全員にさまざまな意味で眼球がない。

しかし心眼はある。如実にそう感じさせる。

戦慄《わなな》かせる。

この視覚的メッセージは劇烈である。両腕なき本尊は言語的メッセージも峻烈である。

その本尊の左右に侍《じ》する菩薩の役となれるのは栄誉である。栄誉を二代め教祖の〝候補〟の産みの母たちは特典として与えられた。

しかもテレビにまで出たのだった。一九九六年七月三日のことだったがＮＨＫの夜七時のニュースに合計三フレームの映像が挿《はさ》まれた。無意識の領域を刺激するための挿入であって当然ながら違法《イリーガル》だった。しかもＮＨＫは前年の九月二十六日に番組放送基準でもって〝サブリミナル技法〟を禁じていた。にもかかわらず教団のビデオからの画像は挿入された。本尊としての初代と脇侍《きょうじ》菩薩としての目隠しの布を顔に巻いた四人の女たち。ロシアのエリツィン大統領が再選しそうなことに関する街頭インタビューのその編集ずみの映像に問題の三フレームは雑《ま》じっていた。このことからＮＨＫの内部にも教団シンパはいるのだと世間は騒然となった。あるいはＮＨＫにも信徒がいるのかと疑心暗鬼になった。

そのように〝アンダーグラウンド・ビデオ〟は対外的に機能した。

対外的な場にわたし以外の母たちはいた。

わたしはそうではない。わたしは対内的な神話をもっともっと凝《こ》らしていた。教団の内部的な神話をである。なぜならばこのわたし一人だけが教祖の乳母ではないからだ。わたしは替えのきかない母である。わたしは生母《せいぼ》である。これは聖母である事実に通ずる。まさしくわたしは〝教祖の母〟である。さてわたしは目隠しとは無縁だったか？　否。わたしもまた目隠し用の布は手に取った。これは包帯である。この包帯をしかしながらわたしは自分の顔には巻かなかった。生後四カ月を過ぎた頃からの二代め教祖の〝候補〟たちに巻いた。それらの目に。焦点を結びはじめた視覚器官を一時的に塞いだのである。一時的にというのは食事時にだけと言い換えられる。つまり乳を吸わせる局面ではということである。

これは学習だった。

まず視界を塞がれる。

と母乳が与えられる。

見えない瞬間《とき》こそ空腹を満たされる局面に直結するのだ。

歓喜せよ。歓喜せよ！

嬰児たちは歓喜した。目隠しを与えられれば喜びに噎《むせ》んだ。どうしてこのような教育が要ったか？初代がおっしゃったからである。「この教団の永続する指導者《グル》はみな全盲か、そこまでいかずともど、こか盲目の聖者に等しいのではないか？」と。「玉座につけて信徒たちに示す時、『これこそが二代めの教祖たる幼児《おさなご》だ』と示す時、サングラスをかけさせるのが妥当ではないのか？」と。だから全員サングラスに慣れなければならない。教祖の永代性を証し立てるために。慣れない〝候補〟は脱落する。そうなのである。五人の〝候補〟たちは競っている。

競いながらわたしの乳首を吸った。これは順番にだったが。

吸わなければならないのだ。わたしの母乳《それ》こそは聖性の源泉なのだから。

それの吸収なしに霊的な成長がありうるものか。そのような機会が得られるものか。

この授乳こそは鍵である。

この授乳こそはわたしに思惟《しい》させる。わたしは結局は教祖の源である。わたしの母胎がなければ教祖は十月十日《とつきとおか》を過ごせなかった。わたしの臍帯《へそのお》こそは最重要だった。わたしは教祖を分娩する装置だった。わたしは出産したことで至聖のいっさいがっさいを体外《そと》へ出してしまったと誤解した。愚かしい認識である。甘《うま》みのある乳を出させる装置を教祖は残された。依然わたしは霊的な栄養分を産出しつづけている。このことをわたしは自覚している。

教祖はつまり残されたのだ。〝霊力の装置〟を。

わたしである。

わたしの肉体である。聖母のそれである。

そして「残るように」と取り計らわれた教祖は二代めの教祖であられる。

わたしは感謝する。むしろ歓喜した。わたしもまた歓喜した！　この思惟の爾後《じご》は磨きをかけねばならぬと自戒した。より修行に勤《いそ》しむ必要がある。わたしの呼吸《いき》はフ・フ・フ・フ・フ・フ・フ・フ・フ・フ・フ・フと響いているか？　いかにも。それどころかツ・ツ・ツ・ツ・ツ・ツ・ツ・ツ・ツ・ツ・ツ・ツと鳴り出した。速い。不可視の礫《つぶて》である。下腹部に容易に紅《あか》い炎は熾《お》きるか？　もちろん。旺《さか》んな炎は急上昇するばかりでなく横にも拡張して腹腔《ふっこう》を満たす。御するのは呼吸《いき》である。さらにもあらず。エネルギーは移動してわたしは貪瞋痴《とんしんち》の煩悩を観じて後《のち》滅ぼし欲六界《よくろっかい》のビジョンを観じて後熄滅《そくめつ》させてシヴァ大神の変化身《へんげしん》をお招きし太陽と月にお乗せする。太陽も月もわが頭上にある。墜《お》ちる。と同時に蓮華の茎に絡む。これがわたしの頭頂に刺さる。わたしの頭頂《そこ》から流れ落ちるものがある。甘露を超越する甘露。わたしはもはや無呼吸である。刹那《せつな》に現実のわたしの乳頭から母乳が滲《にじ》む。

教団の上層部は再編された。当たり前の展開《なりゆき》である。古参の幹部たちは相当な数が逮捕された。そして初代教祖のように〝救出劇〟が計画されてはいない。今後もされる見込みはない。だとしたら？

教団内の複数の派閥がおのずと消滅した。内部抗争がいつとはなしに終結したとも言える。さらに脱会者が多数出た。それは教団からの〝脱走者〟とも言えて準幹部級もいた。「自分は犯罪集団に帰依したわけではない！」というわけだった。宗教法人格は一九九六年末までに奪われた。だが教団の霊的魅力は増していて凡夫《ぼんぷ》たちは惹きつけられつづけた。凡夫とは御教《みおし》えの信仰者ではない人間の謂《い》いである。世間を構成しているのがこの凡夫集団であるとも言い換えられる。だが帰仰《きごう》の可能性のつねにあるのがこの者たちでもある。終末が実現するとなるとこの者たちの二割か三割は喜んでしまうのだ。やはり当たり前の展開《なりゆき》である。誰が現状のこの世界に満足できる？　ここに不平等がないとでも？　穢《けが》れがないとでも？　だとしたら浄《きよ》めなければならないから救済は必須である。その救済が破壊である。ハルマゲドンは来なければならない。との論理《ロジック》に抗えない者たちはいる。つまり端的に言って教勢は増す。しかも教団は地下にあるに等しかったから教勢は塊茎《かいけい》や球茎《きゅうけい》や念珠茎《ねんじゅけい》といった地下茎じみた変態を示して増す。そこには指導部が要る。初代教祖を核に考えるならば〝側近集団〟である。たとえば広報用のビデオにおいては初代の側《そば》についたのは四人の母である。わたし以外の母である。産みの子の育ての母たち。

このことはもう説明した。

広報にはビジュアルがあればよい。わたしが語らんとしているのはそれら育ての母たちは単なるビジュアルでしかないという事実である。ビジュアルとなれるのは最大の栄誉だとは素直に言える。ただし実権という観点からは何も持たないのと同じなのであるとも言える。教団の顔になれる女がいて教団の顔にはならない女がいるとも言い換えられる。だがその話ももうしたに等しい。するとしていない話は財源など。あらゆる資金源がアンダーグラウンドに移ったために海外からの財政支援が増した。それがどうしてかの論理《ロジック》はわたしには正確には説けない。説ける人間が財務担当の幹部に昇格した。「私たち教団はマネーロンダリングの箱です。この世紀末の地球の」とその男性信者は言った。ひと月後にはこの男性を初代教祖が成就者に認定した。わたしはいま敬語を用い忘れたので言い直す。初代がご認定なされた。さてそのようにして新顔の幹部が一人。また一人。また三人だの五人だの一人だの。展開《なりゆき》は同じである。初代は孤立を避けんとする。

否。また言葉が過ぎた。

避けられんとする。

どこかで初代は専制的にふるまおうともしていらっしゃる。愉快である。

お体の状態は?

当人のおっしゃるところでは「不愉快である」。

ない両腕が痒《かゆ》いとおっしゃる。痛いとおっしゃる。時には「私の死は、近い、近い。間近だ!」と号《さけ》ばれる。予言には聞こえない。教団には別に確乎《かっこ》たる予言書があるゆえ。その著者は大文字のXである。初代は大文字のXではあられない。ゆえに初代の死が近いとはわたしは信じない。これに関してわたしは不信の者である。初代はまた「私は不滅を希求するぞ。さあ、私の肉体を、集団的にもひろげろ」と呻かれる。その言い方をわたしは厭《いや》なものだと感じる。初代の口にされる教理にはいっさい同様の感触はおぼえないからこれは母としての厭悪《えんお》だ。この子は二代めのご生誕時にやっぱり「私の肉体《それ》が拡張したぞ」とか言わなかった?　拡張との語《ことば》も延長との語もわたしという母を苛《いら》つかせる。

この子ったら。

ほかの子の四肢《てあし》を得たいなんて囈言《うわごと》は言わないの。

わたしは痒みどめを用意する。

わたしは痛みどめを用意する。

つまり鎮痛剤は投与されなければならないし精神安定剤も覚醒剤も。つまり薬物が。もともと教団は麻酔薬のチオペンタールを密造していた。チオペンタールは静脈に注射すると極めて迅速に催眠作用を発現させる。これを教団はスパイのチェックに使った。警察などが内部に侵入していないかを確かめようと擬装《ぎそう》イニシエーションを施したらしい。自白剤として注射したらしい。こうした詳細をわたしが把《つか》めたのはわたしが〝教祖の母〟となったからである。御母《おん》の座に即《つ》いていたからである。わたしは教団が幻覚剤ＬＳＤを大量生産していたことも知っているし材料はロシアから輸入された事実も把握している。北朝鮮とのコネクションは現在も生きていてドラッグ類はそこからも調達できる。つまりわたしは初代に薬物を常用させるというか常用させ給《たも》うことが叶った。「そうしなければ、きちんと組織を統御なさることがおできにならないですものね。幻肢《げんし》の痛みゆえ」と説いて。このわたしの言《げん》に異を唱えられる者がいたか？

これもまた当たり前の展開《なりゆき》だがいなかった。するとわたしは初代の教祖になり代わり初代の教祖がために初代の教祖へのその処置を〝側近集団〟に指示していると相《あい》なった。これは権力だった。

大きな権力をわたしは持った。

だから子供たちを連れて謁見を兼ねる見舞いにも往《ゆ》けた。見舞いを兼ねる謁見？　これが正しい言葉の順序なのかもしれない。また謁見という語は適当でないのかもしれない。いまだ〝候補〟ではあるにせよ嬰児たちはみな教祖でもありうるから。教祖が教祖にお目にかかることを謁見とは言わない。

わたしが教祖にお目にかかることも謁見とは言わない。なぜならばわたしは教祖の母親である。

わたしは教祖を産んだのである。

この初代と同一人物を。

「痛い?」と訊いた。

「だい……じょうぶ……だ」と初代は答えられた。

大丈夫だと。

やや朦朧な態《てい》でいらっしゃる。投薬が効いている。わたしはふいに理解する。わたしは五人の嬰児にいつも乳を吸わせている。そしてこの初代には一度も授乳《それ》はしていないと考えていたが誤りだった。事実を誤認していた。もちろん以前に乳首を口に含ませはした。四度の受胎のイニシエーションの間《かん》にそうした。だがこれは除《の》けて当然である。そのうえで投薬を指図しているという現実がすなわち授《そ》乳《れ》であるとわたしは了《さと》った。わたしは種々のドラッグをご投与さしあげている。色即是空《しきそくぜくう》ならぬ薬即《やくそく》是乳《ぜにゅう》である。薬物こそはわが母乳。

「ない腕は、痛まないのですね? 肘も手首も、左も右も」

「ない……のではない……切った……腕だ」

「切った?」

「切らせた」と明瞭に答えられた。

初耳だ。切断させた?

朦朧だからこそ秘め事に対してぺらぺらと回答していらっしゃるとわたしは了解した。

「あなたは切断させた……のですか?」とあえて丁寧語で尋ねた。母親らしからぬとは思いつつ。

「弾丸《たま》は受けていた」と言われた。

一九九六年一月の〝救出劇〟の際にだろう。他にはない。

「お腕に?」とわたし。

「ひだ」

「左?」

「……そうだ。左の。二の腕」

「右腕は?」

「ない。……撃たれては」

わたしは考える。

「無傷なのに切らせたの?」と言ってから「ですか?」と添える。

「左は……だいぶ失血した。しっ……出血か? だいぶモルヒネを打たれて、私は耐えて、銃弾は取りだされて、しかし腱が切れて、医者が……あいつが……」

教団の医師であるとわたしは正確に理解した。施術を担当した医師であると。

「『もとのようには動かせない、かもしれない』と。『行法を践《ふ》むにも支障が出る、やも』と。そう告げられるや私は悟った」

とうに解脱を果たされたお方がまたしても悟られたの?

そうした皮肉をわたしは口に出さない。

「どのような?」と訊いている。わたしは。

「あのような」と初代。「つまり……一本の腕が、はたして供犠《くぎ》に、相応か? しかもダラリと垂れる左腕などが。それが『ない』というのは美しい。鮮烈である。しかし片腕だけが『ない』のは本当の美か？　その不揃いぶりは、はたして……そうか？　けれども両腕が『ない』となったら？　つまりだ、あれは、私の救出の劇……奪還劇か？　そうであるのと同時にまた他面から眺めれば殉教劇だ、だろう？　集団殉教劇だった。二十八人もの、劇烈な信仰者たちが。教祖たる私を救わんとして逝《い》った。なのに私に献《ささ》げたものがないというのは……いかがか？」

「駄目ね」とわたしは言ってみた。

「そうだ！」と初代は昂《たか》ぶられた。「篤信者の、二十八もの、死。これに呼応する、というよりも見合う、というよりも釣り合いとしては重い、犠牲。『教祖は一命をとりとめられました。しかし両腕はうしなわれたのです』となったら――見事に重々しさは窮《きわ》まる。そのように……」

　悟ったのだ。

　この教祖は。

「悟られたのね？」とわたしは母の声を出す。

「手術させた。切断させた。死なぬ程度の大手術」と言いながら興奮に噎《む》せた。

　わたしは頭を撫でてやる。

　わたしは長髪を梳《す》いてやる。

　わたしは悪戯《おいた》が過ぎる子ねと思っている。

　当時からモルヒネが効きすぎねとも思っている。

「それで、二代めには誰を選ばれます？」とわたしは訊いている。

「に……二代め？」となかば惚《ぼ》けたように初代。

「ここに五人とも、連れてきています。揃えて。まだまだ乳呑《ちの》み子《ご》ですけれど。わたしたちのこの会話の、ただの一語も耳に、頭に入らないのに等しいですけれど」

「一歳に？」

「なっておりません」

「満一歳に？」

「なっていないよ」とわたしはそうっと小声で粗略《ぞんざい》に愛情を込める。

「満二歳まで待て。二歳半まで待て。満三歳まで待て」と初代は言って笑う。「絞るのは待て。一人に絞り切らなければ、競《せ》るだろう？　そのあいだ競争するだろう？　すると立ち勝《まさ》った手足というのが、十本か、十本ずつか、揃うだろう？　そうした必然の果実を、待てばよいではないか」

わたしの授乳で霊的資質も高めて？

その間《かん》ずっと？

わたしはそこまでは尋ねない。


新しい物語を足させてはならない。教団は予言どおりに進まなければならない。著者Xの記したとおりに。その予言書には「初代も二代めも同じお方」とはあるが「二代めは五つ子」めいた記述はない。それでは教祖は永代にはならない。永代とは時間においての話なのだ。空間においての話ではないのだ。そして空間を埋めるために肉体を拡張したい集団的に延長したいという初代の望みはまるっきり予言を外させかねないのだ。わたしは初代が本当にいずれ二代めをお一人に絞るのかをどうにも確信できない。なぜならば悪戯《おいた》が過ぎるとは判明したから。わたしは先手を打たなければならない。なぜならばわたしは教祖の母だから。

一九九七年の誕生日にわたしは先手を打つ。これはわたしの誕生日である。子供たちのではない。わたしはこの年の四月十九日に二十一歳になる。子供たちは五人とも満一歳と二カ月である。そして五人ともわたしに頭を剃られている。まず剃毛が要る。それから頭皮の消毒が要る。わたしのこのプログラ……プロジェクトに関与する信徒はいない。そうなのだ。これはわたし一人の厳秘のプログ……プロジェクトなのだ。一歳二カ月の嬰児たちはみな椅子に縛りつけられている。身動《みじろ》ぎできぬように。逃げぬように。わたしは一人ひとり順番にその頭皮に下絵を転写する。それらは数字である。似た形状の数字である。6と3と9。

それからわたしはハンディな機械を操る。道具は一式用意した。機械をもちいるのは機械彫《ぼ》りである。針は束ねられていて効率的に皮膚を刺す。痛みはあるともないとも言われる。個人差があると言われる。しかし子供たちは縛《いまし》められた時点から二人がもう泣き出していた。二人とは双子である。この双子ではない男児が最初に針を入れられて喚《わめ》き出したのだが十秒以内に五人全員の号泣と相なった。わたしは「待ちなさい」と思ったし実際にそう言った。「残りの四人にも、きちんと、同じように入れるのだから」と言った。針を入れるのだからと。血は滲《にじ》むがわずかである。6と9よりも3が滲む。

これは子供たちに刻印を捺《お》すというプロジェクトである。聖痕《スティグマ》とも言えるだろうか？　ただし6が9の回転像だったり鏡面像だったりするように聖痕《スティグマ》の意味は反転した。なぜならばわたしは双子の女児の頭には6と6の刺青《いれずみ》を彫った。一人の男児の頭には9を彫った。しかし仮に赤ん坊たちを床に伏せさせてみるならばわかる。それら6と6と9は容易に6と6と6になる。ばたばたと暴れて前《まえ》後《うし》ろの位置を変えるだけで。もちろん9と9と9にもなる。わたしは残る二人の男児の頭には3と6を彫ったが3は遊びである。これが混じることでプログラムの……プロジェクトの真意は翳《かす》む。

彫り終えて子供たちの頭皮をガーゼで保護する。それからどうしたか？　もちろん毛髪のない頭部まるごとを包帯《バンデージ》で包むのだがそれだけではない。教団でＰＳＩと呼ばれている装置を頭に着けさせた。これはヘッドギアである。ＰＳＩとはPerfect Salvation Initiationの略称である。すなわち万全なる救済のイニシエーション。このヘッドギアがそれを装着する人間たちに提供するのは教祖の脳波を再現している電流である。ある程度の時間は平坦に流れてからピリッピリッという。しばし穏やかでありながらビリッという。その脳波のオリジナルの主《ぬし》であられる教祖とはもちろん初代のことである。

「教祖は涅槃《ねはん》のような脳波を持っている」と一九九五年のはるか以前から教団内で言われていた。だからヘッドギアのＰＳＩは開発された。レンタルするのに百万円それからまた買い取るのに一千万円の布施《ふせ》が要った。尊《たっと》き法具なのである。これを頭に嵌めた乳児たちは異様か？　その子たちが二代めの教祖の〝候補〟なのだから異様ではない。早々に初代と同様の「涅槃のような脳波」を修《おさ》めなければならないのだから当然の措置でしょうと真顔で〝教祖の母〟であるわたしが説けば反論はいっさい現われない。わたしはわたしで子供たちの毛髪が現われ直すのを待つだけである。ほんの何カ月間かのことである。ほら。反転した聖痕《スティグマ》は隠される。

文字を大事にしなければならない。数字を大事にしなければならない。

そうなのだ。数を大切に。

わたしは教祖の「ヨハネ黙示録とは」のラジオ説法を顧みる。教祖。これは初代であられる。一九九五年の三月二日または三日には高い知性の塊まりであられる。その後とは違う。逮捕劇と法廷劇と奪還劇を経て両腕切断を指図して後《のち》とは異なられる。劇。劇。劇。そして劇の手前に高貴な教祖がおられる。「キリスト教の正典としての『黙示録』」と語られる教祖が。山梨県の教団施設のスタジオ内に。そこにはわたしもいたのだ。十八歳のわたしもいたのだ。収録ブースの内部《なか》で全身を耳にして拝聴したのだ。だから一言一句忘れていない。たとえば獣《けもの》の数字の講義も。

「この文句には注意だ。いいね？　ヨハネはこう記述した。『理性ある者は、かの獣の数字を数えなさい』と。秘密に満ちた数だと告げたよ。それは６６６だ。そうして読解しなさい。これが反キリストというものを指すのだ、と。わかるね？」

わかりますとわたしは答えた。

読解しなければならない。未来図は読み解かれなければならない。

そのためにわたしは顧みつづける。

そのラジオの生放送に立ち会ったわたしは十八歳だった。ひと月半と少し後には十九歳だった。その十一日後には大文字のＹだった。大文字のＹと自覚してから四カ月か五カ月が経つ頃には予言書の著者にＸと名づけていた。この大文字のＸという作家は表の予言書も執筆すれば裏のそれをも執筆していた。裏に関しては集団殉教劇という劇のリーダーから「マニュアルとして機能する裏」とわたしは説明を受けた。たしか受けたはずだ。だが裏の予言書は初代の〝救出劇〟まで。これ以降のチャプターはない。これ以降は表を補完しない。いっぽう表の予言書は壮大なエピローグを具える。それは大団円《ハッピーエンド》に至る道程である。抜粋すれば「初代も二代めも同じお方、二代めも三代めも同じお方、教祖は永代にして、人類《ひと》の歴史に比《たぐ》い無《な》し」だの「オリンピック、のち、東京制圧」だの。絢爛《けんらん》たる文体で描かれる。しかし制圧だったら制圧のための戦術は説かれていない。それは裏の予言書の役割だから。いっさい詳述されない。ではわたしの役割は？

大文字のYたるわたしの役割はこのわたし自身がマニュアルへと変化《へんげ》することである。

わたしが裏の予言書であればよいのだ。

Xによる表の予言を裏のわたしが成就させる。

そこでだが初代のような誤読者は障碍《しょうげ》である。差し障《さわ》る。身勝手な変更は！　わたしは「あの子は。あの子ったら」と思う。だから備える。二代めを何人にも増やしてはならないのである。それから贋者には贋者の印《しる》しを刻まなければならないのである。そして考えてみたら二代めの〝候補〟たちはみな贋者なのである。

６６６なのである。集合的に６６６なのである。

あるいは９６６。あるいは９９６。あるいは６６３。その３が混じっても贋者。

この真理をわたしは悟った。わたしは真理の御魂《みたま》である。

一九九八年から二〇〇一年。教団にはサングラスをした幼児《おさなご》が五人。交替で玉座についている。誰もが演技に長《た》ける。盲者を演じられる。教祖を演じられる。初代と同一人物の二代めというのを。女児たちは男児を演じられる。部屋の隅に五人を置いておけば一人が左を向いたら残り全員がやはり同様の方向というのを見る。さながらクローンである。不気味である。優秀である。その産みの母がわたしである。

しかしわたしは贋者ではない二代めの産みの母である。

その二代めは〝蒸発〟なされた。

となれば何を期するのが妥当かはわたしには明々白々である。〝降臨〟なされるのを待つ。フッとかき消えた子供はフッと現われる。そして玉座につかれる。

わたしは何をしているのか？

真の二代めを玉座に据えるための支度に勤《いそ》しんでいるのである。


二〇〇二年。

二〇〇三年。

ちょうど具合のよい動揺に教団内外が見舞われる。日本国内が見舞われる。端緒は二〇〇一年の暮れにあったか？　初代が〝アンダーグラウンド・ビデオ〟をもって日本に宣戦布告をした。すると第三警察というのが誕生した。東京都にである。警視庁にである。じき他の道府県にも増える。これは教団だけを標的視した当局の組織である。頼もしい。愉快である。あふれるのは騒擾《そうじょう》である。たちまち数百の隠れた活動家たちが前面に出る。アンダーグラウンドというのは地面の薄い皮一枚したに在《あ》るだけだからアンダーグラウンドなのだ。第三警察の誕生は要するに喇叭《らっぱ》である。

さぁて鳴った。

真の二代めのお迎えにこちらもさらに励まねば。

たとえば防衛庁と警視庁とＮＴＴとに教団傘下の企業からコンピュータのシステムを提供する等して。

二〇〇三年四月十九日をもってわたしは二十七歳である。

第二部　2004

大文字のX

33

夜中に泣いたことがある。何年も何年も前に。

私は息子の啓とともに寝室にいた。ふと目覚めた。何時なのだろう、と枕もとの時計を確かめようとした、しかし啓を起こしてはならない。そっと頭を横に向けた。すると、熟睡しているとばかり思っていた啓が身動《みじろ》ぎしている。おや、と私は思った。啓の顔を眺めた。いろいろな表情筋が動いている。夢を見ているのだ、そうだ。そして、手も。啓の腕も動いていた。それは利き腕で、だから右手で、まず布団から出て、ぱたん、とひるがえった。続いて持ちあげられた。肘で折れて、顔のほうへ。ひくついている頬を掻きたいのだろうか、と一瞬考えた。そうではなかった。人さし指が右側の頬に触れて、それから、その手が握り直された。親指が立ち、その親指は、つっ、と上がった。

横たわりながらも、上げよう、上げよう、と動かした。

そしてまた、人さし指が頬へ。拳《こぶし》を握り直して、親指が上へ。

あっと言いそうになった。私は。

手話だったのだ。

それは手話だったのだし、寝言だったのだ。

しかも、啓は「お父さん」と言っていた。「お父さん、お父さん」と呼んでいた。私を呼んでいたのだ。

私は、求められているのだと知った。認められているのだと知った。こんな夜中に、真夜中に、と思った。この稚《いと》けない子に、と。

そして私は泣いたのだけれども、それが何年も前のことだ、とはもう言った。

いまは二〇〇四年だ。

34

私は六十を越えた。しかし私の正確な年齢《とし》など、どうでもよい。日に最低三度は目薬をさす。私の老いた左右の眼球はそれを要求する。私は、さしながら、願っている。どうか、息子がこの視界に映りつづけますように、と。私は見失いませんように、と。いずれ白色《ホワイト》の花々が盛んに天上から降る情景も、見られますように、と。その花々を（可能であるならば……あるならば！）啓に見せられますように、とも。

目薬をさすと、私は涙を流す。あたかも——あたかも——。

これが二〇〇四年の私だ。

35

うしなわれた習慣のことも言っておきたい。

私は、音楽を聴く、という習慣《それ》を喪失した。作家の私は、かつてであればＣＤをかけながら仕事部屋にて執筆した。それが私の流儀《スタイル》だった。一九八〇年代の後半からこの方、そうだった。ＣＤというものが普及する以前はカセットテープを流した。レコードはかけなかった。黒い円盤にダイヤモンドの針を落とすのは、一日の仕事を了《お》えてから、おもに夕食後に、というのがルーティンだった。私にはルーティンがあり、私はしばしばルーティンを厳守した。そうするからこそそのルーティンだった、とも言える。私は、いわば私自身の行動パターンを決めていて、それゆえに拉《らっ》された。彼らに。

一九九五年三月三十日に。

そして一九九六年のあの二月まで、私に非常時以外はなかった。

追想に戻れば、小説を書いている間にCDをかけていて、けれども当然、私は傾聴はしていなかった。しかし、それでも聴いてはいたのだ。それは呼吸に似ていた。「無自覚だけれども、不可欠な行為」であるのが呼吸だ。私の執筆にも、そんなことが伴われた、そう私は言いたい。小説のみならず、その他の文章を書き綴る際にも。

けれども私はその習性を取り戻さなかった。習慣《それ》はうしなわれた。

だが、その代わりに私はこの暮らしを手に入れたのだ。

36

今日、私はひさびさに音楽を意識している。

それもクリスマスの歌を。今日は二〇〇四年の一月三日であるというのに。つまり正月で、私は啓とともに外食している。今年初の、記念碑めいた外食だ。大型ショッピングモール内の、ある食堂、そこはホットケーキの専門店ではない。ハンバーガーもサンドイッチもワッフルも提供している、しかしホットケーキが名物である。啓の目当ては一途にホットケーキである。私も——いうまでもないが——付き合った。私たち父子は四人掛けの大きなテーブルを二人で占めた。ゆったりと座った。私たちは向き合って座っている。そして、広い卓上に、ふた皿のホットケーキ、サラダとそのドレッシング、取り分け用の皿。これは私たちのまっとうな昼食である。そのことを啓は、理解しているのか、それとも理解していないのか。啓のほうのホットケーキには苺が添えられていた。それを眺めていると、私はついついクリスマスを思い出す。そうだ、そんなふうに想い起こしたのだ。私たちは苺のショートケーキに蠟燭を立てて、火を点《とも》したのだから。私は、おおよそ十日前に街じゅうにクリスマスの歌を聞いたけれども、啓はその一節も聞かなかった。啓は、あの苺のショートケーキの蠟燭の炎、その残像を「クリスマスの残像」として持っている（のかもしれない）けれども、私には「クリスマスの残響」が歌として、抱えられる。父親の私にだけ。

　ホットケーキに啓がメイプルシロップをかける。
そればかりか蜂蜜も垂らす。二層の甘味、なかなかの弾《はじ》けっぷりだ。私はといえば、薄くバターを塗るにとどめた。フォークに刺した生地の断片からはバニラが香る。齧る。私は、それから啓に説明する、この生地の材料は、牛乳だよ、鶏卵だよ。だからね、私たちは牛を食べている、鶏を食べている。

　啓は思いっきり口を開いてしまう。あんぐりと。
それから両腕で、また顔の動きも用いて、こう訊いた。
お菓子がお肉なの？　ホットケーキはお菓子なのに、お肉なの？
そうではないよ、と私。
何が、そうではない、なの？
ホットケーキは肉料理ではないよ。それからね、ホットケーキはお菓子ではないよ。
お菓子だよ、と啓。

でもね、これはお昼ご飯だよ、と私。

啓は眉間に皺を寄せる。次いで、私に矢継ぎ早に質問を飛ばすことと「食べる」ことを交互に、あるいは同時にする。ナイフとフォークは握られていたり離されたり、指にひっかけられたりする。

時どき、私は他人《ひと》から「どうやって食事と手話を両立させられるのか？」と尋ねられる。が、これは奇妙な問いだ（と私は言わざるをえない）。なんとなれば、聴覚に障《さわ》りを持たない人間たちは、ほぼ確実に「どうやって食事と会話を両立させられるのか？」とは問われない。ことさらには問われないはずだ。しかし、どうしてだ？　われら健常者は、食べるのに口を使う、しかし話すのにも同じ口を用いている。それが両立可能なのは、はて、どうして……？　われら健常者は、結局、できるからできる。そして、聾者たちもまた——私たち父子であれば「聾者と聴者」組だが——できるからできる。熱を入れて語るためには、むろん食器は手放す。けれども、握りつづけていたって、もごもごとならば話せる。

ただし、こう問われたら、私は困っただろう。

「食事と会話と手話とを両立できるか？」と。

そもそも要素が三つある——〝両〟ではない。両立がそもそも無理だ。

そして、問いの実践。電話が鳴った。私の携帯電話が、いま。画面《ディスプレイ》を確かめる。ガールフレンドからだった。

私のその動作を見て、啓は携帯電話が「音声を発した」と知る。いわば目で聞いている。（手話での）話をやめた。

「おめでとう」と私。

「明けましておめでとう」と彼女。私よりも新年の挨拶の構成要素が一つ、多い。〝明けまして〟と冠《かぶ》せられている。丁寧だ。

「どこ?」と訊かれた。

「ホットケーキ」と私。

「ああ、あの――」と言って、ガールフレンドは店名を口にした。「そこのモールってもう営業してた?」

「してた。昨日からしていたらしい。元日の翌《あく》る日には。賑わってるよ」

「だろうね。フードコートにはしなかったんだ? 啓は、フードコートを、その……『楽園視しているんだ』とかって前に言わなかった?」

「言ったかもしれないが、そっちは確保できるテーブルがないほど賑わい、い、い、過ぎだった」

「なるほど。お正月だものね」それから私のガールフレンドは言った。「ねえ。啓に手で代わって」

いいよ、と私。

「新年おめでとう。今日はホットケーキ、おめでとう。お年玉はお父さんからもらった? あたしは、今度あげるね。今月はお家《うち》に遊びにいきます。したいことがあったら言ってね。学校の、小学部の三学期も、ちゃんと頑張ってね。またね」

私は通訳する。手話で。

啓がにっこりする。

啓が返事をする。フォークを放り出して。ナイフを放り出して。

私はそれを、声で――声に――訳する。私は考える、父親と息子が、こちらに、と。それから電話の線《ライン》のあちらには、戸籍上の母親が、と。

「昨日までは何をしていたの？」と、これは私にだがガールフレンドが訊いた。

「昨日までは、世間的な正月には縁がなかった」

「世間的な」彼女は私の言い回しには不満のようだ。

「元旦に、雑煮は作ったよ。啓も歓《よろこ》んだ、と思う」

「でも、仕事をしてたのね？」

「ゲラ刷りがね、最終段階だった。いろいろと調整が要った。今度の新刊にはね。微調整がいっぱい要るんだ。微修正とか」

「うん。声が鋭い」

「私の？」

「そう」

こうした点に関しては、私のガールフレンドはいつも勘がよい。あるいは注意深い。

「今年はさ」

「なに？」

「根を詰める気がするな」

「去年ね、同じ台詞を、後半に何度か言ってたよ」

「ああ、そうか。そうかもしれない。今度の新刊……新作の単行本と、先月頭までに終わらせた奴の作業とは、関連してたから」

「次に会ったら、いろいろ教えて。それと、根を詰めるのはいい、いいけれども、自分は追いつめないで。啓がいる、いるんだから」

「わかった」と私は言って、それから「君は——」と続けた。

「あたし？」

「——私たちを保護してるようだな」と私は言った。「私たち二人を、ワンセットで」

私はほとほと感心するのだった。お見通しにも等しいことに。

啓は、いまはホットケーキを夢中になって頬張っていて、とりたてて私に電話を終えるようにと催促はしない。セーターを着ている。北欧風《ノルディック》というのか、雪の結晶がモチーフだ。私は、ガールフレンドと会話を続けながら、その図案を眺める。雪、しかも北欧の雪、馴鹿《トナカイ》。

ちなみに〝トナカイ〟というのはアイヌ語だ。

私は、クリスマス、と考える。クリスマスの残像、それから残響と連想する。私はクリスマスの歌を意識した。ああしたメロディは、どのようなシチュエーションに似合う？　私は、たとえばサロメ、戯曲『サロメ』の一場面に、と想った。たとえば銀の楯《たて》にのせられた預言者の生首、それが運ばれるシーンのBGMに、そう連想した。サロメとはユダヤの王女の名前である。その戯曲は新約聖書の物語に材を採っている。それは「キリストの出ないキリスト戯曲」である。

37

ところでオスカー・ワイルドだ。このアイルランドの作家が戯曲『サロメ』を著わした。このアイルランドの作家は詩を書き、小説を書き、戯曲も書いた。批評のジャンルにおいても注目された。このアイルランドの作家の名は、アメリカ南部の作家ウィリアム・フォークナーの著書にも出る。フォークナーには『アブサロム、アブサロム！』という名篇（小説である）があるのだが、そこに「アイルランドの詩人ワイルドの描いた庭の情景」なるフレーズが、ある一つの情景を描出するために挿《はさ》まれる。かつ、その少し後に、ビアズリーという画家の名も出る。これはイギリスの挿絵画家で、その代表作に戯曲『サロメ』の挿絵がしばしば挙がる。

『サロメ』は、キリストを登場させないのに、イエス・キリストが同時代にどのような活動をしていたか、を預言者の口を通して語らせる。〝人の子〟とは福音書におけるキリストの自称だが、「人の子は来《きた》りたもう」と預言者に言わせる。

その言っている首を、王女サロメは斬らせる。

そしてウィリアム・フォークナーの『アブサロム、アブサロム！』だが、この小説の（内容《なかみ》を読み終えても意味不明のままであるところの）謎めいた標題は旧約聖書のサムエル記に由来する。ダビデ王の発する歎《なげ》き、――「アブサロムよ、アブサロムよ！」の引用である。アブサロムとは非業の死を遂げるダビデの息子の名前である。アブサロムとはヘブライ語で〝父の平和〟を意味する、と私は資料に読んだ。〝父の平和〟。

私は考える。二〇〇四年の東京の、平和とは、と。

38

預言者がいて預言書がある。それらの預言書を踏まえて黙示録がある。私は聖書の構造を語っている、新約聖書のお終いの書はヨハネ黙示録だけれども、この一書は旧約聖書の複数の預言書にそのモチーフ、イメージを藉《か》りている、と解説している。たとえばイザヤ書、エゼキエル書、ダニエル書。イザヤ書は預言者イザヤの名によって残された。イザヤは極めて雄弁な詩人である。エゼキエル書は預言者エゼキエルの預言《それ》を収めた。エゼキエルのその豊饒な想像力は、圧巻である。まさに霊感が横溢している。ダニエル書は預言者ダニエルの幻視を記録する。ダニエルはキリスト教でのみ預言者である（ユダヤ教ではそうではない）。そしてヨハネ黙示録の著者ヨハネ（その正体は判明せず、謎の人物である）は、これらを引用する、混淆《こんこう》引用する、それどころか自在に解釈する。ヨハネ黙示録の著者ヨハネ（正体不明である。いわばミスターXである）は、まさに旧約聖書に精通しているからこそ、黙示録、という巨大な伽藍《カテドラル》を建造しえた。その編集力、その文学的な才。かつ、自らを主役になしうる異才。天使はヨハネに言う、「書き記しなさい」と。そしてヨハネは黙示者となる。自らを預言者たちのその列に接続する。幸いなるかな、聖なるかな。ところで基礎的な語釈となるが、預言者とは「言（神の言葉、神意）」を預かる者、の謂《い》いだ。もちろんそうだ。未来の出来事を予《あらかじ》め言う者、ではない。それは予言者である。この区別を私は強調する。預言者は単なる予言者ではない。私は？　私は予言者である。

39

私は二種類の書物を著わした。それらは予言書だった。

彼らのための。

それらの書物に、私は署名はしなかった。する余地がなかったのだとも説ける。それらの彼らのための書物は、一九九六年の日本だの、一九九九年の日本だの、二〇〇〇年の日本だの、東京だの、二〇〇三年の東京だの、日本だのを産んだ。産み落としたのだった。すなわちこの世界を産んだのだと説ける。……創世記？

ところで二〇〇四年の私だ。

私はふたたび二種類の書物を同時に著わしている。一冊は作り終えた。そちらには高度な編集力が要求された。担当の編集者に、ではない。著者の私に高度なそれが、だ。

いずれにしても私は正確に理解している。二種類の本で産んでしまった世界には、二種類の本で対抗するしかない、と。私は、抗《あらが》う、との意味で正確にいまの動詞を使った。

人間《ひと》にはいろいろな選択肢があると思うのだが、私には「後退する」という選択肢がない。それだけは。

40

一月二十二日、木曜日だった。三人が揃った。三人というのは私、啓、それから私のガールフレンドだ。彼女は啓に贈り物を持ってきた。私もガールフレンドに贈り物をした。前者は誕生祝いで、後者は、強引に形容するならば出版祝いだった。著者の私から他者へ、というのは妙だが。ガールフレンドの贈り物にはちゃんとお年玉が添えられている。彼女は約束は守るのだ。だから「家《うち》に遊びに」来た。今月、私たちのところへ来た。啓の誕生日は、公文書には二月四日と載る。しかも生年が元号で冠《かぶ》せられて、平成八年二月四日、と載る。父親の私は昭和十七年、息子は平成八年。私は、啓のたしかな誕生の日付《それ》を把握していない。けれども出生届《しゅっしょう》に添えなければならない書類は手配した、偽造した。公的な——とは大仰な物言いだが——誕生の月日《がっぴ》は、もとより私に把握されている。そしてガールフレンドには、いつも言うのだ。一月の後半でも二月前半でもそれより後でも、適当な折《おり》が啓の誕生日だ、と。

ちなみにガールフレンドは九月が誕生月だった。私は七月。

啓は二月または一月。

そこには倍の可能性が籠もる。

二〇〇四年の一月二十二日、七歳の啓が八歳になった。このことを祝してガールフレンドからは一冊の大型本が贈られた。小学校の高学年までを対象とするカラフルな植物図鑑、そこには春夏秋冬の、身近なエリア（道端や公園、海岸を含めた水辺、森や林その他）ごとの植物が掲載されている、もっと広範囲の「世界の植物」が紹介されている、毒性植物のコラムもある、それから鳳仙花《ほうせんか》の育て方、私は感心した。なにしろ「ホウセンカは、さわるとはじける種《たね》をもつよ!!」とリードにある。啓は興味しんしんだ。啓は、戸籍上の母親である私のガールフレンドと筆談をする。

「ありが　とう　。」

と書いた。わずか二十秒で。ガールフレンドは、どういたしまして、と文字で応える。いいや、——「どういたしまして。」と、末尾のまるも忘れずに書いたのだった。手で、教育をやり通した。しかも達者な筆蹟《て》で。彼女の手指は、腕は、そんなことができる。また、限られた数ではあるけれど日本手話の単語も表わせる。挨拶はむろんのこと意外な語彙もマスターした。開いた左手の甲に、二本の指をのばした右手を、あたかも鋏《はさみ》のように走らせるのだ。その言わんとするところは「締め切り」である。

　これに関しては釈明があった。

「啓がね、『お父さん、これ。今日は、お父さん、これ!』って繰り返すから、習って憶えちゃった」

　それからまた、彼女のその手はマジックも為《な》す。ねたのある魔術だ。つまり手品だ。決して大仕掛けではない。たとえばこの木曜、一月二十二日であれば、彼女はありふれた輪ゴムを使った。ある指にかかった輪ゴムを消す。輪ゴムを指から指へと移動させる。相手の（たとえば私の、啓の）手に輪ゴムを飛び移らせる。以前はあやとりで啓を愉《たの》しませたものだったが、いまはたいがい手品だ。器用なのだ、手先が。

この輪ゴム・マジックまでが彼女の贈り物だった、と言える。啓への。そして、私から私のガールフレンドへのプレゼントだが、それは本だった。私自身の著書だった。彼女は一冊の大型の図書を啓に贈ったが、私は二冊の小型のそれを彼女に贈った。文庫本で、しかし、その厚みは彼女を驚かせた。なにしろ重ねると千ページを超えるのだ。一千と三十ページには達するのだ、たかだか本文のみの束《つか》で。

「同じ……?」

「ああ」

「おんなじ本だね?」彼女は確かめる。

「同じ、私の著作だ。今月発売の」

「ろくろく……?」

「ロクロクロク、エフエム」と私は言った。

題名を読みあげたのだった。その作品は『666FM』と、(漢字もひらがなもカタカナもない)記号のような文字の並びを見せる。無愛想だ。無骨だ。むろん攻撃的《オフェンシブ》でもあった。

私のガールフレンドは復唱した。「ロクロクロク、エフエム」

「たかが二冊で、こんなに嵩《かさ》が張った。場所を取る」と言ったのは私だ。

「それを贈るのね? あたしに」

「珍しいかな?」そう感じているだろうと察して、私は訊いた。

「いつもは贈らないし。もともと読むことを積極的には勧めないし」

「君が『興味がある』と言わなければ」

「だね。だから驚いている、少しだけ。二冊もという点には、けっこう驚いている」

「他人《ひと》に配ればいい」と私は言った。

「配る？」

「贈ればいい」と私は言い直した。

「要するに、これは特別な一冊なのです——ってこと？」

「二冊あるけどね」私は冗談を言った。

彼女は苦笑した。

「たぶん、こう説明するのが正しい」と私は言った。「それは特別な、一種類めの本だって。私は、早《はや》来月にも新刊を出す。だから根を詰めていた。そっちはね、『６６６ＦＭ』とは違って文庫って形態じゃない。ハードカバーの四六判《しろくばん》になる。そして、この二月の単行本が、二種類めとなる」

「特別な二種類め」

「そうだね。連繫しているから」

「そのこと、お正月の電話で、少し触れた？」

「ほとんど触れていない。に、等しい。『関連する』とは言ったかな？　後日解説するとは言った」

あたしがお願いしたんだった、とガールフレンドはつぶやいて、二冊の『６６６ＦＭ』のうちの一冊を手にとる。本の表紙に巻かれた帯紙《おび》の惹句《じゃっく》に視線を注ぐ。

「ラジオ小説」と口に出した。「これって、ジャンル？」

「私の知る範囲では、いまのところ『ラジオ小説』というジャンルはない」

「ない」と彼女。

「確立された市場はない、はずだ」

「けれども、そういうふうに銘打った。あなたはタイトルにもＦＭと入れた」

「私には何十作もの著作がある。だいぶ書いた」と私は言った。「それらを集成、集大成しようとは私は思わない。思わないというか、むしろ望まない。なぜならば個々の作品は個々に完結しているからだ。完成、すなわち自立しているからだ。しかしね、こうは思うんだよ。『ああ、連中はいま、どうしているだろうなあ』と。連中というのは登場人物たちだ。それぞれの過去作の、私のこの手指がキーボードを叩いて筆を握って、産み落とした作中人物たちだ。正直、インタビューをしてみたい、とすら私は思う。思った。そこで私は、新作にゲスト枠というのを設けることにした。『臨時の出演者として招《よ》べばよい』との発想だね。しかも多数のゲスト、そうなると、新しい作品には相当な捻り《ツイスト》が要る。その構造に、だ。その構成における捻り《ツイスト》、だね。むしろ……そもそもの構想の大いなる趣向、か？　ゲストが登場すればもちろん彼らが主演や助演をする過去作のその物語世界じたいも再訪されることになる、はずだ。ゲスト連中がそれらをおのずとひっぱり込むに至る、はずだ。これは、インタビューとの譬《たと》えに倣《なら》うならば、過去作の舞台《ロケーション》という現地の取材だ。ラジオの発想を用いるならば現地収録音源だ。……と、ここまで思い及んだところで、私はこのプランの骨組みが、ラジオなのである、と了解した。一人のパーソナリティがいる、ラジオのＤＪがいる、彼は、私が過去に著わした何作何十作をも解体する、そうして分類して再構成する、再編成する、合体できるところは一つに合わせてしまう、ミックスだ、そうやって一つのプログラムを作る、ラジオ番組を制作する、そして、それが、本なんだ。一冊の小説なんだ。つまり——」

彼女は『６６６ＦＭ』の表紙に目を落とす。

その帯紙《おび》に。

ラジオ小説。


「そして、そこまでいったら、そこにとどまらない」と私は奇妙な物言いをした。「そこにラジオのＤＪが誕生したのだから、私は、このＤＪを描かなければならない。このラジオＤＪを軸とする物語世界を、新たに産出しなければならない。つまり、純然たる最新作だ。それは、二月に、後発の単行本として出る。先発は、いうまでもないけれども文庫の『６６６ＦＭ』であって、これはこれで新作だけれども内容はその九割が旧作から引かれたことから文庫とした。『６６６ＦＭ』は来月発売の単行本を補完する。いいや、二つの新作、最新作は補いあう。そのための、細部の調整、すり合わせというか、が大変だった。しかし無事に終わらせた。これら二種類の、このように特別な本」

「一つ質問していい？」

「どうぞ」

「名前は、二冊のなかに……二種類のどちらにも共通して現われるの？　そのＤＪの名前は」

「現われる。けれども、このＤＪは謎めいているから、名はあるんだけれども、Ｘだ」

「謎の人物のＸ？」

「そう。ＤＪＸ。私はそう命名した」

そうだ、私が名前を授けたのだ。

ガールフレンドは、６６６ＦＭ、ＤＪＸ、と小声で復唱して、「機械みたい」と言った。

「機械装置の型番？」と私。

それにはコメントせず、彼女は「もう一つ質問していい？」と訊いた。

「なんでも」

「二月のも、機械みたいな題名なの？」

「いや。きっと、ぜんぜん有機的な印象だ。なにしろ四文字のひらがなと一文字の漢字だから。ロクロクロクみたいな数字はない」

「なんていうの？」

「『らっぱの人』」

彼女は何かを考える仕種をした。たぶん、そのタイトルのどこに一文字の漢字を宛《あ》てるか、を考えている。あるいは喇叭《らっぱ》とは漢字で書けない、あたしは、と考えている。それから、あっと声を洩らして、言った。

「そうだった、ねえ、このこともあたしは訊きたい。この『666FM』が二冊、つまり一種類めになる本を二冊も、今日、プレゼントしてもらえた理由は？」

「ないよ」と私は言った。「特別すぎるから、そうした――かな？」

しかしながら私は何かは祈っていた。二という数にも打たれていた。

41

いうまでもない、新約聖書の黙示録作家のヨハネは、旧約聖書を自在に扱った。あちこちから引用し、のみならず混淆引用し、融通無碍《ゆうずうむげ》に解釈した。すなわちミックスした。その高度な編集力。私はそれを範とした。私はヨハネ黙示録に学んだ。

42

二月の私は忙しかった。この二〇〇四年の東京で私という作家は忙殺されるようだった。私一人にとっての東京は賑やかである。私一人（とは啓抜きの私だ）が眺める時、東京は汚い。東京は美しい。東京は二極化されている。東京は磁石である。かねがね疑問だったのだが、どうして磁石には相対する二つの極があるのだろう？　強さの等しいN極とS極、これら一対が具《そな》わるからこそ磁石は物体《もの》を惹きつける、しかし、なぜだ？　それでは（東京が「磁石である」との譬喩《ひゆ》は）含蓄に富みすぎている。しかも、いま一本の違う磁石を用意すれば、N極が惹かれるのは相手のS極である。N極と同じN極とは反撥しあう。二極化の譬えはここまで寓意に満ちる。さて、私は教団にN極を宛ててもよい、S極を宛《あて》がってもよい、どちらであってもいっこう構わないのだが、宛がえば対極には第三警察が割り振られる。この対応は揺るがない。東京の定理である。

第三警察は、ほんの一時期だけだが特公と略称された。警視庁特別公安部、略して特公、というわけだ。しかしながらこの音の響きは当局に嫌われた。あまりにも戦前の特高警察を想わせる、と懸念された。悪名高いあれらの思想警察を、と。特高（特別高等警察）はかつて全国にあった。第三警察

（警視庁特別公安部）は、現在、同様の警察本部内の部局が一道二府、および神奈川、兵庫、福岡等、六県に新設されるに至っている。だが全国には拡大していない。そして、特別警備部や特警とは呼ばせないように努めて、東京都と足並みを揃えた。すなわち「通称は『第三警察』でどうぞ」と提案したわけだ。われわれは、いわゆる刑事部ではありませんよ、けれども旧態依然《むかしながら》の公安部、道府県警の警備部でもありません、と名でもって実体を表わさんと自ら努めた。けっこう。第三警察は、教団に特化した弾圧組織である。教団の活動、といっても地下活動だが、それを厳に制することだけに傾注する。そもそも教団による〝宣戦布告〟を受けて、警視庁にこの一部門は誕生した。公《おおや》けに対する説明としてはそうである。警察内部のそもそもの「そもそも」をさかのぼれば、もっと複雑な、暗鬱な感情があることを私は知っているが。

この私だからこそ感じとっているが。

そして提案された「第三警察」の呼称だが、凄まじい勢いで滲透した。当然ではあった。第三警察には異彩を放ちながら幅もきかせる内局に、外事、インターネットの二課がある。インターネット課はその検閲（表現行為の検査）力で恐れられる。誰かがインターネットで〝特公〟と発信する、途端に「そうではありませんよ」の警《いまし》めが送られる。さまざまな形で、その警告は出されて、すなわち発信者は威《おど》される、表現は訂《ただ》される。〝特公〟がもっと無機的な、無臭である〝第三警察〟に。ただし検閲は日本国憲法——その二十一条の二項——により禁じられているから、インターネット課は「これは検閲ではありませんよ」としばしば訴える。そう主張はしているのだが、もちろん一度でも〝特公〟呼ばわりの文句《フレーズ》を発信した個人、および組織のアカウントは第三警察の永続監視のリストに入る。と、言われている。私の直感するところ、これは事実だ。

他に、インターネット課の監視対象には、「隠れ在家《ざいけ》」がいる。

教団の在家信者たちの、隠れ、である。

まるで隠れキリシタンだ。実態も等しい。

それから支援者たち、〝反国家〟の共鳴者たち。東京に限定すれば、二重の顔の都民たち。表の相貌《かお》を持ちながら、裏で教団の地下活動・ネットワーク維持を援《たす》ける者たち。

若者たちの大量入信はいまも続いている、と言われる。私の直感はこれを認めもしない、打ち消しもしない。だが、教団の地下ネットワークが拡張していること、これであれば事実だ。私は肯定する。二〇〇四年の東京が、美しい、汚い、と私はさっき述べた。私は二極化について前述した。東京は磁石である。N極そしてS極を有する。第三警察は、いまや街を色分けし出した。たとえば飲食店、ここに「政府寄りです。警察寄りです」と色を付けて、アナウンスした。すると、どうなるか？　すると、そうした店は教団（および教団シンパ）の襲撃対象となる。爆弾が炸裂する、かもしれない。そして、炸裂させよう――と画策する勢力は、逮捕に値する。私はその巧妙さに唸る。第三警察は決して「ここは教団寄りです」とは言わないのだ。それは人間の平等を損なうから。

そして若者たちだが、この策略にまんまと乗せられている、のも三つめの事実だ。なにしろ、教団を「弾圧」する側に与《くみ》するのが着色ずみの食堂の類いなのだから、人道主義の大義名分を幟《のぼり》のように掲げて襲ってよい。一揆も同然、打ち毀《こわ》してよい。その攻撃の衝動、破壊の衝動を、ぶちまけて構わない。いっこうに。

素人《アマチュア》のテロリストが増えた。

結局、何かが時代の鬱屈と嚙みあった。わけても二〇〇〇年代に入ってからの閉塞感と。

暴力は渇望されていた。

私はこうした東京を予想していた。というよりも、私は、既視感をおぼえてもいた。やはり、こう――こちらに――進むのだ、と。なにゆえか、を語る必要はない。私は、ただ単にこの東京を予言した。未来に関してならば、私はかなりの大家《たいか》なのだ。

43

二月、建国記念日の翌日、私はラジオ局の制作者と打ち合わせをした。多忙さの合間を縫って、とは言えた。しかし忙しさの最大の肝がここにあった、とも言えた。この日の、この打ち合わせにおいて、私は決定権を有する。ところでラジオ局とはもちろんＦＭ局である。放送対象地域は東京都、開局は一九九〇年。つまり年齢《とし》で言ったら十四歳でしかないわけだが、聴取率は時に高い。決して首位にはならないが、しかし冒険をする。民間放送である。

私は打ち合わせの場所を指定していた。到着した時、すでに二人はそこにいた。二人だった。一人が男、いま一人が女。女がなかなか長身であることはこの段階で把握できた。立っていたし、コンパクトなデジタルカメラ（ボディが真紅だった）を手にして、周囲を撮影していたからだ。たとえば街路樹との、サイズ面での比較対照が私には叶った。なかなかの遠見にも、だ。しかし私は、写されたいとは思わない。だからしばしば様子をうかがった。いっぽう男だが、ベンチに腰を下ろしている。明らかに「こんなところで?」と思案している。ここで話をするのか、本当にここが待ち合わせ場所なのか、等。その身形《みなり》の趣味のよさは、遠目にも印象的だった。マフラーの巻き方に洒落っけを感じさせた。座高は尋常で、私は、だから、実際に挨拶するまでは男が相当に小柄であって、たぶん百五十二、三センチの背《せい》もないことに気づけなかった。

そこは公園だった。私にとっては〝ご近所〟の範疇だ(とはいえ、自宅から徒歩で二十分弱かかる)。その公園の敷地は、長い、細長い、なぜならば本来は道路の中央分離帯だったから。それが公園に改められたのだ。片側には公営住宅団地、都営のアパート群があって、もう片側には小学校、区立のそれがある。谷間に置かれた緑地帯《グリーンベルト》といった印象がある。実際、開園の意図としてはそうなのだろう。そこにベンチ、砂場、ぶらんこ、滑り台、その他の多種の遊具類、が収まる。そしてベンチには男が収まり、そのかたわら、女もまあ、公園そのものには収まっている。

「あっ」と言ったのは男のほうだった。私を認めた。

女がその声にパッと反応した。デジタルカメラを下ろす、ふり返る、バッグにしまう。

二人とも三十代である。私はそのように推測した。

「私は、あなた方をお待たせしただろうか」と私は言った。

「いえいえ。ぜんぜん」と言いながら男が起《た》って、その時初めて、私は男のその柄というものを把握した。

こんなところで、とは男は口にしなかった。けれども、「暖かいどこかに移動しないで、大丈夫ですか?」とは訊いた。屋外でのミーティングは馬鹿みたいだ、とは告げたわけだ。私は、自分でここを指定したのだからね、と諭《さと》した。「大丈夫。それにこの公園には犬は入れない」とも言ってみた。男がきょとんとする。「つまり犬に表象されるような邪魔も、平日のこの時間は入らない。私は、ここが好きでね。しょっちゅうアイディアを練る。この園内で。やはりそのベンチにも座るよ」

「そうですか。先生」と相手は言った。

女が、温かい飲み物を買ってきましょうか？　と私に尋ねた。もしかしたら男に尋ねた。しかし私が片掌《かたて》をあげて、制した。二人が名刺を私に渡す。それぞれ一枚ずつ、一つには「プロデューサー」とある、一つには「制作局」とある。男のほうがボスで、女がアシスタントだと私は判断する。私には名刺はない。しかしこの瞬間、私の顔には「私は作家である――その作家である」と大書されているのだろう。だからラジオ番組の制作者たちは、私をそれだと認識した。六十代であって、きっとまともには見えない〝先生〟。

私は、先生、と呼びかけられる際に、どうしても閊《つか》えのようなものをこの胸に感じる。

アシスタントの女は私に手土産を渡した。プリンだ、と言われた。保冷剤の不要な季節に（とはいえ保冷剤《それ》は添えられているのだろうが）ふさわしい。きっと信じられないほど美味《うま》いのだろう。きっと啓が歓ぶだろう。私は、まあ腰を下ろしましょうと言う。全員ベンチに座るよう促す。端の私、少し間を空けて、体ごと私に向いた男、その後ろの――とは「隣りの」だが――女。女は、ノートを出して、ここからの会話を記録せんとする。女は二十センチ分かそこいら男より座高があったから、また後ろから対話の現場を覗けるのだった。じつに実用的な長軀だ。男は、鞄から資料を出した。紙資料の束と、それからカセットプレイヤー。すでにテープは内部に装塡されている。しかも、このミーティングを録《と》るわけではない、とは説かれずともわかった。私は察した。紙と携帯型プレイヤーは私たちの間に置かれた。資料はベンチに座った、とも言える。続いて男は、ケースに収めたテープをさらに三本とり出して、積んだ。

いちばん上のケースの、その情報カードに「候補　#2」とある。手書きの文字で。たぶん他の二本には「#3」と「#4」がある、と私は察した。

すなわち候補者は四人いるのだ。

「もちろんヘッドフォンや、片耳のイヤフォンで、じっくりお聴きになっても——」と男が言い、しかもアシスタントが何か（むろんプラグ付きの有線のレシーバーだろう）を出そうとしたが、それも私は掌《て》で制した。

「いっしょに聴いて、説明も受けられれば、よい」と私は言った。

「はい、先生」と男は言った。

「そのためにも、喫茶店なぞよりここがよいよ。音量も上げられる」と私は言った。

「なるほど」と男は言った。

その瞬間にだが、男の雰囲気、そのラジオ番組の制作チーフの放つオーラのようなもの、が変わった。ふいに寛《くつろ》いだし、ふいに威厳も出た。三十代だとの感触は「四十四、五か？」と変容した。何かを納得したのだろう。言い換えれば、それまではそうではなかった、私という老作家の奇矯さ、偏屈さを敬遠していた、となる。大変にけっこう。私は、不信（の土壌）から生成される信頼は、その逆よりも信頼するに足る、と考える。

「候補は四人に絞りました。先生の持たれているイメージは大事だ。だから、あえてカラフルに集めた、とは言えます。多彩な才能《タレント》ですね。ちなみにスキルは、四人はいっしょです。僕が保証します。

それにこっちには、構成作家のいいのがいる。このプログラム用に押さえてあります。それから、あ、そうだ、四人の知名度はぜんぜん異なりますよ。しかし、この点は顧みる必要がない。そうですね？　いちおうペーパーの資料には数字は載せました。数字、数値っぽい経歴を、です。念のため。ペーパーには番組コンセプトもあります。こちらで固めましたが、まだまだ変更可能です。番組名は、これは確定ということで。先生にもご確認いただいた、ですね？　エージェントさん経由で。もろもろ委細も伝わっているとは思いますけれど、番組名は『ボム・ザ・レディオ』、帯番組で――」

「ペーパーはよい」

「いい？」

「家《うち》で見ればすむ」

「そう、ですね」

「誰がその声か」と私は言った。さあ傾聴しよう、テープを流そう、とまでは言わなかった。催促されずとも男は、カセットプレイヤーを手にとり、その再生ボタンを押していた。


結論を言えば、私は「候補　#1」に該当するテープを二度流させた。二度めは、順番に「#4」までを聴いてから、すなわち一巡を経て、後《のち》、だった。結論を言えば、ラジオ局のその制作班のチーフの男は、一本めに〝どんぴしゃり〟を用意していた、となる。私のイメージにこれぞ適合するであろう、と読んでいた、となる。だから初めに――初めっから――プレイヤーに塡《は》めていた、わけだ。私は、記憶に基づいて早送りさせた、また巻き戻しもさせた。要所（と思われる箇所）を繰り返させた。よい、と私は思った。

「声優なんだね?」と訊いた。

「声優ですし、歌手です。もともとは歌手だった」

「どういったジャンルの?」

「演歌。意外でしょう?」

「どうだろう……いいや」

「否定、ですか?」

「この声質だけれども」と私は指摘した。「なんとはなしに、倍音がある、と思った。倍音唱法の倍音だ。それはきっと、こぶしに由来する」

「こぶし、——ああ、演歌の節回し《ふしまわ》し」男は耳をすました。テープのその再生音声に。#1の選考材料たる声に。それから、うん、うん、と男はうなずいた。「では、われわれは、この候補者に決めますか?」と言ってから、「——先生は決めましたか?」

そう尋ね直した。

「決まりにしたい。私は」と言った。

「異存はありません」男は返した。「では、これがナビゲーターだ。この候補者の彼が、番組の、帯番組『ボム・ザ・レディオ』の、オンエアの曜日を問わない固定ナビゲーターだ。曜日ごとの担当の副《サブ》のパーソナリティは入ります。しかし一週通して、主《メイン》となるのは、DJXです。日替わりのほうは実在の著名人、文化人たちで、けれども固定されたナビゲーターはそうじゃない。架空だ、実際にはいない人間だ、われわれはそんなラジオ・パーソナリティを捏造するわけです。いや、いや、この言い方は適切じゃない。このパーソナリティ、このラジオDJ、このDJXは、われわれに実在させられる。いない人物は、匿名であること、エックスさんであることをアイデンティティの拠《よりどころ》に、番組とともに生まれる。準レギュラーのパーソナリティたちだって、対面して、語るんだしね。そのＤＪＸとね。キャスティングされた声優である、という真相はさておきね。広報では、どこそこのプロダクションに所属とかってよたも仕込みますよ。虚報も。ただし、プロフィールに書き連ねる学歴だの、芸能人歴だのなんだの、そういうのは先生のに準じます。原作者の先生のに、全部、末梢のところまで。いや、いや、先生の原作に従う、ですね。正しくは。先生の、このあいだ出された文庫本、これから出される単行本。発売日は？」

「二週間後だね。ほぼ二週間後。二十五日の水曜日だ」

「そして、パイロット版の放送は年度末までに、かあ。反響、ありますよ」

「あるといい」

「なにしろ、小説の主人公が、実在する……われわれに『実在させられる』んですから」

私は、具現する、と考える。この企画は、エージェンシーと出版社が動いて実現したが、私は（いわば）単なる原作者だったが――むろん原作料は入る――、けれども一つだけ「口出しの権利」が私にはあった。決定的な項目が。すなわち、それこそ、どの声がＤＪＸの具現化する声となるのに相応か、の決定権だった。

他にも、契約書に、縛りの条項はいろいろと捩《ね》じ込まれたが、現段階ではどちらがどちらを、誰が誰を縛っているのか、わからない。

声を私が決める、というのは奇妙なものだ。私は声の聞こえない啓の父親なのだから。

原作者という立場で、ラジオに関わる、というのは奇妙なものだ。ラジオなる媒体《メディア》は啓には何も意味していない。テレビは違う、その装置は、「画面を映す」点で啓にも影響を揮《ふる》う。視聴行為から、聴、を抜いても〝視〟は残るのだ。だがラジオは？　その音声は、空気を――そしてリスナーの鼓膜を――振動させるが、眼前の空気そのものの振動は可視ではない。

そんなものを、私はツールとするのだ。

手段《ツール》と。

ＤＪＸの〝配役〟相談がすみ、あとは世間話だ。その公園に隣接した、団地とは反対の側から子供らのあげる喚声が聞こえる。区立の小学校――体育の授業だろうか。それから木琴、いや鉄琴も叩かれている。音楽の授業だろうか。

「どうなりますかねえ。業界は」と男は言った。

「あなたの業界は、かな」

「そうです。ラジオ放送の業界です。僕に言えるのは、テレビ業界が没落する時、必ずや、我らラジオは生き残るであろう、なんて予言もどきですね」

アシスタントの女が、「あるんですか？　そんな未来。来ます？」と言った。

「未来ってさ」――と男は応じる――「未《いま》だ来ない、から未来なんだぜ」

おもしろい、と私は思ったが、口に出しては言わなかった。予言はしなさい、とも促したかったが、予言の〝もどき〟に関してはどうなのか、その場での判断がつかなかったので、やはり口は閉じた。

「インターネットは、敵になりますかね？」と女は上司に訊いた。「じきラジオの強敵に、なりますよね？」

「インターネットは、いかにブロードバンドの普及が進んでも、モデムのさ、ダイヤルアップのさ、ああした面倒さに拘束されてる間は、そこまで脅威じゃない。ラジオのさ、受信機には敵わない。そうだなあ、無線のＬＡＮ《ラン》、なぁんてものが一般化したら、話は、前提は変わるけれども、そりゃあ無理だ」

「それに、いま、インターネットって、まるで自由じゃないですしね」

「検閲だもんな」と男は部下に同意した。

「しー」と私は言った。

「そうですよ」と女が言った。

「ほんとに」男はすまないという表情で言った。

「聞こえるかな」と私。

「え？」と男。

「この公園から、北に五百メートル行っても東に五百メートル行っても、また南に行っても、運河だ。つきあたるんだよ、運河に。そういう、運河の水の気配、君たちの鼓膜には、捉えられるかな？」

女が、そうか、ここは月島《つきしま》といっしょで、隅田川の河口の、古い埋め立て地だったんですね？と言った。ここら一帯、そうだったんですね？と言った。男が、運河に囲まれているって、そういう環境、埋め立て地帯のその環境、まるでお濠《ほり》がついてますって感じですね、と言った。私は、極めて正確な、鋭敏な感覚だね、と褒めた。

「この辺りはまるで、お濠つきの、お城でね」と言った。「堅固な城砦《じょうさい》だ」

44

二月は忙しく、私は二月も三十日か三十一日まであればよいと願った。二〇〇四年は閏年で二月二十九日が存在した、がそれだけでは足りなかった。私は二月三十日を作ってみた。二十九日の――二月二十九日は日曜だった――午後十一時五十分過ぎ、準備に入った。もう啓はすっかり寝入っていた。私は、寝室の時計は使わなかった。仕事部屋の卓上時計を持ち出した。そして台所のテーブルに座った。十二時になるのを待った。長針と短針とが重なる瞬間を、秒針の動きを眺めて、待った。なった瞬間に、時計の背面から電池を抜いた。単三電池を。

ただちに時間は停止した。もしも時計が時間を司っているのならば、これで停まる、簡単なものだなと私は思った。

いったん起《た》ち、台所の灯りを消した。

時計の――テーブルの――ありかはわかった。針が光っている。夜光塗料が長針と短針に塗ってあって、しかもⅢとⅥとⅨとⅫの四つの文字にも塗料《それ》はある。そして、時間は確実に固まってしまっている。

硬直だ。二月二十九日の死後硬直、そして一秒、一分たりと三月一日《いっぴ》に向かわない。

暖房は止めてある。いずれ私は、この二月三十日は寒い、と感じるだろう。しかし空調設備の騒音

（稼働音）はないほうが、よい。暗闇を深める気がするから、よい。残念ながら私は聾者ではないので、物音にはついつい気をとられる。そうしたことは回避したい。

目は、たちまち暗闇に慣れる。

もう……十分は過ぎたな、そして……二十分、三十分……。

私は、その時計と私の認識との間の、乖離、いわば亀裂に集中した。


この思惟《しい》の時間が二月三十日だ。


私は分析してみる。

たとえば私の内側には、対象の異なる二種類の憎悪がある。私は、当たり前だが教団を憎悪する。私をこうしたのだ。私という文学者を。そして、そうしたから、私は息子を得た。私は啓という生命《いのち》を生み落としえたのだ。ところで、どうだろうか？　世間は、啓のその生物学的な起源《ルーツ》を知ったら、どのように啓を見るだろうか？　啓を、冷ややかに見る？　見ずに、たんに顔を、目を背ける？　ただ忌避する？

あるいは、やはり蔑視か――蔑《さげす》むということ、差別か。〝偏見〟という見方。

もしくは呪うのかもしれない。……「あの蓬髪《ほうはつ》の教祖の子供なのだよ。あの殺人教団の」と。私の息子を、そのように呪詛するのかも。

するのだろうな、と私は考えて、私は、やはり、世間を憎悪した。

世間というものは愉快だ。私は自衛隊のイラク派兵を考える。

政府はあっさりと、昨年からこの二〇〇四年にかけて、イラクの非戦闘地域のみならず、戦闘地域にも派兵を決めて、実行して、しかも抗議の声は（市井からの声は）小さかった。昨年、おおよそ十一カ月前にだが、イラクでフセイン政権が崩壊した。おおよそ三カ月前にだが、日本人外交官二人が、その混迷のイラクで（日本大使館の車にて移動中に）殺害された。これらの事態を踏まえて、今回の派兵は成った、とは言える。しかし、イラクに陸上・航空および海上自衛隊——の職業軍人たち——を派遣できる政権が生まれたのは、それ以前に警視庁と道府県警の大胆な改革があったからだ。「第三警察」ができ、当局が強権的であること、に日本人が慣れたからだ。あるいは歓迎したからだ。そうでなければ内戦状態の地への〝完全武装派兵〟は成らなかった。では、どうして警視庁内に第三警察、すなわち特別公安部は発足したのか？

ある事件が解決しなかったからだ。

一九九五年三月三十日の、その事件が何年経とうとも未解決であったからだ。

私の拉致ではない。彼ら、教団が私を拉《らっ》し去った事件ではない。それは東京都中野区の東中野で発生した。そうではないほうは東京都荒川区の南千住で発生した。警察庁長官が何者かに狙撃されたのだった。日本の警察二十六万人のトップが撃たれて、深傷《ふかで》を負ったのだった。にもかかわらず、捜査が進展しない。教団の仕業だ、と見込まれているにもかかわらず、その見込みでは容疑者の逮捕にも至らない。「進展せず」の直接的な要因は、いわゆる刑事警察と公安警察の連携の欠如にある、と言われた。いわゆる「日本式縦割り」にあるのだと指摘、というよりも指弾された。そこで、〝第三の部局〟が誕生する機運は熟した、となる。そのようにして、教団を強権的に追及しうる（それ以前であれば何人《なんぴと》も発足の予見はできなかったはずの、なかば法規を度外視する）警察組織は生まれた、となる。

さて二月三十日だ。私は、世間と、教団と、どちらを憎む？

「どちらも」と答えるのが不可である場合においては、どちらを？

寒い。二月と三月の間は、寒い。

寒い。

地上のどの大陸の冬よりも寒い。

45

私は、啓は決して呪われていない、また、呪詛されるのはもっての外《ほか》である、その血に穢《けが》れはない、と証さなければならない。

私は、啓をもうけた。私が。この事実に証明の手続きは不要である。

私は灯りを点けて、二月三十日を脱した。目薬を用意する。ささねば、と。

大文字のY

このところわたしは教団を妊娠しているのだと感じる。わたしは教祖のことは事実孕《はら》んだのだけれども教団をそうしたことはなかった。このところわたしは教団がわたしの内側で胎動しているのさえ感じる。いいや聞いた。わたしと教団はとうとう身一つになったのだろうか？　するとわたしは教団に臍帯《へそのお》を通して栄養分を送り届けているのか？　かもしれない。事実わたしは教母と呼ばれ出した。これは肩書きであり尊称は御《おん》母様である。わたしは慈愛の教母である。

ただし姿は見せぬ。

以前にも語ったがわたしは対外的な場にはいないのである。

わたしは対内的な神話の芯にいる。教団の内部的なそれの。

そして教祖がお一人おられる。お二人おられる。お二人めは贋者《にせもの》が五人おられる。

いまわたしは言葉の用い方を誤った。贋者は五人いる。

その贋者たちのことを「贋者である」と断じられるのは教母のわたしである。他の者は断じない。いまのところわたしも公《おおや》けには断じていない。なぜならばわたしは慈愛の教母であるから。

慈悲をひとまず実践する。

他に何を実践するのかと言えば〝インストールする〟の動詞で表わされる二種である。

一種類めは手品であって手品ではない。ちなみにわたしは手品とはよいものだと思う。凡夫《ぼんぷ》にしかできないのだから。種《たね》がある。仕込まれたギミックがあるというのに「神秘的だ」と驚きまた歓《よろこ》ぶ姿勢こそがプリタクジャナの証しである。プリタクジャナすなわち煩悩を切れない衆生《しゅじょう》すなわち凡夫。ほら。手品ひとつをもって凡夫と修行者とが峻別《しゅんべつ》成った。

まして手品が最終的には真《まこと》の神秘を大スケールにて顕現させるのだとしたらこれはもう手品ではない。わたしが「手品であって手品ではない」と言うのはその筋に沿う。

手品を一つひとつ教母のわたしはインストールした。種をインストールした。

どうしてコンピュータ用語をわたしはもちいるのか？　種のうちの幾つかがコンピュータ用の命令《プログラム》の形をしているから。そして命令《プログラム》は「インストールされた」だの「インストールされて高次構築《メタ》される予定の」だのと表現されて相応だとわたしは知った。説明されて習いおぼえたのだと言ってよい。この動詞をわたしは気に入った。たとえば組織に内偵者を入れることは人を〝インストールする〟と表わせる。これがなかなか的確な修辞となるのは対語《ついご》がやすやす用意できるからでもある。すなわち内偵者や内通者を〝アンインストールする〟こと。削除。

使い途《みち》が広いのだ。この言い回しは。

そこで二種類めにもわたしは〝インストールする〟との言い方を適用することになる。この二種類めは最初から真の神秘に属する。

わたしは時おり人に前世をインストールする。信徒たちに。

前世は前生《ぜんしょう》と言い換えてもよいけれども。

それが教団の胎動をより強めるのであればそうする。わたしは相手を選んでそうする。

二種類のインストールというのにわたしは励んでいる。二〇〇四年のわたしがである。

これら二種の実践がかぶる場面もある。

その場面は報告で始まる。否《いな》。レクチャーか？


「警視庁と警察庁の違いをご存じですか？」

「いいえ」と言ってから少々訂正する。「厳密には」

「そうなんです。あらためて問われると『さて、なんだろう？』となります。警視庁は東京の警察だ、とは認識できる。しかし警察庁もその庁舎は東京にあります。霞が関に」

「霞が関」とわたし。

「中央官庁の通り名が『霞が関』です、まさに。つまり国家機関であるのが警察庁です。その意味での国家警察ですね。警視庁は、いっぽう、東京という首都の、都《みやこ》の、東京都警察です。なになに県警察、というのがありますよね？　千葉県警、神奈川県警、長野県警。これらと同じです。しかし首都警察と考えると、これらとはぜんぜん違う」

「規模の他にも？」

「規模の他にも、はい、そうです」と男はわたしを見ずに答える。見ようと望んでも見られない。なぜならば一時的にだが視覚《め》が奪われている。アイマスクの装着を強いられて。わたしはそれを暗闇を与えられてと把握し直す。対するわたしは光明とともにある。ほんの一メートル三十センチばかり前方に腰かける男はしっかり観察できた。わたしの一メートル以内には近寄れずわたしから一メートル五十センチも六十センチも離れていては会話にならない。なぜなら時にわたしは囁いている。絞った声で場を支配するから。「規模と、それから質ですね、それから権限です」

男は続けていた。

「質と権限は、どうして？」とわたしは訊いた。規模に関しては理由《わけ》が推し量れた。なにしろ東京は抱える人口が頭抜《ずぬ》けて多い。となれば警察官の人員もおのずと増える。

「単純に言ってしまえば……」

「言いなさい」これは指示である。

「総理大臣官邸は東京にだけあります」

「なるほど」

「皇居も」

「そうね」

「政府の要人と、高官たち……また天皇と、皇族たち。これらを警備、警衛するのは警視庁です。東京都警察の担当部課です。まあ厳密に言えば皇宮警察本部は警察庁の付属機関なんですが。しかし警視庁の警衛課は、いや警衛課はじゃないな、警衛課も、たとえば第一係が天皇と皇后陛下らを護《まも》る。そういうことです。つまり道府県警と同格であるはずの自治体警察組織の警視庁は、その名称が『東京都警察』とはならなかった根拠を持つ」

「神奈川県警のように、東京都警《とけい》とは言われずに、庁である」とわたし。

わたしが要点を整理した。

「ええ。別格となった。そして警察庁と並び立つ」

わたしにレクチャーする男はスーツ姿である。着こなしは完璧のようにわたしには思われる。というのも男は東大法学部卒のキャリアである。こういう言い方もできる。「桜田門《けいしちょう》のエリートである」と。

そのエリートが続ける。

「警視総監というのは警察社会の頂《いただ》きにいると思われています」

「そうね」とわたし。

「誤解です」

「そうなの?」

「誤解ではありません」

「どっち?」

「つまり、答えは……イエスでありノーなんです。どうしてか? 警視総監は警視庁のトップだから、です。国家警察のトップではない。それは警察庁長官です。そして、警察キャリアであれば、こういうことも知っています。何年に入庁したのかの先輩、後輩の関係が、あ、この入庁というのはもちろん『警察庁に入庁』なんですが、国家公務員I種の試験に合格して、ですが、出世のゴールというのに影響します。たった一年でも先輩のほうが長官に就任する。警察庁長官に。これは不文律です。だから『そんなことはないんだよ』と言えるんですが、いえいえ、あります。このポイントを押さえますと、警視総監は警察庁長官の下位《したい》だとなります。でも、どうなんでしょうね。総監、長官、ともに警察キャリアの最終ポストです。『それに就《つ》いたら、あとは引退』です。結局のところ、だいたい同等、同位なんだよと目《もく》されています。僕は……」

ほんの一瞬黙《もだ》す。

「……不文律なんぞが横行するからアホばっかりになるんだよ、とは思いました。いまも思っているんです。アホばっかり、そして忖度《そんたく》ばっかり。ここは忖度の国です」

「まさにですね」

「あぁ――ありがとうございます」

安堵が感じられた。悪口《あっこう》が咎められはしないかと心配していたのだ。教母から。わたしから。

それは御教《みおし》えに反するから。

ふたたび弁舌滑《なめ》らかに戻った。

「九年前に、警察庁長官が狙撃されました。一九九五年三月三十日。この事件は未解決です。公訴時効の成立まで六年も残している、と強弁することはできません。『依然として未解決である』の一事で、もうミスったのだなと言わざるをえない。長官はホローポイント弾、これは殺傷力の極めて高い弾丸ですが、を三発も浴びた。全治一年六カ月。退院までにかかった月日だけでも三カ月半。そして、当たり前ですが、職務を執《と》れなかった期間というのが発生しました。復帰前、ですね。この間《かん》、警察庁を率いたのは――」

「誰なの？」

「次長です」

「二番手？」

「はい。警察庁の。次長室には何十本もの臨時電話が引かれて、やにわに緊急対策本部の様相を呈した、らしいです。僕はその頃は入庁していないんですが。それで――」

「それは、警察庁長官の狙撃の事件《それ》の？」

「え？」

「緊急対策本部。の様相」

「あ、そうです。まあ『絶対にさっさと解決せにゃならん』犯罪ですからね。警察は総力をあげる。しかし、いま僕が口にした警察だの総力だのが問題です。警察とはいったい何を、どれを指し、で、いったい何と何の、どれとどれの総体の力か？　事件は東京都荒川区で起きましたから、これはもう『二つの庁の』となった」

「警察庁と警視庁。警視庁は『東京都警察』だから。実質が」

「はい、そうなんです。ところで実質的な警察庁のトップに立った次長と、それから警視庁の頂点・警視総監と、この二人のあいだの先輩、後輩の順はどうなっていたか？　困ったことに次長が後輩でした。たった一年ですが。そして、その一年が軋《きし》みをもたらした。序列はどうなった、と。あらゆる組織というものに内部力学があって……いいえ、単純に行きますね。単純に言います。警視庁が、『これは俺たちが上位《うえ》に立たんとな』となった。そして警察庁の方針にいわゆるダメ出しをした。総監が、ですね。そんなことをしたらどうなるのか？　そんなことをしたら、未解決になる、です。警察庁が『ここは庁内の刑事局でまとめるぞ』と主張したのに、警視庁が『いやいや、うちの公安部を出す。実働部隊に刑事部の捜査員たちも投入するが、主導するのは公安部だ』とやってしまった。意地の張り合いを何人《なんぴと》も調整せず、できず、でした。これぞ――第三警察の誕生秘話、の秘話です」

わたしは「奥深い」と感想を洩らした。

すると「かつ、馬鹿げていますね」と男がその感想を上塗りした。

「共感します」わたしは言った。

「ありがとうございます。いずれにしましても、僕に言えることは、真のエリートに実力を発揮させないような組織は、馬鹿だ、という……」語尾をいったん消え入らせてから男は言い直す。「……アホだ、ですね」

「あなたの階級は？」

「いまは、警視ですね」

「そんなに若いのに？」

「入庁の時点でもう警部補だったので。たぶん来年には警視正に昇進します。三十になったら」

「役職は、なに？　いまの」とわたしは訊いた。これは確認である。以前からわたしはその「なに」を把握している。

「警視庁の公安部長の、秘書。秘書官です。おもしろいポストですよ。庁内の、新創設部局を監視しろ、なんて仕事もある。その部局の名前が『特別公安部』だったりする」

わたしはわざわざ「それが『第三警察』ね？　通り名の」と尋ねたりはしない。

わたしは「あなたの実力を発揮させたい」とだけ言う。

「揮《ふる》いたいです」

「揮って」とわたしは言う。これは指令である。

「はい」簡潔な返事。


わたしとこの男はともに了解している。真《まこと》に真《しん》のエリートとは何か？　第一にインストールされた組織内でのエリートである。徹底的に有能であると見られていなければならない。完璧に聡明であると見られていなければならない。そこが警察組織であるのならば出世街道を歩めていなければならない。完全に頭脳明晰であれば横並びの同類《エリート》たちは出し抜ける。そこには歓喜もあるだろう。歓べ。歓べ！　そして第二にインストールを命じた組織内でもエリートである。あるいはエリート信者に選《え》り抜かれることが見込める。いずれは最高位の成就者に。すなわち霊的にもエリートでなければならない。

二十九歳の警視は大学時代に御教《みおし》えに遭《あ》った。

「奉仕するために警察官僚に採用されよ」と言われた。

「励みます」と答えた。

このような篤《あつ》い信仰心には善果がもたらされて当然である。

たとえば今日ももたらされるのであってわたしは「頭をお出しなさい」と言った。「こちらへ。あなたの頭を。触《さわ》りたい」


そしてインストールする。二種類めの実践を行なう。

段階も践《ふ》む。

頭よ。頭よ。こっちへおいで。

男のアイマスクが外されたわけではない。それはならぬ。教母《わたし》の目撃は禁じられている。

おいで。

頭頂をつかんで撫でる。

男のその頭の形を確かめる。

両掌《りょうて》で抱えて眉間にそっと右の親指を当てる。親指の腹を。そこからわたしはエネルギーを入れることもできる。霊的エネルギーの注入はもちろんできる。しかしそれは教母《わたし》の務めではない。

額。

側頭部。

後頭部。どこだ？

アイマスクの縁《ふち》に触れた。ああこの男には暗闇がとわたしは再確認する。視覚《め》はいま奪われてと再確認する。しかしわたしは光明のもとにいてと。

光明。

わたしは両掌《りょうて》で男の頭皮を包んで動かす。まるでマッサージだ。教母《わたし》がマッサージをする。ほらほら。そしてお前の頭にも甘露を。「甘露を」とたぶんわたしは囁いた。

すると男の頭からしゅうしゅうという音がする。

何かの気配。わたしはふり返った。

城がある。石垣でわかった。門がある。天守閣はない。

わたしは男の頭から掌《て》を離さない。

誰かが「桜田門」とつぶやいている。門が？

あの門が？

江戸城だ。

しゅうしゅうという音が昂《たか》まる。向き直る。するとわたしの視覚《め》が他の人間の視覚《め》とぴたり重なった。

わたしは男の頭から掌《て》を離していない。

わたしはどこかに座っている。

畳敷きだ。視野の前方が。いや全面が。わたしの衣《ころも》の一部が見える。袴《はかま》だ。それから大小の刀の柄《つか》。

ここは城内なのだろう。そのどこかの間《ま》なのだろう。誰かが「老中——」と言った。わたしの視覚《め》が右に動いた。また戻った。

わたしはこの視覚《め》の持ち主が老中にまで昇進しているのだと知る。

視野にわたしの手が入った。右手だ。ただし教母《わたし》の手ではない。それは警視の男の頭部に添えられつづけている。

老中の右腕だ。

筆を持っている。

何かを書こうとしている。

いいや認《したた》め了《お》わったのだった。ほとんど。署名しようとしている。お終いに。

その字が見える。読めもする。達筆だが田沼と読めた。

わたしは「お前は」と言いかけて口調を丁寧にする。「あなたは」と言った。

「はい」とわたしに頭を抱えられた警視が応えた。

「江戸時代の中頃には、田沼意次《たぬまおきつぐ》でした」

「田沼、おき……意次。商業資本……」

思い当たる節があるようだった。

「異例の出世をした老中」とわたしは記憶のノックを助けてやった。「商人と結託」と一音のノック。

「長崎貿易の制限を緩和」とまた一音のノック。

「たしか、田沼意次は……幕府の全権を掌握して。あっ――」

わたしは定着するのを待つ。しゅうしゅうが収まるのも待つ。わたしは人の記憶というのがどれほど短いかを歎く。なにしろ生前のことを憶えていられないのだ。頭というのを持ちながらその現世《うつしよ》の頭には抱えていられないのだ。だから教母《わたし》が抱えてやる。すると教母《わたし》の目には見えるしわたしは視《み》る。いや教母《わたし》のというより教母《わたし》という目には見えるしわたしが視る。当人が忘却の地平に追いやってしまっている前世の一つを。二つを。三つを。その輪郭を言葉にする。わたしが。その前生《ぜんしょう》に名前を与える。わたしが。それは前世の設置である。

インストールするのだ。

教母《わたし》という目。初代の教祖は全盲であられる。二代めはどうやら同様に盲《めし》いておられる。と言われる。と外部《そと》にも観測される。お二人は表に出られる。たとえばお二人揃って〝アンダーグラウンド・ビデオ〟にご出演なされて。わたしはもちろん表に出ない。

わたしは裏にいる。

わたしは裏である。わたしは裏の予言書でもある。

そして教母《わたし》が目である。教祖らの代理に誰が見るのか？　その代用となる尊《たっと》い目はどこに？　ここにとわたしは言う。そして目は見る存在《もの》なのであって見られる存在《もの》ではない。教母《わたし》という目。その目撃はここまでロジカルに禁じられた。

霊的共同体には霊的共同体なりの法《のり》がある。

そして教母のわたしは裏の予言書である。わたしは「い、い、いなごを」だの「龍を。鼠を」だのと言った。鼠であれば数万匹。手品が要る。いや手品であって手品ではない。

これらは一種類めのインストールの話である。

二種類めのインストールに輪廻転生《りんねてんしょう》が関わった。人は生まれ変わり生まれ変わる。そのあいだに教団と縁を結んだりする。いや。これは正確な説明ではない。そのあいだに教祖の前世に触れたりする。擦《かす》ったりする。過去世《かこぜ》の教祖と深い深い縁を結んだりする。そうした者たちは選ばれた者たちである。「選抜はすでに行なわれたのだ」とも言える。あとは掘り起こすだけである。で誰がそれを為《な》すのか？

わたしは為す。もちろん。

わたしにも為せたから。

初代も為せたが。

わたしは言うのだ。「あなたと教祖はそんなふうにつながっていますよ。前から。前々の世から。同じ時代を生きられましたよ。幾度も。幾々度も。さあ、この前生の因縁ゆえに。力を貸しなさい、い、い、い」と。

何人かいらっしゃるかもしれないけれども同一人物であられる教祖に。

教母《わたし》の子に。

わたしの。

知識が要った。わたしは過去世はしばしば霊視できた。しかし視た風景がどこなのか耳に入った言葉が何語なのか視覚《め》を借りる人物がそもそも誰なのかは前提として〝知る〟や〝知っている〟ということがなければ把《つか》めない。教養を必要としたと言い換えてもよい。このところわたしは教団を妊娠しているのだと感じると前に言ったが妊婦には妊婦の栄養の摂《と》り方があるのだと説いてもよい。カルシウムに蛋白質に鉄分。またビタミンD。このDなる栄養素はカルシウムの吸収を助ける。食物繊維も要る。わたしは教団という胎児のためにそれからまたわたしという母体のためにも日本史を摂取する。併せて世界史を食《は》む。この二〇〇四年までの人類《ひと》の歴史にどのような著名なあるいは多才なあるいは異様な人物が登場したか？　これは「どんな偉人たちがいたのか？」とも言い換えられる。しかし偉人伝には執着しない。もっと幅広い認識が要るのだ。認識の強化が要るのだ。しかし手間はかからない。概説する書物を読めばよい。それらの紙面《ページ》に視線を落とせばよい。わたしは固有名詞を日に三十も五十も八十も拾う。日本の中世と近世。ヨーロッパの中世。戦争史。というよりも戦争論。中国史。モンゴル帝国から眺める地球。つまり十三世紀から数百年間の世界史。デリーについてとメディチ家について。そこから各国いいえ各地域の文化誌も。そうだ風景が大事なのだ。それから言語も大事なのだ。何語が話されているのかを知るには。一瞬に知覚するには。語学テープ？　テープ教材またはCD付きの書籍教材が要る。つぎつぎ調達した。というよりも調達させた。わたしは教母であって表には出ないし教団がそもそも地下にある。しかし支援者たちは地上にいたし教団には幽霊会社もあったし幽霊どころではない大企業もあった。書店事業と映像や音楽のジャンルの同種の商売《ビジネス》においては教団の広報が「力を入れるべき」と言いそこから見えない広報《PR》のための見えない契約がわたしには実数は挙げられないのだけれども数多く結ばれていた。つまり暗躍する書店というのはあった。わたしは語学教材の品揃えのよい書店に在庫の簡単なリストを用意させた。あれとあれとあれとこれをと指示した。指示つまりオーダーである。カセットテープがわたしの聴覚《みみ》を鍛える。幹部信者たちの前世のために。あるいは幹部信者の〝候補〟らの前世のその判別のために。わたしは書店に新たに入荷した商品のリストも提出させた。商品とは本だが。雑誌も含めてわたしは書名と誌名とに目を通す。何が役立つかはわからない。ビジネス書は不要だがノンフィクションは肝になる場合もある。わたしは新刊書の案内というのがあるのだとも知った。発売日順に書名が著者名が出版社名が載る。『独裁者たちのプロフィール〈2・アジア編〉』や『ルネサンスの画人99人』にわたしは印《マーク》をつける。チェック欄に〝×〟を入れるのだ。『古代天皇と貴族』にも。わたしは小説は読まないが念のために文芸書の題名も拾い読む。そして新書と文庫新刊の題名《それ》も。わたしの視線がリスト中のある箇所のある数字の連なりにひっ掛かる。6が三つある。獣《けもの》の数字である。わたしは「数を大切に」と思う。ほぼ機械的にというよりも反射的にわたしは〝×〟を与えている。その文庫本のチェック欄に。

わたしは6と6と6のことを考えながら6と6と9と3と6のことも考えた。

初代に会う。

初代が楽しげに五人の〝候補〟たちを競わせているからそのことを「どうして？」だの「いつまで競《せ》らせるの？」だの問うために。「もう満七歳よ」だの「いいえ。満八歳になる。じきに」だの知らせるために。

わたしのいまの語りには敬語が欠けた。

楽しげに競わせていらっしゃると言わなければならなかった。

近頃はしばしばわたしは敬語を欠いた。

「似ているだろう？　全員」と初代はおっしゃる。「あれだぞ、私にはむろん確かめられないぞ、私はこういう目だからな。つまり全盲だからな。しかし命じたぞ、ちゃぁんと。『髪は長めに、私に似せて、しかしこうこう、こうセットしろ』と。長髪というのは、いいものだな？　長髪《それ》がトレードマークであれば、より男の子と女の子とを似せられる。だろう？　そうなっているんだろう？　むろん私には確かめられない。しかし命じたんだぞ、ちゃぁんと。長髪、濃いサングラス、しかも大きな型をかけさせて、そして化粧をさせる。性が……性別は際立たないように。無性《むせい》に、だ。いずれ両性具有に見せるのも、いいな。いいぞ、きっと。そして粧《よそお》いに、私は口もとに少し仕掛けをしろと言った。ほくろは陳腐だ。むしろ上唇の左の端が、やや不自然に、いいや二ミリだけ長いといったような……。アクセント、紅《べに》。なあ、化粧でできるだろう？　それを全員に。すると見た目は、どうだ？　そもそも全員、私の遺伝子を半分、継いだ。そもそも全員がきょうだいだ。生まれが一日違いだったり十日違いだったりする、そして双子も混ざる、きょうだいだ。この私にも、すっかり、似るだろう？　どうだ？　私たち六人は同一人物だ、と証せる。証せる？」

六人の内実《なかみ》は以下のとおり。初代と6と6と9と3と6。

本日の初代はその意識が明澄でいらっしゃる。

虚脱状態にもならず一時的な失神もしない。

ご失神なさらない。

そのために擅《ほしいまま》に傲岸不遜だ。この子ったら。

「ふるまいも」と悪い子は続ける。「口癖も、できれば同じにしたい。そこはしかし、才能だぞ。誰がもっとも演技派なのかの競争だぞ。競え、競え！　そして順番にビデオに出ろ。撮影されろ。なおかつ『一人しか出ていない』と思わせろ。私の隣りに立つ者は、毎度、同じだ、と。私とともに教団の玉座についている七歳の……、いいや、八歳？　どちらでもかまわない。だから……七、八歳児が代《か》わる代《が》わる出演しているにもかかわらず『お一人だなあ』と認めさせ、ら、れてい、る。だろ」沈黙。わたしは急《せ》かさない。三秒。十秒。三十秒。するとほら戻った。「ビデオに一人だけ出る、一人しか出ていない、という言い方はあれだったな。適切ではなかったな。適当な表現では。適、もちろん適応ぶりを示させるためにやらせてるんだぞとは言えるぞ。適。ビデオには私が出る。だから教祖が二人。他にも女たちにフォーメーションを組ませる。教母たるお前の目から見ての乳母の女たち、これが四人。侍《はべ》る。目隠しの布を巻いて、な。巻いているだろう？　私には確認できないが、そうしている。ちゃぁんと。この教化活動用のビデオ」

〝アンダーグラウンド・ビデオ〟。

「初めは報道機関にも送りつけたものだが。フリーのジャーナリストたちにも」

〝アンダーグラウンド・ビデオ〟を。

「いまは内部にしかゆきわたらない。教団《うち》の内部だから、地下にしか、か？」

〝アンダーグラウンド・ビデオ〟が。

「あまりにも影響力があるからマスコミは『合成だ』と言った。なかでも腕、私の……この、両腕！『あんなにもスッパリ断ち切れているのは、加工だ。映像の』と言った。専門家まで引っぱってきて、断言させた。映画業界の、それも……わざわざ、ハリウッドのか？　デジタル技術の、ブイ……ＶＦ

Xの、職人たちだったか？　証人は。こいつらに何を言わせた。『そもそも教祖が生きていることがおかしい。代役だ』と言わせたり、これが影武者説か、それから、あの映像は一九九五年の五月の、いや四月の、いいや三月の前に撮られたものの、使い回しだ……とか、それをコピーして、合成して、二代めも重ねて、合成して、だとか。こういう珍説を、どうして、ある時期《とき》から世間は信じた？　情報の出所《ソース》が問題だ。私の死亡説。その根拠、証拠、もちろん嘘の証拠の数々。どこから出た？　第三警察だ、第三警察！　情報源がそこだから、『流通するビデオに教祖は映るのだが、全部遺影だ』となった。は・は・は！　これはもちろん、私の宣戦布告に恐れをなして、だな。だな？　そしてビデオの反響を封じた。いまや私は、そもそも死んでいたのかもしれん——となっている。さかのぼって過去は変更された」

　でも未来に手は出せないじゃないのとはわたしは言わない。

　初代にしゃべらせる。

「それを利用しようと保安課は判断した」

　この〝保安課〟とは教団内の部課《セクション》である。警察組織のそれではない。いかなる警察のでも。

「私の安全を考える保安課は」

　その〝保安課〟は初代を警護する。介護もする。いずれにしても護る。

　介護。もちろん下《しも》のことも。漏らさせない介添えも。文字どおりの尻拭《しりぬぐ》いも。なにしろ左右の手がないのだ。

　そこまで親《ちか》しい。その〝保安課〟は。初代に。

　その絶大な信頼。

「私の、身の安全を、第一に」と言いながら初代はにやにやし出す。笑《え》まれる。「なるほど。死んでいるはずの人間をあらためて殺そうとする人間はざらにいない。いや、しない人間がざらにいる、か？　謀略だ。陰謀には陰謀。もう私は死んでしまおう。私の安否はそもそも一九九六年のあの一月、あの救出の劇からずっと、ちゃあんと不明だったのである、でよい。私はだいぶ自作自演の謀略を行なったが、そう、救出の劇の以前から、しかし、いまや他作自演もする。ここまで来たら何が真実か。何が真相か？　読めまい。ああ、しかし――は・は・は！　笑えるぞ。私が、この腕を切らせた時、『二本とも切れ』と教団《うち》の医者に言った時、いいや切断の後《のち》か？　現・保安課のメンバーの幾人かですら『教祖は、精神の箍《たが》を外されてしまわれた』と歎いたものだが。そうしたはずだが。耳語《ささめ》きあったはずだが。現状、二転三転して……いや、二転か？　二転して幸いした！　保安課は、さらに私を讃《たた》えている。幸いなるかな、幸いなるかな、聖なるかな。そしてどんどん動いている。保安課が。私の信任を、いいや信任もだ、受け――」

「何をしているのです」とわたしは訊いた。

その質問は大事だと感じて。直覚に打たれて。

「私の保安のためには私のさらなる延長を」

わたしは途端苛《いら》ついた。延長。拡張。それに類した語《ことば》。

「お前の子供は蒸発したな？」と言われた。

これは敬語ではない。受け身だ。

「それもいれば、六人めになる」とわたしは言われた。「そして人はそうそう蒸発はしない。人の嬰児《みどりご》は。それは『盗《と》られた』だの『連れ去られた』だのと言うのだ。あるいは……」

あるいは？

「拉致。拉《らっ》された、か？　それをしたのは、誰だ？　警察かもしれんぞ。ハルマゲドン阻止のための、超法規的な何やら、かやら。だから私は、口は悪いが、『どうでもよい』と思っていた。なにしろ五人いる、もう五人も、ちゃんと、ちゃぁんといる。が、思い直した。『厳重に護られているはずの子供を連れ出しうるのは、わが教団の身内ではないか』と、そちらの可能性に、これはアンフェタミンに助けられてだが気づいた。誰だ？　去年、いいや違うな、おととしから、私は保安課に探らせた。やっとだが、目星は、まあ、ついたと言える」

「言えると言っても」とわたしは言った。「知りませんでしたよ。そんな、おととしからなんて」

この子はいったい何をしているのだ。

一月。いいえ二月。いいえ二〇〇四年の一月と二月。わたしのオーダーする書籍が届いた。たとえば文庫本が。これほど分厚いとは思わなかった。五百ページを超えている。題名は『666FM』である。帯紙《おび》には〝ラジオ小説〟とのコピーが載る。ラジオ。何かが妙だ。構成が妙だ。何本いいや何十本の小説がこの内側《なか》に入っている？　しかし短篇集ではない。そうではないらしい。開いてザザザザとわたしは捲《めく》った。あるページに「次の物語は、『ジェットの舟』です」という台詞がある。まるで司会者だ。司会者の台詞だ。番組の？　そして「次の物語は、『ジェットの舟』です」という台詞のたった一行後からこんな台詞はまるで似《そぐ》わない文体が現われる。やや華やかな。華麗な。むしろ華美な？　どうしてだかわたしは反応した。つまり惹かれたように反応して読み出した。そこをである。『ジェットの舟』をである。飛行機で一人の男が目覚める。機内で。最初は寝惚けている。やがて自分はなぜ機内にいるのだろうと考えはじめる。おかしいのだ。搭乗した記憶がないのだ。それどころか死んだ記憶があるのだ。「その目覚めの直前に、俺は死んだ」と男は思う。自覚した。ビジョンが脳裡を占める。それは男の〝死の瞬間〟の光景である。男はおうおうおうと呻いた。それは日本語だ。それから機内にあふれるのは日本語が主ではないぞと察する。なぜならば呻き声も言語ごとに異なる。その『ジェットの舟』はわざわざ whoa だの oh だの uhhh だのと示した。実例を。そして男が「俺のいる列は、しかし日本語だけが響いている。前の列は違う。ロシア語か？ 二列後方が、英語だ。ま後ろは、フランス語か？」等と考えはじめる。むしろ感知しはじめる。その飛行機には座席の一列ごとに異なる言語の話者たちがいるのだ。どうやら。しかもその大型のジェット機は満席なのだ。「それはボーイング７４７型機である」とも描出された。「そして、死から目覚めたばかりの五百余名が乗っている」と。しかしながらどうして乗っている？ その〝なぜ〟を男は知りたいと願うし他の乗客たちも願っている。男と同じ番号の列の人間同士でならば情報は交換し合えた。推理し合えた。日本語でだ。だがそれだけでは足りない。だとしたら？ という箇所まで読んだところで「いよいよ佳境ですが、ここで箸休《はしやす》め的に、アーバンな文体の掌篇を」との声が響いた。そういう台詞が挿《はさ》まった。しかも誰がその台詞を口にしているのかの人物の名前も入った。司会者名？ たぶん名前だ。そうとしか考えられない。けれども記号だ。これまたそうとしか言えない。ＤＪＸ。

わたしは「ＤＪ……Ｘ」と言った。

同じ著者の翌月の新刊もオーダーした。これも届いた。届いたのだともう語ったと思う。しかし単行本である新刊《それ》を開いたら冒頭に十三文字から成る一つのセンテンスが樹《た》っているのを発見したとは語っていない。その十三文字のうちの二文字が〝運命〟という熟語だったとも言っていない。いま言った。

大文字のX

46

子供たちは適応した。

私は、だからこそ死に巻き込まれたのだ、と続けるしかない。その死とは集団自殺のことだ、とも解説するしかない。たとえば一九九四年の十月初めのスイスとカナダに目をやる。すると併せて五十三人が死んでいて、うち十六人が子供だ。「太陽寺院」という教団の信者たちだった。この教団は終末を説いた。

そこから一年半さかのぼり、アメリカに目をやる。すると同じように終末思想を掲げて、世界最終戦争（ハルマゲドンだ）を説いてもいる教団「ブランチ・ダビディアン」が、違法に入手した夥《おびただ》しい数の銃器類とともにテキサス州に置いた本部に籠城、ＦＢＩと対峙している。五十日余の膠着状態があって、ついにＦＢＩが突入する。と、本部から火が出る。その燃えさかる炎のなかで、教祖が――この教祖は失読症だった、聖書は諳記《あんき》した――信者八十人を道連れに自殺する。うち子供は二十五人。三百人前後の子供が巻き込まれた死もある。一九七八年十一月までさかのぼる。南米ガイアナの密林に、アメリカのインディアナ州発祥でカリフォルニア州にて教勢を拡大した教団「人民寺院」が農業コミューンを拓《ひら》いている。ここに入植するに当たり、信者たちは〝死の契約〟というのを結ばされた。のみならず集団自殺の予行演習まで強いられているとの訴えがあって、アメリカの国会議員が視察に訪れた。この議員と、テレビ局の取材記者たちを含んだ五人がまず戮《ころ》されて、その直後に教祖が、本番の集団自殺を呼びかけた。死んだのは九百九人であるとか九百十四人であるとか九百四十一人であるとか目を落とす資料によって異なる。そこに含まれる未成年者の数も。しかし二百七十六人を下回らないことは確実だ。

これらは現実のデータである。

これらのデータを踏まえて、私は虚構を準備する。筋道を追うならば、私は「一九七八年のガイアナにそうした集団自殺教団があったのならば、同年の日本に同種の教団《それ》があっても不自然ではない」と直観する。これは職業的直覚である。当然、この宗教団体も陰惨な事件を起こすわけだが（それは一九七八年の日本社会を震撼させる）、しかし死者数は三桁には達しない。私の本能は「三桁はちょっとやり過ぎだ」と言う。それでは不自然になる、虚構があまりにフィクションに見えすぎる、と。これはおかしなフレーズだが――なにしろ fiction の訳語が虚構でもあるのだから――しかし私の文学的本能はつねに的を射る。要するに、適切な数が要るのだ。犠牲者の……死者の数がだ。三十人、と私は考える。いいや二十人と少し、と考え直す。そのうち未成年者は……子供たちは……八人か九人。

「よい」と私は判断する。

八人か九人だったのだ。これは曖昧な数ではない。九人が自殺を強要された（すなわち実質的な他殺である）。が、未遂――自殺未遂にして他殺未遂――が一人。生き残ったのだ。この日本の集団自殺教団には遺児がいる。両親がともに信者で、どちらも目的（死）は達した。が、その子供はそうではなかった。その子供が信者でなかった、とは言わない。与えられた環境に、子供はどうしたって適応する。順応を試みる。これは生物《いきもの》として当たり前のことであって、なぜならば「生きる（＝生きのびる）ためにそれが必要」なのだからであって、問題は、信者となり、教祖への帰依《きえ》・教説への信奉を貫いた果てに、待っているのが「集団での死」であるとしたら、この適応は不適切であったとしか言えない。

だが、それでも。……それでも、生き存《ながら》えたのだ。一人は。

この子供はどうなるのか？

「待て」とそこで私は自らに注意した。一九七八年にその子供は何歳だった？　そもそも、その子の性別は？　男児なのか女児なのか？　男児だ、と私は即断する。四歳だ、と決めて、いや……当時四歳であるならば、今年は長じて三十歳にしかならない、と考え直す。それでは、やや若い、若すぎる、物足らない。だとしたら五歳……六歳……。七歳？

七歳で、教団の信者であった子が、死＝集団自殺から逃れる。

生き残る。しかし傷は深い。もしかしたら四歳、五歳児よりも。

七歳だ。するとこの子は一九七一年に生まれた。

一九七一年に私は二十九歳だった。夏に、二十九になった。

あの年か、と私は考える。あの年にこの子は生まれたのか、と私は考える。そして長じて、ラジオDJになるのか、と考える。

私はこのようにして、虚構の、しかし鞏固《きょうこ》な人物を創作する。これが『らっぱの人』の主人公である。

47

DJXである。

私の小説の主人公の、と改めて強調する。二〇〇四年の二月二十五日、水曜、に刊行された『らっぱの人』の主人公で、その前月発売となった文庫（にして〝ラジオ小説〟）『６６６ＦＭ』の最大の駆動力、である人物。それとは別に、東京都を放送対象地域とするＦＭ局の番組に登場した――とは「実在しだした」の謂《い》いだ――ラジオＤＪがいる。二〇〇四年の三月二十八日、日曜、『ボム・ザ・レディオ』のパイロット版（これは二時間の特別番組、を謳《うた》ったが、実際には一時間五十二分だった）はオンエアされた。反響は、ある、あった、なかなかに大きかったと知らされた。これが五月のゴールデンウィーク明けか、または六月末か七月中を予定されている（八月中下旬開催のアテネ五輪《オリンピック》を前にしての）特別改編期からの「帯番組」化というものの狼煙《のろし》となる。

ラジオ番組のパーソナリティであるＤＪＸは、このように、現実の東京にいる。

私の著作内の人物から派生して。

虚構に根ざして生まれたが、その声は実際に在《あ》る。


虚構、現実。

こうした截然《せつぜん》たる分け方は、この世界から私を排除する。私とは何者か。作家だ。現実に生きている作家だ。そして、虚構を産み落としつづけている文学者だ。言い換えるならば「私の人生には私の小説が含まれる」となる。私の現実は、虚構の準備・産出から成る。私はそのために思考し（つづけ）、また想像する。〝想像力〟というものを発揮する。

たとえば、私が私のこの人生を語るとする。

それから、私が私の創出した人物の生涯を語るとする。

そこに他人《ひと》が差を認められるとは、思わない。

なぜならば、そうならないようにと私は鍛練を積みつづけてきたからだ。プロとして。

そうして、ＤＪＸだが、小説『らっぱの人』には巻頭にこういった警句《エピグラム》がある。


「お前の運命をデザインしろ。」

48

私の人生がある。それから、〝想像力〟が産出したとも言える、私の〈過去何十年間かの、何十作もの〉著作がある。

だがそれだけではない。

私が「こうではないか。こう展開したのではないか?」と想像する現実というのも、この世界にはある。

すると、それは……〝想像力〟にまみれた現実、としか分類できない、と結論づけられる。

順に、こうした答えに至る。

筋道は確乎《かっこ》としている。

49

一九九六年二月に子供は拉《らっ》される。

二月上旬に教団の「地下病院」の産科から連れ去られる。その病棟（に該当する地下施設）は厳重に警備、警戒されている。なぜならば揺籃《ゆりかご》にいるのが教祖である。この世に生を享《う》けたばかりの嬰児《みどりご》であるにもかかわらず、教祖と同一人物である。ゆえに護られなければならない。ゆえに関係者、および高位信者以外は、この産科の病棟には何人《なんぴと》も容易には近づけない。にもかかわらず新生児は奪われた。教祖そのものである子供が拉された。

彼らは推測する。そうであるならば関係者が奪ったのだ、と。または高位信者がそうしたのだ、と。そして犯行者の目星をつけんとする。怪しい関係者は誰か？　不審な動きをする高位信者はいるか？たちまち「消えてしまった一人がいる」と判明する。子供が拉された直後にである。否、同時にである。

その大物信者――と目《もく》される五十代前半の男――は、前月下旬に壊滅した「教祖救出」ミッションの主力班の、唯一の生き残りである。具体的には、その班の顧問である。そして素性はといえば……本名はといえば……。

不明である。どこにも記録がない。

そもそも、誰の記憶にもない。

いまは消息を絶っている。教団の視界《め》に入らない。つまり逃走した、遁走した。当時簇出《そうしゅつ》した脱会者の一人だ、と見做《みな》しうるが、それ以前にスパイだったとも位置づけうる。たとえば公安警察の。それからまた、競合する新宗教団体の。あるいはまた薬物の流通（と資金調達）で組んでいた暴力団の。

いずれにしても、その男こそが怪しい、と彼らは考える。と私は考える。

50

教団内部の展開はそれだけではない。

一九九六年一月下旬の「教祖救出」ミッションの完遂で、事実、教団の指導者は当局の手から奪還された。しかしこの時点で、教団は「(魂は一つだが肉体的には)二人でもありうる霊的指導者」に率いられるシステムに変じている。なにしろ奇蹟は成ったのだ。もう一人の教祖が嬰児という形《なり》で生まれ落ちていたのだし、しかも、母親——美しい未成年の女性信者——の胎《はら》のなかにいる時点で、この二人めの教祖は語れもしたのだ。メッセージを発せられもしたのだ。教団のその違法の活動《アクション》の舵取りをしたのだ。

そして生まれた。現世《うつしよ》に。

アクション、すなわち「教祖救出」ミッションのその後に生まれたのだが、しかし生まれるや消失した……奪われた……拉致された……。

そのような現実を、信者たちに明かせるか？　幹部級(すなわち教団上層部)を除いた信者たち、一般信者たちに？

否。

教団全体が地下に潜りつつある波瀾《はらん》、狂濤《きょうとう》の時期だからこそ、否。

奇蹟は死守されなければならない。

すると、彼らは教祖そのものである子供（教祖と同一人物）の代理となる赤ん坊（教祖と同一人物、の代役）を用意した、となる。

そのように結論づけられる。この私の想像では。

51

私は作家として想像し、彼らの現実を読んでいる。

彼らは、しかしたかが作家である私の手からは逃れられない。なぜならば私が、彼らのために未来を書いた。彼ら教団の未来を書いた。私は「教祖は同一人物として、世代ごとに何人も登場する」と予言した。初代も二代めも同じお方、二代めも三代めも同じお方、教祖は永代にして、人類《ひと》の歴史に比《たぐ》い無《な》し。これが成就するからこそ、宗教国家は誕生する。これが成就するからこそ、教団の教えが国教になる。（現在は）日本（と呼ばれている国）の。

　いつ誕生するのか？　私はこう書いている。オリンピック、のち、東京制圧。ゆえに、それは二〇〇四年より先にはならない。二〇〇〇年のシドニー五輪《オリンピック》を経、安穏《あんのん》の期間を経、そう確信された。そして二〇〇二年に、二〇〇三年に、さまざまに私に予感された。私は予言者だが、予感した。彼らは動き出している、と。

要するに――代役では駄目かもしれない、と動き出している。

それは均衡《バランス》の崩壊を意味する。

そのように私は、彼らの現実を読んでいる。私が彼らの現実を想像している。

52

一九九六年の二月に、いや一月に戻る。

あの「教祖救出」のミッション後だ。

私は教団内部の囁きを聞いた。教祖は奪い還《かえ》されはしたが、重篤だ、との。「地下病院」の面会謝絶の集中治療室《ICU》もどきにいて、どうやら意識に別状がある、との。つまり教祖の精神状態に、だ。あるいは教祖の、端的に、精神に、だ。それでも肉体が保《も》てば、どうにかは取り繕える。そのためにも、、、、、、、、もう一人の教祖は要る。

どう想像しても代役の教祖（それは二代めの教祖のだ）は用意された。

そうしなければ教団のシステムが回らない。

さて、教団の厳秘の事項たる「受胎のイニシエーション」を知る人間として、私はこうも推し量れる。そのイニシエーションには応募者が殺到した。いずれにしても一人だけではなかった。わずか一人の女性信者だけでは。なかには、成人年齢に達してしまっているが、ぶじに教祖と性交渉を持ち、孕み、それどころか産み、しかし産んだ子供が教祖（とは二代めの教祖だ）であると認められなかった――いっさいが隠匿された――信者もいるのではないか。いや、年齢がどうのという設定は不要だ。顔だちの問題もある。器量よしこそが教祖（とは、繰り返す、二代めの教祖だ）の母親になれた、としたら？

そうしたら、どうなったのだろう。

初代教祖は、どれほどの密教的《タントラ》な勃起と射精を行なったのだろう。

一九九六年の一月に、それから二月に、何人の子供が生まれて、何人が……教祖（とは二代めの教祖だ。そして、その二代めの代役だ）に据えられたのか？

一人の子供が拉されたことだけは事実だ。そして、彼らが何かを想像して、その想像に基づいて蠢《しゅん》動《どう》しつづけているのも現実だ。

この現実をこの私が想像しているのが、事実だし、現実なのだ。私の……私たちの？

この日本の？

53

その日、私は三時間話す。これほど話すのは相当に疲れさせるものだなと知る。手話ではないことも予想外に困憊《こんぱい》させた。とはいえ相手が口を開いている時間もある。口を開き、こちらの回答を得んと誘導している場面もある。また、この三時間には私が撮影されるという状況も含まれる。取材とセットになった状況《それ》が。つまり私は、この三時間の取材の間、決して三時間「しゃべりっぱなし」ではない。

　が、そう感じた。

　私の前に座ったのは全国紙の記者だ。文化部に所属する記者。これは、私の新作小説に関しての取材、であるだけではない。そもそも『６６６ＦＭ』は素朴《シンプル》な新作ではない。内容の九割が旧作から成る新作、という文庫の新刊。それが一月に出た。純粋な新作『らっぱの人』は二月に出た。しかし『らっぱの人』の主人公は一月に出た『６６６ＦＭ』の再構成の担当者として作品内に現われている。それから三月、ラジオ番組『ボム・ザ・レディオ』が試験的にとはいえオンエア開始となった。そのナビゲーターは『らっぱの人』の主人公である。と宣伝されている。このような触れ込みを行なうのは放送局である。この取材も、セッティングその他の仕切りは放送局、そのＦＭ局である。文庫『６６６ＦＭ』と単行本『らっぱの人』の版元ではない。ゆえに編集者は同席しない。また、代理人も同席しない。エージェンシーはこれら（パブリシティの）全部に絡んでいるが、スタッフの一人たりとも顔を出さない。顔を出すのは私だ。これら複雑怪奇《コンプリケイテッド》な連動企画に関し、語るのは私だ。

　すなわち三時間「しゃべりっぱなし」に等しい。

　相手も真摯に喰らいついている。記者が、だ。

　年齢《とし》は私より二十は若い、と思う。つまり現場のトップなのだろう。そして、この十年間でトップになったのだろう。私は五十二歳（というよりも一九九五年三月以前）での取材を最後に、メディアのインタビュー等を受けていないから、この、ほぼ十年間、記者にとって私は「いるのだけれども、いない」小説家だったのだろうと察せられる。文芸シーンに、ちゃんといるのだけれども、接触不可能。あらゆる取材を拒む難物《なんぶつ》、ひと癖もふた癖もある者。こうした事実と経緯は記者を飢えさせている、あるいは、飢えさせていたと察せられる。よい緊張がある。記者は男性で、頬というよりも顎が削げ、銀縁の眼鏡をかけた目もとは温和で、眼光《め》そのものは厳しい。

彼のほかにカメラマンがいる。その新聞社の、写真部所属の。

私は一月の『666FM』に関する質問には答え終えた。

『ボム・ザ・レディオ』の話題、これは最新すぎて、これからだ。

つまり現在《いま》は、二月の『らっぱの人』を語っている局面である。

「いったい禁酒法時代の東京という、この設定、このアイディアは……」

「馬鹿げている、かな?」

「強烈です」と即座に返る。「一九九五年から禁酒法が施行されている日本、の首都の東京。そして法律制定から十年を経て……十年でしたね? 制定が一九九四年で。十年を経て二〇〇四年の、今年、になります。この鮮烈なアイディアはどこから……?」

「フォークナーから丸ごともらった。盗んだ」私は臆面もない。

「フォークナー。ウィリアム・フォークナーですか?」

「そう。『八月の光』が、禁酒法時代を背景にしている。フォークナーのこの長篇は一九三二年に出て、アメリカでの禁酒法は一九三三年に撤廃された。だから、『八月の光』という物語の内部《なか》にはまだ禁酒法がある。あるというか、アメリカ社会を律して、抑えている。私は、こりゃあいいと思ってね」

「だから東京を、というか日本全国を、禁酒法下に置いた？」

「『八月の光』には、禁酒法の時代ならではの商売《ビジネス》に励む主人公もいる、そこのところが印象的で、というか肝所《かんどころ》となっている。そうは思わない？」

「不勉強でして、僕は読んでいません」記者は率直だった。「大学で『響きと怒り』はやりましたが……」

「あれもいい」と私。「傑作だ。フォークナーには傑作が多いし、傑作はそのほとんどが失敗作だ。『これは傑作だから』と他人《ひと》から勧められないで、つまり保証されないで、いったい誰が『響きと怒り』をその第一部の最後まで読み通せる？」

ああ、と記者がうなずいた。

「なるほど。そうですね」

「すると、読者ではあるのだけれども同業者である私には、『下敷きにしたい』という欲が生まれる。そこに傑作があり、それが失敗作であるならば、同じものを書きたいと思うのが作家の……」

私は言葉を探す。私は、作家の業《ごう》だ、と言いたかったのだが、無意識に〝業〟という言葉を避けた。それは業《カルマ》とも読めるゆえに。

私は、

「作家の性《さが》だ」

と言い直す。

「わかるような気がします」記者は言った。

わかります、ではないのが心地《ここち》好《よ》い。私の耳に。

「下敷きにして、同じものを書き、純粋なオリジナルに変える。これを私はやりたい。あるいは、これを私は試みている、つねに。作家デビュー以来だ。少し『八月の光』について説明したいんだが、いいかな？」

「もちろん。ぜひ」

「主人公は二人いる。あるいは三人いる。舞台はアメリカの南部、ジェファソンという架空の町で、主人公の一人は、元牧師だ。この牧師……元牧師は、ジェファソンにずっと止《とど》まって動かないに等しいから、いまは主人公の候補者リストから除外できる。するとリストには、やはり二人載る。一人は妊婦で、歩きつづけている。アラバマからずっと徒歩旅行で、ここジェファソンまで来た。もう臨月《うみづき》だというのに。そして、ジェファソンで実際に産み、赤子を連れてジェファソンから出る。わかるかな？」

　記者は眉根を寄せる。私の質問の意図はなんだ？　と。

「この主人公は――」と私が言う。「――水平に移動したんだ。空間を」

「そうですね」

「だとしたら、あと一人の主人公は水平には移動しない、が正しい小説家的判断だ。となると、こちらの主人公は、どういう形にせよ垂直方向へこそ移動するように設定する、のが正しい小説家的作業だ。が、どうやって？　ジェファソンには航空産業や鉱山業、あるいは油井《ゆせい》掘削業の拠点があるのか？　ない。あるのは、歴史だ。歴史とは、時間の垂直移動である。つまり過去を『掘る』。いま一人の主人公は、自分は……この俺というのは、誰なのか、という過去を『掘る』。なにしろ孤児院の出身で、こいつには根がない。家系的な起源《ルーツ》がない。しかも聖なるクリスマスの夜に施設前に捨てられていて、苗字がクリスマスとされてもいる。苗字、家族《ファミリー》の名前がない。いや、クリスマスが、ある。あるわけだ。フルネームではジョー・クリスマス」

「そちらが……」と記者が整理した。「……垂直を担当する。時間ですね？　そして、水平を担当する妊婦、産婦は、水平に移動した。空間移動ですね？」

「空間移動はね、八月の、十一日間の前後に行なわれる。ある日の前に始まって、その十日後より後に終わる。『八月の光』という物語がね」と私はあやふやな記憶のままに正確な数字を出した。「具体的には十一日間の部分が金曜から、翌々週の月曜まで、だ。八月のなん日とは書かれていない。これもおもしろい。曜日というのは宗教的だから。そして、時間担当の主人公は、固着した十一日間などという現実の幅はいっきに超えて、その死、までを描かれるし、その誕生、も掘り下げられる。名前がクリスマス。しかし聖夜《クリスマス》という日に固定されない。それどころか、人種的にも固定されない。ここだ。ここが主題的な肝所だ。禁酒法のご時世に、闇酒を……密造したアルコールを売るクリスマス。彼は白人に見える。どこからどう眺めても、この男は白人だろう、と傍目《はため》には考えられる。が、当時の南部では、『一滴でも黒人の血が混じっていれば、その人間は黒人』だ。そしてジョー・クリスマスは、ルーツを持たないから先祖には黒人がいるのかもしれない。だとしたら、外見は白人だがクリスマスは黒人だ。また、彼は、ジョー・クリスマスは、孤児院から里親に引き取られたが、この親には虐待された。この養父は、いわば狂信家だった。さて。私はこれらを、『らっぱの人』の下敷きにした」

「なるほど……なるほど。ＤＪＸの？」

「生い立ち」

「それは、宗教的、というよりもカルト宗教的な?」

「だけれども、私の小説の、『らっぱの人』のなかで、彼、DJXは確信は持てていないよね?」

「集団自殺教団の、はたして自分がサバイバーだったのかに関して、ですね?」

「記憶が濁っている」

「思い出さないようにしている。抑圧した」

「七歳だったから、記憶が『残っている』ほうがむしろ自然であるのに、濁った、消した。また、周囲も『そうしたことはなかった』と揉み消した、事実というのを消火した。完全鎮火だ。そうして過去は秘められた。時間の封印、根っこの抹消だ。が、フラッシュバックする情景はある。しかも長じてから、最高学府を出て、ラジオ業界にも関係する芸能人的なキャリアを積んでから、そうなる。疑うわけだ、『八月の光』のジョー・クリスマスが、俺は白人なのか、それとも黒人かと悩んだように、この記憶は真正か、俺にはカルトの血が流れているのか、あるいは、と」

「そこが刺激的です」

「そこ」と私は、もっと丁寧に語ってほしい、と記者を促す。

「はい。それは、なんていうか……」記者は眉根を寄せつづけて、数瞬、唇《くち》を尖らせるようにしてから、感想を言語化する。「僕が『刺激的だ』と言ったのは、こういうのは完璧な挑発だ、と感じたからです。主人公が、自分にカルトの信者の血が流れているのではないかとか、それこそ内部に信仰が残っているのではないかとか、つまり、一滴、そうだ、一滴ですね? 一滴でもカルトに共鳴したりする由来する部分があったら、人は、現代人は、この二〇〇四年の東京の人間はどうなるのか、なんて問いかけは」

「あの教団と、その大勢のシンパたちに対する、挑発だ」と私は話をまとめた。

「危険では？」率直に記者が訊いた。

「話題性がある」と私は答えた。

「売れていますものね」記者がまとめた。


このような物言いは自分でも嘲《わら》ってしまうが、私は著書を拡散させたいと願い、つまり、売れたいのだな、と自分に確認した。

私はベストセラーを狙っている。

そもそも、狙えるような内容《もの》でなければ、ラジオ局なりラジオ番組なりは私と組まない。

54

私には無署名の成功作がある。

私は、署名された成功作をめざす。この私の名前がだ。表紙にも本の背にも奥付にも。

私はフォークナーに学び、失敗するように大作を著わしつづけた。

私はフォークナーに倣《なら》いながら裏切り、いま、ここに失敗しない大作を仕掛ける。

55

まだある。

全国紙の取材は続いていて、ラジオ番組『ボム・ザ・レディオ』の話題となり、「この時勢に〝ボム〟は爆弾テロをあまりに容易に想起させて、さらなる挑発となる。そうでは?」とも尋ねられる。

私は頸《くび》を横に否定の意でふる。にこにこと。私は、そうした命名には私は関わっていないよと説明する。そんな権限はないよ、とも。私はたかが原作者で、私の決定権の及ぶ範囲などちょびっとで、番組名は、硬派なほうが時代の支持を得る、そう考えた制作サイドが決めたんだよと解説する。しかし、あの声は気に入っているよ、とも言い添える。あのＤＪＸの声、ラジオから流れだした生きている声、あれはよい。大変によいね。

そして、制作サイドも私を、こうした私の評価、高評、つまり高い評価だね、それというのを気に入ったようだよ。そこそこに助言とアイディアを求められている。まあ顧問だ。

と、そのように解説した。

まだある。

インタビューをひとまず終えると、写真撮影が控えている。

「ポートレートとなるものであるならば、しっかりと撮ってほしい」と私は頼み入る。

56

あれ以来、私のポートレートは公《おおや》けになっていない。私は、四十代の肖像――せいぜい五十代の初めまで――の像しか持たない。が、ここで撮影される。私の六十代のポートレートが撮られて、新聞に掲載される。発行部数が九百万、時には一千万という全国紙の紙面《そこ》に、だ。私は顔を出す。顔をさらす。この長い白い髪（を生やした顔）、この白い眉（のある顔）、この白い髭（に覆われた顔）。誤差と時間差のない、更新《アップデート》された像。

すると、どうなるのか?

すると、私は狙われるだろう。

私たちがと言い換えるのが適切だ。これは教団への宣戦布告であり、ここから始動する。

さあ、私の運命をデザインしろ。私よ、啓を息子に持った老作家の私よ。

もういちど憎しみについて言葉にしたい。私自身の抱えるそれについてだ。

二種類の憎悪があるのだった。ともに渦巻いている。もつれあいながら。

私は教団を怨《うら》み憎む。当然である。

私は世間も憎む。

その理由にもつれあいがある。

以前よりも精緻に分析したい。基本的には、あの一件を出せば事足りる。どのような事件か？　一九九五年三月二十日の朝に、東京の中枢、霞が関を狙う形で起きた〝テロリズム〟である。そこでは無差別の大量殺人が企図されていた。ゆえに通勤時間帯の地下鉄車輌——満員電車——が舞台となった。三つの路線（千代田線、日比谷線、丸ノ内線）の五つの電車に化学兵器が撒かれたのだ。それは有機リン系化合物の猛毒の神経ガスで、第二次世界大戦前にナチス・ドイツが作り出していた。教団には出家前に大学院で有機化学を修めていた高位信者がおり、この「教祖の直弟子《じきでし》」が、この神経ガスの開発担当者となった。一九九三年八月、実験室内にて二十グラムのサンプル生成に成功。教祖は「では七十トンを製造しろ」と命じて、プラントの建造も指示した。が、このプラントは一九九五年一月、諸般の事情——警察の捜査と大手新聞のスクープ《すっぱ抜き》——で建造を中断、完成を待たずに解体された。よって同年三月二十日、その〝テロリズム〟に用いられるのは実験室製で俄《にわ》か造りの神経ガス少量であり、しかも純度は三十五パーセント程度。しかし、その程度であるにもかかわらず当日の犠牲者は、死亡した者が最終的に十二人、重軽症者は六千人を超える。

論を俟《ま》たないが、許しがたい。この計画的な大量殺人＝〝テロリズム〟は。

その実行者たちを、赦《ゆる》せない、と世間は言うだろう。私も言う。

実行者たちの組織のその首魁《ボス》を、つまり教祖をだが、容赦できない、と世間は言うだろう。私も言う。

その教祖と生物学的につながった者は、その血が穢《けが》れている、と世間——の一部——は言うのかもしれない。もしかしたら。……いや。この二〇〇四年にあっては、教団のシンパもだいぶ増えた。その点を考慮に入れれば、あまり言われない？　……そうかもしれない。そして、だからこそ私はデータを挙げるのだ。一九九五年三月二十日のあの一件を出し、その犠牲者数という現実のデータを出し、そこに、ある仮定を添える。こうである。もともとは「七十トンを製造」する目論見だった、教団は。日産二トンの大量製造計画があった、との報道にも触れた。この情報の正しさを裏づける内部情報にも私は触れている。さて七十トンの、精製をとことん徹底させた神経ガス――純度は百パーセント――が造れていたら、教団には何が為《な》せたか？　首都に、それを撒布《さっぷ》した、とシミュレーションする（実際、山手線の内側に撒こうというプランは練られた。らしい。空中撒布用の航空機も、調達され、試験された、らしい）。すると、そこに日本人の全員がいたとするならば、この全員が死んでいる。

日本の国民を鏖《みなごろ》しにした。

七十トンとは、そういう量である。

そのような教祖を、世間は赦すか？　否《いな》。私は「いいや」と断じられる。

それでは、そのような教祖と血縁（しかも〝父子〟）の関係にある者を、世間は、忌まずにいられるか？

忌まずに？　呪わずに？

ひと言も呪詛を吐きかけずに？

否。この国の大多数《マジョリティ》を頭に想い描いて、私は「いいや」と断じうる。

それでは誰が、絶対に呪詛しない？　絶対に忌諱《きき》しない？

私は「教団だな」と答えてしまうのだった。私は「教祖だな」とも言えてしまうのだった。解《ほど》けないもつれを、再認識するのだった。それから、いっさいを否《いな》むのだった。「いいや」と。

その問いの「誰が、絶対に？」に注目するならば、とりわけ絶対にの形容にこだわるならば、そうした絶対性を持ちうるのは、父ただ一人。私だ。

57

私たちの暮らす土地には幾本もの運河があり、運河に架けられる橋梁がある。縦横《たてよこ》に走るその幾本もの運河は、あたかも私たちの砦の周囲に繞《めぐ》らされる濠《ほり》である。この土地はゆえに城砦《じょうさい》である。しかしまだ足りない。

私は扉をノックする。

それに先んじて啓がノックする。

啓は、いちばん手前の扉を叩いて、私は、相当に内奥の扉に拳《こぶし》を打ちつけんとする。

三月から啓はやたらと落とし物をするようになる。それどころか迷子にもなる。啓は愚かな子ではないので、愚行とは正反対の術《すべ》を採る。要するに、啓は交番を訪ねるのだ。交番は、私たちの土地と呼べる範囲の〝ご近所〟に、計四カ所ある。その一つひとつで、啓は必死に「あれを落とした」「ここで迷った」と伝える。交番に詰めている制服警察官たち（彼らは二人または三人いる。二十四時間の交代制である）は、地域住民との交流を重視する。また、障害者を決して蔑《ないがし》ろにしない。ゆえに親身に啓の話を聞く。手話はほとんど理解できないという地平からスタートして、それでも啓の表情、その目が訴える内容、そうしたものを総合的に判断する（か、判断しようとする。一所懸命に）。じき、啓が、筆談ができるのだと知って、ほっと安堵する。むしろ啓の筆談の、拙いというよりも稚《いと》けない筆蹟《て》やひらがなカタカナの多さ（というよりも限定された漢字の数）に、ある種の微笑ましさ……つまり「愛らしさ」をおぼえ出す。筆談は、啓から十一桁の数字を引き出している。頭は０９０、私の携帯電話の番号だ。一九九八年のあいだは０３０の十桁だった。が、現在は十一桁だ。警察官がその番号にかければ、私が出る。

私はそれぞれの交番に赴き、礼を言い、啓にもお礼を言わせて――もちろん手話でもって――「『ありがとう』と息子も言っております」と翻訳し、すると、どの警察官も歓《よろこ》び、ほぼ一様に「手話で『どういたしまして』と伝えるには、そう言うには、どうやるんです？」と私に尋ね、私は、こうです、と実演する。

左右に手をふる。――イイエ。

それから小指を立てて、二回、顎につける。――カマワナイ。

これで「どういたしまして」になるんですよ、と私は説明して、どの警察官も一様に、それを学ぶ。その場で実際に演《や》る。啓が歓ぶ。歓びと歓びの交換……そこからの交歓。啓は、この三月、春休みが来たことも踏まえて、何度もそれぞれの交番に顔を見せる。計四カ所に、順番に。「仲良し」になる。いちばん優しいお巡《まわ》りさんは誰某《だれそれ》、と言えるようになる。いちばん親切な交番というのはここ、と指せるようになる。どの警察官が交番の所長であり、かつ、階級はどうであるのか（巡査部長よりは警部補が望ましい）等は、もちろん私が把《つか》んでいる。

58

その日は私が朝刊を一部、その交番に届ける。まるで「落とし物を見つけましたよ」とばかりに。しかも刷り立ての全国紙のその朝刊には、折り込みの広告さながら、だいぶ古い（一九九〇年代前半の）雑誌記事のコピーが挟まれている。挟んだのは、私である。それは私のインタビュー記事である。肖像写真も載る。そこでの私に、白髪《しらが》はない。白い眉も。そもそも鬚髭《しゅし》の類いは生やしていない。そして、肝腎の新聞本体のほうだが、刷り立てでインクの匂いがしそうな紙面の、その「文化」のコーナーに、私の大きなインタビュー記事が載る。写真付きの記事である。私の紹介、つまりプロフィールの部分だが、私を〝名士〟的に扱っている。ありがたい。大変にありがたいことだ。私はこれら——とは二種類の写真の謂《い》いでもある——を交番の、その所長、その警部補に届ける。まるで「落とし物を発見したのですよ、この近辺に」との風情で。その交番は（他の〝ご近所〟の三つも同様なのだが）深川警察署に属している。深川警察署は第七方面本部に属している。第七方面本部はもちろん警視庁に所属している。警視庁には刑事部があり公安部があり、もちろん特別公安部がある。私は、落とし物は然《しか》るべき場所、部署にこそ届けられなければならないと確信する。治安維持、財産保護、犯罪予防、そういった観点からもそうである、と。ゆえにどこに渡して……上げてほしいかも伝える。「これらは本庁の特公に」と伝える。口にした途端、「いやあ、しまった。しまった」と私は訂《ただ》す。自ら、こう訂正している。「第三警察に、お願いします」

59

歓ばれるはずです、とも言い添えた。
ノック。ノック、ノック、ノック。
これを冗談――ノック・ノック冗談《ジョーク》――だと見做すならば、第三警察は愚鈍だ。

60

春休み、という言葉を私は不用意には用いていない。春休みは春休み以外の期間とは違うのだ――この二〇〇四年のそれは。たとえば春休み以外の平日で、私が昼食を二人分準備することはない。が、この期間はそうした。食べ盛りの啓のためにそうした。見た目にもこだわる息子のためにそうした。どんなふうにした？　たとえば五目野菜炒めを作る、しかし仕上げに薄焼き卵で全体を包む。要するにオムライス風だ。そうすれば私たちは楽しんでこの「卵のラッピング」を切り分けられる。ランチ開始の儀式だ。一人の週日だったら、どうした？　私は執筆の合間に、何かを摘《つ》まむ程度ですます。味にこだわりたいから、糠漬《ぬかづ》けのサラダにする等はやるが。しかしそれは啓の選択肢ではない。啓と私、すなわち私たち親子のランチの候補にはならない。そのためにオムライスっぽい中華料理、というものが登場した。五目野菜炒めは、その具材が木耳《きくらげ》、しめじ、もやし、韮《にら》。ここまでで四目。

私たちは五目炒めの五目め以降の野菜を選ぶために、午前《あさ》、スーパーに向かう。

こんなことも春休み以外の平日にはしない。私たちは野菜売り場に直行したか？　まさか。あちらこちら眺めるのだ。精肉も冷凍食品も、それから鮮魚も。砕いた氷に載せられた一尾まるごとの魚種（の入荷の様相）を確認した。そこにカサゴがいるか、あるいは魴鮄《ホウボウ》は？　もし、その二種類の白身魚が揃っていれば、私たちのゆうべの献立は決まる。ブイヤベースに決まる。私はたっぷりのトマトを入れて煮込み、多めのサフランで味を調《ととの》えるだろう。だが、啓にはそれはブイヤベースではない。そういう洒落た名前はつかない。「お魚のスープ」だ。それも、私、父親の作法で拵《こしら》えられる「お魚のスープ」だ。

だがその日、魴鮄どころかカサゴもない。

その日、夜は餃子になる。

私たちの餃子は本当に本当に手作りだ。そして「夜は餃子」にするために夕方、だいぶ早い刻限から台所のテーブルでわーわーやる。皮から作る。強力粉にちょっと米粉も混ぜる。この時は私が主になって捏《こ》ねて、半時間寝かせて、それから棒状にして、切り分けて、二人で丸めて、ぎゅうと押しつぶして、交替しながら麺棒で伸ばす。ころころころころ伸ばす。そして具を包む。豚肉、キャベツ、あと欠かせないのはセロリ。フライパンで焼き、これはいわば蒸し焼きにする塩梅だが、するとしゅうしゅう言う。それからパチパチ言う。しかし啓は聞かない。啓には聞こえない。だが「焼き上がり」の合図は、視覚《め》に嗅覚《はな》にちゃんと届いている。ちゃんと。ちゃんと。

私たちはいつだって楽しい。餃子はいつだって美味しい。

食べたら片付ける。春休みは春休み以外の期間とは違うのだし、二〇〇四年の春休みは二〇〇三年から二〇〇四年にかけての冬休みとも違う。二〇〇三年の夏休みとも。どこが？　食後に私たちは、身近な地理を学ぶのだった。社会科の勉強に等しいのだった。それもうちだけの自宅学習だ。地図をひろげる。ボール紙に私が描いた。啓も少し手伝った。いろいろな記号を用意したのだ。花。遊具（は梯子《はしご》のマーク＝滑り台）。遊具のほとんどない緑地（は×印）。ポンプ室。集会所。給水塔。給水塔は三基ある。ここに。この敷地の内側《なか》に。私たちの暮らす団地に。

61

ここは大規模公営団地である。俗に言う〝マンモス団地〟で昭和四十年代に建設された。昭和……。西暦のほうに換えてみよう。一九六七年から六九年にいっきに建てられた。計八十七棟がだ。どれも五階建ての集合住宅がだ。総戸数はじつに三千三百を超す。敷地面積は十四ヘクタールというが、それを体感に換算できる装置が私には内蔵されていないので、この「ヘクタール」情報は無意味だ、私には。いずれにしてもただただ広い。その「ただただ広い」敷地の全体が運河に画される一帯に埋め込まれ、嵌め込まれていて、その地域じたいが再度、さらなる四方《よも》の埋め立て地、海、運河に画される。

濠《ほり》の譬えを出すならば、内濠《うちぼり》があって、外濠がある。

――ということにも等しい。

そしてわれわれ父子の学びは社会科の学習に等しい。私は尋ねる、この団地には商店があるね、どこだい？　そうだね、そこだ。郵便局は？　そう、そこ。それじゃあ診療所はどこだろう？　ほら、この団地の住民向けの、病院は？　あった、あったあった。でも、啓、忘れてはならないのはね、まずもって給水塔はどこか、なんだよ。一と二と三の給水塔、それさえ目印にすれば、どこにだって往《ゆ》けるし還《かえ》れる、隠れられる。隠れられるね？　どの五階建ての住宅も、建物の造りは基本的には同じだからね。階段、廊下、廊下の消火器、ベランダ、そして地上には、花壇、花壇に目隠しされているベランダは？　パラボラアンテナの据えられたベランダは？　そうだ、印《マーク》をつけよう。

ほら、どんどん……どんどんつけよう。

啓の通わない学校があるね？　と私は尋ねる。

うん、この学校には通っていない、と啓は答える。

けれども、啓とおんなじような小学生たちがいるね？

うん、いるよ。

この団地の子供たちだ。その子供たちのための小学校中学校、に等しい。小学校のほうが大事だな。そこに啓は紛《まぎ》れられるよ。何かあれば、正門からでも裏からでも、啓なら入れるよ。だって啓も、小学生だものね。今度の四月には、二年生だものね。年齢《とし》は一つ上だから、二年生にも三年生にもなれる、るものね。

こういうのが団地の敷地に隣接しているのは、いいことだね、とまでは私は言わない。

東京二十三区内で三番めの大規模団地に暮らしているのは、そもそも意図的なんだよね、とまでは説明しない。

この小学校は江東区立だよ、とも言わない。

私は啓を護らんとしている。もちろん。そのために城砦《じょうさい》の内部にさらに堅牢なものを設けた。が、私になど……もちろん限界がある。ああ、もちろん。

だが私の智慧《ちえ》には限界がない。

もちろん私は、息子を第三警察に〝保護〟などさせはしない。当局に護らせるのは、土地だ。しかも外濠からこちら側の全域。

62

私は整理する。

この私という文学者が何を考えているのか、を整理する。私は、欲望に限界を設定していない当局、というものを考えている。私はそうした当局のありようを考えている。いかにも貪婪《どんらん》な様相である。が、何を貪《むさぼ》らんとして欲深いのか？

当局……当局は教団を潰したいのだ。

その壊滅の意志に、貪婪である。

いっぽう、教団もまた貪婪である、と私は考えている。が、こちらは何に対して？　何事に対して、リミットを定めないほどに貪婪なのか？

教団……教団は自らを神話の次元に置きたいのだ。

その無謀な意志に執着し、婪《むさぼ》っている。

では、その神話をいったい誰が書いたのかと私は整理する。答えは……私という文学者だ。謙虚に言えば、私でもある。私は未来についての大家《たいか》だが、それ以外の……たとえば過去だの、つまり神話の過去の部分だのに関しては、不参与だから。

63

だが二〇〇四年の神話ならば私が書いた。山手線の内側が数万匹の鼠によって、その流行病《えやみ》に襲われる。オリンピックの後《のち》に。この時、海辺に龍は顕《た》つだろう。いかにも黙示文書だった。予言書の片割れ。また、こうも著わした。その年のいなごはその年なりに現われるだろう。すなわち二十一世紀型いいなごの襲来。この旧約聖書的な風景。私が書かなかったのは、書こうにも書けなかったのは、マニュアル側の予言書の記述である。

64

国家対宗教団体という構図は、一九九五年にあった。その三月にあった。四月にも五月にも、翌年一月にも、もちろん二月にもあった。一九九八年にもあった。九九年にも。そこで上二桁が変わる。まるで電話番号だ。頭の０３０が０９０へ。西暦が二十一世紀型になる。後《のち》、宗教団体は宗教国家にならんとする。そのように誘導したのが予言書であって、すなわち、予言書……私の予言書は国家対宗教国家の構図を準備した。

これが予言（される世界）のドラスティックな推移《うつりゆき》である。

繰り返す。

国家、対、宗教国家。

しかし、そこでらっぱが鳴ったら、どうだ？

構図はきっともつれる。たとえば……国家、対、宗教団体（国家ではない）、対、作家。

大文字のY

地上に出ていれば小学三年生だということになる。6と6と9と3と6がだ。わたしは四月二日のことを考える。というのも新年度は四月一日に始まるが四月一日生まれの子供は前の学年になって四月二日生まれの子供は後の学年に入れられる。そこで学年が変わってしまう。四月一日は新年度であるのに四月一日が誕生日であると〝早生まれ〟となる。同じ年の三月三十一日までに出生した子供たちと同じ学年になる。その理由《わけ》がわたしにはわからない。どこかに明文化はされているのだろう。しかし興味がない。妙すぎると思うだけだ。ところでわたしは高校を中退している。そんなわたしが学年の区切りがどうのとこだわるほうがよほど妙なのかもしれないしこだわるような質《たち》だから学校教育に関心を持たなかったというか疑ったとは言える。

教育のその機関を。

機関のその姿勢を。

制度を。

そうした傾向の人間だから御教《みおし》えに惹かれたのだとは言える。その〝真《まこと》の理《ことわり》〟に。高校の一年生で教団に入信することと相《あい》なった。十六歳で。それゆえ四月一日と四月二日のこの混乱《こんがらがり》はささいなことではない。とりわけ今年であれば四月二日。この日は重要さを持つ。誕生の日のことで言ったら今月はわたしのそれがある。あった。わたしは四月十九日をもって二十八歳になったのだ。わたしは二十八歳の母である。贋者の子供が五人もいる。しかしこれらの五人が地上に出ていればもう揃って小三なのだと気づいて「さて勉強は？　進み具合は？」と確認に入ったのは二十七歳のうちである。たぶん誕生日の十日か十一日前。

いうまでもないが地下には義務教育の機関はない。学《まな》び舎《や》は。いうまでもないが6と6と9と3と6には教育係をつけた。これは母たるわたしがつけたのである。父以上にこまやかに配意して。

なにしろわたしは慈愛の教母である。尊称は御《おん》母様である。贋者たちだからと蔑《ないがし》ろにするものか。

6と6と9と3と6も「御母様。御母様」と言う。わたしを呼ぶ。

家庭教師はつけられる。なにしろ教団には教員免許を持った人間は二十人三十人はいた。小学校教師だったが辞めて出家したという最適者もいた。いざとなれば現役の一流大学生たちを地下に招《よ》び指導させるという方法も採れた。わたしは一人二人の私大生に前世をインストールしたばかりだった。いや四人五人の。昨年であれば三人四人の東大生たちに。それにしても高校を中途退学したわたしが最高教育機関に学ぶ者たちに何かをするというのは愉快でもある。しかし智慧《ちえ》においてはわたしは彼らに圧倒的に優《まさ》る。当然だが。

わたしは「鼠」とつぶやき「龍」と囁き「いなご」と歌いかける。

学生たちに。

「ヨハネ黙示録に、こうあるのですよ」とも教えてやる。「そのいなごには人を刺す力がある、と。そのいなごの顔は人間に似ている、と。そして底なしの深淵から派《つか》わされた王に仕えるのだけれども、この王の名前はヘブライ語で『アバドーン』。ギリシア語で『アポリュオーン』。そのアバドーンは、滅びです。また、そのアポリュオーンは、滅ぼす存在《もの》です」

ほら。学生たちは私に学んで呻いた。学生たちのうちの選《え》り抜きがだけれども。リーダー候補者たちがだけれども。その呻き声をもってわたしへの心酔を表わしたと言ってよい。だから6と6と9と3と6のそれぞれの個人教授のために五人の一流大学生たちを手配というのもできたが彼らは忙しい。これはわたしのために忙しいのであって時間を6と6と9と3と6のためには割かせられぬ。

だから教育係は尋常だった。

さて進み具合は? 学習の?

知的な側面でどのように成長したかを母の私は確かめる。

その前に他の一面での成長を語ればやれ八歳ともなると学びは凄い。演技を超越した。濃い色調のサングラスをかけていようが外していようが眼球のうちの黒目が上下左右にふらふら勝手をするということがほぼない。「見えないよ」と演じるのだから黒目はつねに動かさない。顎の位置を動かす。つまり顔そのものを上下左右させる。その習慣が滲《し》み込んでいる。

また器用である。五人がともにおかしな訓練を自らに課した。競《せ》り合っているからだろうが右利きの子供は左手でしょっちゅう箸を持った。筆記具を持った。左利きは右手で。ちなみに左利きは一人だけいた。「僕たちは、盲《めし》いているからこの器用さで補っているんだよ。おのずと両腕はこうも発達したんだよ。ね?」と言いたいらしい。争って獲得される両利き。あるいは凄い両腕というのは初代への媚《こ》びか。増える腕。それも利き腕。

増殖。すなわち拡張。

しかし手先の器用さこそはヒントである。わたしは「さて勉強は? 進み具合は?」と確かめに入ったわけだけれども確認するにも教材が要る。やり方というのもある。手を使ってもらおうと考えた。また目も。わたしの前ではもちろん6も6も9も3も6も見えてよいのだ。その盲目の芝居はしないでよいのだ。むしろ演技《ふり》は暴いておきたい。なにしろわたしは母なのだから。隠し事はなしの試験はどう?

第一に目の敏《さと》さが必要で。

第二に手の迅《はや》さが必要で。

だとしたらカルタだしむしろ歌ガルタだ。そうだ百人一首だ。そういう遊戯《ゲーム》に似た試験。わたしはそれをしながら「文字を憶えた?」「きちんと教わった?」と尋ねるのだ。6と6と9と3と6に。だとしたら教材はあれしかないとわたしは思った。試験のための材料はあれ以外ありえないとわたしは確信していた。6と6と9と3と6に合うのは6と6と6である。教材を〝テキスト〟と呼ぼうか? なぜならばテスト問題として当座は準備されるけれども「これも憶える?」「ここから、ついでに諳記《あんき》する?」とじき教科書《テキストブック》になる。わたし流の百人一首になるのだから。だからそうなるのだと予想するのは容易だ。それだから教材はやっぱり〝テキスト〟と称するのがよいのだ。そしてそれは。

わたしはこんなことをした。

文庫本の『６６６ＦＭ』をばらばらに断《た》ち切った。

ランダムにではない。挿話単位で。

たとえば四ページ。たとえば十ページ。たとえば十二ページ。ホチキスで留めた。

わたしは理解したいからそうしたのだ。その分量のある一冊は謳い文句どおりの〝ラジオ小説〟だったから。進行役を担わされたラジオＤＪがつぎつぎ物語をプレイするという体裁だったから。その進行役が「次の物語は」との台詞を放つ司会者である。その進行役がＤＪＸである。

そのプレイっぷりは見事だった。ＤＪＸの口上《ＭＣ》によれば「これは大長篇からの抜粋で」なるものを滑らかに忍び込ませる。あるいは顕《た》たせる。素材はこれまた口上《ＭＣ》によれば「二つにも三つにも、チョップ」されているのに読める。読ませる。だが混沌としている。わたしは何が起きているのだろうと考える。この『６６６ＦＭ』の内側でだ。解読したいと私は欲する。

だからばらばらに断ってみた。理解するために。

つまりＤＪＸの意図を？

つまり作家の意図を？

そうなのだ。ＤＪＸすら『６６６ＦＭ』の著者に書かれている。創出されている。はずだ。

しかしわたしは理解を欲求するためだけに『６６６ＦＭ』を解体するのではなかった。

わたしはそれが６と６と９と３と６の学習の〝テキスト〟だからそうした。

そうもした。

わたしはカルタを用意するためにそうしたのだ。

断片の束がカルタの一枚である。

いちばん上に載るページはたいてい文章の途中から始まる。たとえば「いぶん歳月が経過した。しかしだからといって細部を忘れてしまったわけではない。お」までが一行めであるページをいちばん上に載せる束があった。いいやカルタがあった。このカルタは〝い〟である。わたしが「『い』よ」と言ったら6か6か9か3か6はこのカルタを取らなければならない。もちろん〝の〟もある。〝を〟もある。〝の〟であれば「の水面は私たちの種族の服装《いでたち》と同じ色に染まっていたの。だから不安を感じる家族はい」が最上部のページの一行めだ。

「『の』はどれ?」とわたしは言った。

誰の手がのびるのがもっとも速い?

しかも6も6も9も3も6も利き腕を二本持つ。

ひらがなは大丈夫ね。あなたたちは。カタカナは?

漢字は?

ある程度は憶えたのね。だったら少々複雑にしましょう。いいえ高度に。

「三行めに『都市』とあるカルタは、どぉれだ?」

成功者が出ない。しかし二日後には出る。もっと複雑にする。いいえ高度に。

「『たしかに』と『出来事』と『迷い』」

同じページにその三語が発見できるカルタは?

わたしはルールをもっと込み入らせることができる。わたしはルールを洗練させることができる。そのためにわたしはさらに二冊『666FM』を注文した。断ち切り方を変えた。わたしはやや内容の理解が誤っていたのだ。読解が。つまりDJXのミックスのセンスを読み誤っていたのだ。そこを訂《ただ》してルールも修正する。徹底してシンプルにもする。だって小学三年生だもの。これらの子供たちは。しかし諳《そら》んじられはするのだ。必要であればそれぞれのページを。それぞれのカルタの一ページめを。ほら。百人一首。でもわたし流の。さらに三冊をオーダーした。たびたび簡単にカルタの端《はし》がびりっと破れたからスペアを。それからわたしは気づいた。書店へのオーダーのために用紙のチェック欄に〝X〟を入れる。その印《マーク》はそのままXと読める。わたしは『666FM』にXを何度も何度も与えている。

当然の行為《こと》だと私は思う。

わたしは間違いのない道を進んでいるのだ。誤らない道程を。

このようにわたし流の歌ガルタに6と6と9と3と6のためにと手を着けたのは二十八歳の誕生日の十日か十一日前だった。それから誕生日を通過した。いいえ時間を主語にするならば誕生日が通過した。だが時間を主語にしてよいならば四月二日がそれらに先んじて訪れていたと言い落としてはならない。その報告もまた訪れていた。

四月二日に教団の人間たちが第三警察に拘束された。四名。それは逮捕ではない。いいや現行犯逮捕だったと後から強弁はできるのか？　わたしにはわからないがわたしに情報を届ける警察の内通者は「それは逮捕ではなかった」と言った。「拉致だった」と言った。しかもその四名が誰かを拉《らっ》し去ろうとしていたから拉し返されたとも説き明かした。わたしは情報の裏をとる。初代に少量のチオペンタールを。静脈に注入してさしあげる。あまりに量が多いと全身麻酔になってしまうが少しならば自白剤として作用する。自白剤としてもだ。薬物中毒の教祖はもちろん歓ばれる。おおいに。歓喜される。歓喜。歓喜！

「ああ、決行した」と言う。「失敗した」と嗤《わら》う。

それから弁解される。

「違うぞ。六人めを、ではない。蒸発したお前の子供をではないぞ。そいつは……予言書を、書いた。作家だ。作家をひっ捕らえようとしたんだ。それで全部、……いや、そこからか？　そこから全部、前進するはずだった。不首尾だ。指揮するのが保安課だったのに、な。やれやれ。まあ……まあな。は・は・は！　しくじりはまあ、いつもある、だろう。ちゃぁんと、な。一度の不発がどうした？　その……作家は、それなりに売れる本を出した、はずだ。らっぱ……らっぱの」

その本は持っていますとはわたしは言わない。

「その作家の、……名前は」

初代が口にする。

どうでもよい。

単に著者名《それ》であるならば二月から知っていた。一月から知っていた。オーダーしたのはその前だったか？　『666FM』を。その時点で視野《め》に入れていた。重要事はそれではないのだ。「予言書を、書いた」ということなのだ。彼がX。

大文字のX。

そしてXはわたしの子供といる。ともにいる。その可能性を初代は言った。言われた。ご自白なされた。

真の二代めはそこにと。

そこで〝降臨〟の準備をしていらっしゃる。おお。おお!

大文字のX

65

犬といなごについて私は考察しつづけている。サイズで比較するのならば犬のほうが圧倒的に勝《まさ》る。いうまでもない。たとえば小型犬の幾つか（の品種）をイメージしても、その体高は十センチ未満ではない、はずだ。ちなみに体高とは立った状態での地面から背中までの長さを指す。いっぽう、体長が十センチを超えているいなご、あるいは飛蝗《ばった》類を私は想像できない。ショウリョウバッタもそこまで長いとは思えない。ちなみに長さを指す体長は、頭から尾までで測る。尻尾のある生物《いきもの》の場合は、だが。ただし群れでサイズを測る、となったら話は変わる。私はいま、たった一頭の犬の話をしようとしているのだし、つまり群れていない。他方、稲に食害をもたらすいなごは、わんさといる。しかも飛蝗の類いには〝大発生〟を見る種もある。数千匹どころか数十億匹にも増える。そうしたものを英語でlocustと言う。大群を成す飛蝗、またはいなご。

そのサイズで比較すればいなごの勝ちだ。

しかも英語では、locustはイナゴ科の種に限定されない。

いっそ昆虫群に限定されないlocustもいる、と私は想像する。この想像は、もちろん当たるのだが。

66

四月だ。

67

啓に愛犬ができた。品種はゴールデン・レトリバーである。体高はたぶん六十センチを超えていて、啓の背《せい》の半分ほどの高さだ。雄である。頭がよい。なにしろ手話を理解した。その指示内容の全部はもちろん理解しないが、日々、新たに学んでいて――と私には感じられる――それをもって啓との距離をちぢめる。私がもっとも感心したのは、この犬が「自分は音が聞こえる。しかし啓は聞こえない」と早々に把握したことだ。だから吠えない。視線《め》が合っていなければ鳴き声を出さない。私に対してはそうではない、のだが。私は背後から吠えたてられる（呼びかけられる）ことも間々《まま》あるのだが。

私たちはこのゴールデン・レトリバーを飼ってはいない。団地では犬猫その他の飼育は厳重に戒められている。たとえば犬連れの散歩をこの大規模公営団地の敷地内で行なう、のも不可である。言葉を換えるならば、私たちの暮らす土地という城砦《じょうさい》の、その内濠《うちぼり》の内では無理だ、ということだ。さらに言い換えれば、譬えとしての城砦の、その「外濠から内濠のあいだ」ならば可能だ、ということだ。

そして、その「外濠から内濠のあいだ」はなかなかの幅がある。広さがある。

啓は愛犬に名前を付けているのだが、それを日本語には翻訳できない。というのも、その名前は通常の手話での名前の表現とは異なるものを宛《あ》てられているからだ。日本手話において、下の名前はしばしば指文字（五十音相当だ）で表わされるが、これは煩瑣で、普段づかいには向かない。そこで手話なりに渾名《あだな》が生まれる。人なら人で、その特徴を手の動きにまとめるのだ。こうした類いの渾名を〝サインネーム〟という。私がさっき翻訳できないと言い及んだのは、この〝サインネーム〟について、である。それでは翻訳せずに単にサインを描写するとしたら、どうなるか？

一、垂れている耳がある。

二、その耳がパタリとはねる。

こうなる。これがその犬の特徴、特色である。要するに啓は「垂れ耳がパタッ」という動作《それ》を愛犬の名前に選んだ。私はといえば、啓には聞こえないことを承知で音声の名前（とは、聴者には当たり前の名前だ）を付けた。サンだ。そのゴールデン・レトリバーの名前はサンだ。一人と一頭がこの私たちの砦の内側にある時、内側だけれども内濠よりは外側に連れ立っている時、私は、ああ啓がサンといっしょにいる、と思う。そのような言葉――一文《センテンス》――でもって情景を描出する。そしてこの、サン、という名前には由来がある。サンは警察犬である。「以前、警察犬であった」ということではない。現役である。かつ、サンは第三警察に所属している警察犬（警官たちの言い方に倣《なら》うならば〝直轄警察犬〟）なのであり、私に言わせれば、これは第三警察犬である。つまりサンとは第三のその、三。この数の音声。

啓は第三警察犬のサンに護られている。

68

啓は進級を果たしたのだが通学をやめた。

二年生にはなった。が、その聾学校の小学部に籍しか置かない。

自宅学習を専《もっぱ》らにする。時間割を私が組んでいる。私が、国語と算数と理科、この外《ほか》の教材を集めた。啓は、いや私たちは、小一から小二を跨《また》いだその春休みにそもそも社会科の家庭学習というのをやった、やっている、地域の〝地理〟の学びに努めている。ゆえにこれは春休みの延長でもある。事情を無視して語れば、だが。力を入れた——入れさせた——のは漢字の書き取りだ。その漢字も小学二年生には「かん字」である。かんならぬ〝漢〟が教わるにはまだ早い文字である、らしい。国語科では、続いて句点すなわちまると読点すなわちてんの使用法。これはベーシックなものを教授しなければならない。私の文体では駄目だ、逸脱する。算数科。筆算の指導がじつに簡単だった。簡単すぎて教えられる側（とは啓だ）も飽きる。それゆえ応用問題というか、文章での問いを出した。「鳩が二十七羽、公園にいる。だが、この公園には七十七羽までの鳩しか諍《いさか》いなしにつどえない。とすると、あと何羽の鳩がこの公園に舞い降りることを『いいよ』とされるか？」等。さあ、数を引いてごらん。それから験算《けんざん》のために、足してごらん。あるいは問題を無視して、鳩の生態について尋ねてごらん。それから文章中の「『いいよ』とされる」の、この共存の概念、等。私は思考力を育てる設問《もの》を好んだし、当の啓だってそうだ。養わねばならないのは知性であって、他にはない。ところで真実の学習活動と強制（学びを強いること）は相容れない。そこで私はいわゆる「学習マンガ」も多数購《あがな》う。たとえば——『日本《にほん》の歴史《れきし》』叢書。タイトルがすでに総ルビだ。同じ系統（学齢児童が対象である）に『世界《せかい》の偉人《いじん》』シリーズがあったが、偉人……偉人だと？　と私は思って、そう思うと同時に眉をひそめていたので、購入はしなかった。啓に読ませたいという気にならない。私は、却《かえ》って読ませてはならないという気になる。時間割には体育科もある。体育《それ》は犬とともに。もちろん。

大手新聞社から週一回発行されている「こども新聞」も取るようにした。啓には、興味深い記事があったら鋏を使って切ろう、そして家《うち》の食堂兼居間の壁に、ピンで留めよう、と指示した。これもまた啓の知力を涵養《かんよう》する。刺激する。「こども新聞」であっても。否、「こども新聞」であるから。

新聞……新聞がらみでは、他にも私たちの状況の肝になるエピソードがあった。

69

理由はある。

が、その前に「登校せず」の状況だ。聾学校通いを私が中断させたこと。

それを文学的に表現するならば、私たちの東京が静けさを失ったから、となる。

静寂《しじま》はこのように破られる。

下校してきたのだ。四月八日。木曜である。その新学年の一学期めの、第一週である。玄関で、すでに啓は昂《たか》ぶりを顔に表わしていた。私に手話で語りかけるが、何かが間に合わないといった勢いだった。あふれ出そうになっている。啓の腕や手指は（そして瞳《め》は）、言えるよ、言えるよと言っている。お父さんと言えるよと言っている。私は当惑する。啓が「お父さん」と言えることならば、もう六年も七年も前から承知だ。あるいは七年前は言い過ぎかもしれない。が、いずれにしても承知だ。だから混乱した。それから啓は、食堂兼居間に走り込み、いきなり呻いた。私は慌てた。案じた、体に変調を来《きた》したのかと。発作？　啓はうーうー言った。それからあーあー言った。その声は悶《もだ》えていた。だが表情は……啓の表情は、なぜだ、どうして昂揚《こうよう》している？　期待感？　あーあーとの呻吟《しんぎん》が、私にはアァァンと聞こえた。またオアァンとも響いた。それからオドアンとも。その瞬間に私は了《さと》る。そのアァァンだかオアアンだかオドアンだかが口話《こうわ》の「お父さん」だと。手話ではない、口話だ。手話法ではない、口話法なのだ。私が拒絶し、そのような教育はいっさいボイコットしますから、と明確に学校（校長、教頭、その他）に告げ、伝えたはずの教育《それ》。が、それは入学時である。昨年度である。この四月八日は、新年度なのであって、たとえば口話のその訓練を施す言語聴覚士も、もしや新任なのかもしれないのであって、それはボイコットを無視するのかもしれないのであって、

私は混乱する、

私は惑

当惑

あ、あ、あ、あ、あ。

私の内側の平穏が崩れる。私という父親は、その内なる平和を擾《みだ》された。ところでそれをなんといったか？　父親の平穏、すなわち〝父の平和〟というそれを、ただ一語でもって言い表わすもの、単語がなかったか？　ある。あった。しかし日本語にはない。他言語の語彙にある。ヘブライ語にあった。そうだ、アブサロムだ。アブサロム……アブサロム！

私は膝をついていた。つまり頽《くずお》れていた、床に。そして呻いた。喘いだ。つまり私のほうが呻吟していたのだ。なにしろ「アブサロム、アブサロム！」と咆《ほ》えたのだから。啓ならぬ私が、父親がだ。いっぽうで唸りの自覚も呻吟しているとの意識もない啓は、啓という息子は、この展開に驚きながら、それでもオドアンだかオオアンだかと言いつづけている。その口話を、教わった口話法の発語を、やめられないでいる。

70

理由はあった。この場面が理由だった。私は「今後は通学させない」と学校側に通知した。「『しない、させない』と約束したことを『して、させた』行為は、暴力的である」とも私は言い添えた。ただし〝暴力〟うんぬんはただの威圧、威嚇だ。実際には暴力的なるものは異なる形で噴出し、私たち父子を包囲するなり、巷間に満ちるなりしている。私は学校に、あるいは（もし問責されるならば）教育委員会に、なにより啓に「新しい学校を探す。ゆえに憂慮は不要である。私は『日本語の発音練習は不要である』を理念として手話教育のみに絞り込んだ、教育特区制度に基づく聾学校の創設を待つ。休学はわずか一年二年のことに過ぎない」と伝えた。私は啓に「それまで休むよ。私たちは休むんだよ」と告げた。主語は、私たち、だった。

これは私たちの東京に関する問題だから。

文学……文学的？　その「私たちの東京が静けさを失ったから」との文章が、表現が、文学的？　ふと疑問を抱き、すると私は、だとしたら検証しなければならないなと判断する。いま、ここで検《あらた》めなければならない。私は世間の言う〝文学〟と、私がそうだと認識する文学性の差異に（職業柄これは当然ではあるのだが）敏感だ。私には世間の〝文学〟とは通俗な修飾――ステレオタイプ――を指すのだと思える。たとえば声がある。人がその喉から発する音声がある。それは「美しい声」と言われもする。「鈴を転がしたように美しい声」とも言われて、見事な表現だと讃えられる。私ならば、ある魅力的な響きを持った声を、美、でもって形容した途端に、いっさいは損なわれるのだと自覚する。しかも駄目にされるのは声じたいではない。その魅力、その個性だけではない。そうした形容が暴力となって他者をも損なう。そこに、美、との価値観を付与した途端に、他方には「醜い声」が誕生するのだ。ある声が美しいと見做されるや、対極にはグロテスクが（瞬時にして、獲物のように）見出される。

言葉は……言葉こそは転《まろ》ばさなければならない。ゆえに。

コロリと転倒させねば。通俗の地平から。

たとえば、陳腐な修辞には〝十字架〟がしばしば用いられる。十字架、イコール人生の重荷＝苦難。誰かが啓をこのように描写する、「この男の子は『耳が聞こえない』という十字架を背負って生まれた」等。こうした譬喩はイエス・キリストの磔刑《たっけい》（に至る道）に由来するわけだが、そして本来的にはキリスト教圏ではない日本――および日本語――で使用されて、違和感をおぼえられないでいるわけだが、それを私は揺すって転がす。聾者の十字架？　なるほど、そうしたものは存在した。過去、この国にあった。たとえば一九四八年公布の優生保護法。この法律は「不良な子孫の出生を防止する」

と謳い、すなわち、結果として聾者たちも子供を産んではいけないとした。精管あるいは卵管の結紮《けっさつ》という「優生手術（不妊手術）」が、行なわれた、強いられた。堕胎《こおろし》……人工妊娠中絶手術もだ、行なわれた、強いられた。これはまさに「聾者たちの十字架」である。よし、私はそれを認めよう。その陳腐な〝文学〟を。それから？　この十字架を転がすのだ。この十字架は、重い、じつに重たい、コロリとは転がらない。せいぜい斜めになるだけだ。しかし、そうやって傾いだだけでも事態は変わる。なにしろ十字架が傾いだ。十字架の十がだ。斜めにした（斜めにされた）十とはなんだ？　答えは簡単である。×。

もしもステレオタイプではない文学をするならば、ここまで来い。

71

新聞のことだった。

ある全国紙の朝刊に私の顔写真はでかでかと載った。また、他の新聞にも。新聞広告にも。『らっぱの人』が版を重ねると広告は出稿されて、そこにも「私の現在《いま》の顔」が添えられた。ちなみに『らっぱの人』は発売後二週間ほどで重版、そこから四月半ばまでで五刷めまで来た。ただし刷り部数のロットはさほどでもない。いっきに十万部を増して、等はない。それでも累計で三万部、四万部と、じつに手堅い。また文庫『666FM』も部数を伸ばしている。じつは『666FM』のほうが、文庫本だから「(価格は) 安い」のだけれども「(内容は) 難解」で、値段が倍はする単行本『らっぱの人』の売り上げに現時点では及んでいない。現時点では、だ。なぜならば、『らっぱの人』の主人公がＤＪ的に私の既刊の再構成を手がけている「〈コンセプト重視〉の小説」である『６６６ＦＭ』は、ゆえに尖っていると見られた。尖鋭的《せんえい》である、と。二〇〇四年の最尖端でもある、と。しかもラジオ小説なのであって、その主人公のラジオ (番組、放送) は、もうオンエアされた。先月末、試験的に。また、これからもオンエアされる。来月の第二週には早本格的《はや》に。そちらの広報が始まっていて、つまり『ボム・ザ・レディオ』なのだが、よってプロモーションが二面から、それも端《はな》から連動しつつ展開した。こうした複雑な様相《ありさま》が、必ずマニアックな受け手──読者《リーダー》とリスナー──を産む。そうした〝マニア〟は、企画の全容を読み解こうと『６６６ＦＭ』に手をのばす。ストーリーがしばしば断絶し、一般読者を篩《ふる》い落としかねない「難解」かつ当世風《スタイリッシュ》な文庫『６６６ＦＭ』にも、だ。

つまり、『６６６ＦＭ』は解読書だ。極めて実際的な、マニュアルじみた二冊めなのだ。

二種類の書物の二種類め。

その二種類めこそはラジオ番組のコンパニオン──必携──たるラジオ小説。

そして暴力……暴力の主体も、二種類。

いや三種類か？

いや四種類か？　私がひさびさに折り畳みナイフ《フォールディング》を出した。畳まれた刃《やいば》をひきだして、構えた。齢《よわい》六十を越えて、このナイフ格闘術。そして、一つめの暴力に彼らがいて、二つめ──ではない、私自身が二つめのそれだとカウントできるのだから三つめ──の暴力装置は第三警察で、四つめがいなごとなる。「いなご」だ、ほら。

「いなご」が四つめであると、本当のところ私は信じていない。というわけで、新聞だ。

72

彼らは新聞記事に私を発見する。私の（この六十代の私の）ポートレートを発見する。記事には私が何者であるかも解説されている。私の小説、それも新しいのが二冊も、が紹介されている。彼らはどちらかを読む。『らっぱの人』か『666FM』か、あるいはどちらも読む。『らっぱの人』のその中身に触れるや、彼らはたちまち了解する。これは宣戦布告だ、と。彼らへの、教団への、宣戦《それ》の通達に他ならないと。その新聞に掲載されて、また、他紙にも掲載される私のポートレートは指名手配写真である。そもそも私は彼らにとっての最大の容疑者である。一九九六年二月、教祖と同一人物である嬰児《みどりご》がさらわれていて、その拉致犯と目《もく》されるのが私である。すなわち私の手のうちには教祖がある。いまだ八歳の二代めの教祖の、代役ではない者が。初代も二代めも同じお方、二代めも三代めも同じお方、教祖は永代にして、人類《ひと》の歴史に比《たぐ》い無《な》し。彼らはずっと蠢動《しゅんどう》しつづけていたけれども、いよいよ具体的な行動に出る。それが、ただの偵察なのか、交渉なのか、あるいは報復（宗教的報復？）なのかが私に読めない。しかしもっともありうるのは私および私たちの拉致であって、これは、一九九五年三月に私が拉《らっ》されて、その私が翌九六年二月に啓を拉して、それに続いて起きる九年後の、あるいは八年後の、八年と二カ月後だの九年と一カ月後だのの、三度めの拉致である。

四月二日、金曜、私は一人だ。車が近づいた。早い。彼らが、行動に出るのが早い、これでは私の再度《ふたたび》の拉致は九年と一カ月後にはならない。たかだか九年と三日後だ。その車は、徐行する。その車は、タイヤをきいきい軋《きし》らせて私の行く手を塞いで、4ドアのその三つをもガシャッといっせいに開いた、三人を出した、私の捕獲人を、私を捕《と》る者たちを。運転手の他は降りたのだ。私はズボンの尻ポケットに、ほら、もう腕を伸ばした。私はナイフのその刃を、出した。構えた。背後にも回られている。私は、この老体め、この老体めと私自身を叱咤している。つまり励ましている。そして眼路《めじ》に確認する、彼らのものではない車が出現した、それはホンダのアコードである、しかも4WDである、停まる、見事な急停止、飛び出す、捜査員たちが車内《なか》から、つまり警察官たちが、しかも普通ではない警察官たちが。

そして、教団の三人を確保する。

運転手も。捕らえる。

そして四人を（教団の四人をだ）拉致する。むろん車輌も。私はといえば、やっと現われたのか、第三警察——と思っている。

73

そのために私を監視させたのだから。そのために私は新聞も届けたのだから。私のインタビュー記事の掲載される全国紙を、私のかつての写真とともに、あの交番に配達したのだから。かつて教団は公安警察の監視（盗聴、盗撮、潜入）下にあった。その調査対象だった。これは一九九〇年代の話であって、ここでの公安は特別公安ではない。しかし資料はひき継がれた、はずだ。私の——九五年の夏以降、監禁・軟禁が解けてからの、教団内部での——その「盗撮」された顔写真が、第三警察のファイルに綴じられていないということがあるはずはない、はずだ。

　私はそこまで読み取り、第三警察で何かを読み、そして、こうなった、というところだ。

74

　私たちの暮らす土地は、運河と橋がいっぱいだ。ここは城砦《じょうさい》だ。そして外濠のその一つひとつに、たとえば……検問所を設ければ（その検問所は不可視でもよい）、いったい何者が私たちを脅せる？　もちろん検問所を設けるのは、それも、肝腎の……検問する人員・費用・機材は向こう持ちで設けるのは、第三警察である。

　私は依頼していない。しかし、外濠から内側の「最新の要塞化」は、こうして成った。

75

もちろん第三警察は私に接触する。教団の四人（運転手、および私を捕らえようと車外《そと》に出た三人）はどこかに拉されたわけだが、そのどこかで監禁・尋問されているに相違ないが、私はこの彼らとは異なるところに招待された。そうだ、私は招待されたのだ。なぜならば、第三警察は私の情報がほしい。私が持ち、私が編み、私がいまも産みだしつづけている事柄の情報を。もちろん私は、その一部始終など第三警察に与えない。

76

私は交渉する。

77

「これは任意同行ですね？」

「もちろん、もちろん」

「私はね、使えますよ」

「ええ、そう思います」


「ところで、息子を護りたいんだが」

78

犬は登場した。名前はサンである。啓は自宅学習し、愛犬と散歩し、事情はいっさい知らず、しかし私に保護されていると絶対的に確信している。ところで「いなご」だ。

79

　四月に大量発生したのだった。拠点は国立の最高学府で、それが複数の東京都心部の私立大学に及び、つまり拠点の〝点〟がその時点で〝面〟となり、首都圏に拡大した。いなごは、学生集団なのだった。そして「われわれは飛べる」と訴えた。飛躍できる、の謂《い》いだ。つまり、大群を成して群飛《ぐんぴ》できる、それゆえの「いなご」。要するにいなごは——それがlocustであれば——地の面《おもて》を覆えるのだ。「いなご」には思想がある。「いなご」は社会運動である。また、「いなご」の一部は武装化している。四月末には高度に武装化した分派が登場した。しかし、致し方ない。武装はこうした学生たちの登場の鍵《キー》である。武装こそは「いなご」の問題提起のキー・イシューである。「いなご」は、多数を恃《たの》んだ集団行動を採る。まさにlocustの（そして複数形となった'locusts'の）様相を採る。

　この「いなご」の発生の土壌は、むろん時代状況だった。閉塞感と、それを打破してよいのだとの風潮。しかも打破には素人《アマチュア》テロリストたちの爆破の行為も含まれるのだ、との前例。要するに打ち毀《こわ》しのムード。「いなご」には前身団体があり、これは単なる（出所《でどころ》であった国立大学の、その）学内勉強会に過ぎなかった、と言われる。が、思想が強かった。コアに据えられる思想が。そして資金も調達した、どこかから。後《のち》、「いなご」との名称を掲げて、活動に打って出た。言い換えるならば、繁殖条件をきちんと整えてから、学生いなごたちは自らに「いなご」と命名した、わけだ。

週単位で事態の推移を見れば、四月四日、日曜まではデモ行進が行なわれているだけである。街頭でのアクション、林立するプラカードの文字《メッセージ》と数は威圧的だが——前者には「贖《あがな》え、選べ、主人はわれわれだ」とあり、この週末には七千人弱の大学生が参加した——どこか長閑《のどか》にと言えば言える。それが翌《あく》る日曜、四月十一日になると、組織は首都圏三十七の大学に拡張した、とアナウンスされて、デモ行進においても警官隊との衝突（ただし事故である）が起きている。四月十八日、日曜、までには「いなご」はつぎつぎ派生団体を発足させて、一部は政治結社としての届け出を行ない、この段階で急進派が誕生した。この若者たちは「われわれは『いなご』のラディカルズである」と名乗った。私は一瞬、あまりにそれは時代錯誤なのではないか、との印象を抱いたのだが、このラディカルズは国会突入を試みた。むろん排除された。しかし、こうして四月四日、四月十一日、四月十八日とほとんど七日ごとに飛躍的にメディアの注目を集めていった。まさに飛んだ。これは現代の〝蝗害《こうがい》〟と言えた、なぜならば、二〇〇四年四月の四度めの日曜、二十五日までに、同時多発的に送電線を切り、変電所のその本体も襲撃する、というテロリズムに出たからである。

噂には「東京タワーを停電させる。極めて象徴的に」というのもあった。

この学生集団の思想、その核心とは何か？

この学生たち、この組織・編制された若者たちは「改憲せよ」と訴えた。

日本国憲法を改正せよ、と。なぜならば、イラクに自衛隊が派遣されている。否《いな》——派兵されている。しかも完全武装派兵である。陸・海・空自の。そうであるならば自衛隊（という戦争能力を有した力《フォース》）は、憲法上、きちんと位置づけられなければならない。

曖昧にするな、と「いなご」は言った。

うやむやにするな、と言った。

九条を見直せ、と言い、その日本国憲法の九条——を収めた第二章——には、たしかに戦争を放棄するとある。永久にこれを放棄するとある。また、九条のその二項には陸海空軍その他の戦力は保持しないとある。

あるのだから、それを守るか、あるいは条項を抹消せよ、と言った。

平和憲法のままにするか、交戦可能な憲法《それ》にするか、選べ、と言った。

九条があるのに自衛隊を保持している嘘を、罪を、贖えと言った。

それから「九条までを抜け」と主張した。九条は、日本国憲法の第二章に収められている。一条から八条までは、その八つ揃って第一章に収められている。第一章は象徴天皇制に言及している。この、象徴のことを「いなご」は問うた。素直に訊きたい、と。市民社会に天皇は要るのか、と。日本国民が、平等であり、貴族の制度等も認めない、にもかかわらず真には平等でないとはいかなる欺瞞か？

つまり学生たちは、恐ろしい憲法観を突きつけた。日本人は改憲するがよい、しかし選べ——軍隊（である力《フォース》）を持ち、天皇制も維持する新しい憲法か、それとも——「戦争は永久にこれを放棄する」九条を維持して、いっそ自衛隊を解体し、併せて象徴天皇制をも解体する発展的な改憲か、それとも——軍隊という具体的なものは持ち、象徴という発想は手放す道もある。いずれにしても、われわれは純粋なのであり、欺瞞はいやだ。嘘はいやだ。

たしかに。たしかに「いなご」は純粋だった。その主張は「日本人よ、日本（日本国）を自分たちでデザインしろ」と言っているように私の耳には聞こえる。換言すれば「日本人よ、お前たちの運命をデザインしろ」とアピールしているように聞こえる。それは大変に私の耳に馴染んでいるフレーズだ。この瞬間に私は見通している。たかだか四月のひと月のあいだに、ここまで急成長・急展開する学生運動があるものか、と。ここまで過激《ラディカル》化する政治闘争が生まれるものか、と。そうなのだ、その発端において誰かが学生たちに資金を提供した。誰かがこの学生たちを子飼いにした。つまり、この改憲の論争は、運動は、彼らに……教団に……仕込まれた。なぜならば、彼らは予言を成就させなければならないからだ。予言書には、――その年のいなごはその年なりに現われる――、こうあるからだ。だとしたら登場させねば。と、彼らは考えた。と、私は考える。

なるほど、騒乱罪が適用されるような事態は出来《しゅったい》させるだろうが、第三警察にはマークされない装置。暴力装置。

それは、もちろん、使える。

そして私は思うのだ。「いなご」……今年襲来したこのいなご、これもまた私の予言の息子だ、と。これすらも私がもうけたのだ。私が二〇〇四年の東京の神話として、書き、誕生させた。

80

四月二十八日。明日はみどりの日だが、今日はただの週日で、それほど屋外《そと》に人はあふれていない。家族連れもだし犬連れもだ。啓は路上に屈みこんでいる。その啓をサンが覗きこんでいる。その一人と一頭を、私のガールフレンドと私とが見守っている。自宅学習の科目でいえば図工、それも図画のほう、啓はチョークを握って舗道と対峙している。描いてやるぞ、と。描いているんだぞ、と。時どきサンを構う。そのゴールデン・レトリバーの太い胴に自分の細い腕をまわそうとして、まわし切れずに背中をぽんぽん叩く。するとサンは笑う。その顔をにやっとさせる。人間《ひと》さながらに口の両端をあげる。啓は指を振り、「なに、なに?」と尋ねる。サンはぶるぶると尻尾を振る。あるいは「ぶる、ぶる?」と呼応させる。ハッハッハッと息を喘がせるのだが、啓には当然ながら聞こえない。太い肢《あし》を張る。啓はチョークの種類を選ぶ。いろいろな色彩があるのだ。白に黄に赤に青、その他。ひと揃いの色彩があって、これは私のガールフレンドが画材店で買い求めたのだ。そのガールフレンドを、私が今日招《よ》んだのだ。早いほうがいいと判断したから。啓にこうした愛犬がいることを認識させて、いっぽう、それと同時か少しでも先んじ、当の愛犬サンに「こうした関係者が啓には存在する」と認識させたいと願ったから。サンの態度表明はシンプルである。一に、何を措《お》いても警戒する。二、その警戒を解除する。

啓は扉《と》のようなものを地べたに描きだした。

縦長の長方形。その内側に丸。しかも内側の左寄りの、中央に。ドアノブだ。

けれども扉の色彩――その輪郭――は黄。

他人《ひと》の目には私たちが、きっと家族連れで犬連れなのだ、と映るのだろう。誤りではない。私たちは父、母、子、犬であるのだから。ただし私がまっとうに「父」と目《もく》されるかは別で、これは「祖父」を交えた家族だ、と考えられるかもしれない。それからサンが履歴的には「ペット」になりえないとの問題もある。現役の警察犬(直轄警察犬)は愛玩用ではない。任務がある。が、そもそも履歴は可視化されないから、この問題は問題にはならない、とこの場面での私は考える。次の場面ではもう、そうは思わないようになっている。その犬の視線が、啓からも舗道の図画からも、そして私と、私のガールフレンドからも外れていた。視線《それ》を私は追った。ここは運河のかたわらで、整備された人道であり、隣り——運河とは反対側には公園が、さらに隣接して高層マンションがある。というのも、ここは鉄鋼関連の工場跡地の再開発地帯である。もちろん私たちの砦における内濠の外で、外濠の内である。公園に電話ボックスがある。そのボックス内に人がいる。人だ、何者だ？　私は見る、二十代の後半か三十代の初め、とザッと視認して、かぶっている野球帽にいやな感じをおぼえる、受話器は握っている、つまり「通話している」との恰好ではある、それは事実か？　演技《ふり》か？　受話器を下ろした。こちらを見るか？　つまり私たちを——私と啓を、あるいは、私か啓かを——見ない。一瞥もしない。出た。去った。

私はサンを見る。

サンはもう電話ボックスなど洟《はな》もひっかけていない。啓の画家っぷり、チョーク美術家っぷりにだけ注目している。ハァハァ、ハッハッハッと舌を垂らしながら。

さすがだ。

念のために私はいまいちど電話ボックスを顧みた。ガラスの箱の足もとには雑草。しかも花を咲かせている。青、黄、赤と。

きれいだ。

運河。私はその河川《かわ》を見た。そここそは内濠に相当するのだ、少し潮が満ちてきている。私たちの内濠には船舶も通る。浚渫《しゅんせつ》船だの、プラットホーム様《よう》の浚渫船を牽引する曳《タグボート》船だのなんだの。それから水上警察署に所属する警備艇だの。内濠の対岸（の一つである埋め立て地の角）には水上派出所が建っている。が、これは私の考える交番ではない。私たちが勘定に入れている「ご近所の交番」からは除外された。ただし、私は警備艇の名前は読む。それは「ひので」だの「ひばり」だのいうのだ。ねえ、とガールフレンドが訊いた。彼女の目もとには、深い、そして柔らかい皺。


私たちは短い会話をする。

「この犬はどこから来たの？」とガールフレンドが尋ねる。

「私が出したんだよ」と私は答える。

「手品みたいに？」とガールフレンド。

「そのとおり」と私。


一瞬の間《ま》を経て、もう一つ短いやりとりをする。

「学校はどうしたの？」とガールフレンド。

「ひどいことがあってね」と私。

「だから躊躇《ためら》わずに、判断をしたのね？」とガールフレンドが訊いた。

「父親としてね」と私は返答した。

補われるべき言葉は、まだ平日なのに啓の学校は、だの、その啓の聾学校において、だの、通わせない判断を私がした、だの、真の父親とはなんだろうね、だの。だの。だの。だの。

それから饒舌であってもいい話題に移る。X……X。斜めとなったXを転《まろ》ばして戻す、するとXは十になる。私は脳裡に十字架を直視する。そこからはラジオの話題だ。私は、『ボム・ザ・レディオ』がじきに本放送開始で、すると回数を重ねれば翌月になる、また翌々月にもなる、するとどうなる?と訊いてみる。ぜんぜん意味がわからない、と彼女は苦笑する。私は、つまり翌月には「放送スタート一カ月記念」の日が来て、制作局の人間たちは、その日はスペシャルな番組構成にするのがいいんじゃないか、と考えた、らしいよ、と説明する。それどころか、月に一回、そういうマンスリー・スペシャル? 月例の企画をやるのがいいんじゃないかとも考えた、らしい。たとえばラジオだけれどフェス、つまりジャンルレスでボーダーレスな音楽フェスにする、とか。ガールフレンドは、その省略形をフェスティバルと言い直す。それから、レス、レス、フェスティバルとも言った。とてもよい語感に私が頬笑《ほほえ》んだ。私は、その一回めの内容はいかにあるべきかを問われてね、と話を続けた。私は顧問役に等しいから、そういうことはまあまあ尋ねられるんだ。まあまあのアドバイス、助言。いや真剣に、しごく誠実な提言を求められる、かな? だから提言した。提言——DJXはその初めには、私の本(『らっぱの人』)の内側《なか》にいただけでしたよね? ただの小説内の虚構のキャラクターだった、その作中人物が、現実に存在する作家の、これは私のことですけれども、この作家の旧作を解体して、再構成する本(『666FM』)を制作した、すなわち現実の作家である私と虚構のキャラクターたるDJXが交流した、この過程を経てDJXは今度は番組(『ボム・ザ・レディオ』)の電波を使い、声を出したわけだ、これは実際のラジオの本物の声つまり現実なのであって、東京じゅうの生きた人間と交流を図れる、だとしたら次なる段階に顕現するのは? 声……プラスαの具体化である、とすればよい、違いますか?

ここまで語るとガールフレンドは驚いた。役者を起用するの? と訊いた。人前に出すために?

と。私は笑いながら否《いな》んだ。違う違う、声の次には収録現場だよ。収録現場を見せる、示してしまえばいい、と私は提案したんだ。ただし、現場なんだからもちろんＤＪＸはいるし、普段の局内のスタジオではスペシャルにはならない。だからね、私は提案する、ＤＪＸをやってるのはいいじゃないか、その覆面をどこか以前は演歌歌手だったんだけれども、この声優に覆面をさせればいいじゃないか、その覆面をどこかの演奏会場に派遣して、実況をさせればいいじゃないかって。そうしたら、採用された。「いやはや先生はさすがです」なんて、賞讃された。褒められて、それから候補選びだ。これもアドバイスに過ぎないわけだけれどね。あの規模のラジオ局というのは、いろいろとタイアップの催しをする。いろいろな文化イベントを後援、むしろ支援する。つまり金銭面で関わって、宣伝も行ない、出した金の回収を図る。私はいま、あるいは今シーズン、支援しているイベントをひと通り教えてもらった。音楽のね。あと舞台芸術を、そこに〝演奏〟が伴われるのであれば、やはり組《まないた》に載せられるようにした。すると理想的な公演《ステージ》があって、しかも、それを「理想的な」と評価したのは当初は私だけで、だから番組の制作サイドには「えっ？」とも思われたんだが、説明すると、向こうも態度……じゃないな、意見を変えた。ぜんぜん変えて「やりましょう」となった。

ガールフレンドは「その公演《ステージ》って？」と訊いた。

私は「歌劇だよ。オペラ版の『サロメ』だ」と答えた。

その原作はオスカー・ワイルド（の戯曲）であり、その原作も、それからまたオペラ台本も、預言者の生首を舞台上に出す、という不届きさである。

「おもしろいと思わないか？　私はね、言ったんだ。このオペラはもとは戯曲でした、だから『演劇』にはなっても、音楽付きの『歌劇』になるはずはなかった、なのに、なったんですよ、そういうのって、小説の内側《なか》の登場人物が、実際にＤＪとしての声を持つ……ラジオ番組になってしまうことと、おんなじじゃないですか？　って。実際にはもっと不躾《ぶしつけ》な言い方をしたかな。相手の頭のよさと、その野心を試すようなね。おまけに私は敬語もほとんど使わないしね。私は顧問だから、偉いんだ」と私は笑った。「原作の戯曲は、一八九二年に出版されて、しかしイギリスでは一九三一年まで上演禁止だった、という話はした。題材の出所《でどころ》が新約聖書だったから、検閲にやられた。あと、リヒャルト・シュトラウス作曲のオペラもだ、これも『背徳だ、憤《いきどお》らずにはおられない』と騒がれた。どちらもスキャンダラスだった。ということは、『ボム・ザ・レディオ』の挑発性にふさわしい」

「と、言ったのね？」

「と、説得した。それから……なんだったかな？　私は、なんのことを補完に用いたのだったかな、説明の？　あれだ」と言いながらも、すでに私は直視している。直視ずみである。Ｘ……十。「『サロメ』はキリストを出さないキリスト戯曲です、キリスト歌劇です、とまず言った。他には、私の好きな美術作品に、キリストを出さないキリスト絵画があって、と続けた。ジェームズ・ティソのキリスト磔刑図。これはね、視点が最高なんだ。いったい、どうなっていると思う？」

　私の質問に、ガールフレンドはあまり困惑せずに答えた。

「その絵にキリストが出ないのだったら」と言ったのだ、「キリストが見ている磔《はりつけ》の場面、しかないと思うけれど」

「そのとおりだ」

　十字架の上から何がキリストの目に映っているか、がその一八九〇年頃のティソの絵には描かれている。

ところで啓が、どんどんとチョーク画をひろげていた。最初に描いた黄色い扉《と》の横に——左と右に——それから上方に。下側にも。サンは感心して、世界の拡張を眺めている。

81

私は幾つか、この私が持たないものを列挙する。

二〇〇四年現在、私には「後退する」との選択肢がない。他の選択肢はある、かもしれない、が、それはない。以前から私には「後退できない」との傾向があった。がしかし、いまや徹底した。

私は二〇〇四年に関してはマニュアルを持たない。

二〇〇四年の神話すなわち予言については。

私の予言書は二種類あって、いっぽうが黙示文書、すなわち叙事詩、聖的なる書物であって、対して、他方は世俗的、こちら側の文書がマニュアルである。戦闘マニュアルである。具体的な戦闘、戦術が手引きされる。しかし、二〇〇四年——の神話、予言——に関しては、記述が不可能だった。書こうにも書けなかった、なぜならば私が顧問であった教団内部の武闘派（教祖奪還ミッションの〝本隊〟）が、壊滅したから。一九九六年一月の下旬に壊滅していたから。それゆえ、私は「その年のいなごはその年なりに現われる」と予《あらかじ》め言えたが、手引きはできず、予言の実現を彼らに委《まか》せた。実現の方法を。

結果、あのような息子（予言の息子）が生まれた。

私にはその息子が認知可能だったけれども。

それでも、私がマニュアルを持たない、持てていないのは事実だ。

私は不利か？　もしかしたら。もしかしたら、そうだ。しかし、予言書はそもそも私に著わされたこと、この点をもって有利だ。つまりこうも言い換えられる。作者ならではのアドバンテージは――それであれば、私は――持つ、と。それに私はラジオも持ったのだ。私はもちろん承知しているのだ、彼らが一九九五年三月のお終いに、私を拉《らっ》する七日か八日前、までは布教と闘争のツールとしてのラジオ番組を持っていた、と。そのメディアを、ソ連崩壊直後のいまだ混乱する国家・ロシアと交渉して手に入れていた、と。モスクワ放送の時間枠を買い取り、日本海に面するウラジオストク（ロシア極東部最大の都市）から流したのだ。

この事実を踏まえて、私がラジオを持ったのだと言えば、私と教団のもつれ具合がわかる。

私が教団を憎んでいるかどうか怪しいということもわかる。

それを言ったら私の予言書がさまざまな破局を、破滅をもたらす文書《もの》であるのかどうなのかも疑わしいとわかる。すでに二〇〇四年のこの東京と、この東京を含んだ今日《こんにち》までの日本は、無署名ではあるが成功作のこれらの書物に産み落とされていて、すると創世記にも等しい側面がこれらの二書（私の著作）にはある。私は……この世を記して創った、のだから。ほら。なんというポジティブな。ポジティブな！

ハルマゲドンのネガティブさとは対極にある。

そうなのだ。私は善きことをばかり為《な》している。とも言える。

そして「いなご」の父でもある。

父には「絶対に」との形容が、ふさわしい。とはもう言った。

ここで雑学《トリビア》はどうだろう？　サンスクリット語の知識だ。この言語では、宇宙を産むような創造力はAである。その維持力はUである。破壊力はMである。これらをオ、ウ、ムと発音する。ところが私は、Mに与《あずか》っているつもりでAを駆動する著述に没頭していたのだ、との可能性にぶち当たった。そうした不可解な作動の、この力を表象するのは、要するに——さながらこれも、Xか？

ボム・ザ・レディオ

「はい。では、次の物語は『ジェットの舟』の、そうなんです、残りの展開です。ずばり『あれは、ほんで、どうなったの？』コーナー。これはやっぱり、番組のこの空き時間に嵌め込んでおかないとね。なにやらワタシだって責任を感じますからね。といっても、あれ？　いま周波数をこの局のこの番組に合わせたばっかりの人には、ずばり『はー？　なんのこっちゃ？』でしょうから、でしょう？　だよな？　だな？　ですからワタシが粗筋を説明いたします。ミスター・リーダーズ・ダイジェスト、読者と聴取者のための要約マシン、というよりも要約マシーン、ＤＪＸ。お。マシーンとアクセントつけたら、決まったじゃん。冴えたじゃん。さすがに放送開始から四週めに突入すると、ワタシのしゃべりも、キラリ、キラリ、光るじゃん。という自画自賛はスタジオの隅のほうにスコーンとかっ飛ばして、あ、プロデューサーがやな顔してます。この番組のいちばん偉い人は、キワさんっていうんですよ。キワさん。みなさんも憶えてね。はーい、では。本筋に戻ります。本筋ってなんだっけ？

あれだ。粗筋だ！　ジェット機があるんですよ。一台ね。あ。違った。一機ね。ジェット機の数え方って一機、二機だよな？　て、ワタシは誰に本番中に訊いてるんだ。もちろーん、あなたにです。リスナーのみなさんに。　ワタシが間違っていたらですよ、ただちに電話かメール、ファックスで、ご指摘の嵐を。いいですね？　ついでにリクエストも。いいね？　あのね、ファックスに落書きを添えるのはいいんだけれども、絵は、読めないから。ラジオで読みあげられないから。できれば感動のエピソードを。それか苦笑のエピソード、いいね？　そしてね、一機のジェット機です。飛んでるんだなあ。高度は、これ、九キロメートルですよ。十キロメートルですよ。地上から。これだけ高いと空気が薄いから、それの抵抗が少ない。だから高……ん、ん……失礼、高ーいところを飛行するんですね。高ーいところに一機の旅客機、その情景は孤独だ。なにやら侘《わ》び寂《さ》びだ。しかし本当に孤独か？　ほんとか？　旅客機には、ほら、何十人何百人って乗客がいる。そのジェット機はボーイングの７４７型、つまり巷《ちまた》で知られるジャンボジェットなもんで、これがもう、乗客数は五百人越え。このね、五百とうん人のうちの一人が、目を覚ますんです。これがオープニング。

　じゃじゃーん。

　ジングル鳴らすか？

（ボ……ボ……ボン！　ザァァア・レィディィオオオ！）

　イエー。だばだばだば、どぅん。て、ワタシが唇《くち》でメロディ奏でて、どうする。はい。主人公がここに目覚めました。日本人です。若いです。男です。イケメンなんです。でも死んでます。え？て、思いますよねー。みなさんも『え？』って。でもね、この男《ひと》、自分が死んだってことを憶えてるんですよ。『俺、死んじゃったなあ』って。そして目を覚まして、目を覚ましたらエコノミークラスの座席の狭っこいところに自分の体をぎゅうって押し込んでたことに気づいたから、『なんじゃこりゃー』って。もちろん最初は寝惚《ねぼ》けててね、何十秒もぼうっと考えてるわけ、『ん？　飛行機？　……ん？　どこ行き？　……ん？　俺、いつ乗った？』と。そこで真剣になって、急に目がパチッとしてね、『ちょっと待て。俺は死んだぞ？』と。ががーん。こうなるとだ、状況はいっさいがっさいミステリーだ。一、なぜ死んだのに目が覚めるのか。これは死後の世界？　二、どうしてジェット機に搭乗しているのか。三、ジェット機の目的地は？　つまり、あれですよ。画家のゴーギャンに有名な大作があるわけですよ。『われわれはどこから来たのか・われわれは何者か・われわれはどこへ行くのか』という。まさに、この絵のタイトルのまんま。

さあどうなる。

耳をすますんだ。

というわけで、主人公はそういうことをする。そうなんですねえ、聞き耳を立てます。ちょっと離れたところで、英語が聞こえる。話されてるのがね。あれですよ、日本語もある。これはおんなじ列だ。座席のね。ちなみに主人公は、機内の左端、窓ぎわに座っている。ま後ろではフランス語がぼんじゅーるだのさばだの言ってる。さばですよ、さば。つまり英語のハウー・アー・ユーです。そして前列から聞こえるのは、うーん、ちょっとわかんない。ロシア語？　わかんない言葉はどうにもならないから、主人公は日本語で隣りの席の乗客にさばをするわけです。ハウ・アー・ユーを。『こんにちは。あの、あなたも日本人ですよね？』

『はい。私は日本人です』

『ここ、なんなんですか？』

『ここ、なんなんでしょう?』

『え? あなたも知らないんですか? でも、この飛行機、飛んでますよ?』

『ですよねえ』

て、ですよねーじゃないだろ、と主人公は思いますが、しまった俺も同類だった、もっと情報収集しなければ、と相談して、隣りの人の隣りとか、これは通路を挟んでいたんですが、その隣りとか、さらには同じ一列の右側の端っことか、そこまで尋ねてね、するとね、そこまでは日本語が通じるの。そこまでは全員、日本人なの。でも、一列後ろはフランス人ばっかり。これは、あれですよ、人種のことじゃないですよ、フランス国籍だのフランス語がネイティブのアルジェリア系だの、そういう人たちの集まりで、そのま後ろが英語ネイティブ。こっちも一列、まるまるね。で、日本人の列の、いっこ前の列で話されているのはロシア語じゃなかった。

『あれはウクライナ語ですよ。初対面の挨拶やってます』

と、これは商社勤務だったという男性が主人公に教える。その商社マンもいまや元商社マン、『おかしいなあ。僕、さっき、かみさんに刺されてね』と首を傾げている。『大量出血したんだけどなあ。いたたた、って、いまは痛《いた》ない』って、これは関西弁だ。しかし、そうしたディテールまで解説していては、もはや粗筋とは言えません。要約マシーンのワタシ、不肖DJXは、この元商社マンの出現によって主人公たちは前列のウクライナの人間たち、そこにはウクライナ語を話すポーランド人もいました、その人たちとコミュニケーションがとれるようになった、こう続けましょう。それと、英語です。英語は、主人公の青年をはじめ、日本人たちのだいたい三分の二が上手《うま》い下手は別にしてしゃべれたから、二つ後ろの列とも情報交換できた。するとアメリカ人が『四列後ろにいるのはイディッシュ語を話している人たちだぞ』と言って、スペイン語は日本人たちのシートの七列前、バスク語がその二列前、モンゴル語はイディッシュ語の三列後ろ、さあ、どんどん判明してきた！　すると三時間後には、これは主人公が目覚めてから三時間の後《のち》、です、どうやらジェット機の全部の列の、横一列のね、その言語が異なるのだということが明らかになった。そしてボーイング７４７は飛びつづけている。客室乗務員は一人もいない。コクピットは扉を堅く、堅ーぁく鎖《とざ》している。

主人公は思うわけだ、『もしかして、この機体は……！』と。

機体がどうした？

『えんえん飛びつづけるのとは違うだろうか？　われわれが真に理解しあえないかぎり』

ががーん。凄い直感だ！　つまり、五百とうん人の乗客がですよ、シートの横一列ずつの、なんだぁ？　この機体は例外的に、十席でもなければ二階も補助席つきの七席なのかぁ？　だから七人か八人ずつで割って、ええと……ん、ん……失礼、ワタシは暗算できなかった、あ、六十二とか七十二とか？　の言語の、ほっほっほ、プロデューサーのキワさん、ありがとう。不正紙《カンペ》。その六十二、三とか七十二とかの多言語で、『でも、みんなで理解できる次元に至った』とならないかぎり、天国には到達しない。じゃじゃーん。そうなのです。目的地は、彼岸も彼岸、なんと天国なのであった。しかし、試煉をくぐり抜けないかぎり、天国に至《そこ》れない！

なんと！

死んでもね。

死後の世界に移る前に、あちゃー、いっ、いっこあるんだなあ。チャレンジが。

というお話なのでした。『ジェットの舟』は。あ、続きどころか、初めっからダイジェストで物語っちゃった？　ダイジェスっちゃった？　いいじゃん、いいじゃん。要約マシーンのＤＪＸ、なんスから。これがね、ストーリー・フォー・カーラジオ。大きな声で言おうか？　ストーリー、フォー、カーラジオぅ！　ドライバーのみなさん、お疲れさまっス。というわけで、交通情報……の前に、あれだ。音楽だ。リクエストは、東京都東村山市の、お、採用二回めだね、『栗きんとん』さんからので、曲は――」


ワタシはとことんプロフェッショナルになりたい。

ワタシは声色《こわいろ》を用いる。そのほうが物語が伝わりやすいのであれば。複数の人物、この人物というのは〝キャラクター〟と呼んだほうがいいのだろうけれども、そうしたものを声で演じ分けられるのであれば、そしてワタシは演じ分けられるのだけれども、そうする。

なぜって、ワタシは声優だ。

ただし声優の仕事《それ》は減らしている。あと、あまりに演技ができ過ぎてしまっては、ＤＪらしさが欠ける。だからやり過ぎない。この辺りは匙《さじ》加減だ。声色とは「声の色彩《カラー》」なのだから、ＳＳＳにカラフルさが滲《にじ》む程度にいつも抑える。ＳＳＳとはしばしばミーティングで飛び交う略語で、ショート・ショート・ストーリーのこと。もっと縮めなければショート・ショート・ストーリー・フォー・カーラジオとなる。自動車に装備された受信装置のための掌篇。

運転中に、短い短いお話（ＳＳＳ）をどうぞ。

音楽をどうぞ。

最新ニュースをどうぞ。

アクチュアルで軽薄、かつ、アカデミックで娯楽《エンタメ》極まりない究極の暇つぶしラジオ、『ボム・ザ・レディオ』をどうぞ。爆《ぼん》発！

ワタシはこれを人気の番組にしたい。

この仕事を続けたい。手放さないでいたい。先の先の改編期まで。

最低でも……二年は。三年は。

だからキャリアというのを活かす。現役声優の技倆《ぎりょう》や、それから歌手であった経歴も。ワタシは番組のジングルを唇《くち》コピしながら、そこに「ぼぼ、ぼアアアん」とこぶしのうねりを効かせられる。演歌の。ただし、これもやり過ぎない。そのほうがスパイスになって受ける。リスナーたちに。

ワタシはワタシが声優であること、それから、演歌歌手であった痕跡《あと》を消している。

まるで過去を塗りつぶしているみたいだ。そしてＤＪＸの過去を、プロフィールを、そこに嵌める。ワタシが、こうやってものを考えているあいだにも「俺が、こうだ」とは思わず「僕が、どうだ」とも思わないのは、なり切ろうとしているから。

ＤＪＸに。

正体不明のミスター〝ラジオ・パーソナリティ〟に。

「……爆《ぼん》発！　響いたなあ、この曲。ブルーな月曜日にぴったり。そして、そうでした、一週間の始まり、月曜日。この日をもって、わが『ボム・ザ・レディオ』もオンエア四週めに突入！　今日の放送は記念すべき第、じゅ……十……ええっと、十何回めだ？　数えますからね、いま。大型連休の明けた五月六日の木曜日が一回めでしょ、この週に二日やって、翌週の月金《げっきん》で五日、足す、また五日、足す、本日すなわち五月二十四日、月曜日ということで、十三回めだ！　すみませんね、足し算に時間がかかって。しっかし、十三回めにもなるとだ、投稿者にも常連さんが増えました。お名前、ずいぶんと刻まれてますよ。ワタシの胸に。リスナーのみなさんの耳に。さっきのリクエストが『栗きんとん』さん、午後六時台にメッセージを読みあげたのは、『踊るしじみ汁』さん、『サンキュー小田急』さん、それと、この名前はどうかね？　ワタシは好きだけどね、ほっほっほ、『パンチラ』さん。あと『なめこです』さんだけれど、みなさーん、このですは、D、E、A、T、Hです。君はなめこ嫌いか？　それとも毒なめこか？　なめこ卸《おろ》しは、いいぞー。それから、えっと、あ。これはいまからメッセージを読もう。先週も先々週も登場した、『冬でもビーサン』さん。今度のはね、メールの投稿で、な・の・に、イラストがついてるぞー。しかも画像の添付じゃありません。この人ね、字でね、描いちゃったの。まずはメッセージ、こうですよ。『DJXさんは、むっつり破廉恥ですよね』ときた。むっつりハレンチ。しかもハレンチは漢字だよ。書けますか、みなさん？　ワタシね、先週の、金曜の放送で言いました。あと十日もすれば九州の南部、北部と梅雨入りだと。順番に迫るぞと。西から関東甲信に。だから、みんな！　いっしょに梅雨の撃退法を分かち合おうじゃないか！　と、ええ、たしかにワタシは言いました。そうしたらだ、こいつはだ、『そんなの、回答は一択じゃないですか？』だって。あ、こいつ呼ばわりしちゃった。ごめんね、ビーサン。そのビーサンさんの……いい、ばいいう撃退法は……『極力全裸』。

　きょっ……。

　ぷ。……ん。

　わかります？　あのね、このメールね、アルファベットを文面に縦書きで置いててね、それが、W、

X、Yですよ。あれですよ、あれ。Wは、垂れております胸。お乳。X、お、ワタシの名前と親類同様のXだね、これがお臍《へそ》で、あー。あとは解説できない。

お前なあ。

永遠の男子高校生だな、悪い意味で。

ジングル鳴らす？

（ボ……ボ……ボン！　ザァァア・レィディォオオ！）

んー。だばだばだばだば、どぅん。いいんだよ。いいんだよ、『冬でもビーサン』さん。永遠というのは勲章だ。ワタシは君が理解できる。それに、メールに落書きを添えるのも斬新だった。というわけで、おばんです。午後七時半を回ったら、ツイン・ナビゲートにも移りますが、いまはワタシ、DJXだけが君たちの友達だ！　さて、この後は、CMに続いて天気予報。予報のコーナーを挿《はさ》みますけれども、……あ。まだ八十秒もある？　しまったなあ、記念すべき第十三回、いまだに番組の進行は試行錯誤中でっす。と……いうわけ、で……ここで先週のニュースの思い出話にいきましょう。先週をしっかり・こってり顧みる者はおのずから今週を占う。先週は月曜、火曜といなごが荒れました。あれはね、いなご関連だった。純血種のいなごではなかった。月曜日に品川、火曜日には池袋駅の構内で、なぜだか『いなごコール』が湧いて。自然発生的に、いーなご、いーなご、って。あれだよね？　日曜恒例のデモがないから、五月十六日にはなかったから、一般の人たちがそういう街頭デモンストレーションに飢えちゃったってこと？　そう言われてるよね。コールして、『出てこい、出てこい』って煽《あお》ったって。なんていうか、やばいよねー。しかも、火曜の池袋駅だ、いーなご、いーなごが構外にまで轟いて、いなごの過激派……じゃないか、ラディカルズか。それ、いないのに、投石が起きたんでしょ？　そして、パトカーの立ち往生！　池袋駅の北口、ロマンス通りで！　あそこって、北口だった？　西口じゃないの？　あ、っと、いわゆる西口だと、路上カラオケ大会！　あれはニュースの映像観たけど、凄かったなあ。カラオケ店に乱入して、機材をぜぇんぶゴロンゴロン公道に転がして。電源はどうしたんだろうね？　ああいうのの。どっから取ってきたんだろう。そしてカラオケは、全員がサビに、『憲法改正、憲法改正』と歌って。どういうポップスも替え歌にしちゃって。あン、あなたとー、かン、感じ合うー、けン、憲法改正ー、の日没、とか？　イエー。学生の逮捕者はゼロだったのに、にもかかわらず逮捕者が二十七名。って、やばいなあ。みんな、乗っちゃったんだよね。路上カラオケのあの集会に。発散できそうだったから？　そうして雑種が繁殖しちゃった。いなごの雑種。この場合は新種か？　ただの市民の叛乱《はんらん》ですよ。しかもおちゃらけた。怪我人も相当……あっ、あと二十秒なんで、話をまとめます。

あのね。

ワタシはね。

こんな時代だからこそ『まずは軽薄』ってスタンスは、わかるぞ、と。

軽薄短小。

もしも『それはあかんぞ！』と叱られたら、重厚長大と折衷して、重厚短小はどうだ、と。

みっちりと硬い短小！

……そうか。こういうのが破廉恥だと誤解されるのか……。ＣＭです」

ワタシはもっとプロフェッショナルになりたい。

進行フォーマットをしっかり守りたい。

時間《タイム》も。

誤差を十秒前後に収められるか？　たぶん、今月末までには、やれるようになる。今月末の、五月三十一日といったら月曜だ。ちょうど一週間後。それまでに生放送を四回、今日を入れて五回経験して、ワタシはワタシ自身ののびしろも信じる。

帯番組は予想をはるかに超えて過酷だ。

定時刻、に自分を順《したが》わせるためには、起床からスタジオに入る前、が要《かな》めになる。

早起きはし過ぎない。

午前九時にワタシは起きる。

コーヒーとチョコレートを摂《と》る。

三十分間の読書をする。ワタシはワタシの伝記を読む。題名は『らっぱの人』。

本をいったん置いて、ボイス・トレーニングをする。

滑舌《かつぜつ》、すなわち舌を滑らかに。呼吸法、たとえば五、六十秒は吐きつづけられるように。表情筋、これは「う」と「え」の二つの母音を意識して。

この二つの日課を終えてから、メールをチェックする。

続いて新聞のチェック。ワタシは三紙、購読している。月曜日には朝日、読売、日経の順に目を通して、火曜日には読売、日経、朝日の順、水曜日には日経、朝日、読売。

木曜日、金曜日は、あえて順番を定《き》めない。

土日はオフだから、それはラジオがだけれども、昼前には読まない。

昼食は、軽いものを午前十一時半に。

正午には歯を磨き終えている。フィットネス・クラブへ向かう。

マシン・トレーニングをする。

チェスト・プレスで大胸筋を刺激する。レッグ・プレスで大腿四頭筋《だいたいしとうきん》とハムストリングス、大臀筋《だいでんきん》を刺激する。八種類のマシンを、うち四つは連日、残り四つを月、水、金と、火、木とに分けて、使用する。

有酸素運動とストレッチをする。

クラブ内の施設でシャワーを浴びる。その前に蛋白質（プロテイン飲料）とビタミンを摂る。午後一時半。

午後二時には帰宅している。

それから三十分間の読書をする。もちろん『らっぱの人』を読むのだ。午前に続いて。

この原作者の先生はワタシのこの声が好きなのだ。

この著者はワタシのこの声が「ＤＪＸを具現する」と言ったのだ。それに類する感想を洩らしたのだ。

ワタシは番組プロデューサーからそんなふうに聞いたのだ。制作班のトップから。そうキワさんが二、三カ月前にワタシに説明したのだ。際元《きわもと》さんが。

「先生は、確信がありげだったぜ」と。

先生の存在は謎めいている。ワタシは挨拶もしていない。ワタシは読むことしかできない、この番組の原作を。けれども……原作？　これはワタシの原作なのであって、ラジオのではないとも言える。先生が『ボム・ザ・レディオ』と命名したわけではないのだ。したのは、たぶん、キワさんだ。あの人はあんがい硬派だから。ＳＳＳではたしかに物語がじかに引かれる、そういうことがある、けれども『６６６ＦＭ』以外の掌篇も、扱われるし、それが構成作家の人脈《つて》での書き下ろしだったり、誰もが知りそうなクラシックだったりする。今後の予定ではそうだ。Ｏ《オー》・ヘンリー、とか？　いまのところは先生の、あの分厚い文庫本『６６６ＦＭ』から、もっぱら引かれているけれども。なぜって、ワタシが登場するからだ。そこにも。ワタシ……であってワタシが演じ（切ろうとしてい）るワタシ、ＤＪＸが。

　いっさいは複雑なのだ、とても。とても。

　ワタシはとても、とても不思議なのだ。ワタシには伝記がある。その伝記である一冊『らっぱの人』を先生が著わした。しかし先生は小説家で、『らっぱの人』は小説だ。小説というのは虚構《うそ》だ。そして伝記は、まあいろいろあるとは思うのだけれども、建て前として、みなノンフィクションだ。非・虚構だ。ワタシは、いつの日にか挨拶が、ご挨拶が叶うのならば先生にこう尋ねたい。「えー、フィクションを執筆して、そうしたらＤＪＸの、すなわち眼前にいるこのワタシの伝記作家になってしまわれた、というのは、率直にどんなお気持ちです？」と。

　どう答えるのだろう？

　小説は、書かれた内容に対して、それを産み落とした作者が、神だ。

　創造主だ。

主だ。

その小説の、作中人物たちは全員、従だ。

その従の一人・ワタシの、伝記作家が先生なのだから、先生の本はそもそもワタシが産んだ。先生はワタシ、DJXの、もしかしたら……従だ。

こうした主従関係を考えて、ワタシはとても、とても混乱する。しかし、本当にもつれ切るためには、ワタシがDJXになり切らなければならない。

その数奇な生涯を具現するしか。


と、いうわけで。

ワタシは『らっぱの人』を精読し、そして再読、三読どころか、もう数え切れない回数、全篇を通して読んでいるのだ。そして、ワタシの過去と、この本の内部《なか》にあるDJXの過去の、バーターをしているのだ。しかし生年に関しては、それをしないでよかった。ワタシは一九七一年に生まれた。『らっぱの人』に描かれるDJXもそうだった。ワタシ（ラジオ・パーソナリティのDJX）とワタシ（『らっぱの人』『666FM』内の、ラジオ・パーソナリティのDJX）とは干支がいっしょなのだ。亥《いのしし》。が、ホロスコープはそうではない。ワタシはもともと牡牛座、これでは駄目だ。なぜって、ワタシがなろうとしていて、そして『らっぱの人』で先生が「蟬の声の残響のなかで、その子は呱々《ここ》の声をあげた。すると残響には金槌で釘が打たれたかのように、陰りが」――萌《きざ》して、満ちたと描写したそのDJXは、八月の半ば、ある評論家によれば「ここでは太宰治の『トカトントン』が踏まえられ」るそうだから、日付まで挙げれば八月十五日（敗戦の日）に生まれていて、だとすれば獅子座だ。

ワタシはワタシが牡牛座であることを捨てる。

ワタシは一頭の獅子《ライオン》を迎える、自分のホロスコープに。

人に、「なに年生まれの、なに座？」と尋ねられたら、「イノシシで、獅子」と即答する。

反射的にこう答えられなければならない。

シシ、獅子、と。

そこからジョークの一つも編めなければ、ワタシはDJXではないよ。ワタシはワタシではないよ。ワタシは集団自殺教団の、たった一人の遺児、サバイバーではないよ。そうなのだよ。『らっぱの人』の三十ページめから、そのエピソードは描かれる。読み、ワタシは慄《ふる》える。そこに七歳のワタシがいるから。でも、そんなこと、ほんとにあったんだろうか？　ワタシの記憶が濁っている。ワタシは記憶《それ》を抑圧している。

そういうラジオDJが、ワタシだ。

――さあ、スタジオに赴こう。ワタシの日課は午後の三時半前後に、放送局の駐車場に、愛車を駐《と》めること。

日課に沿って語れば、そこから、やれ警備員に「どうも」だのエレベーターの階《フロア》ボタンを押しながら独語して「おす」だの受付の人間に「おはよう」だの「ども」だの、副調整室ではアシスタント・ディレクターに「よ」だの、そういうシンプルな挨拶の連発がある。「ども」「どうも」「どもども」と反復するたびに集中力のようなものが高まり出す。これは役作りだ、いわば。DJXが、マイクの前に座り、第一声を発するまでの、二時間、二時間半。ワタシはDJXであり、そのDJXが

「だばだばだば、どぅん」とナチュラルに咆《ほ》え出せるまでのウォーミング・アップ。台本をもらう。曲名をチェックする。音楽には太字でMと、頭にマークが振られている。ワタシはMに上（午後六時ゼロ分台だ）から下（午後八時の五十分台だ）まで目を通す、これをミーティング前にやる。この曲は……知ってる、知ってる、知ってる、知らない、知ってる、これは新曲か？　知らない、別バージョンだけれども原曲《オリジナル》は知っている、このアーティストは……名前も知らねえぞ、等。こうザッと点検して、午後四時半までには「未聴《みちょう》なし」の状態にワタシ自身を持ってゆく。局内にはCDライブラリー（部屋だ）がある。二〇〇四年三月末日の時点で、収蔵は七万九千枚超、とワタシは聞いた。アーティスト名でも曲名でも、もちろんアルバム名、商品番号でも検索できるシステムがある。そこでワタシは予習をするのだ。大切なのは一分間だ。それぞれの楽曲の冒頭の一分間、いや三十秒。もしかしたら十秒。前奏がどう入って、ビートがどう展開して、いつ、ボーカル（歌）に切り替わるか？　そこにはトークは被《かぶ》せられない。だから、その直前にワタシは自分のトークを離す。ぱぁっと。離陸させると、続いて音楽の（ボーカルの）言葉、に席を譲れる、スマートに、というわけ。

　これだけは練習が要る。

　ワタシにも不得手な曲というのが、ある。

　けれども各曲の冒頭の十秒、もしかしたら三十秒、長めで一分間に耳を傾注させるだけなので、その日、二十曲が流される予定でもどうにかはなる。そもそもワタシは演歌歌手だったのだ。といっても、その過去はもう塗りつぶしに入っているから、自負の根拠にしてはならないとも言える。主要メンバー（ディレクター、アシスタント・ディレクター）が顔を揃えるミーティングは、午後四時半から行なわれたり、午後五時からだったり、副《サブ》のパーソナリティの来局を待って午後五時半からだったり、いろいろだ。ワタシと二人態勢の進行をする日替わりのパーソナリティは、生放送での出番は午後七時半からなので、場合によってはワタシを入れたミーティングには来ない。間に合わない。それでも問題が生じないように、これに関してもワタシは準備する。メールもあるし「電話オーケー」の相手もいる。今日、二〇〇四年の五月二十四日、月曜を例に挙げれば、月曜日の担当は若手の経済学者なので（十五分間がツイン・ナビゲート、その後は八時十五分まで、この学者のソロ）、午後四時四十分に、携帯に連絡を入れた。「Xです」と挨拶して、「ども」と続けて、「お疲れさまです」と返されて、「一、二、三、話題《もの》だけ、決めましょうか？」とワタシが訊いて、それはワタシが予習可能な、かつ本番中にアドリブで出そうな経済トピック、ということだが、回答をもらって、「うん。うん。はーい、消化します」と電話を切る。基礎知識があるか、それとも皆無かは、トーク（の基本態度）にとって決定的だ。私は致命傷を避ける。プロフェッショナルになりたいから。プロフェッショナルでありたいから。そして、日課に沿って語れば、ここまで詰め込んでも三、四十分は時間が余る。ワタシはスケジュールに余裕を持たせたいから月金《げっきん》は午後の三時半前後には、局に来る。副調整室のカウチで、ごろごろすることもある。本番スタート二十分前に差し入れを食べることもある。先週は、ババロアがヒットだった。ゲスト（が所属している事務所から）の差し入れでは。じつは今日も、それはあった。苺のショートケーキだ。

「誰からのです？」

「キワさん」とアシスタント・ディレクター。

「あ、今日は、立ち会うの？　放送に。プロデューサーの御大《おんたい》自ら？」

「そうみたいですよ。でも、その前に、『僕、Xさんに話があるから』って。五時に来ます」

私の名前は当然、関係者のあいだでは〝X〟と約《つづ》められている。

「なに、ワタシを予約するための、ケーキ?」

「ミーティング、ずらしましたから」

「あ」


生クリームが凄かったので、そのことを、まずキワさんに伝えた。あのショートケーキの、さっぱり感とじんわり感は、生クリームの賜物《たまもの》ですね、と。「でしょう? だろう?」とキワさん。それから「ローファイ太郎が、あの店、パティスリー、僕に紹介して……」とブツブツ続けたが、ワタシはそんな人物は知らない。なに業界の人間? そしてキワさんはといえば、社内LAN《ラン》につなげたノート・パソコンの画面に目をやっていて、しかも、右手では縦にした名刺を弄《いじ》っていて、それゆえにワタシは緊張した。名刺を〝縦にする〟とは、テーブルに立てている、ということだ。カードの、縁《ふち》をタン、タタタ、と言わせて、抓《つま》みながら直立させている。それも自分の名刺を、だ。ワタシはすでに噂を耳にしていた。キワさんが臨戦態勢に入った時には、名刺が手裏剣になるぜ、と。ワタシはこれを聞いて「ほっほっほ」と笑わざるをえなかったが、なるほど。どこかマジシャンが札《カード》を操りだしている趣《おもむ》きがある。これから手品をするのか? しない。キワさんはキワさんで、こうすることで集中している、極度の集中に入らんとしているのだとわかった。

新しい名刺だった。デザインを変更して、この五月に、刷られたばかりの。

ワタシも先々週、もらった。

表面には際元彩《さい》とある。裏面には Sai KIWAMOTO とある。

ちなみに表には「チーフ・プロデューサー」とあるが裏の英語はSENIOR PRODUCERだ。

ちなみにキワさんはちっこい。

対座していると、その事実を忘れる。いいや、キワさんが忘れさせる。発想がまさにキワキワ（際どさの極み）になって、「でかいな。この人」と思わせるからだ。が、実際には、たぶん丈《たけ》は十二歳の男子に並ぶ。座高はそうではないのだけれども、それを言ったら「足が短い」の指摘になるので、誰も言わない。言わないし、なにしろ敬意が払われているのだ、局内で。

キワさんは上等なシャツばかりを着る。

キワさんは四十一歳である。

「僕はね、そう、四十一歳。訊かれたら正直に答える。じじいだ。四十《よそじ》を越えて。素顔を公開する、がぜんぜんありだ。しかし『ボム・ザ・レディオ』のＤＪは、素顔はなしだ。経歴未詳、本名不明、年齢非公開。という構造、設定は二重であって、Ｘちゃんはそもそも Ｘちゃんのではない芸能人歴、『らっぱの人』にある芸能人歴、『らっぱの人』にある学歴、そうだ東大卒だ、文学部だっけ？　専攻は社会心理学？　そちらならば、ぜんぜんありだ、明かせる。本名を言っちゃってもいい。『らっぱの人』に書いてある氏名を。氏名、それから年齢、で、職業」

「年齢は」

「なに？」

「たまたま、いっしょでした」

「たまたま、は危険だ。何月生まれ？」

「八月」とワタシは言った。

「どっちが？」

「Xちゃんは、一人ですよー」とワタシは言った。

キワさんがにやっとした。

「しかし、ここ。ここ」とパソコンの画面を指した。インターネットのブラウザを開いているのだ、覧《み》ているのだとわかる。「君の、Xちゃんの、素性調査をしている輩《やから》が、いるぜ」

「えー」

「まあディーワイエフは大丈夫なんだが」

「デザイン・ユア・フェイト」

「そうそう。D、Y、F。そこには好意の書き込みばっかりだからね。善意の？ 僕らに言わせれば。大いなる好奇心が、『で、DJX役は、誰？』と問わせるのは、かまわない。大助かりだ。ありだ。そのまんまリスナー開拓にリンクだから。しかし、悪意が。悪意がなあ。『暴こうぜ』ってページがある」

「恐《こわ》っ」

「ご存じのように、『らっぱの人』には毀誉《きよ》褒貶《ほうへん》がある。焚書にしろって声も、意見もある。そういう連中の……ページは……ほら。『焚DJXにしろ』なんて、ね？」

ワタシは「それ、脅迫ですよ」とシリアスに言った。

「だよな。Xちゃん」とキワさん。「ちゃんと、局で対応する。いざとなったら弁護士を動かす。弁護士団をどんと出して、ついでに、と言っちゃうけれども、騒然たる時事ネタとする。聴取率にリンクさせる。というわけで、こういうのは問題ない。問題は、投書だな。しかもメールでいっぱい来てる。番組に」

「どういう？」

「読ませてないけれども」とは、ワタシには渡していない、の意味だ。キワさんは続けた。「傾向がね、あるんだよ。Ｘちゃん」

「やっぱり脅迫なんですか？」

「むしろ親切心」

「親切？」

「ゼンセ系、って言ったらいいのかな」

「なんです？」

ゼンセ？

もしかしたら……前世か？　え？

「私たちは、声を聞いているだけで、じわじわ感じますよ、わかりますよって。ＤＪＸさんは、こういう前世だったんじゃないんですかって。前世、流行《はや》ってるのかね？」

「気味悪いですね」とワタシは率直に言った。ＤＪＸ《ワタシ》の前世？

「これの対処も、いま考えてる。僕ら」キワさんが顔をあげた。パソコンから。そして名刺を、ぱたり、とテーブルに倒した。「そう。Ｘちゃん、そうなんだよ。不気味でさ」

「そういうの、カラッと吹っ飛ばす、今日の番組にしたいですね。あの情報はいつ出せるんでしたっけ？　マンスリー・スペシャル、の、告知」

「四日後」とびしっと言った。キワさんは。

きっと戦略を持っているのだ。

「でね」とキワさんは言った。「覆面DJの覆面剝がしの風潮に、あえて逆《さか》しまに乗っかるためにも、いろいろ仕掛けることにしました、よ。時代にはもっと、もっと乗っかるけどね。ところでXちゃんは、マントは羽織れたりする？」

え？

「さあ。さあさあ。時刻は八時半を回って……爆発《ぼん》！　最後の三十分間、DJXのソロ・ナビゲートも突っ走ります。なんといっても月曜日、ブルー・マンデーですから、ねっ！　……ん？　なになに。いえね、スタッフがあっちから合図を……紙だ。えっと、ニュースの原稿が来ました。ワタシが読むんだ、号外か？　あら。あちゃー。みなさーん、いなご、暴れました。現在、羽田空港で、学生たちと思《おぼ》しき集団が……マジかー、滑走路を、占拠、です。旅客機が降りられないでいる、とのこと。警官隊も出動し、どうやら機動隊ですね、これは。詳しい情報は」

大文字のX

82

——電話を受け、テレビを観る。

ニュースを咀嚼する前に、情報の一つめを咀嚼する。私は二つの情報を与えられたのだ。一つめというのは、こうだ。いまやDYFは急成長している、らしい。というよりも膨張している、らしい。というよりも正確には膨張させられている。ここに伝聞の「らしい」は不要である。なぜならば私は事情を摑んでいる。もちろん私は把握しているのだ。私は流行に疎《うと》いが（なにしろ六十を過ぎた老作家である）、インターネット上に現われたDYFがいったい何の略称であるのか、はすらすら言える。Design Your Fate である。すなわち「あなたの運命を（あなた自身が）構想しなさい」と命じる英文、である。これを私なりの文体で言い換えるならば「お前の運命をデザインしろ」となる。そして、この言い回しはかえって適切である。なぜならば、この Design Your Fate はそもそも私の著書の冒頭の一節の英訳だから。

誰かがこのフレーズ――『らっぱの人』の巻頭の警句《エピグラム》――を訳した。

それから、やはり誰かがこのフレーズを略した。

誰であるのか、は不明だ。そこにも事情がある。彼らは匿名で発信したのだ。『らっぱの人』という小説は切れているね、と。それは切れ味のことであり本質的な剣呑《けんのん》さのことである。このご時勢に〝カルト教団〟を挑発する（としか読めない。本格的に読み解けば、結果そうなる）小説を出していることへの、声援、共感、あるいは懸念、さらに揶揄。いずれにしても、実名を隠した発信者たちは

「とんでもない小説《もの》を出したもんだな」と言っているのだった。「集団自殺を強要した宗教団体が主人公のトラウマになるサスペンスって、おいおい、大丈夫かよ?」と心配するのだった、作者の身を。あわせて「禁酒法時代の東京ってなんだよ」とも笑った。じつは禁酒を奨励し、実践するサークル等のウェブサイトも『らっぱの人』を採りあげていた。ほぼ書評に近い。それらはＤＹＦの符牒《タグ》は付けていなかったが、しかしながらＤＹＦの側からは同志扱いされて、「膨張するＤＹＦ」にまとめられた。

まとめたのは誰か。

世間的には不明であり、むしろ自然発生的であり（そのような態《てい》を演じている）、が、私にはそうではない。

私は事情を摑んでいるから、名指せる。

それは二〇〇四年のこの日本で、もっともインターネットの閲覧《ブラウズ》力に長《た》け、この能力をもって対象の監視を、また検閲を行なう組織である。第三警察の内局、インターネット課である。

初めにDesign Your Fateがあった。それがＤＹＦと略されて、『らっぱの人』に比較的ポジティブに言及するインターネット上の発信、さまざまな発言の符牒《タグ》となった。その後に、この符牒《タグ》の添えられたテキストその他をいっきにまとめる場所が出現した。個々の匿名性は維持したままに、それはＤＹＦを巨大化させた。しかも現われては消えた。何者かに「消された」演技をひとまず行ない、四十八時間以内には別な場所に起《た》ちあがる。そのインターネット内での場所を、サイト、というのだそうだ。この「現われては消え」をやるたびに――そして新しい〝サイト〟に引っ越すたびに――『らっぱの人』にはより危うい本だとの色彩、価値が足されるのだそうだ。

いまや、その剣呑さはトレンドですらある。

そうだ。『らっぱの人』は成功作《ベストセラー》へ近づいている。

私は第三警察と連携して、著書を売っている。

83

さて情報の二つめ。

テレビの画面にその情報の現在進行形がある。テレビの音声にもある。アナウンサー（やや昂揚《こうよう》し

ているのが口調《くちぶり》でわかる）はいなごの大量発生を伝えている。つまり蝗害《こうがい》だ。どこに？　この問いに

はさっきからテロップが答えつづけている。羽田空港と。

私は報道を咀嚼する。

映像に現実感はある。カメラは現実を撮影しているのだから、当然だ。しかし見当違いの感がある。滑走路に学生集団がいる。プラカードが映る、文言《もんごん》がクローズアップされる、「われわれは飛べる」とある。確かに。それは、この学生集団の訴えのいわば起点にある標語だったし、だから〝いなご〟と自らを命名した、はずだ。ゆえに、他に飛ぶものを邪魔したか——ジェット機を？　スタジオのアナウンサーは、ほぼ数分置きに手渡される原稿を、咀嚼し切れぬままに読みあげる。だからニュースの、そのアップデートの様《さま》を丁寧に咀《か》んで味わうのは私だ。ターミナル・ビル（の窓ぎわ。六階か？）から滑走路をパノラミックに撮った映像があり、カメラの前にはマイクを握った現地のアナウンサー、つまりレポーターが立つ。「旅客機は現在発着が停められて……」と当たり前のことを言っている。「事実上の空港閉鎖であり……」と要点をまとめてくれている。そして画面はスタジオに切り替わり、さらに空撮映像に切り替わる。報道へリコプターは羽田空港の全容を捉え、たりはしなかった。学生集団の数と長さに注目して、その〝滑走路占拠〟の様相のみに向き合い、ただし、スタジオから「警官隊は？」との問いが入ると、いなごたちの周囲というものを映す。羽田には東京空港警察署がある。これは警視庁の第二方面本部に属する。だが機動隊が出動している。なかなか迅速で、要するになかなか機動的だなと私は甚《はなは》だ感心した。とはいえ「空港周辺のデモに対峙する、危険分子（過激派）を排除する」のは想定内であっても、空港の敷地内部、はさほどシミュレーションしていないのではないか？　その想定外に至った経緯《いきさつ》は、やはり、なかなか私を唸らせる。いなごたちの一

部は、最初にバスジャックを行なったのだ。彼らは（報道に拠《よ》れば四、五名だった、らしい）きちんとチケットを購入して、きちんと搭乗手続き《チェックイン》をして、きちんとセキュリティ・ゲートも通過して、制限区域内に入った。それからバス出発ラウンジに移動した。徒歩で。それは長崎行きの飛行機だった、らしい。小さな機体で、ボーディング・ブリッジを使わずに搭乗する。そのために旅客は――バス出発ラウンジから――指定のバスに乗り、移動する。それが遠方に駐機している飛行機に横付けされる。この、バス輸送の間《かん》に、運転手が脅された。そしてバスは滑走路の一つに出た。

この時点で非常事態になった。

しかも、三名（らしい）が降車して、滑走路に降り立っても、残りのいなごが運転手と乗客を人質に、さらにラウンジに戻り、さらに大量のいなごを滑走路に運んだ。その他の搭乗ゲートからもいなごは地上《グラウンド》に湧いた（らしいのだが、情報は錯綜している。まだ）。いずれにしても地上《グラウンド》の騒動はそのまま空中《ミッドエア》の騒動に直結した。管制官たちは気が狂《たぶ》れんばかりだろう。待機の指示、迂回の指示、滑走路からの避難指示。ニュース番組のスタジオは解説する、羽田では一時間に平均、六十機が発着します、それらのフライトがみな――高速離脱誘導路と平行誘導路も使用不可との状態で――。専門用語だ。私は、そうした行《ゆ》き届いた説明を聞きながら、飛行機は鳥には似ていないな、と考える。いままで、そうとは感じなかったが、どのタイプの機体も似ていない。夜、照明を強引に当てられているからか？　それから私は思う、管制塔が大騒ぎであるということは、指示の電波が満ち、飛び交い、そうだ、いまは羽田――ということは東京湾、そして都心――の空は周波数の海だ。

空が、海だ。

いなごたちは、まっとうな手順を経て航空チケットを購《あがな》い、保安検査場を通過して、つまり「幾団体かでの〝学生旅行〟をするのだといった風情《ふぜい》で、このテロ（じみた暴挙）に出た。金をかけないデモ行進というのではない。滑走路のいなごは三桁に達しているのだというのだから、莫大な費用《かね》が費やされた。その点が、たぶん当局の読みを相当に裏切った。ただし、この「当局」には第三警察は含まれない。

画面――今度の大写しのプラカードは「憲法改正！」だった。

続いて「改憲・壊憲・恢憲！」だった。恢復《かいふく》の恢。

このようにスローガンは放送される。いなごの主張は報道される。ここまでカメラに映れば……ここまで報道されれば……ここまで国際的にもニュースになれば（ならないはずがない。なにしろそこは羽田だ、正式名称は「東京国際空港」なのだ）、メディアは残らずいなごたちのために働いている、となる。いなごに東京を襲わせている、ともなる。しかも空港閉鎖、つまり、それが国際空港であるのだから、一瞬ではあっても「鎖国」という状態が顕《あら》われる。

転換点だな、と私は思う。

それにしても九条……九条までか。一条から九条までか。

いなごはたとえば、それ以降の、たとえば二十条の一項に触れるはずはない。

日本国憲法の二十条の一項には信教の自由というのがある。何人《なんぴと》に対しても、これは保障されている。

ところで私に二種類の情報をさっき伝えてきたのは、私に電話をかけてきたのは、もちろん第三警察の作業班員だ。報《しら》せはしょっちゅうある。

85

その女が私に尋ねる。「宗教ってやっぱり、ちょっと気味が悪いじゃないですか？　あの、本当に……熱心に？　信じている人って」

その女はなかなかの長身で、メディアの業界に属している。

「どうして気味が悪いんだろう？」と私は言う。つまり問い返した。

「あ、これ、プリンです」女は手土産をさしだした。その女は、──いいや、このラジオ局は、か、手土産を欠かした例《ため》しがない。かつ、最初に私たちが頂戴したのもプリンだった。私たち、とは啓と私だ。私はそのプリンが「信じられないほど美味《うま》いのだろう」と予想して、啓が、これは信じられないほど美味《おい》しいね、と証した。スプーンを口に運びながら、何度も何度も、顎の下に親指と人さし指で作ったL字を添えて、そのサインを下ろしながら閉じたのだった。私はだから、女に、──つまりＦＭ番組『ボム・ザ・レディオ』の担当プロデューサーの、その有能なるアシスタントに、「大変に感激したよ、あのプリンには」と感謝を述べずみだった。それを憶えていたのだろう、今回もプリンだ。

「これはけっこう凄いですよ」

「別のお店の？」

「はい。別のお店の、数量限定のプリンです。器の底に、カラメル・ソースがないんですよね」

「すると、どうなるの？　甘みというか風味は？」

「ちっちゃな容器に入れられて、蜂蜜が提供されてます。それをかけるんです」

「よさそうだ」と私は、今度も予想して（というよりも確信して）言った。この長身の女とは、二月のあの建国記念日の翌日以降、幾度かやりとりをしている。たとえば新聞社による取材も、この女が私の意思《かんがえ》というのを確認して、それを宣伝部――ラジオ局内の――に取り次いでセッティングした、等。やりとりは親しみをわかせる。だから私は「蜂蜜は、どこ産の？」とも訊ける。

「青森？」と語尾を上げて回答した。

「さらによさそうだ」私は言った。

「ええっと……」と女は言った。「……私、質問されていましたよね？　先生に」

女もまた、その上司《ボス》を真似て私を、先生、と呼ぶ。

「宗教」

「そうだ」と女。

「篤信家《とくしんか》は、どうして気味が悪いのだろうか、との問いかけ」

「トクシン……うーん」

「そういうニュアンスではない？」

「あの、篤信、とかって言葉は、やっぱり仏教の真面目な信仰者、みたいなのを指すように感じるんですよね。信仰心に篤《あつ》いっていう、そういう人たちは歴史的にいて。それはわかるんですけど。でもですね、いま、つまり現代、というか現在の日本で、誰かが熱心に信じ切っちゃうというのは、こう……信仰の？　信仰心の？　外側にあるものとか人とか、人には私も入るんですけど、それを、軽蔑……じゃないな、拒絶？　どう言ったらいいのかな……排除、みたいな？」

「否《いな》むことでまとめるならば、拒否。否定」

「そうです。そうなんです」

「それを現代の、過去からは切れている宗教、要するに普通の仏教でも普通の神道でもないものに、その信仰者たちに、あなたは感じとる？」

「とる……ん……ですよね」女は慎重に発言した。

「宗教を信じる権利は、日本では万人に認められている」

「そうなんですか？」

「憲法に、信教の自由、という項目があってね」

「そうか」

「信仰はしてもいいんだ。なのに、それが真剣さの度合いを増すと、あなたは恐い」

「恐いっていうか……うん。やっぱり恐いのかな？」

「少しいっしょに考えたいんだが、そうだね、日本以外の、たとえば現代のアメリカで、キリスト教は一般のアメリカ人から『恐い、気味が悪い』と思われたりするものだろうか？」

「どうなんでしょう。しない？」

「日本で、神社にお参りするのが、かなりノーマルな行為であるように教会に通う？」

「通う……んじゃないか……って思います」

「私たち日本人が神社に参拝して、ノーマルの域を超えてしまうような行為、状況は、なんだろう？」

「え？　っと、想像がつかないですね」この返事は速かった。

「たとえばお稲荷《いなり》さんに参詣して、稲荷の神、その使いは狐だけれども、いきなり狐の言語を口にし出したら？」

彼女はきょとんとした。私の譬えが極端なのだ。しかしここで巫女《みこ》に神霊が降りる、憑依が起きる、その現場にあなたが立ち会ったとしたら――等と語るほうが極端だ、と私は判断した。

「新約聖書には異言《いげん》という語が現われる」と私は説明した。「宗教的な法悦状態になると、信者の口から発せられる意味不明の言葉、だ。この信者とは、もちろんキリスト教徒でね。たとえば百年ほど前のアメリカで、ある教派が生まれた。ペンテコステ派、と言う。ここは異言を重視する。つまり英語ではない言葉をしゃべる、しゃべることを勧めるんだ、宗教体験としてね。ペンテコステ派は音楽も重視する。だからほとんどライブだね、日曜日の教会という『ライブ会場』で、エクスタシーに陥り、叫び、泣き、以前に学んだこともない外国語とか、そういう怪異な言語を口にする。あるいはその異言を、解釈する」

「そういうのが、あるんですか？」

「ある。らしいよ」

「それ、不気味じゃないですか。先生」

「となるとだ」と私は言った。「不気味であるのは、そういう熱狂だ、ということになる。たぶん普通のアメリカ人というのの目、その感覚からしても、ペンテコステ派のそれはノーマルだとは受けとられない。そこまで神が前景化すると、現実は崩れる、と言ったらいいのかな。私たちはそこには恐怖する。あれなんだね、日本人であれアメリカ人であれ何人《なにじん》であれ、私たちは宗教はさほど恐れない。いわゆる宗教は。しかし過剰なところには敏感だ、となる。わけあって、だ」

「その……」

「なに？」

「過剰さに、惹かれる？　吸い寄せられる？　私は、そういう過剰さに寄る人たちが、きっと駄目なんですね。もしかしたら自分はそうなれないからかも。コンプレックスなんかとは違うと思うんですけれど」

「なるほど」

と、そのように私たちは考えた。いっしょに。けれども理は窮《きわ》めない。そもそも『らっぱの人』の話をしていたのだった。ＤＹＦが急成長して、それがＤＪＸへの注目につながった、との事実。そしてＤＪＸは、書物である『らっぱの人』（と『６６６ＦＭ』）内にいるけれども、絶讃放送中《オンエア》のラジオにもいる、という実際。私は、初対面の際に——具体的には二月十二日だ、木曜——この女が、上司《ボス》に「インターネットはラジオの強敵になるか？」と尋ねたのを記憶している。あれはよい質問だった。ならない、が上司《ボス》の回答だった。そうなのだ、敵にはならない、なにしろインターネットはラジオに利している。ＤＹＦ……お前の運命をデザインしろ（Design Your Fate）の神出鬼没の〝サイト〟が、

ＤＪＸの番組『ボム・ザ・レディオ』に多数を誘導した。数十万人、あるいはもっと、をだ。そして、そうした趨勢《すうせい》は『らっぱの人』が危ないから、と起きた。危険図書たる我《わ》が著書『らっぱの人』。しかし、そもそも誰の神経を逆撫でした？　それに帰依《きえ》する者たちと、それを支援する者たちとの神経を、だ。「隠れ在家《ざいけ》」を含む教団と、教団に共鳴する……教団を地下に存続させている巷間の人間たち。私の『らっぱの人』は、そういった数十万人（あるいはもっと？）分の神経の束を、逆さに撫でて、話題性を獲得した。

つまり、宗教があった。その、あちら側とこちら側があった。

あちら側は——熱情的という意味で——熱い。

だから火口《ひぐち》に対して、作用した。

『らっぱの人』の話をするとは、ゆえに、「宗教ってやっぱり、ちょっと気味が悪いじゃないですか？　あの、本当に……熱心に？　信じている人って」と問わせることなのだ。ラジオ局の長身の女に。いま。いましがた。

86

「先生」と女は用件に入る。

そしてスケッチされた画《え》を複数見せる。

何が素描されているのか、といえば、ＤＪＸの覆面案である。歌劇『サロメ』が上演される際、ＤＪＸはその演奏の現場に派《つか》わされて実況を行なう。それに当たって「覆面をすればいい」と提案したのは私だ。私は『ボム・ザ・レディオ』の顧問だ。私は蔑《ないがし》ろにされない原作者だ。覆面、あるいは仮面のアイディアは受容されて、ここに私は幾つかの覆面、あるいは仮面の素描を示されている。さて、何がＤＪＸの素顔を匿《かく》すのに適するか？

「顔だけではないんだね。頭部だけでは」と私は訊いた。

「はい。やはり上から下まで、足というか履物までトータルで考えないと」

「だからローブのような扮装も多いんだね？」

「古いヨーロッパの趣《おもむ》きがいいんじゃないか、という意見が出たんですね。ちょっと見ると『サロメ』の登場人物のようで、だけれどもオーケストラ側に立って実況をしているＤＪ。そこで……あ、これですね。私のリサーチなんですけど、仮面なら、やっぱりベネチアのカーニバルかなあ、なんて」

「ベネチア。水の都」

「はい。ここもほら、運河地帯ですけれど……」彼女は顔を上げる。耳をすます。水の気配を聴いた。

「……仮面や仮装は、世界的にも有名なのはベネチア、イタリアの、島々から成る都市《まち》のカーニバルですよね？　あのお祭りには特徴的な仮面が現われるんです。これです」

と指された一枚の画には、嘴《くちばし》、あるいは角《つの》、そうしたものを生やした人物。

しかもユーモラスだ。

「少しアレンジしてありますけれど、もともとは嘴で、『ペスト医師』って呼ばれています。このスケッチでは頭のほうにずらしました。これは、あっ、本来のほうのこれはですけれど、ペスト患者の治療のための装いだったんだそうです。ベネチアでペストが流行して、十四世紀には十万人が死んだそうで、十七世紀には五万人？　それで、患者から距離をとるために嘴を顔の前に付けて。お医者さんたちがです。その嘴の内側《なか》には薬草を詰めて。それが空気の洗浄で、嘴はマスクですね。あと、全身は香料入りのワックスを塗った革製のガウン、ブーツ。それって強烈だなあ、って」

「って、あなたは感じた？」

「感じました。はい。だからモチーフは『ペスト医師』がいいんじゃないか。ほら、オーケストラ・ピットでも収録するＤＪは距離をとらないとならないし。演奏者たちから。というか、奏でられる音、音楽から？　あ、そうだ、オーケストラ・ピットはないんですけれどね」

「収録現場は、路上になったって言ったね」

「はい。一回めの『ボム・ザ・レディオ』の月例《マンスリー・》特番《スペシャル》——『路上から』。特別に野外劇バージョンの……ではないですね、野外歌劇版の『サロメ』が、スポーツ広場と、その周囲の市街で、一時間ちょっと？　ダイジェストで展開します。そこに、混じるんですね、うちのＤＪ、うちのＤＪＸが」

「この恰好で」と私はスケッチを凝視し、白いマントに白い角、あるいは黒いマントに白い嘴、と想い描いた。もとは医師なのに祭司っぽいとも連想した。私はたぶん、にこりと笑んだ。

「どうでしょう？」と女。

「よいね」と私。


私は制作局のこの女に会うにも、城砦《じょうさい》は出ていない。しかし外濠に架かる橋の、ぎりぎりのところまでは出ている。

外濠のもっとも外。

私は野外劇（野外歌劇）についての詳細は知らされている。書類を見た。そこには「野外」ではなしに「市街」とあった。市街歌劇。東品川の再開発街区が、地域のブランド力を高めるために組む、とあった。その再開発街区は、私の城砦から、海ひとつ挟んだところにある。南西の向きにある。およそ五キロか六キロの距《へだ》たりだろうか？　挟まれる海とは、むろん東京湾だ。

ここから、その東品川の街区は、眺められない。

目をやって、見られるのはレインボーブリッジだ。

私は、女に、「オリンピックも近いね。アテネが」と言う。

女は「八月十三日の開幕です」と言う。

私は市街歌劇には立ち会う。路上の歌劇《ザ・ロード・オペラ》、『サロメ』。

もちろん、私は何かを引き連れて、そこに立つのだ。たとえばいなごを。

繰り返すが私は父だ。私が父だ。

大文字のY

ああ陣痛がする。とうとう臨月《うみづき》だ。というのは嘘だ。わたしが産み切るにはアテネのオリンピックの閉幕を待たねばならない。八月二十九日だったか？　日曜日のはずである。わたしは文言《もんごん》を唱える。「オリンピック、のち、東京制圧」と。この文言は表の予言書に銘されているのでありこの文言こそはわたしの陣痛をコントロールする。ああ疼《うず》いている。幻の陣痛はとうに訪れている。しかし産み切ってはならぬ。わたしは陣痛誘発剤ならぬ陣痛遅延剤を投与されているのだ。しかしながらいなごであればわたしは先走って産んだ。

に等しい。この二〇〇四年の四月には大量発生させたのだから。これを後産《あとざん》ならぬ前産《まえざん》とでも強引に命名しようか？　そしてわが出産のお供はあと二つ。鼠である。龍である。これらは五輪閉幕後に。

これらまで産み落とせばお産は成る。

実際にはわたしは何を産むのか？　このわたしという妊婦は？　わたしは実際には教団を産むので

ある。この教団はいま現在わたしに孕まれている。孕まれ直していると言ってよい。わたしは経産婦である。初産《ういざん》は十九の時で二代めの真の教祖を孕んだ。かつ産んだ。わたしはこの時も文言を唱えた。「初代も二代めも同じお方」と。この文言もまた表の予言書に刻まれていた。信徒たちであれば誰もが諳《そら》んじている。すなわち教団をコントロールする。この文言こそは。

その〝同じお方〟たる二代めをわたしは出《な》した。十九歳で。わが出産。

これが第一の分娩である。

わたしは二〇〇四年四月十九日をもって二十八歳である。教団を孕み直している。そして二度めの分娩というのを待ち焦がれている。どうしてか？　その時には〝同じお方〟をお迎えする真の教団が生まれるからである。いわば真《まこと》に真《しん》の教団。ああ陣痛よ陣痛よ訪れよ。幻ならぬ疼痛《とうつう》よ早く。燦然たる玉座にわが子よ即《つ》け。そして贋者のわが子たちは？　本物を支えればよい。6と6と9と3と6は有能な代役。いわば影武者。しかも五人もいる。いいや本当に五人だけか？　初代も勘定に入れれば六人もいる。この六人揃って真の教祖を支えるがよい。

そういう教団をこそ慈愛の教母たるわたしは産むのだ。

さてわたし自身のことだが。

わたしは何を支えるのか？

わたしはXを支えるのである。

なぜならば大文字のXこそはわが実子とともにいる。

Xは予言書を著わした。表の予言書も裏の予言書も著わした。Xは『666FM』の作者である。そこには獣《けもの》の数字がある。反キリストを指す666が題名に含まれる。というよりも題名を構成する。また巻頭に「お前の運命をデザインしろ」との文言を掲げた長篇小説をXは書いた。センテンスのお終いの句点までをも勘定に入れれば十三文字。わたしは勘定に入れる。つまり「お前の運命をデザインしろ。」だ。これはカルト教団の登場する作品である。主人公がその教団の〝集団自殺〟からの生還者である。この小説にカルトと言えるような宗教団体が出されていることはXからわたしへの合図《サイン》である。

目配せである。

たしかに承知した。

わたしの理解は十全である。その理解の一つめ。一九九六年の二月以降Xこそがわが子の揺籃《ゆりかご》だった。この揺籃がわが子を庇《かば》い護ってきたのである。いいや真の二代めの教祖をと言い改めよう。そして二代めには敬語を。二代めはXとともにこの八年間おられた。いまもおられる。二〇〇四年の五月のいまも。まず一九九六年に蒸発劇があったのである。教団の〝地下病院〟の産科の新生児用のベッドすなわち揺籃から教祖はかき消えなさった。しかしフッと消えなさるというそれこそはフッと再臨なさるための伏線であってすなわち数年後には降臨劇が控えているのは歴然としていた。わたしには。かつプロットの作者であるXにも。蒸発劇と降臨劇。そのように劇。劇。劇。そして最初の〝蒸発〟とは産科の揺籃からXの用意した揺籃にただ単に移ることでしかなかった。いいやXその人が揺籃なのだからXの掌《て》のうちという揺籃に教祖は移られた。

二代めは安寧無事《あんねいぶじ》にそちらにいらっしゃる。

Xには感謝しなければ。わたし大文字のYは。

そして事態を十全に理解しているわたしのその理解の二つめだが初代はあまりに悪戯《おいた》が過ぎる。そのXを拉《らっ》しようとした？　そのXに魔の手を伸ばした？　いつだったか初代は「おとしから、私は保安課に探らせた」と口にした。するとこの二年あまりはずっとXを脅《おびや》かしてきたのだと言える。なんという！　悪い子。悪い子！　Xこそは二代めの側《そば》に仕える守護者だというのに。その〝降臨〟までの日々ずっと保護者であり警護者であるというのに！　なのに初代は自分の警護班たる〝保安課〟を動かしてXに魔手を。ああ。あああああ。これはもう悪戯《おいた》を超えた。そもそも真の二代めは初代を延長だの拡張だののするためにおられるわけではない。ぜんぜん違うの。

いい加減になさい。

「オリンピック、のち、東京制圧」とわたしは言った。

「降臨劇、のち、本物の教祖がお一人」ともわたしは言った。

産み直される教団は唯一の指導者を持つ。その霊的指導者の魂が地上《このよ》のあちらにもこちらにも同時存在する必要はもはやない。もはや内実として耄《おいぼれ》た身からは魂よ離れよ。

わたしはXを支えるのである。しかし具体的にはどうやって？

わたしがわたしの務めを全うすることで。これに尽きる。

わたしとは何者か？　わたしは表の予言書のその壮大なエピローグを補完する存在である。いいやこの説明では謬《あやま》りが含まれる。大いなるエピローグはすでに書かれた。表の予言書に万全に書き切られているのであって何ら足さないでよい。補わないでよい。欠けているのは実現のためのマニュアルである。裏側の書物の該当箇所である。その欠如のパートに相当するのがわたし大文字のYなのであってわたしはエピローグの駆動装置である。

　この意味あいにおいてわたしは裏の予言書である。さて。大文字のXとは何者だったか？　予言書の著者だった。それも二種類の予言書の著者だった。表の予言書も裏の予言書も著わした。この定義に照らすと？

　わたしは裏の予言書に変化《へんげ》したのだからわたしはXに書かれた。

　わたしはXの被造物だということになる。そしてXは作者という神。

　だがそれはわたしが予言の数々をきちんと成就させられたら。大文字のXによる表の予言を裏のわたし大文字のYが達成させられたら。その時に初めてわたしの著者はXだとなる。では予言を咀嚼しよう。食《は》み直そう。「山手線の内側が数万匹の鼠によって、その流行病《えやみ》に襲われる」とある。「この時、海辺に龍は顕《た》つだろう」ともある。そして「その年のいなごはその年なりに現われるだろう」とあった。その二〇〇四年なりのいなごの発生というのをわたしはやった。二〇〇四年スタイルの大量発生。かつ本当の意味での群飛《ぐんぴ》もまぢかい。それにしてもXの文章は味わい深い。絢爛《けんらん》にして黙示的。「その年のいなご」をどう解釈するかはわたしに委ねられた。さらに語句の解釈の一々がわたしに一任された。愉快だこと！　鼠とは。疫病とは。龍とは。はたして。いったい。そして終局に到来する宗教国家の具現〝正六面体の都市《ヘブンリー・エルサレム》〟とは。予言書はその表の側でこう歌う。「おお、天罰の執行者。われらが教祖！　正六面体の都市《ヘブンリー・エルサレム》をここ地上に！」と。

　ここ地上に。

　濁った日本国のこの地上に。

やれやれプリタクジャナすなわち凡夫《ぼんぷ》たちは五濁《ごじょく》という語も知らないのではないか？　それは悪世《あくせ》の五つの現象。劫濁《こうじょく》は天災その他。見濁《けんじょく》は間違った思想のはびこり。煩悩濁《ぼんのうじょく》はもちろん煩悩のはびこり。衆生濁《しゅじょうじょく》は人間の資質の低下。そして命濁《みょうじょく》。そのような人間の寿命は短い。

この五濁が現代社会にないとは言えまい。あるとしか言えまい。それしかないとしか言えまい。

つまり濁った。徹底的に濁った。日本国は。

だから代わりに宗教国家の樹立が求められる。否とは言えまい。


で任務を全うするためのわたしの奮闘だが。

人びとを霊的に隷属させられるだけの力が要る。常時だ。

わたしは数百人には前世を授けた。そのうちの数十人は何万人もの学生たちを動かした。大学生たちを。

まだ足りぬ。

数万匹の鼠を走らせなければならぬ。海辺には龍を一頭喚《よ》ばねばならぬ。

そうした力を養い溜めつづけるためには？

行法があるのみ。


わたしは蓮華坐を組む。組むや呼吸《いき》に集中する。わたしの意識と呼吸《いき》とは同期し出す。そのまま尾骶骨《ていこつ》を探る。エネルギーはそこに眠っている。ノックする。ノック・ノックをする。それが呼吸《いき》に合わせてノック・ノック・ノックとなる。ノック・ノック・ノック・ノック・ノク・ノク・ノク・ノクとなる。ほとんどノ・ノ・ノ・ノ・ノ・ノ・ノ・ノ・ノ・ノ・ノ・ノ・ノとなった辺りでエネルギーが昇る。脊柱《せきちゅう》をいっきに突きあがる。わたしの頭が溶ける。わたしの呼吸《いき》はフ・フ・フ・フ・フ・フ・フ・フ・フ・フ・フ・フ・フと言う。それどころかツ・ツ・ツ・ツ・ツ・ツ・ツ・ツ・ツ・ツとすら鳴る。ああ！　わたしの無知はあっさり断ち切られる。そしてわたしは観想するのだがわたしはいったい何を最終的に観想するのか？　花である。それも天から雨《ふ》る美しい白い華《はな》である。その別称は天妙華《てんみょうげ》。すなわち曼陀羅華《まんだらげ》。それの頻《しき》りと降り落ちるビジョンこそがわたしを予言のエンジンに変える。

警察官にも前世を授けた。自衛官にも前世を授けた。総務省の高級官僚にも。

つまりわたし大文字のYはじきに予言の数々を「当たったぞ！」と言わせる。その時にこそわたしは真《まこと》の裏の予言書と成り切って大文字のXに著わされた書物にして人物となる。「わたしの著者は、創造主はXだぞ！」と言える。するとおもしろいことにわたしは同胞《はらから》を持ってしまう。どんな人物を同胞《はらから》とするのか？　ラジオ・パーソナリティである。文庫本『666FM』の作中にのみ存在するはずだったのに現実のラジオに顔を出した人物。いいや顔は出さない。声を出した。名前はDJXであり『666FM』刊行の翌《あく》る月にはXの最新の長篇小説の主人公にも起用された。いいやこの時点では小説《フィクション》内にいるだけだったから主人公として描かれたと語るのが正しい。なのに実在し出した。その後に。

これは本の人物が実在しはじめたということ。

わたしであれば実在の人物が本になった。ならんとしている。

なりはじめている。

すっかり同胞《はらから》だ。

そしてそういうわたしだからこそＤＪＸの足りなさがわかる。何が欠けているのか？　あのラジオ番組『ボム・ザ・レディオ』に出るＤＪＸは素性は隠していてもタレントである。十中八九芸能人の類いである。つまり誰かがＤＪＸを演じているだけに過ぎない。が著者たるＸの望みは？　著者にして創造主のＸはむろん現実に存《あ》ることを願うだろう。被造物のＤＪＸがだ。わたしが真の被造物になりたがっているようにだ。だとしたらそこには協力できる。霊的にも本物の〝人間存在〟の証しは？

前世を持つこと。これしかなかろう。

そしてわたしはラジオＤＪに役柄の前世を与えるのだ。

その男の本物の前世などは剝いで。捨てさせて。

そのために投稿者軍団を仕込んだ。

さあ情報はいろいろと上がる。『ボム・ザ・レディオ』の聴取をこそ務めとする信徒らから。この番組への常連の投書家らから。


ここからの会話には日付が要る。どうしてかと言えば日付を問われた。

「昨日。昨日、おもしろいことがあった」このように初代は切り出した。

「昨日ですか？」

「ああ。今日ではない。今日は何日だ？」

「今日は二十九日ですよ」

「にじゅ……く？」

「ええ」

「何月の？」

「五月の。もう月末ですよ」

「土曜だろう」

「曜日であれば、そうです」

「そう。そうだ……ああ」と嗤《わら》った。

「曜日を当てられるのが自慢ですか？」

「昨日が金曜だったのだ」

「それが？」

「金曜日は放送の、いちばん最後だぞ。その週の」

「放送？」とわたしは訊いた。

「放送は月金《げっきん》だ。一週間に五日。あの番組は。だばだばだばだ……ば、どぅん。ほっほっ、ほ」

「なんです、それは？」

「ジングル」

「ベル？」

「お前は、愉しいやつだなあ、教母。いや……私もお前を尊称にて御《おん》母様と呼ばねばまずいか？」

「まさか。決して」

もちろん。呼びなさいよ。

「おんは」と初代。

「おんは?」とわたし。

「はさま」

「はさま」とわたし。どうして素直に御母様と呼べぬ? どうして区切る?

まあよい。

わたしが続けた。「昨日のなにがおもしろいと?」

「昨日は五月二十八日だぞ」

「今日が二十九日ですから」

「金曜日だったぞ」

「今日は、土曜日ですから」

「六月五日も土曜日だぞ。たぶん梅雨入りは、しているぞ、していないぞ。どっちだ? DJは『どっちだ?』と言ったぞ。あのラジオ・パーソナリティ、あのディスク・ジョッキーは『雨天決行。荒天延期』と言ったぞ。『そんなこんなで、マンスリー・スペシャル、さあ開催だ!』と告知した」

「ラジオが?」

「ラジオの」

「の?」

「その番組のスペシャル。それを六月五日にやる。しかも野外で。いいや市街で。市街地で。しかし東京湾岸の再開発エリアだ。島だ。そこは運河に囲まれた埋め立て地なのだ。品川区の。京浜運河だったか? 天王洲《てんのうず》運河だったか? それは、まあ、よいのだ。そこで、公演《ステージ》が、あるのだ。音楽の公演《ステージ》だ。かつ演技の行なわれる舞台でもある。オペラ……歌う劇と翻訳される、オ・ペ・ラ！　は・は・は！　教母のお前はいかなるオペラならば知る？　石鹸《せっけん》のオペラならば、知るか？　石鹸は英語でソープ。そして『ソープの歌劇《オペラ》』とは通俗劇という意味だぞ。は・は・は！　なぜならば、むかぁしアメリカのラジオ放送で、昼間、連続物のドラマがどんどんと流され、主婦たちを擒《とりこ》にした。そうした番組のスポンサーが石鹸会社だった、と、いう、わけ」

　饒舌さが熄《や》む。

　沈黙だ。

　二十秒。四十秒。わたしは急《せ》かさない。

　わたしは通俗劇のことを考えている。ソープの歌劇《オペラ》。またほぼ自動的に蒸発劇と降臨劇のことも連想している。劇。劇。劇。そして話題は歌劇なのでありしかも〝市街歌劇〟なのであってここにも劇がと思っている。自分がいま初代の話に耳を傾けている演技《ふり》をしているとも自覚して要するに〝かまとと〟を演じているわけだがこれを茶番劇とも形容してみる。するとまたも劇。よろしい。

　この演技《ふり》をつらぬこう。

　わたしは昨日『ボム・ザ・レディオ』でその月例特番《マンスリー・スペシャル》のアナウンスがあったことを知らない。とひとまず演じる。それが月例特番《マンスリー・スペシャル》「路上から」と命名されていることを知らない。その内容が〝市街歌劇〟であることをちっとも知らない。ちっとも歌劇『サロメ』を知らないから原作者のこととか作曲者のこととかも知らない。じつはいまも知らない。内容も。しかしＤＪＸが出るとは聞いた。

　舞台出演の話ではなかった。その収録現場に臨みますとの予告だ。生身《なまみ》で臨みますとのアナウンス。そこから実況放送しますと。そこから生《ライブ》でやりますと。

その六月の第一土曜の午後に。つまり一週間後。

しかも演奏会場は再開発街区。の路上。じゃあロードの歌劇《オペラ》？　かもしれない。

「だ」と初代が言った。沈黙は五十秒以上は続いた。いまの「だ」はどの言葉につながるのか？　そうか。「というわけだ」の「だ」だ。しかしどういうわけだ？　その筋道を追うのは徒労なのでわたしは消失した五十秒あまりを二倍か三倍の会話がなされたという演技《ふり》をして初代をコントロールする。そうなのだ。わたしは初代の教祖を御した。

「ですね」とわたし。

「あん？」

「わたしはそのオペラは知らないのだけれど『サロメ』だと。ご解説いただき感謝です」

「そうだ。『サロメ』だ。新約聖書の物語に拠《よ》った舞台劇の『サロメ』だ。そのオペラ版。サ・ロ・メ！　これはイエス・キリストと同時代に生きたユダヤ王国の――」

「つまり上演されるのですね」とわたしは遮る。

「む」

「そして番組のＤＪは中継をするために東品川の現場に」

「いかにも、姿を現わすのである。そして、それだけではないぞ。おもしろい。おもしろい情報を獲《え》た。もちろん探らせたのだがな。私が。保安課に。演奏会場のＶＩＰ《ビップ》席のことだ。ほとんど無観客にも等しい野外劇……市街地の路上のオペラではあるんだが、関係者のための観覧席は設《しつら》えられる、ということだ。ちゃぁんとな。場所が。で、出席者のリストだ。つまり賓客たちの」

「リストですか」

「入手した」

まあ。

「保安課は優秀だぞ。簡単に」

まあ。簡単に。

「そのリストに名前が載っていた。作家の。つまり原作者の、な」

「まあ」とわたしはとうとう声を出した。

「『当日、出席して、燕尾服《えんびふく》でも着て観劇いたします』との返事があったということだ。さあさあ、おもしろいぞ。そのFM放送のディスク・ジョッキーだけではないのだ——原作者もそこに姿を現わす。となれば、その土曜日、次の土曜に、いよいよ窖《あなぐら》からひっぱり出せる、ということだ。いよいよ、ちゃぁんと。来月の五日に！　そうなのだ、一週間後に！　もちろん……もちろん、第三警察は厄介だろう。依然として相当に厄介で七面倒《しちめんどう》で、どうにも煩《うるさ》いだろう。しかしだ。教母」

とわたしに呼びかけた。

「わたし？」

「そうだ。お前に尋ねるが、いなごを出せるか」

「いつ。どこに。どのような規模で」

「一週間後。六月五日。東品川の、湾岸の、その路上に。最大規模で」

「では数千人の動員を？」

「なるたけ動員は万がよい。そしてラディカルズも」

「出せますよ」とわたしは言った。

ええ。出せますとも。

日付の要った会話の主要部《メイン・パート》はここまで。ここから先さらに表と裏の区別が要る。

予言書には二種類ある。表の予言書があり裏の予言書がある。教団には称号に〃教〃の語が献《ささ》げられる二人がいる。初代の教祖がいてわたし教母がいる。どちらにも実権がある。しかし光のもとにある権力者と闇のなかにいる権力者がいるのだとも説ける。おおそうだ前者が初代であって後者がわたしだ。わたしは見えないところにいてそもそも見られることを避けた。いっぽうで初代は〃アンダーグラウンド・ビデオ〃に出演しつづけ頗《すこぶ》る見られる存在であって自身の目では何も見られない。盲者であって避けがたい闇のなかにいる。すると同等だ。前者は後者すなわち教母のわたしと。揮《ふる》う力は互角か？　しかし表は初代。裏がわたし。こうした棲み分けは揺るがないので愉快である。痛快である。教団をどのように指揮するかを考えても表の司令塔が初代である。いまのところは。そして予言書には二種類がある事実を踏まえるならば表の司令塔がいるのならば裏の司令塔もいる。当然である。この司令塔は表の指示とは異なる命令を出すから裏である。つまり表の司令塔が「右へ」と言ったら？　たぶん「左へ」と言う。また「後ろへ」でもよい。こっそりと指図する。表の司令塔が「西へ」と言ったら？　やはり「東へ」だの「北へ」だの「上へ」だの。こそこそ指令する。ああ陣痛がする。わたしは幻の疼きに襲われる。またもや。この周期的な激痛。波。痛みの波が来る！

わたしはXについての初代の言及を忘れない。その逐一を。

今日はなんと言った？

「次の土曜に、いよいよアナグラから」と言ったか？　巣穴《あなぐら》。

「ひっぱり出す」と言ったか？　いいや「ひっぱり出せる」と言ったか？

どこだそれは。なんのことだ。

そうそう「第三警察は厄介だ」とも言った。第三警察はいわゆる〝警備公安警察〟業務に就いている。国家の安寧秩序を保つために情報を収集して分析して捜査する。内乱罪や外患罪の適用にも通ずるような破壊活動の類いを取り締まる。それでは第三警察は従来の警視庁の公安部そして道府県警の警備部とどう異なるか？　特定組織のみを監視している点でその性格を異にする。監視対象はわが教団のみ。さていなごだが。いなごは第三警察のマーク下にあるか？　否。これは〝学生運動〟であるから対象外である。たぶん警視庁の公安総務課が担当している。いわゆる〝警備公安警察〟としては、だ。このように第三警察に目をつけられる集団《もの》ではないからこそ初代は「出せ。使え」と言った。「六月五日に、出せ」と言った。ここは「出せ」と言われたと表の権威に敬意を表して言い直してもよい。裏の権威たる教母《わたし》としても。そうそう第三警察がいったい誰や何をマークしているかは説いたが第三警察それ自体は何者からもマークされていないのか？　否である。たとえば警視庁の従来の公安部がこの新創設部局を二〇〇一年来ずっと監視してこれは公安部長じきじきの特命《コマンド》である。とわたしは公安部長の秘書官から聞いた。

この秘書官の前世の一つは老中である。江戸幕府の最高の執政官。田沼意次である。

田沼は言った。「第三警察を張っていれば、当然ながら彼らが何を張っているかはつかめますよ」

田沼意次は言った。「江東区に変な動きがありますよ。江東区の湾岸部に。埋め立て地帯、運河地帯ですね。マンモス団地のある、まわり？　この三月かな。いや四月からかな」

意次は言った。「所轄は深川警察署です。連中――第三警察は、そこに、非常線みたいなの、張ってましてね。いいえ、一般人の目には、人にも車輛にも、その線は見えませんよ。そして僕は別です。僕らは」

頼もしい警視ね。あなたは。

あなたは前世も今生《こんじょう》も桜田門ゆかりね。

江戸城の桜田門。いまは警視庁本部の庁舎のある桜田門。

「江東区？」とわたしは訊いた。

さて教団の表の司令塔は「品川区の湾岸へ、いなごを出せ」と言った。教団内の部課《セクション》たる〝保安課〟も同じように来月の五日にはそちらに出されるだろう。動かされるだろう。Xの拉致のために。ラジオ番組『ボム・ザ・レディオ』の原作者の身柄確保のために。これが表の司令塔からの指示。裏の司令塔たるわたしは？　歌劇《オペラ》のステージがそちらにあるのならば歌劇《オペラ》ならざる劇のステージをそちらではない地域に据えて「江東区の湾岸へ、いなごは出すな」と命じればよい。そして「いなごは出さずに、あれを」と言えばよい。あれを出せ。しかし何をだ？　それはこれから考える。いま判明しているのは東品川のそのステージからわがステージは五キロか六キロ距《へだ》たるということ。あいだに東京湾を挟んで。


Xの巣穴《あなぐら》がいずこかはおおよそ判明した。

あとは目で確かめたい。

わたしには視力《め》があるから。

田沼意次に届けさせた。映像をである。防犯カメラの解像度を上げたものと超望遠の自動撮影ビデオ・カメラを用いたもの。

そこには一人と一頭が映る。

子供と犬が映る。戯《たわむ》れている。

八歳の男児とゴールデン・レトリバーが映る。男児は垂れ耳のその大型犬と戯れてらっしゃる。

そうなのだ。桜田門の田沼が言った。「第三警察はどうやら警察犬《いぬ》を提供して」と。

わたしは事実というのを咀嚼し直した。二代めの教祖はXの保護下にあられる。庇護されて〝降臨〟の準備をしていらっしゃる。この真相を食《は》み直す。おお。おお。おおおお。画像は粗いのだけれども二代めは愛ら。し。い。その瞳《め》。が。カメラ。を。向。かれて。

わたしの呼吸《いき》と心臓とがとまる。一瞬。いや数十秒間。

わたしは無呼吸である。愛情につらぬかれる。

第三部　実況放送中

大文字のX

87

五月も最終週やその前週ともなると雨が降る。雨はしーしーと降る。そういう時、息子と私はレインコートを着て外出する。もう何年も何年も前から私たちはレインコート派だ。息子であれば自分で歩けるようになった時点から。私たちはいつから連れ立って外出するようになったのだろう？　息子が這い這いを卒業して、歩きながら転び、転びながら歩き、走り、走っては転び、でも、そんなにはたびたびは転ばないようになってから、だ。二歳だったろうか？　二歳という年齢《とし》を迎えてからだったろうか？　だんだんと私の記憶が翳《かす》み出す。私が老いたからだ。私の視力の衰えと私の記憶《それ》の衰えが同期しているからだ。私の両眼には目薬が必需品である。いま息子の啓は八歳。私はプラス五十二歳。というのは不正確な算術だ、またもや。だがそれがどうした？　啓の年齢《とし》というのを見失わないのであれば、視界に息子の啓の姿をつねに映して、それを――それだけは！――失わないのであれば、いっさいは事足りる。だいいち私の記憶力の衰耗《すいこう》は、もしかしたら衰えではないのかもしれない。表面的にはそう見えるが、私がこの〝現在〟に集中し過ぎているからの現象なのかもしれない。そうなのだ。どうしてそうではないと言える？　一九九六年にも梅雨があり二〇〇一年にも梅雨があった。そして……そしてまた。梅雨が近い。二〇〇四年の梅雨が。私たちはレインコート派である。犬だってそうだ。先日、内濠《うちぼり》のほんの外側で合流したゴールデン・レトリバーはちゃんと犬用のレインコートを着用していた。不自由そうな素振りは少しも見せなかった。なんという優秀な警察犬。なんと頼もしい第三警察犬のサン。

雨の朝や雨の昼や雨の夕方に、私たちはレインコートの父であり、息子であり、犬である。レインコートを着ていれば、啓はいつだって「垂れ耳がパタッ」と愛犬の名前を言える。手話で。そのことが大事なのだ。そのことだけが。私たちが大いに語り合えるということ。しーしー降り落ちる雨のなかでも。びゅうびゅう自動車の走行する車道わきでも。私たちは一音も発しないで言葉を交わし合い、饒舌な二人と一頭であり続ける。その運河と橋の土地で。この城砦《じょうさい》で。少し具体的に言おうか？　江東区の湾岸地帯、隅田川のデルタである深川地域で、と？　しかしそれよりも、内濠からこちらにはマンモス団地、内濠から外濠までは工業地帯とその跡地の再開発地帯と、商業地、その他、と描写したい。なかば荒れている場所なのだとのニュアンスで。発展途上であるがゆえに荒《すさ》ぶ。なにしろ事実、荒野《あらの》が点在する。そのような場所で、父親たる私はどのように備えているのか？　私はどのようにも備えている。私は……私は、注意おさおさ怠らなかった。警戒おさおさ怠らなかった。

88

さて、戦闘開始だ。「あれ対あれ」と「あれ対あれ対あれ」。三《み》つ巴《どもえ》。国家対宗教団体対作家。


荒野の話も大事かもしれない。

なぜならば私は予習のために『サロメ』を読み直している。

オペラ観劇の予習のためだ。戯曲『サロメ』はフランス語で書かれた。作者のオスカー・ワイルドはアイルランド出身だが、パリ滞在中にこれを書き、フランス語版を一八九三年に刊行、他人《ひと》の手になる英訳を翌《あく》る一八九四年に出した。『サロメ』は一九〇〇年にドイツ語に翻訳された。ドイツには当時誰がいたか？　作曲家で指揮者のリヒャルト・シュトラウスがいた。ベルリンで上演される『サロメ』を観た。むろん演劇を観たのである。「観劇中から、頭が作曲していたよ」と友人に語ったとの逸話がある。つまりリヒャルト・シュトラウスは『サロメ』を歌劇にすることを思い立ち、作業に入った。ドイツ語の戯曲を手に、である。まず、あちこち割愛してちぢめた。さらに曲をつけながらも削り、訂《ただ》した。戯曲はそのようにしてオペラ台本へと容《かたち》を改められたのだったが、こうしたテキスト（戯曲の台詞）への手付きはさながらＤＪだ。文章を――切る、約《つづ》める、そして貼る。そのミックスの腕前。歌劇『サロメ』の初演は一九〇五年、ドレスデンにて。それ以来世界中で上演される。が、ドイツ語で、である。あらゆる台詞（歌）がドイツ語だ。そうなのだ、一幕物の戯曲のその〝歌劇への転生〃とは、言語的にも生まれ変わることを意味していた。私はフランス語ならば多少は読める。ドイツ語は？　ちっとも読めないし、まして「耳で聞いて、意味を捉えられる」はずもない。だからだ。予習が要る。

日本語訳でよいのだ。幕切れまでの展開を頭に入れて、台詞のその大意も、同様に。

これで準備万端だ。

私が〃世紀末文学〃のこの戯曲を読み返すのは何年ぶりだろう？　何年……どころではないか。二十数年ぶり？　世紀末とは十九世紀末の謂《い》いであって、ヨーロッパの、なかでもイギリスの頽廃《たいはい》的傾向の文学をそう言った。中心人物が他ならぬオスカー・ワイルドである〃世紀末文学〃。私は内容（の大略《あらまし》）はしっかり憶えており、いっぽうで、テキストの端々《はしばし》はじつに見事に忘れていた。私は昔からこれを「キリストの出ないキリスト戯曲」だと定義していて、この規定はたぶん誤らない。間違いでないどころか批評的に正鵠《せいこく》を射るのだと再読して知った。物語の構図をここに私なりに整理する。実りのない恋情または欲情というのが、二つ、あるいは三つある。ユダヤの王が妻の娘——実子ではない——に恋する。「お前の美しさは俺をどこまでも苦しめる」と王は言う。その娘——王女のサロメ——は王宮に囚《とら》われている預言者に恋する。けれども「お前のことなぞ二度と見たいと思わない」と薄情にされる。そこで義父《ちち》のユダヤ王に「あの預言者の、首を」と所望する。乞われて舞った舞踊《ダンス》（七つのベールの踊り）の褒美にだ。結果、舞台には預言者の生首が出る。銀の楯《たて》にのせられて出る。見事に不道徳である。見事に道を外れている。さて、その預言者のことなのだけれども、これは「人の子（救世主）は、来《きた》りたもう！」と言いつづけていて、つまりイエス・キリストが来《きた》るぞ、来るぞ、ここにも来るぞ、すでに降臨なすったのだから、と報《しら》せるのだが、その偉大なる〃人の子〃にここで見《まみ》えるということは叶わないで、斬首される。これは何か？　私は「『実らない恋』の変形だ」とも強引に釈《と》ける。劇的構造のカタルシスに照らすならば、そうだ。

　救世主は、いるのだが、来ない。

　預言者のほうに注目し直そう。この預言者はどこで育ち、どこで活動していたか？　荒野で、である。「荒野で、いなごと野《の》の蜜を食べていた」と登場人物である一人の兵士が説明する。預言者はいなごを食べていたのだ。荒野で。


　しかし私はそれを予言だとは思わない。予《あらかじ》め言われた出来事だとは。未来、とは、イエス・キリストの時代から見れば現代《いま》がそうだが、いまに関わるメタファーのはずはない。いかに「いなごを食した」とはいえ。これは予言ではない。

にもかかわらず。荒野、預言者、いなご。

私は「おもしろい」とだけ思うのだ。


　その預言者はイエス・キリストについて預言した。神から言《げん》（言葉）を預かって。そして、私が完全に忘れていた——今度読み返すまで、そんな一節があったことすらも忘れていた——台詞が、その預言者の最初のモノローグのうちに現われる。何を言ったか？　いかなる預言を語ったか？　訳文にもよるが要旨はこうである。「その方が来られたら、（盲者は日の光を見て、そして）聾者の耳は開かれる」。このような大意だ……このような！

　私はイエス・キリストに問いたい。いいや預言者に質《ただ》したい。

なぜ聾者は、開かねばならない？　耳を。
お前のその差別意識はなんだ。

89

私はガールフレンドに「六月五日は啓を頼むよ」と言う。それを電話で言ったのだが、結局、私たちはその日を迎えるまでに、いつもとは違う夜を二度、いつもとは違う朝を一度、数え方によっては二度、過ごすことになる。たぶん、そうなる。というのは、いまはまだ六月三日の夜だからだ。だから本当にそうなるのか、あるいは予定は変更されてしまうのか、なんとも言えない。私は「ちょっとなんとも言えないな」とはガールフレンドに言ったのだが、それは電話でであって、かつ、それは「五日は、ねえ、何時まで啓を預かればいいの？」と問われたからだった。『サロメ』の終演予定時刻というのはある。路上の歌劇《ザ・ロード・オペラ》『サロメ』の。しかし、その市街歌劇が「終わる」とは私は確言できない。それで返答を濁した。「まあ、それでもいいか」と彼女は言って、「五日は土曜だし、次も、もちろん日曜なんだし」と言って、つまり私を大船に乗らせた。ありがたかった。私は、当然ながら五日にこちらに来てもらう心積もりだった。五日の昼前に。が、これは今朝のことだが、彼女は「前泊もありだよね？　前々泊は？」と尋ねてきた。ありのままに言って私は驚いた。前々泊をするということは、今晩からこちらにいる、を意味した。いっこうに構わないのだけれども、ガールフレンドは明日、私と啓の家《うち》——この団地内の——から出勤することになる。

「いいの。いいの。一時間早起きしたら、どうとでもなる」

「いいんだ？」

「それより、ほんとに迷惑にならない？」

「ならない」

こうして、いつもとは違う夜が二度、いつもとは違う朝が一度、また、路上の歌劇《ザ・ロード・オペラ》『サロメ』の上演日の朝が私の想定とはあまりに異なる様相《ありさま》となることも勘定に入れてしまえば二度、用意されることになった。

啓は熱烈に歓迎した。ガールフレンドが「何泊もするのだ」という、この事態を。やたら興奮して話しかけている。手話でだ。手指の形と腕の動きと表情とでだ。私は感心するしかないのだが、ガールフレンドはそれらを丸ごと受けとめている。要するにほとんど理解している、日本手話は修《おさ》めていないのに。もちろん「いまの、どういう意味？」と私に助けを求めはする。「啓、書いて」と筆談に誘導する時もある。しかし、基本的に啓の語りかけ——手話——を遮るということがない。どうしてここまで優秀な聞き手になれる？　手話の。

ほとほと感心してしまう。

「だって、わかるから。啓の言いたいことは。ね？」と啓にウインクして、それがすでに私のガールフレンドなりの手話（顔の動作での）になっていて、啓にはパーフェクトに通じた。おまけに啓は、人の……とは聴者たちのことだが、人の口の形は読める。だから彼女は返答したい折《おり》には当然のように声で話すこともある。手話の単語を繰り出すこともある。見たところ七、八十個の単語は習得している。たいしたものだ。

二人は、今度の私抜きの土曜日――あさって――に何をするか、の相談に入った。

あれをしようよ、これをしようよ、と啓。

いいわね、それはしましょう、とガールフレンド。

ねえ、これとかは、できる？

できるわ、これとガールフレンド。

質問する。リクエストする。発想を伝える。啓が、自分の発想《それ》を。そうして固まったのは、雑草の図鑑を手作りする、とのプランだ。土曜日に、いろいろな雑草を採集する。それから分類する。それから押し葉（押し花）の標本にできるものはそうしてしまう。乾燥に要する日数はおよそ一週間、だからその日じゅうには完成しないが、なにしろ図鑑という〝本〟を作るのだから、一冊の〝本〟が一週間だの十日だので仕上がるとしたら私には「大変に速い」だ。職業作家の私の感覚からすれば。ほとんど手品である。

だから私は「また手品だね」と言った。ガールフレンドに。

「またって、何が？」

「一冊の図鑑を、宙からポン、と産み出したら」

「そこまでの手品は、あたし、できないわ」と笑った。そして手話のスタイルとは別様に、手指をひらひらさせる。マジックを披露せんとする際の、手捌《てさば》きを誇張して。輪ゴム・マジックやコイン・マジック――彼女はしょっちゅう硬貨を消せた――のいつもの手振りの、いつもよりは大きな残像。

「あ。でも、だから啓といっしょにするのか。自分だけでは無理だから。ね、啓？」

私が、図鑑作りは手品だね、と啓に伝えた。

仰天したような顔を、啓が見せた。

それから破顔した。


食事をした。私が支度をした。その間《かん》にガールフレンドと啓は、どの雑草がいわば旬なのかを、いろいろと資料を探りながら話し合った。もともとガールフレンドが啓にその八歳の誕生祝いにと贈った大型の植物図鑑やネットの画像・情報を検討材料に。六月の初めに開花の時期を迎えていたり実を生《な》らせたりしているようなのは、バラ科のヘビイチゴや、マメ科のカラスノエンドウや、シソ科のホトケノザや。私は「ホトケノザ」と台所で聞いて、もちろん脳裡で「仏の座」と字を宛《あ》てた。その植物には仏が腰をおろせるようなフォルムがどこかに具《そな》わる、と察せられた。ガールフレンドは植物名を声に出していて、ただし、啓とのやりとりの最中には同時に紙にも書いていて、それらはカタカナ（ヘビイチゴ、カラスノエンドウ、ホトケノザ）だったので、仏の座——の映像《イメージ》——は私の頭にしかない。私はヘビイチゴにも字を、漢字を宛てた。「蛇苺」だ。すると私は仏同様に蛇のことを心中に想い描いたか、といえば、そんなことはなかった。私は、ああ苺とは、と思ったのだった。苺という漢字は、普段は意識することがなかったが草冠《くさかんむり》に母だ。あたかも藪の下にいる母親？

「図鑑に貼れるか、って？」とガールフレンドが啓の質問を確かめている。「無理ねえ。ヘビイチゴの、実は。駄目です。駄目、駄目」と、たぶん、不可能《できない》との部分は手話でもって啓に説明している。

「乾かせないから。押し花にできないから」

そうなのだね、と私が調理をしつつ納得する。

皿はガールフレンドが洗い、啓と私が拭いた。啓は、日頃の就寝時刻をだいぶ過ぎても起きていて、それからいっきに睡魔に襲われた。歯磨きをして寝室へ。入浴またはシャワーは明日でよし、とした。

ガールフレンドと私はワインを一、二杯飲むことにした。

イタリア、ピエモンテ州の白だ。

液体は白色《ホワイト》というよりは琥珀がかる。

「夢を見たのね。だから『前泊もありだよね?』なんて訊いちゃって」

「ということは、その問い合わせは今朝のだから、ゆうべ、見たのかな」と私は尋ねた。

「その夢で目が覚めたから、それも、今朝……なのかな? 昨晩っていうより」

「なるほど」

グラスを握った彼女の手を見る。

私には見るべき時に見るべきものを見る直感力がある。彼女の指がどうしたのだ? その指には、どの指にもだけれども、指輪は嵌まらない。

なるほど。結婚指輪をしていない私の妻が、眼前にいる。戸籍上の配偶者が。

「あなたが出てね。でも啓が出たの。あなたは脇役かな。ただの」

「夢のことだね」

「そう」

「思い出して、語れる?」

「かなり語れる。心配したから。心配したっていうのは、啓が、熱を出しちゃって。夢よ。……。なんだろうな、始まりがボヤッとしてる。あなたの声は、ナレーションみたいだった。気がついたら、この家の、部屋のなかね。啓が寝ていて、あなたが看病していて、『何年かぶりの高熱だぞ。三十九度だぞ』って。あたしに言っていたような、やっぱりナレーションだったようなな。それ、夜じゃないの。だから、あなたは、病院にね、小児科にね、啓を運ぼうとして。ただ、ドアの向こうを睨んでいるのね。ドアの向こうを」

「家《うち》の？」

「そこの、それ」と玄関を指した。

私も見た。いつもの扉。郵便受け。その向こう側に気配はない。

「私たちは、出られずに、いた？」

「あなたがね。啓を連れては、小児科に行けない。だからあたしの出番だった。もうね、そのドアのところに、あたしは立ってて。そして、内側《なか》から開けたんだけれど、そこにいるのはあたしが連れてきた、往診の、医師なのね。『ありがとうございます。急いで』ってあたしは言って。入れたら閉めて。そして、あなたと、啓と、お医者さんを見守る。外側《そと》からは誰も入って来れないようにって、仁王立ちをしながら」ガールフレンドは苦笑した。「診察があった。病名は出た」

「なんだった？」

「扁桃腺炎」

「それならばよかった」

「夢よ」と、またガールフレンドの苦笑。「処方箋を書いてもらった。あたしが薬剤師のところに走った。あの運河を渡って。向こうの埋め立て地の薬局に。なんだか、そこの……そこいらの空気は、不透明な感じでモヤモヤってしていて。あたし、『ああ、まずいな』って思ったのね。このモヤモヤは掻き分けないとなって。そして絶対に、絶対に解熱剤を盗《と》られちゃいけないんだって」

「とられる？」

「盗まれる、気がして。そんなことになったら啓の熱が、もう……もう下がらない。いま三十九度六分もあるのよ。そういう数字が、どうしてか、確信されてて。『下げないと、下げないと』って。あたし、動悸もしてた。たぶん、本当に、だと思う。眠りながら」

「その動悸が」

「うん。でもね――」

「なんだろう」

「あたし、戻れたの。ここに。だからね、啓にお薬服《の》ませられてね。あたしは寝ている啓の額に手を当ててね。ずっと当ててね。一度ずつ下がる。五分ずつ下がる。あなたはあたしの後ろにいた。『三十七度。大丈夫、三十六度』って。その声は、またナレーションみたいで。あたしは、啓のね、頬のね、汗をね、見てて。それは拡大されてて。水滴、じゃないね、大粒の、汗の玉。あたし、『あっ、あああっ』って思ったら、目を覚ました」

「夢だね」

「え？」

「クローズアップの文法や、移動の文法が」と私は夢の文法を端折《はしょ》って説明した。「いずれにしても、よかった」

「そうなの。あたしは、啓が持ち直したってなってから起きれた。その前じゃなかったから、よかった。でも、心配は……心配って感情は、とても濃い、濃密に残ってて。この体にね。だから」

だから、彼女は来たのだ。

私たちはもっと話す。まだグラスには三度ほどしか口をつけていない。互いに。だから、飲み進めて、話した。おかしな余談（夢の余談）にも向かったが、それは小児科医と内科の違いだったりした。子供はどのタイミングで、小児科を卒業するか？　世間的に「するべきだ」とされているか？　答えはどうやら、自分の症状を自分で説明できるようになったら、のようで、だとしたら一般内科の医師が手話を理解しないのであれば啓はいつまでも小児科に診《み》てもらわざるをえない、等。これは笑い話だ。私もガールフレンドも笑ってよい。それと、私は、いろいろと話しながら「考える」だの「連想する」だのもしたのだが、たとえば白ワインのグラスを傾けると、ああ私の『らっぱの人』は禁酒法下の東京、酒類の醸造も販売も禁じられた日本で展開するのだったな、との認識があらためて訪れて、そこから私は設定的な原作であるウィリアム・フォークナーの小説『八月の光』にはむろん思いを馳せる。主人公の一人、若い妊婦は、ジェファソンという町に滞在するなん日めに胎児《こども》を飛び出させたのだったか？　意外なことに私は忘れてしまっている。あんがい中盤？　いや、そんなはずは。そして密造酒の販売、つまり密売は、警官にはどう取り締まられたのだったか？　私は『らっぱの人』のことを考えたわけだから、当たり前だけれども『６６６ＦＭ』のことも考えた。連想した。「そういえば――」と訊いた。「――あれはどうしたんだい？　一冊の文庫本。私の『６６６ＦＭ』。啓の誕生日に、今年一月に、ほら、私が君に贈った。馬鹿みたいに分厚いのを、二部。あれは、一冊は、誰にあげたの？」と訊いていた。私は答えは予想していなかった。何者の名が挙がるか、考えたこともなかった。そして、じつのところ、挙がらなかったのだ。誰の名前も。

「あれね、配らなかった」

「そうなの？」

「友達にも。同僚にも」

「そうなの？」

「あなたを理解しようと、使った。使ってる」

え？

それから彼女が言うには（この時点で私たちはともに白ワインの二杯めを飲《や》っていた）、要点をここに留《とど》めるならば、こうだった。あたしはあなたと啓との事情を知らない。あなたと、啓という親子の、たとえば啓がどこで生まれただの、どういう女の人のお腹《なか》から産まれただの、それは知らない。あなたはあたしに一度も解説していないし、それは「そうする必要がない」とか、「そうしない必要がある」からだと、わかる。それと、これからも一度もしないんだって、説明をね、それもわかる。けれどもあたしは、あなたたちの現在は理解したい。それは事情は抜きで理解したいってことなの。そのためにはどうするの？　そのためにはあたしはあなたの本を、一冊はただ読んで、一冊は解《ほど》いたの。あなたの文庫本、解体したの。エピソードごとの細かい束に、小冊子に、変えた。変えてる。あたしは、あなたはこういうことをやる人なんだなあって、だいぶ肌で感じた。肌で？　頭脳《あたま》とは違うところで、って言おうか。いまも読み返してる。小冊子を。けっこうボロボロにして。それでね、少しはわかった。あなたは、本当に啓の父親なんだ。あなたはいつだって無謀にも筋を通せるんだ。そして、啓は産みの母親なんか必要ない。あなたの世界に、そのあなたの枠組みの内側に、あなたの戸籍に、いるんだ。そうしてね、あたしもね、あなたの戸籍にいるんだ。いるのよ。その……内側に。

ねえ？　あたしには母性がある。

長い語りを終えた時、彼女は酔っていた。あるいは毫《ごう》も酔っていなかった。その夜、私たちはとても穏やかな性交をする。

90

六月四日。

違う朝がある。私がいて啓がいて私のガールフレンドがいる。朝食はオムレツと甘夏《あまなつ》で、甘夏は三個、つまり一人につき一個。啓が笑っている。甘夏の皮を剝きながら、その手をべとべとにして、おしゃべりを——手話をする。ガールフレンドがミントティーを淹《い》れる。ガールフレンドは七時前には家《うち》を出た。私と啓に、というよりも啓に、「今晩、戻るね」と言って。

つまり、六月四日の今日は、違う夜がある。いつもとは違う二度めの夜だ。

その前に、啓には勉強がある。通学をしていない啓は、しかし家庭学習をする。時間割は日替わりで、この日は算数、国語、それから社会科（世界地理）。算数は三十分の集中を二回。国語は、二十分の漢字の書き取り、休憩、それから四十分の集中。その後、時間制限はなしで地理に集中。私が昼食を用意するまで、啓はアフリカ大陸の北西部の諸国——イスラム圏——から地中海、イベリア半島へと旅している。

昼食後に体育。つまり啓はサンと「遊ぶ」ために表へ出る。私は内濠《うちぼり》まで見送る。そこで警察犬とバトンタッチする。さあ、体育科の授業へ行っておいで、と。駆けまわっておいで、と。

ついでに私の体育の授業《それ》。帰宅してから、まずトレーニング・シャツに着替えて、数分間の静的なストレッチ。それから近接格闘の三つ四つのコンビネーションを、幾度も反復する。折り畳み《フォールディング》ナイフのその刃《やいば》を出して、しっかり柄《つか》を握って、だ。コンビネーションというのは、左手が囮《おとり》となって右手で刺す、等。左足と右足を順番に踏ん張れるフォームにして腰をひねり刃を突きあげる、等。ほとんどの動きは、一、二、のタイミングか、一、二、三、でやる。タン・タン。または。タン・タン・タン。反復は加速する。するとこうなる。タ・タン。または。タ・タ・タン。ひと瞬《また》きのうちに何かが刺される。格闘《それ》においては頭を使ってはならない。反射だ。

汗をかいたのでシャワーを浴びる。湯のしたに身を置きながら呪文《マントラ》を唱える。こうだ。「十文字の次は百文字。百文字の次は千文字」。十。百。千。その先は、言わずとも、万。これこそが前進のための呪文《マントラ》だ。一介の小説家の。

着替える。シャツにジャケット。ネクタイも締めた。その前にエージェントに電話をして、予定に——先方のそれに——変更がないことを確認。大丈夫だ。すでに路上の歌劇《ザ・ロード・オペラ》『サロメ』の関係者は、舞台となる〝路上〟に入っている。その街区に。明日の午後からの本番に備えて、オペラ演出班とラジオ収録班が、それから機材類（と機材の搬入チーム）も、すでに。私が何者かといえば、私は『ボム・ザ・レディオ』の顧問である。そのオペラの賓客である。私の出席はアナウンスされた。ただし顧問としての私の本日の下見は、アナウンスされていない。

番組制作のチーフには、アシスタントを通して連絡したが。私の代理人が。

タクシーに乗る。首都高（湾岸線）などは指定せず、あえて「下の道で。月島《つきしま》を経由して」と指示して、ゆるゆると向かう。窓外《そと》を眺めながら、その車中で、サングラスをかける。これは変装だろうか？　もちろん。これは変装なのだ。明日『サロメ』を観劇する私は、そんなものはしないのだから。運転手にラジオをつけてもらう。交通情報が流れる。提供は日本道路交通情報センター、うんぬんと言っている。わざわざ大回りして走るので、深川地域を観察することになる。関東大震災の瓦礫処理を兼ねて埋め立てられた東京都の湾岸部、を。

そこを抜ける。タクシーは南進に入る。目的の界隈に接近すると車道に並行してモノレールが走る。東京モノレールである。会場《ステージ》の全域を下見することにし、迂回を運転手に頼む。スポーツ広場とその周辺、街路。運河を二度渡る。ここ——東品川の再開発街区——もまた、運河に囲まれた埋め立て地である。私たちの土地とは似ていないけれども。趣《おもむ》きが都市的すぎるけれども。が、そこは肝所《かんどころ》ではない。迂回の起点まで戻って、モノレールの駅名を「天王洲《てんのうず》アイル」と確認する。アイル isle とは島だ。小島のことだ。もっぱら韻文（詩）に登場する英単語で、つまり、文語だ。ここは詩的な小島なのか？　いかにも、と私は納得しつつ、脳内に「島《アイル》の図面」を叩き込む。市街歌劇の舞台図、と言い換えるのがよい。

さらに数百メートル、タクシーに流させた。港湾倉庫街の前で停めさせて、降りる。

一つの倉庫に入る。私の前に何十人という人間が、また、機材（劇場用機材）が数十、いいや数百個、入っている。『ボム・ザ・レディオ』のチーフ・プロデューサーは目敏《めざと》い。「やあ、先生、どうもです。やあ」と挨拶に来た。たちまちに。相変わらず恰好は小洒落《こじゃれ》ていて、今日はサマーセーターを爽やかに着る。そして変わらずに背《せい》は低い。「あちらのテーブルに、どうです？　枇杷《びわ》ゼリーも置いてあります」とおかしなことを言った。もてなし用、か？

もてなされた。一時間弱。「私をはじめとする、来賓……と自分で言うのは妙だが、来賓のための、席は？」と私は尋ねて、座席図を入手する。スポーツ広場に面したビルの、二階と三階、そこが借りられる。明日いっぱい借り受けられて、極上《プライム》なシートが用意されるようだ。「そこからも市街が、路上が眺められますよ」とプロデューサー。「路上というワードは、いま相当にキラーなんです」とも。とても魅力がある、ということか？　殺人的に？　演出プランについても一部、説明を乞う。どうやら『サロメ』を四つのシーンに分けて、それらを北、西、南、東の四面（広場の四方の面）で順々演じる、すなわち歌わせるらしい。衣裳も確認した。その倉庫内の一隅に、それらはあった。ＤＪＸの扮装《いでたち》も。白いマントだ。それから白い角《つの》だ。位置を変えれば嘴《くちばし》だ。これが覆面となり、ＤＪＸは実況する。明日、市街歌劇を。私は、演出家とも会えた。ドイツ人で、当たり前だが英語は話す。私たちは「初めまして」「こちらこそ」と英語《それ》で挨拶し、それから私が、「どうしてシーンを放射するのか？」と、かなり直截《ちょくせつ》に、つまり——だからこそ——文学的・芸術的に、相手に問い、やはり概念的な回答を、二つ三つもらった。

私は午後四時には帰宅している。

あとは二度めの違う夜があるわけだが、その前に、啓を迎えるということをするし、さらにその前に、連絡を入れるということもする。私の頭のなかの図面を、関係者（来賓）たちの座席の図も、演出の基本的なありようも、説いて、第三警察に報《しら》せるために。つまり第三警察を配置させるために。

電話をかけて、「もしもし？」と言う。

ボム・ザ・レディオ

「もしもーし。と呼びかけてもリスナーは応えないのがラジオです。それが寂しいか？　このワタシ、ＤＪＸは虚空《こくう》に電波が吸い込まれているようで寂しいし、虚しいのか？　いやいや、ちっとも。なにせ本日も投書はわんさかだ。どばっとメールが来てドビャッと葉書が来て、ありがたや、ありがたやぁ。それにワタシは出ないけれども電話もね、がんがん鳴っております。って、ワタシがそっちに出ちゃえば、『もしもーし』と呼びかければ『はいはーい』とお返事できるわけだ。あなたが。リスナーが。じかに。そういうわけではあるんだけれども、始終、それはできましぇん。いや、ここは強調しておこう。できましぇーんと。ほっほっほ。当たり前ですよ。しかし安心しなさい、目は通しているから。メールに、葉書に、電話での伝言に、それからファックス。届いてますからね。あなたたちの声が。つまり、もしもーし、に対する、はいはーい、が！　このワタシの頭蓋骨の内側に、胸に、そして魂に響いている！　ああ、この熱い語りには、ジングルだ。

（ボ……ボ……ボン！　ザァアア・レィディオオオ！）

だばーん、だばーん、だばーん。どぅん。はい。ちょっとリズムを変えてみました。唇《くち》コピの。いやぁ、放送も五週めに突入すると、やっぱ臨機応変。と、自画自賛こそはワタシの得意技だ。お家芸だ。この軽薄な口調《しゃべり》もやっぱ生放送の醍醐味だ。うぅうぅ……爆《ぼ》発《ん》！　さあさあ、ジングルも鳴らしたんだから次のコーナー、行こか？　首都圏のドライバーのみなさーん、お待たせしました。ひき続いて交通情報、というのは嘘で、ここからはストーリー・フォー・カーラジオ。今回はどんなお話だ？　今回は明るいお話です。明るくて恐《コワ》ーイ。ゴワーイ。どろどろどろんと恐《ごわ》い。あ。明るいというよりポップかな？　題名は『ユーコちゃんと深夜のタクシー』。ユーコちゃん。ユーコちゃんとは誰ぞや？　それを説明するために、物語の冒頭を、読んじゃいましょ。声色《こわいろ》は使わないで、真剣に朗読しますからね。こうだよ。こう始まるんだな。あ……ん、ん、……ごほん。

『かつてあたしはユーコちゃんと呼ばれていた。もう六年も前のことだ。今年で二十歳《はたち》になる。できるかぎり正確に生きようとして、そのために衝突も数え切れないほど体験してきたし、裏切られたり愛されたりしてきた。学んだことは多い。学べずに終わってしまったことは、より多い。一つだけ忘れていない。それは、夜は夢を恐れ、夢は昼を恐れているかもしれないっていうこと』

うーん、渋い。次の段落。

『意味なんて知らない。でも、これがあたしの教訓だ。いま、あたしはユーコちゃんじゃないかもしれないけれど……だって誰もそんなふうに呼ばないから、苗字にさん付けでしか呼んでくれないから……けれども、あたしは世界の原則を忘れていない。そして原則もあたしを忘れていなかった』

こんなふうにハードボイルドに語りはじめるのがユーコちゃんです。季節は、まだ冬。二月のある日、ある夜だ。ユーコちゃんは新青梅街道でタクシーを拾ったのだった。東伏見で所用を終えて、ね。都心部に戻るために乗り込んだ。運転手は男で、年配者ではなかった。三十前後？　とユーコちゃんは観察した。料金メーターのかたわらに、ほら、『ドライバーは私です』とか、あるでしょう？　顔写真の掲示が。正面向きの写真《やつ》の。それも眺めてね。名前も書いてあるのだけれども、ユーコちゃんには読めなかった。難しい漢字ばっかりで。出身地はどこなのだろう、とユーコちゃんは思った。が、運転手は見るからに寡黙なタイプで、『お名前、なんて読むんですかー？』とか『じゃあ、お里《さと》はー？』とか、ほんわか訊いちゃってオーケーな雰囲気ではなかった。だから質問というのは発しないで、ユーコちゃんは物思いに耽った。たとえば、素数って本当に無限にあるのかしら、とかね。サーティワンのアイスクリームで人気ランキング第十一位は何かしら、とかね。いやいやフツーは十一位って圏外じゃん、とかね。でも十一も、ええと、一と十一以外では割り切れないから素数で——と、いい感じに思考がつるつる滑っていた瞬間に、いきなり話しかけられたわけ。運ちゃんに。

ここからは運ちゃんとユーコちゃんの会話なので、声色での演じ分け、行きます。

『お客さん、空を見て』

『ソラ？』——あ、ユーコちゃんの声が、裏返った。

二人は、ルームミラーで、視線をぶつけ合うのだった。

空がどうしたのだ？

ユーコちゃんは車窓から夜空を見たよ。指示にちゃんと従ったよ。おお、円々《まるまる》とした満月があるぞ。中天にかかっているぞ。これかぁ、とユーコちゃんは思ったぞ。

『十五夜ですねえ』と言ったわけ。

『十五夜に見える?』

『はい。もちろん』

『今日ね、今晩はね、陰暦の第二日めです』

『と、いうと?』

『新月みたいなもんです』

『でも、あれ、満月ですよ』

『やばいな』と運転手は囁いた。

『え?』

『始まった』

『え……ええっ? あの、なにがですか?』

『お客さん、シートベルトの着用、お願いします。義務化もされていないのに、すみません。それから――』と、お聞きのとおり、運ちゃんのこの声音《こわね》がもうハードボイルドだ。固茹《かたゆ》でだ。そうして、指図するんだ。『――窓の外の、道路。目を凝らしてもらえます? 対向車線と、後ろも。いる?』

『いるって?』

『他の車が』

……いないのでした。

午前三時の新青梅街道に。そのタクシー以外の、走っている自動車が。

……見当たらないのでした。どろーん。どろどろ、どろーん。

ユーコちゃんは言ったね。『いません。なぜだろう?』

『さっきまで、いたんだよ』

『嘘』

『でも消えた』

と、語る運ちゃんは冷静沈着。まさに存在がハードでボイルド。あるいは活用させちゃって、ハード、ハーダー、ハーデスト。でボイルド。思わずユーコちゃんの背筋にも電流ぴりぴりだ。

『人間《ひと》だって、ほら』と運ちゃんは言います。『練馬区内の、どこにもいない。コンビニ、ファミレス、終夜営業のラーメン屋。ご覧なさい、お客さん。人影、ありますか？』

ないんだな。

『ないでしょう。きっとね、猫一匹だっていない』

『どういうこと』

『あいつらが来る。そういうことです。注意して』

ユーコちゃんの耳には、それが、用意してに聞こえた。だから慌てて、シートベルトを締めた。視線を左右に走らせた。来るって言われたから。でも、来るとは？　ユーコちゃんはすると、視界に認めたんです。そこはね、新青梅街道が、カンパチ、環状八号線に交叉する寸前の場所だった。信号の色彩っていうのをカンペキに無視して、左右からタクシーが現われた。合計、二台！　どちらも白いボディ、そして事業者名が、車体のどこにも、ないっ！　代わりにサンスクリット語のような、つまりお墓の卒塔婆《そとば》の梵字のような、異様なシンボルを刻んだ表示灯が、ルーフの上部に！

光ってる！

（ボ……ボ……ボン！　ザァァア・レィディィオオオ！）

はい。ジングルが鳴ってしまいました。続きは明日。残りの展開は、明日以降に。今日の分の粗筋、要約を、しっかりカマしてから物語りますからね。案ずるなかれリスナー諸君。そして、安全運転だ、ドライバーの諸君。んー、だばだばだばだば、どぅん。じゃっ、音楽、行こうか？　今週の推薦曲《ヘビロテ》は
――」

　ワタシは感心している。誰にかと言えば、先生に。いまだったら立て続けに二点、ワタシをとても、とても感心させるポイントが顕《た》った。ワタシは今回のＳＳＳ（ショート・ショート・ストーリー）用の物語を、番組内で「明るいというよりも、ポップだ」と評した。正直な感想だ。そして、このポップな掌篇が『６６６ＦＭ』に収録されている。これはワタシの伝記である『らっぱの人』と同じ著者が産み落とした作品なのだ。やはり軽い驚愕（というよりも衝撃？）がある。だってスタイルが違いすぎる。先生は「いやあ、これは、俗に言うところの若書きだよ。ゆえにポップでね」とでも語られるのだろうか？　もしも直接尋ねたら。ワタシは直接、このワタシの原作者である先生に尋ねたい項目が増えた。しかもワタシは、たぶん、今度の土曜日には先生にご挨拶が叶う。先生が市街歌劇の『サロメ』を観に来られるご予定だから。来賓なのだ。そう――ＶＩＰ《ビップ》。ワタシはやや（というよりも相当に？）緊張している。なぜならば先生には私を感心させるポイントがずらずらあって、今日は立て続けに二点なのだけれども、このユーコちゃんの物語は番組の都合に合わせるかのように「梵字のような、異様なシンボルを刻んだ表示灯が、ルーフの上部に、光って」いるとの箇所で、切れた。続きは次回にまわされた。これはワタシや構成作家の手柄か？　絶妙に連続サスペンス的に断《た》てたのは？　捌《さば》けたのは？　そう……であったら誇らしいのだけれども、事実は異なるのだった。すでに、

この物語は、『６６６ＦＭ』に収録された段階で、いわゆるお預けをそこで喰らう。ユーコちゃんと彼女の乗るタクシーがどうなったか、は、文庫本を六十ページは繰らないとわからない。そのような構造になっている。

私はその確信犯的な難解さ（というよりも尖鋭《せんえい》さ？）に愕然とするのだ。

先生は「読みづらさはファッショナブルさだ。文学の」と言っている。堂々と、ほとんど傲慢に。と、ワタシには感じられる。そこにワタシはとても、とても感心せざるをえない。たとえばユーコちゃんが「梵字のような、異様なシンボルを刻んだ表示灯」を光らせた白いタクシーたちに遭遇して、えっ、それからどうなったの⁉　が描かれないでいる数十ページのあいだに、たとえば『演技島』という話が挿《はさ》まる。小型の飛行機が、俳優たちを乗せて沖縄諸島東部の島（小さな空港がある）に到着する。そこでロケーション撮影が行なわれる。到着したその日にはリハーサルのみ。主演俳優は、明日――という本番――に備えて、台本を握りしめながら寝落ちする。翌朝、ホテルの部屋を出ても、キャスト・スタッフの誰にも会わない。マネージャーも見当たらない。どころか、連絡がつかない。それでも俳優は、撮影現場に向かう。その道すがら、島民が一人もいない。

この、人間《ひと》が消えている、との情景が『ユーコちゃんと深夜のタクシー』の展開とシンクロする。

ワタシ（という読者）はどちらを読んでいるのか、不明になる。

いっぽうで、ワタシ（という読者）の混乱は無視して、『演技島』の主人公はその人自身の混乱を生きている。俳優は思うのだ、これは全部ドッキリなんじゃないかと。もう、すでに望遠のカメラが、オレを撮ってるんじゃないかと。オレはなにしろ現場に向かっていて、現場にはセットだって設《しつら》えずみなんだから、あとは演技をしているオレを貫いていれば、撮れば素材になる、映画の。ということか？　オレは試されているのか？　この恐怖感を、えっ、今朝からどうなっちゃってるの、の狼狽を、そのまま演技に滲《にじ》ませろって？　だから隠し撮りをする……は、あの監督と撮影クルーならば、ありだ。糞っ、どうする？　この映画のための演じてるオレを出すか、それとも素の俳優……のオレとして助けを求めるとか、するか？　つまり「誰かいませんかー」とただちに叫ぶとか、して？

どうする？

どうする、演技をするのか？　しないのか？

いや……オレはもう、しているのか？

だとしたら、やめるタイミングは？

そうこうするうちに俳優は撮影現場に到着した。昨日もリハのために来た場所だった。丘のうえにセットがある。それは巨大な書物の形をしている。高さが二メートルある本の、いわばモニュメントだ。石造りのモニュメントの模造物。しかも表紙が開いた形で建っている。わずかに開いている、扉《ドア》のように。しかも、そこに身を滑り込ませると、書物の一ページめに数十センチ真横に切り開かれた隙間《スリット》を覗ける。そうなのだ、その巨大な本のモニュメントには覗き窓がある。俳優は、結局は演技を「する」とのスイッチを入れつづけながら、その隙間《スリット》を覗いた。

すると何が見えたか――の直接の続きは、書かれない。

なにしろ次の物語が挿《さ》し込まれるのだ。しかも「ここで時代を三十五年、さかのぼります」との註釈のようなナビゲーターの案内とともに。台詞に導かれる恰好で。このナビゲーターの名前は？　ＤＪＸである。どのＤＪＸかと言えば小説『らっぱの人』の、つまりワタシの伝記に登場する、あの、ＤＪＸである。つまりワタシだ。題名に〝ＦＭ〟とあることからもわかるように『６６６ＦＭ』はラジオ小説であって、物語が次から次へとプレイされるのであって、そのプレイをしているのがＤＪＸだ。だからワタシだ。ワタシはなんと、先生のデビュー以来の何十作品かを解《ばら》してしまって、再構築《リミックス》、なんぞという暴挙に挑んでいる。そして手際は、自画自賛になるけれども、よい。たとえば『演技島』が、さっき語った箇所で断たれる、終わる。三十五年前の物語に切り替わる。それは昭和四十年代――相当にレトロな世界、世界観、だ。いわばノスタルジックで感傷的で、だから呪術的ですらある挿話。縁日の夜が描かれる。お面が売られている。主人公の男児が、他の三人の級友……男の子と女の子と女の子、と別れてから、狐のお面を買った。神社の裏に回る。そこには闇がある。お面を着ける。狐になろうとする。なぜって、その夜を大事な四人で……四人では過ごし切れなかったから。が、お面を着けようとする瞬間に、認識する、その「目の部分」の切れ込みが二つの隙間《スリット》だ、と。世界はその隙間《スリット》の外側にあるのだ、と。そして、とうとう覗いて、見えるのは。

将来の自分の姿と、自分たち四人の姿。つまり何年か何十年か後《のち》の光景。

それを三十五年後だとは言い切らずに、物語のミックスは軽快に、快調に前進する。リズミックに。しかもその先の七ページめで『ユーコちゃんと深夜のタクシー』の続篇につながれ直す。しかも七ページのあいだに二つもの「大長篇からの情景描写」をアンビエント・ミュージックさながらに挿入し、読者たちをまったりさせる。と、いうことを、『６６６ＦＭ』はやっている。『６６６ＦＭ』のナビゲーター、の、ＤＪＸがやっている。つまりワタシが。そして、そういうふうにワタシが超絶的なことをやっていると書いているのが先生なのであって、これを意識するとワタシは愕然とする。

愕然と感動しつつ、先生を信頼した。

「おっと、いま数秒間《ま》が空いたぞ。なんだあ？　放送事故か？　それともサイバー攻撃か？　いえいえ、どちらでもありましぇん。ありま、しぇーん。ワタシが大事な投稿を、メールでいただいたのをプリントアウトした奴ね、紛れさせちゃって。すみま、しぇーん。あった。これをお終いに読みます。本日の、締めね。送ってくれたのは大田区の、『フクラハギ夫』さんです。わかります？　みなさん、のび太をいじめるのはジャイアンとスネ夫だ。そのスネ夫が裏切ったらどうなる？　臑《すね》の反対側は……はーい、説明不要ね。では読みあげます。『こんばんは、ＤＪＸさん。土曜日の、初の特番、とても楽しみにしてます！』――ありがとう――『だけどね、不安材料もあるんです。僕は』――おう、どうした、フクラハギ夫？――『ＤＪＸさんのノリに、やっと先々週末からノレるようになったんですけど』――って、遅いよぅ、お前――『このＤＪＸさんの普通のペースで、オペラの実況にもＭＣを入れるんですか？　オペラを、演奏している最中、怒濤のトークをかぶせちゃうんですか？　つまり、演奏の邪魔、しちゃうんでしょうか』――むー。

　お前な。

　正しい不安だ。真っ当な懸念だ。

はたしてワタシはオペラを実況できるのか？　そして、いかにするのか？　常識的に考えて、難度高いよなあ。スポーツ中継の解説とは、違います。同じカタカナ三文字でも、オペラとゴルフは違います。でもね。歌劇というのは、だ、『観る』っていうこともするから劇、歌劇の、その劇なんだ。そういう演出は耳では聞こえましぇん。そこをね、そこをだ、実況はできるぞ。ええとね、特別にだな、目玉の演出をいっこ教えよう。馬が出ます。この市街劇……市街歌劇には、馬が登場するんだぞぅ！　これはね、ワタシの解説なしには、解説《それ》抜きには、ラジオでは感じることは不可能。の、スペクタクルだ。乞うご期待。パカラッ・パカラッていう蹄鉄の音色《サウンド》もね。マイクで拾えなかったらワタシが唇《くち》でやるからね。いまみたいに、パカラッ、パカラ。それとだ、粗筋も紹介しますよ。歌詞、から抽出した、ストーリー。だってワタシ、要約マシーンだもの。そういうのもできますよ。それを聞いてもらってから、アリアも堪能してもらう、ってわけで。いいでしょう？　愉しめそうでしょう、マンスリー・スペシャルの、市街歌劇『サロメ』？　ほっほっほ。ワタシ、覆面かぶって、活躍しまーす」

　放送を終える。散らばったプリントアウトを集めて、きちんと整理して、とやっていたら、いつもより手間どる。副調整室に入る。どうしてだか人がいない。おかしなタイミングだ。ディレクターもアシスタント・ディレクターも、トイレか？　とワタシは思う。平《ひら》のスタッフは副《サブ》のパーソナリティの見送りがあって早退《はやび》けですって、今日のミーティングで、言ってたっけ？　カウチにノート・パソコンがある。蓋が開かれているから、ちょっと覗いてみる。目がチカッとする。パソコンのかたわらに、出力したファイルの束がある。いちばん上のに目をやる。なんだ、メールだ、とワタシは思う。朱印で〝禁〟とある。〝禁〟？　ついつい読んでしまう。二枚。三枚。十数枚めまで。全部、ゼンセ系だ。だから前世系だ。とうとうＤＪＸさんの前世はわかりますよ、とあって、日付が書いてあって、それは今日だ。今日？　曜日だって今日の曜日だ。今晩？　どのメールも、この日付があって、ワタシの……「前世が判明する」と予告している。いいや予言している。え？

　予言ですか？

　ワタシの頭が、もわっとする。どうしてだか人がいないのは、どうしてだ？　そういう話は、物語は……どこにあった物語だ？　いやいや。いやいや、いや。頭を横に振る。こんな〝禁〟のメールは見なかった、とする。さっさと副調整室を出る。スタジオを出る。階《フロア》の受付に寄る。「ども。帰りますぅ」と言う。エレベーターに乗る。警備員に挨拶する。「どもども。また明日っス」と言う。まだ頭が、もやっとする。放送局の駐車場に、駐《と》められた愛車がある。乗る。少し……考える。私はＤＪＸの過去を完璧に生きたい、と。で、過去って……どこまでが過去なんだ？　と。この世に生を享《う》けてからが過去なのかな、その前もやっぱり過去なのかな、ワタシの。え？　何を阿呆なことをワタシは。あ。エンジンをかけていなかった。出よう。あれ？　バックミラーに、自動車。なんか尾《つ》けてる？　一台……二台。でも白いタクシーたちではない。じゃあ、いいや。自宅マンションへ、ワタシは車を走らせる。ワタシは、もっとＤＪＸになりたい、本物に……本物の、と考えている。とことんＤＪＸになりたいのだ、過去から丸ごと、と考えている。ワタシの七歳って、どうだったっけ？　どんなんだったっけ、とも。ああ記憶が濁っている。集団自殺教団なんて、あったのか。

　前に自動車がいて、後ろにもいて、ワタシは誘導されている。

　車を、寄せろ、と指示される。停めろ、降りろ、と。

　なんだっけ？

　子供が五人、出てきた。揃いのオーバーオールを着ている。髪が長い。全員だ。こいつら、男？　女？　え、双子？　五つ子？　なんか、おかしい。なんか妙だ。黒目が動かないのだ。そして顎だけを動かして、ワタシ――やらワタシではない周りの風景やら――を見るのだ。しかも声まで揃えた。「私たちは」「あの教団の」「あの集団自殺教団の」「犠牲者です」「死んじゃったの。七歳で」「八歳で」「九歳で」「君は死ななかったね」「七歳だった」「君だけ、生き残ったんだよね」と、二巡した。え？　……サバイバー？　すると「そうだよ。君だけが遺《のこ》ったんだ」と言われた。「だからね、案内をしないとね。幽霊たちなりの務めを果たして、ゼンショウに」とも言われた。

ゼンショウ。前生。

その十分後にワタシは、暗闇のなかで頭を——頭蓋骨を——触《さわ》られて、そう、誰かからまるっまるっと撫でられていて、こう告げられている。「あなたの前世は、文禄《ぶんろく》元年まで生きたイエズス会士の入満《イルマン》で、つまりキリシタンで、かつ、すばらしい弁舌家で、かつ、目が不自由で、そのために琵琶法師だった、そういう方、ですよ」と。

大文字のY

わたしはエピローグの駆動装置である。大いなるエピローグはすでに大文字のXによって書かれていて実現されることをのみ欲している。すなわち実現に対して餓《かつ》えている。その飢餓を満たすのがわたしだ。大文字のYだ。わたしは一つひとつ順番に実行のための鍵《キー》を押す。コンピュータ用語をもちいればクリックする。このクリックに応えて飛蝗《ばった》の類いが湧いたりする。わたしはいなごの話をしているのだ。そうではないクリックが齧歯類《げっしるい》を大量に湧かせたりする。鼠の話をしているのだわたしは。この大量に湧出する齧歯類は流行病《えやみ》とセットである。それからまた別のクリック。いいやそれは鼠《マウス》の話ではないのだからマウスをクリックするとの譬《たと》えは止《よ》そう。キーボードの実行の鍵《キー》をプレスすると言い直そう。数万匹の鼠が走りまわるこの疫病期とシンクロして一頭の霊獣も出現する。海辺に顕《た》つ霊獣なのだ霊獣。わたしは龍の話をしている。わたしがその顕現のための鍵《キー》をぽんと押すのだと説明している。わたしがエピローグの駆動装置だからである。

これらはみな譬喩《ひゆ》である。

しかし譬喩であるにしてもクリックなりプレスなりをするのはわたしの指だ。手だ。手には掌《たなごころ》というのがある。右手にもあって左手にもある。わたしの両掌《りょうて》はいま何をしているか？　男の頭に触れているのである。頭蓋骨に。頭皮をいじり撫でているのである。さながらマッサージだ。わたしはFM放送のパーソナリティのその頭の形を確認している。側頭部。左の。頭頂。側頭部。右の。後頭部。額にも触《さわ》る。こうやって手を使う。指を使う。アイマスクの縁《へり》にタッチしたり。つまりわたしはこの行為にもわたしの手指が関わるのだからこれは実行の鍵《キー》のプレスだと理解する。実行あるいは入力の。なぜならば男のこの頭蓋にわたしは前世を入力している。

わたしはこの男DＪXの前世を読んでいるのではない。

いつものように当人にわたしの霊視した過去世《かこぜ》をインストールしてやっているのではない。

そうではないものを植えつけている。

となると入力されるその前世というのは創作物か？　いかにも。しかしわたしは恣意《しい》的な創作はしない。そこには必然しかない。はずだ。わたしはきちんと計算した。わたしは文脈であれば正確に読んだ。

わたしはXからの合図《サイン》は見誤らなかった。わたしが文庫の新刊本『６６６ＦＭ』に見《まみ》えられたのは題名に含まれた獣《けもの》の数字に反射的に応答していたからだ。６と６と６。その〝ラジオ小説〟は進行役を含み持っていて名前はDＪXでわたしはこの名前が記号っぽいと思い「DＪ……X」と反応していたのだけれどもこれもまた真っ当だった。わたしはその記号にいわば暗号を読みとった。わけだ。予言書の著者XからわたしYへの挨拶。そうだ密《ひそ》かなシグナルだ。これら二つのそうした合図《サイン》のみならずXは『666FM』刊行の翌月にもっと大胆な合図《サイン》というのを設定そのものに埋めた長篇小説を刊行した。ここにもDJXが出るというかDJXその人の物語がこの本だった。ハードカバーの単行本。この本の巻頭には「お前の運命をデザインしろ。」の十三文字が掲げられている。そしてこのDJXの物語は冒頭からカルト教団を扱っている。

それはもう大胆にだ。〝死〟にまみれさせつつだ。

わたしは見誤りも見落としもしなかった。Xからのこの不貞不貞《ふてぶて》しい目配せを。

というわけで委細《いさい》承知した。わたしはDJXの登場する二冊をそのうちの一冊が表で残る一冊は裏であると想定した。わたしに「予言書には表もあれば裏もある」と初めに説いたのは誰だったか？ そして「マニュアルとして機能する裏は、裏の書物は、そういうもの」とも解説したのは？ 忘れた。いずれにしても二種類の書物は片っぽうが戦闘マニュアルとなるという厳然たる事実だけは骨髄に徹《とお》っている。そしてわたしは『666FM』ではないほうをそのように見做《みな》した。まずはDJXなる人物のバイオグラフィーか何かだと見做してからマニュアル視した。それは戦闘マニュアルの謂《い》いである。戦略だの戦術だのの。この単行本にはDJXの来歴のいっさいがあるぞと捉えてからそうした。いっさいとはすなわち委細。これをわたしは承知したのである。さあ編める戦術はなぁんだ？

読めばわかった。DJXの伝記たる単行本を。しかも冒頭から三十ページめ四十ページめまでの精読で足りた。いいや具体的には三十七ページの三行めまでで事足りた。

DJXの来歴を記す。誕生は一九七一年。この年の八月の半ば。光を浴びて生まれた。蟬の声の残響のただなかで産み落とされた。しかし光すなわち視覚の現象のほうが重要であり幾度かはこれが八月の光と形容される。その生育環境は？　三つの段階に分かれていたと言えよう。いっときユートピア的だった。なにしろＤＪＸが生まれ落ちると同時に祝福の声が響きわたったがそれは両親と親戚たちの声ではなく両親とその〝トモ〟たちのものだった。彼らは七百人余いた。栃木県北部のその小さな自治体に一九六九年に揃って転入した。自治体は大挙して移ってきた彼らを不安視する前に歓迎したなぜならばＤＪＸの両親を含めた〝トモ〟たちを率いる指導者に知名度があったし住民登録が為《な》された後は自治体の税収がいっきに増えるからだ。自治体はそれから彼らを不安視し出したなぜならば〝トモ〟たちの指導者が揮《ふる》う圧倒的なリーダーシップはその小さな自治体の議会の乗っ取りも可能にするのではないかと想われたからだ。指導者は教授だのプロフェッサーだのと呼ばれていてこれは実際にメディア的な露出も多い著名な大学教授であったからだが内部的には〝ダイシ〟と呼ばれた。これは漢字で書いたら大師だがそれでは仏教臭が強すぎるゆえに意図的に漢字を剝がしたのだと言えよう。つまりダイシの音だけにした。「約束の地をここに作るのだよ」と言ったがその声をＤＪＸが聞いても呑み込むには数年かかる。ただ生後の一年めでも二年めでも三年めでもその声は心地《ここち》好《よ》い。ところで生後一年にも半年にも満たない時期のＤＪＸについてはある挿話がこう記す。「その赤んぼうは視力というものを発達させていったが、たちまち不思議に擒《とら》われた――その心を奪われた。たとえば陽光の下にいた。そうして、赤んぼうは手を動かしたのだった。すると手は動いた。『ならば』と太陽を動かそうとしたのだった。しかし太陽は動かない。なぜだ？」

しかし実際には「なぜだ？」と言葉で考えたわけではないと書いてあってなぜならば後《のち》のＤＪＸであるこの赤子はまだ言語をものにしていない。しかしモワッと溶けたような意識はある。そして「言語を持たない意識は記憶とは結びつかないのだ」ったと書いてある。それが結びつき出すと何が起きるか？　人生最初期の記憶が生まれるのだと言えよう。また思考力が生まれるのだと言えよう。〝ダイシ〟に導かれる自分たち〝トモ〟たちの暮らしの中心には聖堂があってこれは〝カミ堂〟と呼ばれる。この〝カミ堂〟で礼拝がある。瞑想がある。教育もあり自給自足の原則が叩き込まれる。「働きなさい」という〝ダイシ〟の声がして「備えなさい」という声がして自分の両親を含めた大人たちがそれに順《したが》うのを見てＤＪＸはといえば那須連山を遠景や近景にした土地を跳ねまわったのだった。この「約束の地」に集団で移転した後《のち》に生まれた乳幼児らばかりを集めた保育機関の〝こども教会〟にも通って嚙み砕かれた教説を学びながら悪さもした。たとえば〝トモ〟たちの住居は開墾作業用のユニット単位で同じ原色に塗られていて塗料というのは日常的にどこにでもあって塗ることは宗教的な営為でもあってだからＤＪＸとその稚《いと》けない仲間たちは用水路のアメリカザリガニを捕獲してこの真っ赤な淡水性の海老《えび》を青色に染めた。そこには敬虔さすらあった。ＤＪＸの仲間というのは前々年生まれの二歳年長であったり前年生まれの一歳年長であったりした。

ところでＤＪＸの生育環境は三つの段階に分かれていたのだった。ユートピア的だった第一の段階。それから自治体に不安がられ出した第二の段階。なぜならば人びとを操作する力にあふれた〝ダイシ〟の声が「備えなさい」と言い出してこれはつまり「世界には亡《ほろ》びが訪れるから、備えなさい」と言っているのであって核戦争の恐怖が煽《あお》られているのを自治体の側が気づいた。あまりに不気味だった。二者の間に緊張が走った。すると〝トモ〟たちというか〝ダイシ〟が過敏になって発言が日に日に過激化して何かが起き出した。そこから第三の段階に入る。その生育環境から〝トモ〟たちが減る。彼らは一九七〇年代の半ばに確実に七百人超いたのだけれども一九七七年の六月には三百人弱となっていてなぜならば「約束の地」から百世帯ほどが逃げ出していた。これは純粋に逃亡だった。同年十二月に百人を切った。この頃から〝ダイシ〟は「贖《あがな》いを。贖いを！」と訴えはじめた。翌《あく》る一九七八年の二月に「世界の終末の前に、コミュニティの終末を捧げる」との方針が打ち出される。この文言《もんごん》はたとえば〝トモ〟たちの住居の壁に書かれた。その壁が黄色に塗られていれば紫色のペンキで。緑色であれば黒で。

ひそかにシアン化カリウムが調達され出す。シアン化カリウムとは工業用の無機化合物であり毒物である。いわゆる青酸カリである。

九月には「約束の地」には二十五人しか残っていない。DJXは満七歳である。当然ながら二年や三年ほど前からは意識と記憶をそれなりに鞏固《きょうこ》に結びつけられるようになっていて思考力も養った。にもかかわらず両親を含めた〝トモ〟たちの全員が〝ダイシ〟とともに集団自殺しようとしているのだとは理解できない。子供用にジュースが用意されている。そこにはシアン化カリウムが溶けている。この時点で「約束の地」には九人の子供がいて乳児と言ってよいのは三人。この三人には「青酸カリが入った母乳が支度され」たのだと記述されている。さてDJXはそのジュースを見た。濃いオレンジ色をしていた。むしろブラッドオレンジの果肉の色合いだった。ふいに「アメリカザリガニだ」と思った。その甲殻類を生々しいブルーの色彩に染めていたと思い出した。なかでも螯《はさみ》を丁寧にと思い出した。大人たちが手を握り合っている。いいや子供たちも。しかしジュースを飲むためには手を離さないと。離した。飲んだ。ザリガニだと思った。吐いた。しかし吐いた記憶はないのだった。それどころか記憶という記憶が濁るのだった。「ねえ、お父さん、お母さん。そしてダイシ様。なぜ『飲め、飲め』って言うの？　どうして、お母さん、言いながら……いやそうに、泣いているの？　ねえ？」と訝《いぶか》しんだという記憶もどろどろっと白濁した。あるいは記憶こそが吐瀉《としゃ》物だった。

三十ページめから三十六七ページめまでを幾度か繰ればわかるのだが九人の子供が服毒していてそのうちの三人は乳呑み子《ちのみご》で一人は死なずに残るのだけれどもこれはもちろんＤＪＸである。すると乳幼児ではない子供というのは九から三と一を引き算して五人が死んでいる。わたしはＤＪＸの〝こども教会〟以来の遊び友達であった一歳または二歳年長の子らのことを考える。つまり八歳児だ。九歳児だ。それから同年齢の子もいたかもしれぬと七歳児のことも想定に入れる。そうした齢《よわい》七つだの八つだの九つだのの世代が集団自殺の犠牲になっていてと考えて「それらの年頃ならば、いるぞ。五人」と心づいている。６と６と９と３と６は揃って満八歳である。

さあ戦術は編まれた。

たしかにＤＪＸの伝記たる単行本はマニュアルだ。戦闘の。活用するためには設定をしっかり食《は》めばよい。

わたしは何をせんとしているのだったか？　いろいろな言い方があるので順に言おう。わたしは大文字のＸに協力せんとしている。大文字のＸが『６６６ＦＭ』だのなんだのを書いて産み出したラジオＤＪを真に完成させようとしている。真に完成させるとは霊的にも本物の〝人間存在〟なのだとの証しを持つということである。それは前世である。役柄としての前世である。それが授けられなければならぬ。誰ならば授けられるか？　わたしは大文字のＹである。

この戦いを攻城戦に譬えるのならば『ボム・ザ・レディオ』の投稿者軍団を拵《こしら》えることで外濠《そとぼり》は埋めた。ＤＪＸは「前世がある。前世がありますよ。あなたの、真のいい」と幾度も聞いたはずだ。そうした囁きを幾度も耳に注ぎ込まれたはずだ。そしてそわそわしたはずだ。むずむずともしたか？　しかし「前世とはどういう前世《それ》なんだ？」とは思ったはずだ。つまり薄い濃いの違いはあっても関心じたいは持った。これはすなわち暗示にかかったということである。あとは誘導すればよい。

五人が導けばよいとわたしは思って6と6と9と3と6を起用した。これで内濠も埋まった。6と6と9と3と6とに死んだ子供らというのを演じさせたのである。こうした子供らは何を浄《きよ》められるか？　もちろんDJXの記憶の濁りを。ほらカルト教団のあの集団自殺事件は本当にあったんだし僕たちは死んじゃったんだしそうしてほら君は生き残ったと言える。告げられる。そうしてほら君は前《ぜん》生《しょう》だって取り戻せると死者たちなのだから言える。

そこまで言われたらわたしの手に陥《お》ちる。

だから掌《て》のうちにいるのだ。両掌《りょうて》の内側に。アイマスクを着用して。

わたしに頭を撫でられている。

実際の前世はどんなか？　実際のとはDJXを演じている芸能人だか誰かのの意味だ。二つ三つ探り当てる。なかなか惨《むご》い。たぶん明治維新よりも数十年は前だと思うが父親に刀で斬られている。日本刀でだ。松の根方で。そういう森の情景をわたしの視覚《め》が見てしまった。哀れな。これならば旧来の前世はわたしに剝がれたほうがよい。そして真《まこと》に真《しん》のDJX用の前世というのを上書《オーバーライト》きされるのがよい。してあげよう。その前に確認しよう。わたしはこう訊いた。

「あなたは誰であるのです？」

「ワ……」

「あなたはDJX、であるのです、ね？」

「ワタシは、ＤＪＸです」

「あなたはＤＪＸの過去を、どうですか、完璧に生きたいの？」

「完……」

「完璧に生きてみたいの？」

「あ……うん。完璧に生きたいです」

「その過去を、どこまでもどこまでも？」

「はい。どこまでもどこまでも、です」

よし。お前はお前の運命をデザインした。したぞ。

植えつけてあげよう。この前世はなかなかに逸品である。必然と計算に裏打ちされた選《え》り抜きである。もちろんわたしは歴史的な人物を出すのだ。前世としては創作物だが人物は実在したのだ。現在の長崎県平戸《ひらど》に生まれた。ここには天文《てんぶん》十九年これは西暦一五五〇年のことだがポルトガル船が入港した。つまりこの人物は雑《ま》じり気《け》のない日本人でありながらキリスト教に接触できたとなる。ここで註すればＤＪＸという大文字のＸに産み落とされた人物のその前世に必要なのはＸの著わした長篇小説との接点である。その小説内でＤＪＸは折衷的な神学に触れながら七歳までを生きた。仏教があり神道がありキリスト教があるような。だからＤＪＸの前世にも同じような要素は核《さね》の部分にあるのであってキリスト教に天文二十年に遭遇することになる人物はこれ以前から法体《ほったい》をしていた。つまり坊主の装いをしていたのだが坊主ではなかった。琵琶法師だった。だがキリスト教の伝道者となる。それも当時のほとんど日本一の伝道者となる。なにしろ弁舌の才があったのだ。要するに〝しゃべり〟に長《た》けた。ならば転生した後《のち》にラジオＤＪとなるというのは至極ナチュラルである。また琵琶法師であるのだから盲者であって実際に片目は完全に盲《めし》いていて片目はぼんやりとしか見えなかったとわたしが捲《めく》った資料にはあった。わたしはだからこの人物は「わたしの盲人だね、この芸能者は」と独語しつつ把握した。ここで言うわたしとは御《おん》母様こと慈愛の教母たるわたしであってすなわちわたしはこの盲者を初代と対応させたのだった。教団の表の司令塔とだ。すなわち「わたしにはわたしの盲者が、いることになる」と言いながら理解した。理解するために言った。しかも琵琶法師とはミュージシャンであってこうした音楽との関わりもラジオＤＪの前世にはじつに適《かな》う。

それだけではない。決定的なことがある。

この琵琶法師は平戸でキリスト教に接するのだが誰から教えを受けたか？　フランシスコ・ザビエルである。このザビエルの手で洗礼を施された。そして洗礼名を授けられた。ロレンソというのである。この琵琶法師の名前は以来ロレンソ了斎《りょうさい》となったのである。そしてロレンソ了斎にとって師はザビエルなのである。さてザビエルとはどう綴るか？　わたしはもちろん知っている。ザビエルはXavierと綴るのである。その頭文字はＸなのである。すなわち大文字のＸがロレンソ了斎の師だった。師のＸ。

おお。

なんと選り抜きの前世！

その後ロレンソ了斎は永禄《えいろく》六年にイエズス会に入る。日本人初のイエズス会士と説明されることもあってすなわち日本史に名を残した。実績も残したのだが。その演説する声でもって人びとを魅了して続々とキリシタンに変えた。その精力的な布教活動が日本史の潮目を変えた。すなわち声だの〝しゃべり〟だので変えてしまったのだ。さあ。どうだ？　この前世のインストールが終わるやＤＪＸは真《しん》に真《まこと》に完成する。このことに些《いささ》かも疑いはない。

ゆえにわたしは頭を撫でる。

入力に入る。入力兼実行の鍵《キー》をプレスする。そうだ繰り返し語ったほうがよいがわたし大文字のYはエピローグの駆動装置である。そしてエピローグそれ自体は大文字のXが書いた。その大文字のXが作者兼創造主としてＤＪＸも書いた。わたしはＤＪＸの前世を「ロレンソ了斎なのでしたよ。織田信長や豊臣秀吉の時代に生きていた、あなたは。そうして師父《ファーザー》たるお方はＸ。大文字のＸ」と指定することで極秘のミッションの埋め込みにも入らんとしている。ミッションというよりも指令《コマンド》か？　コンピュータ用語の譬喩で揃えるならば。だがキリスト教の用語を採るならばやはりミッションか。わたしは言うのだ。わたしは〝特務〟を埋め込むのだ。前世の下層にだ。「絶対にＸを奪わせてはなりませんよ。何者の手にも」と。

催眠術のようにこれを埋め込む。


わたしはルービックキューブを回すかのようにＤＪＸの頭を回す。むかしその玩具《おもちゃ》のパズルで遊んだことがある。二十六個の立方体が埋め込まれた正六面体の玩具《おもちゃ》で。

繰り返し語ったほうがよいだろう。教母のわたしには慈悲の実践があり二種類のインストールの実践というのもある。そうなのだ今年に入ってからのわたしは二種類のインストールに励んでいるのだ。それゆえロレンソ了斎の選抜にも至った。珍しいことに前生《ぜんしょう》のインストールにおいても手品じみた真似をした。手品とは種《たね》のある魔術である。きっちりとギミックが仕込まれている。そうした種を持った手品の類いはもともとは前世のインストールとは別の範疇に属した。たとえばいなごを出したり。鼠を出したり。龍を海辺にポンッと顕現させたり。そこまで進めば真《まこと》の神秘が一大スペクタクルとして顕《た》つのだから手品はただの手品であった自分を超越する。たとえば龍のためにはわたしは東京湾の水深まで調べている。実際には信徒《ひと》に調べさせている。それも自衛隊にいる人間にだ。海上自衛隊の幹部候補生にだ。東京内湾の平均水深は十五メートル。外湾まで含めれば平均水深は四十五メートル。浅すぎるが海底地形図はある。海自にはだ。さて自衛隊と言えば憲法九条である。憲法九条と言えばいなごである。このように龍からいなごへは容易に跳べた。それでは鼠と言えば？　ここでXの著わした予言書の文言をふたたび挙げる必要はない。鼠と言えば流行病《えやみ》である。ペストが容易に連想される。なにしろ推定二億人が人類の歴史においてこの疫病で命を落とした。そして疫病と言ったらなんだ？　わたしは「細菌だ」とか「ウイルスだ」と答えるけれども後者すなわちウイルスという語《ことば》はコンピュータ用語としても使われる。さて。

　わたしは教団を産みそうなのだった。

新しい教団を。その産み直しに臨んでいるのだった。

その産み直しには二つのお供があって鼠と龍だ。

だがしかし鼠のタイミングはそれでよいのか？　わたしが何万匹という鼠を出《な》すタイミングがだ。いいやオリンピックすなわちアテネ五輪の後《のち》とは表の予言書に厳に命じられた。ゆえに裏の予言書のわたしが幾万匹もの鼠をこの時に走らせないということはできぬ。ありえぬ。しかし規模を変えたらどうだ？　数百匹ほどを先走って産むというのは？　影響すなわち効果を限定的とする。そうやってＤＪＸを支援する。今週末の東品川の湾岸でのその〝特務〟を掩護《えんご》するのだ。

それは「ありだ」と思ったからこの「ありだ」のオプションもＤＪＸには囁いた。

どんどんと暗示は埋めた。

それから帰した。

ところでわたしや6と6と9と3と6がいるのはハイエースの車内である。このトヨタの高級ワンボックスの車中《なか》にＤＪＸを迎えたのだった。6と6と9と3と6とを派《つか》わしてそうしたのだった。このハイエースは全長が五メートルを超えている。全高は二メートルと二十センチ超で室内の高さというのも一メートル何十センチかある。と感ずる。このような贅沢な型式《モデル》のハイエースを欲したのは誰あろう初代であってもちろん初代には一台購《あがな》われた。と同時にわたしも一台を自らに購ってみた。同型の乗用ワゴン車を。表には表で裏には裏だ。表の権力者に表の権力《それ》の証しがあるのならば裏の権力者には裏の権力《それ》の証しだ。ぜひとも同等に。ああ愉快である。ものの見方によっては車中の鎖《とざ》された空間というのは地下室も同然であって次のようにも解説できる。「アンダーグラウンドを手軽に地上で移動させられる道具が、車だ」と。つまりわたしであってもわたしの贋者の子供たちである6と6と9と3と6であってもアンダーグラウンドに乗ったりアンダーグラウンドを携えたりしながら地上に出られる。携えるとは半径二メートルだの四メートルだの以内にだ。表には表で裏には裏だが地下には地下で地上にも地下なのだから愉快である。そして地上すなわちオーバーグラウンドで幽霊役を演じた6と6と9と3と6はいまワゴン内で燥《はしゃ》いでいる。わたし同様に愉快だったのだ。青酸カリでの自殺を果たしたというか自死を共同体《コミュニティ》から強要された子供たちの幽霊になるという任務が愉しかったのだ。台詞まであったのだから。たとえば「私たちは」だの「あの教団の」だの「犠牲者です」だの「死んじゃったの」だの「君だけが遺《のこ》ったんだ」だの。その君とはＤＪＸを指していて要するに6

と６と９と３と６は実在するラジオＤＪに幽霊たちとして触れた。

「不思議だね」

「私たちは生きているのにね」

「『死んじゃった』と言ったんだね」

「そして導いたんだね」

「しかもＤ……」と言葉を濁す子がいた。「……Ｊ、Ｘ、を」

　わたしの英才教育はひらがなとカタカナのみならず漢字を何百種類かとアルファベットも習得させた。だからＤをディーと読める。ＪもＸも同断である。そのわたしの英才教育に使用される教材《テキスト》はカルタである。わたし流の百人一首である歌ガルタである。材料は『６６６ＦＭ』である。この文庫本をわたしはもう何冊購入したのだったか？　まず一冊でそれから二冊でそれから三冊で。もっとだ。ページの端《はし》が破れるや注文した。挿話ごとの断ち切り方を誤るや再度《ふたたび》三度《たび》注文した。断ち切り方を誤るなり改めるなりするや。そして６と６と９と３と６だが。教育を施される側のこの五人はみな『６６６ＦＭ』にＤＪＸなる人物が介入することを識《し》っている。しかし認識は結局のところ曖昧である。ＤＪＸのその存在はあやふやで朧《おぼ》ろである。なぜならば『６６６ＦＭ』の挿話ごとの裁断がＤＪＸなる進行役を要らないと言うからだ。その司会者の口上《ＭＣ》が蛇足であると言うからだ。ＤＪＸが「ここに挿《はさ》むのは題して『演技島』で、そのグルーヴ感は」云々《しかじか》であると言い足すやストーリーのその純粋さは毒される。ゆえに〝ラジオ小説〟という仕掛けの実行者は極力除《の》けられるのだけれどもこれは『６６６ＦＭ』の構造に根づいているのだから除外し切れるものではない。だから口上《ＭＣ》は残る。にもかかわらず声にはつねに霞《かすみ》がかかる。すなわちＤＪＸのその人物としての輪郭は翳《かす》みつづける。

なのにいたのだった。

実在したのだった。

台詞を聞きもしたのだった。幽霊たちを演じる自分たちの「だからね、案内をしないとね」等の台詞を。

　この現実は6と6と9と3と6にはおもしろ過ぎた。

　ところでわたしとその6と6と9と3と6が乗るこのハイエースである。この高級ワゴン車はどうして初代の教祖に欲されたのか？　初代が求めたからわたしも同じ型式《モデル》を購ったとはもう言った。わたしは初代とちゃんと会話しているのだけれども説明はこうだ。「『サロメ』のクライマックスに、いっそ乗り込んでやろうか？」と言ったのだ。「両腕のない私が。いるのだと。死亡説はこちらとて流した。が、そこでだ、大胆に降臨したら、どうだ？　その衝撃たるや、どうだ？　私の死亡説というのは一九九六年来流布《るふ》している。これを二〇〇四年に、今年の六月に、今週の土曜日に、いきなりひっくり返す。は・は・は・は！　歌劇の『サロメ』には預言者の首というのがステージに出るぞ。いっそ、この生首の小道具を私が拾ってやろうか？　両腕がリアルに具わらぬ私がだ。リアルにないこの指導者《グル》がだ。腕ならぬ足で拾おうか？　私の視力《め》となる保安課の助けを借りて、な。どうだ、教母？」と訊いたので、わたしは「よき発想ですわね」と答えたのだ。「聖《きよ》き閃《ひらめ》きですわね」と。

　そしてわたしはあっさり悟ったのだ。そちらがそちらに乗り込むならばこちらはあちらに乗り込まなければと。そちらが品川区の湾岸に全長五メートル超のハイエースでもって忍び入るのならばこちらは江東区の湾岸に同車種で潜《もぐ》り込まなければと。そちらが突拍子もない降臨劇を謀《はか》るのであればこちらは真に待望される〝降臨〟の手助けを図ると。

そうなのだ。わたしは二代めの教祖のお迎えにあがる。

わたしが江東区の湾岸へいなごを出さずに出すのはわたしだ。この教母だの未来の唯一の教祖のその輔佐《ほさ》役となることを定められた6と6と9と3と6の五人だの。ところでハイエースの運転席にはカーラジオも具《そな》わるぞ。

大文字のX

91

ここで本というものの奇妙さを私は語ろう。どのようなタイプの本であれ、どのように熟読したつもりでも本には読み落としが生まれる。再読して「え？」と思う箇所が出る。「このような記述が、あったのか？」と。「こんな一文が埋め込まれていたのか？」と。あるいは何度読み返したところで、読み落とす描写だの単語だのは絶対に残るのかもしれない。そうした残り物には、いまの理屈に照らすとわかるが、私たちは永遠に気づけない。つまり読み落としていると認識することができない。とは言いながら、私はその種の読み落としに対して、さもありなん、と告げられる。私は「そもそも書き手だって、文章だの一冊の本だのを発表する前に、書き落としている」と主張できるからだ。書き漏らしのない文章は、珍しい。語り落としのなかった小説を、私は上梓できた例《ため》しがない。どれほど推敲したつもりでも本には〝漏れ〟が生じる。刊行の前に、何度読み返したところで、だ。その〝漏れ〟は一、二の単語だったり心理描写だったり、場面の構成力に関するフレーズの貢献度のなさ（足りなさ）だったりする。悔いは必ずあるのだ、いかなる本にも――と、経験に照らして言える。私という書き手は言える。あらゆる読み手たちに向かって、そう説ける。

それでは、次のようにも説けるのだろうか？　本は、作家の書き落としを孕《はら》んで生まれ落ち、読者の読み落としを前提に繙《ひもと》かれる、と。

ここで少し間道《わきみち》にそれる話をするならば、以上のロジックに照らすと、作者の〝漏れ〟を読者の側が拾うということはありうる。つまり書かれていない記述を、読み手が「しかしながら、作中に読んだ気になる」という事態が。書き落としは作者の側の落とし物であって、落ちているのならば拾える。当然ながら、拾いあげられる。

が、この間道《わきみち》から本道に戻る。読み落としのことだった。一般的な、だ。私はウィリアム・フォークナーの『八月の光』は他人《ひと》よりも熟知しているつもりで、しかし昨夜、そういえば展開の要《かな》めのところを忘れているとも気づいて、そういえば戯曲の『サロメ』もその端々《はしばし》はじつに見事に忘れていたと思い知ったばかりで、だからというわけではないのだが、フォークナーのその本を手に取り直した。厚い。『らっぱの人』のあの要素やらその要素やらはこれを下敷きにしたのだ。この大部の小説を。そして「だからというわけではない」ほうの実際の理由《わけ》だが、私は『八月の光』のどこで前半部が終わって、どこから後半部に入るのか、それを確かめたかった。物語の真ん中を、ではない。この作品には物語（物語構造）的な中心点などは、ない。つまり私は単に『八月の光』という書籍のその半分はどこかを探った。この本の真ん中はどこだろうと確かめたのだ。分厚さのセンター——と目《もく》される箇所——に指を入れて、開いた。そうしたかったのは、後半戦とはなんなのか、を体感したかったからだ。体感、実感したかったからだ。『八月の光』に学ぼうと思った。ウィリアム・フォークナーに倣《なら》おうと思った。なぜならば私は後半に臨む、後半部の戦闘にだ、私はここからは具体的に教団を潰しにかかるのだ。明日の午後開幕の、路上の歌劇《ザ・ロード・オペラ》から。つまり私には心構えが要る。それも文学的にだ。

ここが半分だろう、と判断して、『八月の光』を開いた。

ここいらから後半戦だろう、と。

すると「黒人！　黒人！　黒人！」という凄まじい軽蔑語（原文はたぶんblackではない）があって、その直前にビアズリーという単語があって、固有名詞であって、これは画家名であって、その画家のことならば私は知る、ちゃんとオーブリー・ビアズリーは十九世紀末イギリスの頽廃《たいはい》的な作風で知られた人気イラストレーターだったと知る、しかし『八月の光』に名前が出ていたことは知らなかった、いや読んだ時には認識した、むしろ読むたびに認識した、はずだ、しかし記憶からは零《こぼ》した、なんら重要ではなかったからだ。ある女の、欲情にまみれた姿態《それ》を描写するのに、ビアズリーの描いたかもしれぬ、うんぬんと言っているだけだったから。けれどもビアズリーと言ったら、代表作は戯曲『サロメ』の挿絵である。オスカー・ワイルドの戯曲『サロメ』の。私はフォークナーが、他の著書にワイルドとビアズリーの名前を挿《はさ》んでいることならば記憶していた。それが名篇『アブサロム、アブサロム！』なのだと解説もできる。アブサロムとはヘブライ語で〝父の平和〟のことなのだ、とも。けれども……『八月の光』にも？　この小説にも？　しかもだ、後半戦に入るのだ、と合図する、物理的な位置に、こうも密《ひそ》やかに埋められて？　私は、これまで読み落としていたに等しいことを、つまり「こんな名前が、あったのか？」と目下ショックを受けていることを、さもありなん、とは思った。それから思ったのだ。劇なのだ、『サロメ』なのだ、他にはタイミングはなかった、とも。

私は時機《とき》を逸していない。フォークナーがこう書き——「黒人！　黒人！　黒人！」——、私はこう呼応する——「白色《ホワイト》の、白色《ホワイト》の、白色《ホワイト》の！」

92

時計を動かそう。

六月四日、午後六時二十分。今朝ここから出勤した私のガールフレンドがここに戻る。私と啓の家《うち》に。出かけた時には携えていなかった二つの荷物を提《さ》げている。一つは東急ハンズの買い物袋、ポリエチレン製で、購入した画用紙やらカッターナイフやら製本テープやらが入っている。買い物袋にはロゴが印刷されている。東急ハンズのそのロゴの形は「人さし指が前方を指す」というもので、私は、これはまるっきり手話の指差しだなと考える。あなたを指せばあなたを意味する。私を指せば私だ。あれを指したらあれでこれを指したらこれになる。もう一つの荷物はどこかのスーパーのレジ袋で、こちらには苺だのバナナだのブルーベリーだの、桃だのキウイだのが入っている。では今晩はフルーツの饗宴になるのかと言えば、そうではない。それらの出番は明日だ。前者は雑草図鑑のための材料である（屋外《そと》で採られる雑草以外の）。後者は翌朝のホットケーキのためのトッピングである。

六月四日、午後七時二十分。私が地味なディナーを準備している。焼きそばだ。ただ、そばは生の中華麵にした。調味にはほとんど醬油しか使用しない。野菜は多めにした。肉は豚肉で、切りやすいように二十分前に冷凍庫に入れた。その半冷凍にする手間だけが、特別に費やされた手《て》数で、つまり手間ではない。プチトマトの白韲《しらあ》えも添えることにする。「ただのサラダのほうがいいかな？　豪勢に、葉っぱを七種類とか入れて」と台所から尋ねると、「ねえねえ、啓のリクエスト」と言われた。ガールフレンドからだ。二人は雑草図鑑という〝一冊の本〟の構成や体裁を考えている。「リクエストって？」と私がさらに尋ねると、それは食事のことではぜんぜんない。啓が言った、私に説明した、図鑑には集めた草の名前を書き入れる、そういうらんを作るよ、そこは僕のたんとうだよ、それでね、表紙はお父さんが！　と求めていた。私にも担当が？

　六月四日、午後八時十分。私は彼女がトレーシングペーパーまで揃えていたことを知り、それをずるするために用いる。この自家製《ホームメイド》の雑草図鑑の表紙のため、私はいきなり画用紙に何かを描かなければならないことになった、「何か」とは雑草なのだけれども。ガールフレンドは「象徴的なのだったら、いいんじゃない？」と言った、シンボリックな雑草、いいや雑草のシンボルか？　しかも私にとって？　難問だった。だからカンニングのために啓の八歳の誕生祝いである大型本――カラフルな図鑑だ、植物の――をぺらぺらと捲《めく》って、掲載されていた身近な多年草にした。その雑草にした。ドクダミ。白い四枚の花びらを開いているのだが「この四まいの花びらは、ほんものの花じゃないよ！　じつは葉っぱなんだよ。ビックリだね！」と解説にある。びっくりだ。花であるのは真ん中の黄色い柱状のもの、それだけらしい。しかもドクダミには毒という言葉が具わりながら毒はない、多様な薬効がある。この意味の傾《かし》ぎ方がたいへんに見事だ。まずイラストレーションをなぞった。トレーシングペーパーを当てて。そのずるでいったんフォルムを把握して、それから表紙（にする画用紙。これはボール紙か？）に色鉛筆で、ドクダミの贋物の四枚の花びら——葉っぱなのだ——を描き、中央にイエローの花穂《かすい》を描いた。贋物の花弁は上にのび、下にのび、右にのびて左にのびる。ガールフレンドが「凄いね、均整がとれてる。上手よ」と褒めた。自分が褒められたことに私は感心する。啓もまた私の努力《それ》を絶讃した。

六月四日、午後九時台。私はほんの二、三十分の外出をする。「そういえば炭酸水を切らした」とあからさまな嘘を言って戸外に出る。しかも書類鞄を携えて。私は、その目的が嘘だったから、自動販売機はめざさない。コンビニエンス・ストアも。団地の敷地を抜けた。そして二つの車道（一車線のと四車線のとで、四車線のほうには路線バスが走行する）の交叉点にゆく。そこに二分ほど佇《た》った。いや四分か？　ちゃんとらしい外観の車が現われた。しかも、ちゃんと速度を緩めた。私を認識したということだ。そこで停めてもよかったのだが、私はもっと歩いた。車道のかたわらの整備された歩道を、かたわらに徐行する車を並走させて、だ。こうすれば車体だの車種だのを観察できる、とも思ったし、ここでは車から地面に降ろしてもやれない、とも思った。だから内濠《うちぼり》の向こうまで出ることにした。運河に架かる弓形《ゆみなり》の橋を一つ、渡るのだ。そうしながら車道側にそれの顔つき——というか、むしろ表情のなさ——を観察した、どこか野暮ったいワンボックス車だった。当たり前だが赤色灯は装備されていないし、それ以外にも特別なものはない、ように私の目には思われる。実際には車載テレビ用のアンテナに見えるものが警察無線用のアンテナで、そういう擬装は幾つかある……のか？　これが四輪駆動で、機動力に優《まさ》り、というよりも機動隊の遊撃車とたぶん役割は同じだ、そこまでは推し量れた。そして覆面である。これは第三警察の覆面車輌である。それが私と歩いて……いや、走っている。私と散歩している、に等しい。運河に出た。だから橋に出た。渡り切った。私は手を振った。岐《わか》れ道で折れて、その路肩に停めるよう指示した。そのワゴンはそうした。先に行って、私を待った。私が追いついた。ボディの側面——もちろん扉《ドア》だ——がスライドした。犬が一頭降りてきた。もちろんサンだ。もちろん第三警察犬のサンだ。しかもこのゴールデン・レトリバーは、今宵、犬用のリュックを背負っている。

「お疲れさま」と私は言った。

それはサンの背後にいる、つまりスライド式のドアの奥の、車内《なか》にいる警官たちに言ったのだ。

誰も答えない。それでよい。

私は「お疲れさま。サン」と言って、すべてはこの一頭に語りかけているのだ、さっきもそうだった、との演技《ふり》をした。私はしゃがんだ。サンのリュックの、どこにファスナーが？　と探った。ある。そこに私は、自分の書類鞄から出した一枚を移す。コピーした座席図である、明日の『サロメ』の特別観覧席の。来賓たちの観覧席の。口頭での説明では「やはり、不安が残りますので」とのことなので、渡すことにしたのだ。複写して。しかし私は「犬に渡したいね」と言ったのだ。いかにも風変わりな、奇矯な作家の常《つね》として。サンのそのリュックだが、なるほど、胴輪《ハーネス》に留められている。窮屈かもしれないがサンは文句は言わない。息をハアハア、ハアハアとむしろ機嫌のいいふうに喘がせている。視線《め》が温かい。私は撫でる。それから垂れた耳を、そっと持ちあげる。左側の耳だ。「いいかい？」と私は言うのだがこれは囁きであって車内《なか》の人間たちには聞こえない。届かない。「私は明日、その歌劇《オペラ》をかぶりつきで鑑賞しますよと返事をした。演奏会への出席というのをアナウンスした。これはね、餌だよ。いなごというものに投げてやる食餌だ。私はね、囮《おとり》なんだよ。そして囮ではあるのだけれども、いなごというのも私の息子……わが予言の息子なのだから、父親としてこの息子と初めて見《まみ》えるんだよ。何が起きるのだろうね？　私は、もちろん無事に還《かえ》るつもりだが、そうなれない時には」――サンは耳もとでの囁き声がこそばゆいのか、口角を上げて、笑っている――「ここは頼むよ」と、私は外濠と内濠とを同時に〝ここ〟と指して言った。この犬にお願い事をしたのだ。サンは笑っている。私たちは約束を交わし終えて、私は家《うち》に戻る。すると私のガールフレンドの膝に頭をのせて、啓が眠り入《い》ってしまっている。彼女は雑草図鑑の表紙になるはずの画用紙を握っている。「ねえ？」と言った。炭酸水は、とは尋ねず、ねえと言った。

六月四日、午後十時五十分。彼女が「ねえ？」に言葉を継ぐ。「手作りする雑草の図鑑《それ》だけれども。あなたが、表紙でしょう？　もう上手に描いてもらった、あのドクダミを。それから啓が、名前でしょう？　標本にする草の、花の、それを手書きして。そのページに。そして標本にする雑草を採るのは、明日の午後、あたしと啓とで。それだけだと、でも、ちょっと足りないな。ちょっと、あたしの役割だけ足りないな。あたしの、担当が。あたしも、もっと、図鑑にいたい……って思った。だとしたら何が要るんだろう、何があるんだろうって考えて、要るのは花言葉の欄だな、って気づいて。いまの季節、花を咲かせてない雑草にも花言葉のそれを添えたら、押し葉のかたわらにそうしたら、とても、とてもいい。花言葉のその欄が、そのまま花になって。それでね、あなたと啓と、それから、あたしも関わらせてもらう図鑑《それ》で花になるのは、もしかしたら、それぞれの雑草の物語かな、って。それぞれの雑草に、それぞれに充てる物語。捧げる、みたいな？　それを、あたし、『666FM』から採ろうかって」

六月五日、午前零時十分。私は、ゆうべの自分の言葉を咀嚼し直す。私は啓に手話で伝えたのだった。「図鑑作りは手品だね」と。じつにそうだった。これは家族で共同制作する一冊になる。一冊の〝本〟に、だ。息子の字（肉筆）、父親の絵（拙い植物画。けれども褒められた）、そして彼女の編集《エディット》する花言葉。つまり母親の。ゆうべ……「母性」との語を口にした、彼女の。であるから母親の。彼女はどんなふうに花言葉をまとめるだろう？　私という父親の、その著作から採って、何を、どうミックスするだろう？　さっき「あたしは花言葉の欄を、押し葉や、押し花の台紙の、そのあたしが担当の欄を、いろいろ手をかけて飾るよ」と宣言した。「たとえば？」と私は訊いた。「郵便物を再利用する。消印のある切手を貼る。花言葉の欄の、上に。隅に」と着想をガールフレンドは語った。「とても、とてもいいね」と私は言った。彼女は「そういうことをして、いろんな花を、あなたが作者の物語を、啓に見せるの」と言った。そうなのだ……図鑑とは見えるものなのだ。しかもこれは奇術師《マジシャン》一家の共作の図鑑《それ》なのだ、いわば。私は、仕事部屋にゆき、二台のマシン（コンピュータとプリンタ）を起動して、入稿用に作成した『６６６ＦＭ』のテキストの印字というのを始める。たぶんＡ４の印刷用紙で二百枚弱になる。「何をし出したの？」と彼女が訊いて、「こちらのほうが商品《うりもの》の文庫本より、固定されていないから」とおかしな答えを私は返して、「飾りにも使えるかも。花の形に切ったりね」と笑う。彼女も、それって原文のペーパーフラワー？　と笑う。

六月五日、午前七時。私たちはもう大騒ぎだ。三人で、存分にホットケーキを作るのだ。啓のリクエストは五段重ねのホットケーキ・タワーである。一枚ずつの間にバターを塗り、真上からチョコレートのソースをかけることになる、最終的には。いまは薄力粉とベーキングパウダーと砂糖と卵と、牛乳とで、台所は（卵の黄身以外は）白い。ガールフレンドはガールフレンドで、ホットケーキに卵焼きやウインナーを添えることを私に要求する。「だって朝食でしょ？」と言って。ごもっとも。そしてバニラの芳香、蜂蜜という手話と「メイプルが、メイプルシロップが」という声の騒々しさとの交響。

八時半になる。

93

まだ散歩をする余裕がある。私はガールフレンドを社会科の特別授業に連れ出す。先生役は啓も務める。なにしろ「身近な地理」ならば啓は修《おさ》め終わっている。ほら、給水塔！　と指す。あっちにも給水塔！　と指す。それらは三つある。それら三基の塔《タワー》がここのランドマークである。ここは、いわゆるマンモス団地の敷地の内側である。集合住宅はどれも五階建てで、ああ車道を跨《また》いだ歩道橋はあそことあそこにあって、と解説するのは啓であり私である。そして私は、ああ、何かあったら交番を訪ねるのもよいし、もしかしたら車を訪ねるのもよいね、と言う。「車？」と彼女が訊いて、私は大雑把に車種その他を描写する。いざとなったら助けとなるような、掩護《えんご》となるような覆面車輛の、外観を。彼女は聞いている。細かい事情《わけ》は尋ねない。

94

午後、私はタクシーに乗り、つまり私は一人で、それは昨日の下見のプロセスの再現で、しかし異なる二点があり、一つめは私はサングラスなど着用しない、誰が見ても、どこから見ても、私は私でなければならないのだから変装は不要だ、しかし貴賓っぽさは要るのだから今日のネクタイはシックである、だがそれは変更点にはならない、下見と違ったポイントとして挙げられる二つめはタクシーを停めさせた場所であって、今度は港湾倉庫街の前ではなかった、もっと大通りのほうだった、それにしてもだいたい二十四時間前にもこの界隈に来たのか、もっと経過したように思える、つまり昨夜そして今朝と長かった、どちらも相当に特別な、いつもとは違う夜だった、そして朝だった、私は降車すると出迎えられる、「ここで降りてください」と指定してきたFMラジオの制作局の女性に、そして長身のこの女性がアシスタントを務めている『ボム・ザ・レディオ』のチーフ・プロデューサーにも、背《せい》の低いそのプロデューサーは「どうもです。やあ、先生。やあ」と昨日とほぼ同じ挨拶をした、しかし「先生に挨拶させたい奴が、あっちの舞台裏に」とも言って、事実バックステージにまず私を案内して、すると〝ペスト医師〟がいる、つまり真っ白い嘴《くちばし》付きの衣裳を着用したラジオDJがいる、嘴は頭部にあって角《つの》だが、そしてその衣裳は覆面として機能しているから素顔は見えない、その、素顔のないDJXが私に挨拶した、「こ、こんに……じゃない、きっ、今日《きょう》は」と言って緊張している、微笑ましいと感じながら、私は、これが私のらっぱの人だ、と認識した。
文学者の私は——私という文学者は——人も創る。

ボム・ザ・レディオ

緊張していたのであった。ワタシはとうとう先生にお会いするという念願を叶えられたのだから。ええと、じかにお目にかかれたらワタシは何を尋ねるんであったか？　あっ、忘れた？　一つ二つ、あったはずで……あれだ、『ユーコちゃんと深夜のタクシー』は、先生、あの短篇は若書きですよね、だったか？　まさか。そんなっ、そんな失礼な質問はっ……うう、先生がワタシを見つめていらっしゃる。この方がワタシの創造主なのだ。ワタシの伝記の著者。あっ、それか？　そういうのがワタシの質問の核だった？

「あなたは何歳だったかな？」と訊かれた。ワタシのそのあたふたの間に。

「ワタシは七一年の夏に生まれておりまして」

おっ、すらすら答えられた。やれたじゃん、ワタシ。

「夏」と原作者の先生。

「はい」となんか勢い込んでワタシ。

「夏か。私は四二年の七月だ。生まれが」

「ワタシ、八月に。で、ワタシは今年で三十三です」

「ほう。キリストが死んだ年齢《とし》だね」

「そうなんですか?」

「磔《はりつけ》になってね。例の十字架だよ」と言った瞬間に、ひじょうにスムーズに、先生はジェスチャーをされた。指と指、というのは右手と左手の、ということだけれども、その二つがすーっと動いて、顔の前で、ワタシに向けて交叉《クロス》された。十、を作ったのだった。組んだ指(人さし指と人さし指だ)で。ワタシはなんともハッとしてしまった。なんかジェスチャーに入るための洗練度が高すぎる。躊躇《ためら》いなしに指で、図形? と、先生のワタシに合わせられた視線が、すっと引っ込んだ。焦点が手前に、ワタシから見て奥側に、とワタシは感じた。つまり先生ご自身が、指の、十、に注目されたのだとワタシは感受して、すると、先生は右側の指をすっと傾けられるし左側の指も同程度に斜めにされて、つまり組まれた人さし指と人さし指を、罰点《ばってん》、にされた。え、×? 十字架を示した十を傾《かし》がせて、×のマークかあ、と感心だのなんだのをしている余裕はなかった。もうジェスチャーは霧消していて、先生の目は、あっ、またワタシを直視だ。

「ちなみに釈迦はね」

「はいっ」

「三十五で悟った」

「先生は?」

「なんだい？」

「あの……」何を訊こうとしたのだ、ワタシは？　だから、悟りだ。「世間的な煩悩だの、その手のは、やはり断ち切られて？」

「私は悟らないよ」

その返答にワタシはゾワッとする。しかも先生は笑ってらっしゃる。ワタシは、あっ、ワタシは覆面も同然だから素の面《つら》をお見せすることもできていない、無礼千万だなあと感じたのだけれども、だがこれはワタシの特別な仕事着である、という意味ではフォーマルである、という意味で許してもらう。角《つの》は生やしちゃっているのだけれども。しかし先生は、先生はその第一印象は優しい、そして恐い。あっ、また訊いてきた。

「昭和四十六年、でいいのかな？」

「はい？」

「あなたの生年は」

「そ、そうです」

「うん。正しいね。一九四二年が昭和十七年だから。簡単な足し算と引き算。私は二十九歳、年嵩《としかさ》だ。あなたの」

「恐縮です」――って、ワタシは何を言っているのだ？

「この収録現場に来られて、あなたにもこうして、ついに会えて、うれしいよ。あなたの声には深みがある。もともと、そこの部分に惹かれたんだ。今日の放送時にも、そういう声で？」

「もちろんです。本番では、これとはぜんぜん違う声で！」とワタシは釈明に力を込めた。先生は番組の最高顧問にも等しいのであって、なんだ普段の声質はこんなんだったか呂律《ろれつ》もこんなんだったか今後は期待できそうにない奴だなこれは相当にガッカリだとでも思われてしまっては、がっかりだ。だから「いつも以上の緊迫した現場ですから、きっと、いつも以上のふか……深みが。出せると思います！」とも約束した。それから解説というのをワタシはした、もちろん時間はかけなかった、一、二分間で「この市街歌劇『サロメ』の公演会場には、ラジオカーがありまして」だの、「そこには中継用無線機が搭載されていまして、これワイドＦＭなんです。高品質です」だの、「というわけで長時間の固定中継が可能になってます。ラジオカーには副調整室の機能もあります。車種が、ええと、はい、ロングのバンで。その車内《なか》にミキシング・コンソールとか？　けっこう目一杯の装置があります」だの、すると先生はいちおう感銘を受けられたようで、ワタシは「オケピも凄いんです。あ、略しちゃったけれどもオーケストラ・ピットです。オーケストラ・ピットは、この市街歌劇にはないんですけれども、楽団が、街区の中央のスポーツ広場の、そこに設けられた回転するステージ？　円盤って言ったらいいのかなあ、つまり回転ボードですね、そこに全員が乗るんです。で、『サロメ』の場面が東西南北のどっち方面で行なわれても、演じられても、指揮者は、ちゃんと真っ正面に……正対というのをする。録音と、中継放送の態勢も含めて、ばっちりです」だの、「あと、ワタシの声。衣裳でありますこのマントの下には、もともとマントという恰好がでっぷりしていますからね、腰に背中にと幾つか機材を装着して。つまり、最前線の発信基地は、このワタシ？　ワタシこそはラジオカーの尖兵《せんぺい》です。はっはっは」だの、だんだんノッてきたら先生も説得された、のがわかった。そして先生は、言った。

「うん。今日はオーケストラの、生演奏だね」

「ですね。ですとも」とワタシ。

「もしもアクシデントがあって、楽団のらっぱが地面に転がりでもしたら、拾って鳴らしなさい」

「なるほど」とワタシは感歎させられた。ええと、どんな管楽器があったんだっけ？　トロンボーンとホルンと、チューバと、あとトランペットもか。当然だな。


歌手は四人だけ日本人ではなくて、それら四人が主役（サロメ）や準主役勢に配されていて、つまりサロメはソプラノでフィンランド人、その義父のユダヤ王がテノールでドイツ人、ユダヤ王の妃《きさき》にしてサロメの実母はメゾソプラノでこれまたドイツ人、それから預言者はバリトンのロシア人。打ち合わせ時にワタシは驚いたのだけれども、通訳はたった二人だけで、この多国籍チームが回されている。つまりドイツ語――演出家も指揮者もドイツ人だ――から日本語への通訳と、ドイツ語と英語間の通訳と。英語《それ》は、演出家も話して指揮者も話してサロメ役のソプラノ歌手もぺらぺらのようで、けれどもこのフィンランド人はドイツ語の『サロメ』を完璧に演《や》れるのに日常会話のドイツ語はおぼつかない、とのこと。「なかなか頼りないんですよ」と日独の通訳さんがワタシに語った。だが母語（フィンランド語）と英語は見事なバイリンガルだ。ロシア人の預言者も英語を操るけれども、けっこう強烈に訛っている、ようにワタシの耳には響いた。しかし彼が日本語で「こんにちは」と言うのを聞いたら滑らか極まりなかったので、その種の挨拶は「歌」として認識されているのかもしれない。日本語の挨拶をこのバリトン歌手は歌ったというわけだ。そんなにも〝話す〟のと〝歌う〟のとは違うのか？　そして通訳さん二人は話すばかりであって、なにかワタシはクラクラした。しかも英独の通訳さんはドイツ人――旧東ドイツの出身――であって日本語ができない。ある言語からある言語へ。

ある言語からじかに音楽へ、じかの音楽から二つ三つの言語へ。

海外から招《よ》ばれた四人以外の歌手は、日本人なのだった。そして、そういう歌手（五人のユダヤ人役だの二人のナザレ人役だの二人の兵士役だの、たった一人のカッパドキア人役だの）は大勢いる。そして、そういう日本人は役柄からやすやす連想される衣裳は着けていない。日本人が付け髭をしたから西暦紀元ゼロ年代初頭のユダヤ人に見える、というわけではないのだ。それはわかる。そこはワタシにも理解できる。しかし親衛隊長だの兵士だのの扮装《いでたち》が、現代ヨーロッパの軍人ふうであるのには、虚を衝《つ》かれた。いやはやイカす。まあワタシだってへんてこな扮装《いでたち》だしね。ただしワタシは中世っぽい。中世ヨーロッパっぽいので、そこは「これ、大丈夫ですかね？」と通訳を通して演出家に訊いたら、それについては事前に了解している、あなたのラジオ局サイドから提案されて、承知した、あなたは別の次元から現われてこの歌劇《オペラ》をレポートするので、問題はないのだ、とのこと。なるほど、なるほど。承知しました。しかしこの路上の歌劇《オペラ》公演には、警備会社も入っているので、その、街区の端々《はしばし》に立っている警備員たち（警備服）と出演者である兵士たち（戦闘服）と、ごっちゃになるのではないかと要らぬ心配もする。

おもしろいけどね。あ、そういう誤認も、演出の意図なのか？

なにしろ兵士たちは馬に乗るんだからして。

通《ストリート》りの誤認からいっきに突出する、というわけ？

いいな。

ワタシは自分の衣裳に注意を払う。整えないとね。異次元のレポーター、っぽい感じ、にね。ワタシの場合はこれは宗教服だね。警備服でも戦闘服でもなく、祭司みたいな。角《つの》、つけちゃってるけど。

しかし白いマントは厳《おごそ》かだ、霊妙だ、そして白い編み上げブーツで動きやすいように足もとを固めたから、そこに注目されたら、そこだけミリタリー・ファッションだ。ま、見逃してもらおう。いずれにしても、ワタシの素顔は匿《かく》されて、これがワタシの覆面。覆面DJのリアルな覆面姿、というのは、さすがなコンセプトだね。あ、これも先生のアイディア？ さすがな発想。そして、先生……先生はやばかったな。さっきご挨拶して、たとえばワタシはイエス・キリストの没年の齢《とし》をその場で学んだ。お釈迦様が何歳で悟ったのか、も。これでは宗教的な指導者だね、ワタシの。ワタシの師だ。先生なんだから師だ。うん、当然だ。そして、その当然の師は、十字架の印を斜めに傾けて罰点に……×に。手話みたいに。

ん？

え？

その×……って、Xじゃないのか。大文字の？

もしもそうだと理解すれば、師父《ファーザー》のX。フランシスコ・ザビエル。

ワタシの前世が疼《うず》いた。もう本番オンエアの直前だというのに。ワタシは衣裳の頭巾《フード》を目深《まぶか》にかぶっていたから視野がやや狭い、狭いというか上方から圧《お》されている、という気持ちになる、この心理的な圧迫を「目が不自由だ」と言い換えてみる。するとワタシの前世はとても、とても疼いた。当たり前だ、前世でワタシは目が不自由だったのだから。そして前世でワタシは、イエズス会の入満《イルマン》だった、修道士だった、しかも日本史にその名が残るような弁舌家だった、つまりワタシはロレンソ了斎《りょうさい》だった。宗教家としてのこの前世。しかも宗教家になる前は、演奏家だった。琵琶法師としてのこの前世。ワタシのなかのロレンソ了斎が、とても——とても疼いた。師父《ファーザー》よ、Xよ、と。

さて、盲者だった前世を持つワタシの、実況は？

――よし、決めのフレーズはできた。

と判断したところで、耳に嵌めたイヤフォンが、プ、プ、プと合図を鳴らし、番組ディレクターの声がそれに続いた。ディレクターは移動中継車に乗っている。つまりラジオカーに。そこに副調整室の機能があって、今日はそこにチーフ・プロデューサーのキワさんも乗る。際元《きわもと》さんが。たぶんアシスタントもかたわらに置き、同乗したそちらにモニター用のラジオを聴取させる。いま、もう、させているはずだ。あの背の高い女性《ひと》に……と連想している暇はなかった。「あと一分だよ。いい、いける？」と問われた。ディレクターから。

「ばっちりっス」とワタシはマイクを構えて言い、そのマイクはまだオフだ。

五十三秒後にオンになる。

オン。

「ザ・ロォォォォォード・オペラ！　ここからの時間は、毎週月曜から金曜の夕方、夕方の六時より放送しております『ボム・ザ・レディオ』の初の特番、その第一回をお送りします。マンスリー・スペシャルの記念すべき第一回、路上から。いいえ、今後も毎回、路上からお届けしますけれども、いやぁ、じつはいま、ワタシは地面に足をつけておりません。ワタシ、回っております。地に足がつかない！　何を落ち着かないで騒いでいるんだと思われるかもしれませんが、ワタシはそういうキャラなのです。はい、ナビゲーターはＤＪＸ、……ＤＪ、エェェェェーックス！　エェェェー……ん、ん……クス！　どうぞ、周波数は他局に合わせないで。ね？　まずはワタシが回転しているわけをべしゃりますから。しゃべりますから。しかし、その前に、しー。耳をすませて。ほら。この……管楽器や……弦楽器の、チューニングの音色。そう、めいめいに音を出しています。ここはオーケストラ・ピットなのです。しかも、オーケストラ・ピットならぬ、オーケストラ・ピットなのです。イマジン！　想像せよ、回転する円盤に乗った前代未聞のオーケストラ・ピットが、あるのだ、と。そして我らが『サロメ』は路上のその四方面にて、すなわち東、西、南、北、とうざいなんぼくと散らされながら、歌われるのだと。なぬ、『サロメ』？　これはなんなのでしょう。これは歌劇です。そう、オペラです。すなわち――ザ・ロォォォォード・オペラ！　ワタシ、というか丁寧に言ったらワタクシ、このワタクシＤＪＸの送る『ボム・ザ・レディオ』は本年の五月六日、木曜より放送スタート、今日が六月五日ですから一日さば読んで、ちょうど一カ月を、迎えられました！　ここから毎月、月例の特番です。月例の、ラジオの、音楽フェスです。名づけて、『路上から』、です！　なんだかもう、Ｄ、Ｅ、Ａ、Ｔ、Ｈ、の、デス、ではないです。一回めがオペラだ。オペラ……って、そんなのありうるか？　ありか？　ありだ。これは挑発なんです。挑発こそは最高の暇つぶしの教養番組、『ボム・ザ・レディオ』にふさわしい。爆発《ぼん》！　ハイカルチャーで道路上《ストリート》、ザ・ロォォォォード・オペラア！　ここはどこか。北東には東京湾のレインボーブリッジだ。あの芝浦－お台場間のランドマーク。で、ほぼ真北に、東京タワーだ。さあ、見えてきたか？　見えてきたか、風景が？　ラジオはですね、音だけで想像する、スペシャルなメディアですよぅ。あなたの脳裡のスクリーンを、こっちの声と、音楽と、それだけで刺激する、特別なメディアですよぅ。そうなのです、テレビには視聴者がいます、ラジオにはいません。ラジオには聴取者がいて、視聴の視、視《み》るは、要らない！　だから、イマジン。

想像せよ。

繰り返します――視るは、要らない！

それでもリスナーのあなたの鼓膜に、鼓膜経由で脳内のスクリーンに、このスペクタクルを。

実況だ！

いやーん、ワタシったら、まるで現代の琵琶法師だ。そして物語りまするは、べん、べん、べん……って、これは唇《くち》の琵琶ね、時は西暦紀元三十年だかウン十年だか、ベースとなるのは新約聖書の一挿話、そして現われるのは、美貌の王女、サロメ。また、この王女に恋い焦がれてしまう、悲運の預言者。しかも囚われの身だ。その預言者をつないでいる牢獄とは、なぁんと、もともとは宮殿の水槽で、はい、本日も出ます。水槽！　それも道路をとことこ走行する、特装の水槽トラック！　あと、馬も出るよ。馬も、王宮の衛《まも》り手たちを乗せて、走るんで。ここの街路を。いやーん凄い！　さ、さ。まずは粗筋だ。さ。この公演はちびっとダイジェスト版ですが、これをね、さらに要約して、この生放送の生演奏の生サロメのために、ワタシＤＪＸがいま紹介すれば――」

大文字のY

粗筋を聞きたいとは思わぬ。

お前は実況放送というのに専心すればよい。生《ライブ》の中継に。

しかし要約することもまたお前の務めだとは理解している。お前の通常業務なのだ。だろう？　しかし通常の務めがあるのと同時に特別の務めというのもいまのお前にはある。極秘のミッションである。ミッションというよりも指令《コマンド》である。しかしキリスト教の用語を採るのならば使命《ミッション》のほうが相応であって十六世紀に生きたキリシタンのロレンソ了斎も伝道《ミッション》に励んでいた。そのキリシタンはお前の前世なのであってお前自身にも特別なミッションがある。〝特務〟がだ。なぜならばわたしが授けた。しかしミッションを授けられたのはお前だけか？　そうではない。

わたしも授けられた。初代の教祖に求められたのだ。いなごを出せと。

「なるたけ動員は万がよい」と言われたし「出せますよ」とわたしは応えた。

どこに出すのか？　ラジオ・パーソナリティのお前が今日臨んでいる収録現場にだ。お前がそのように中継していてカーラジオにもその放送を受信させているそこにだ。お前はわたしの乗るこの高級ワゴン車内にもレポートを届ける。この移動するハイエースにも。

そしてわたしはお前のこれからするレポートを一々予言できる。それらはまだ起きていないがいまから一分後に五分後に二十五分後にこのように起きる。お前というラジオ・パーソナリティは市街歌劇『サロメ』の行なわれる四方を運河に囲まれた埋め立て地すなわち一種の人工島にいるわけで『サロメ』のステージは島である。そこにワッと湧き出すであろう飛蝗《ばった》類の学生たちは初めは島にはいない。そうではない。その再開発街区の一キロ北だの五百メートル西だの一キロ百メートル南だのにいる。ただ単にいるのではない。そうではない。控えている。たとえば南には『サロメ』の島とは運河を一本隔てた地区内にショッピング・センターがあって巨大だ。そこはやたら賑わっている。昼前からだ。駐車場だけで地上四階から八階かつ地中の階《フロア》もが占められる巨大センターである。人を呼ぼうと思えば呼べるし溜めようと思えば溜められる。すなわちそこは無許可のデモ用の要員のプールになりうる。これは利点である。それだけか？　そうではない。このショッピング・センターからはりんかい線の品川シーサイド駅にやすやす行《ゆ》ける。品川シーサイド駅は改札の階《フロア》もホームの階《フロア》も地中にある。地中とはアンダーグラウンドである。そして乗車の所要時間わずか二分という隣り駅が天王洲《てんのうず》アイル駅である。ここの構内もまた地中にある。すなわち「湧け」との合図が放たれればいなごは湧いた。アンダーグラウンドから地上へだ。だがこれでは『サロメ』の島の南側とそれからアンダーグラウンドとに話を限定しすぎている。そうではない。

西と北と東の地上も要《かな》めである。

たとえば歩道。たとえばコンビニエンス・ストアの店内だの駐車場だの。しかも車輪付きのスーツケースをひいていたりゴルフクラブのケースらしきものを肩にかけている若者が多い。ここにも「湧け」との合図は出されるがこれは歩道から車道にワッと湧けとの意味である。駐車場に屯《たむろ》しているのならばそこから車道に飛び出して路面《そこ》の占拠に入れとの意味である。しかも時刻が来たら「湧け」と伝達ずみだ。開演の時刻となったら「湧け」と。いっせいに。同時に。あと一分か？　三十秒後？

　すると車道では大騒ぎが。『サロメ』の島の京浜運河を挟んで東に数百メートルの車道や同様に北に一キロの車道や西に五百メートルのその名も知られた山手通りの四車線上で騒動が勃《お》こるだけではない。コンテナ輸送のトラックがクラクションを鳴らしその他の車が車輪《タイヤ》を軋ませるのは島の南側の何百メートルかの地点の天王洲通りでも同じだ。たしか六百メートルだった。そこに公園があるので「活用します」とわたしは報告を受けた。わたしはこれを学生集団であるいなごのリーダーの複数名から先般受けたのである。車道に一人が飛び出せば轢《ひ》かれるが幾人もの塊《かた》まりが出ればそうはならない。むしろ事故は車輛と車輛のあいだで突発する。しかしそのような事故の合間を縫って単車ならば進めるのであって枝道や路傍に控えていた中型のオートバイだのスクーターだのはそうした機動力をもって最前線に駆けつけて拡声器を渡す。ぽんと投げ渡す。これより後《のち》「来い！　来い！　後ろにつけ！」との声がメガフォンを通して響きわたる。するとゲリラのデモが現出する。とうとうだ。するとシュプレヒコールがあがる。これに対してあちこちの自動車のその車内《なか》から罵声が返る。しかしデモ隊というのは行進をするからデモ隊なのであって自動車を人波に埋めながら動きはじめる。その人波だがデモの要員は補給されている。たとえば間道からバスで。大型バスがシャトルのように機能して人員を輸送する。プラカードも。旗《フラッグ》も。すると横断幕は横にひろがりプラカードと通常の旗《フラッグ》が縦に立った。林立した。

もうしているはずだ。

島の北で。島の西で。東で。南で。南ではりんかい線のアンダーグラウンドの構内におおよそ十分か二十分は先駆けての蠢動《しゅんどう》がある。これは現在も続いている。けれども兆候というのは『サロメ』の島にいては察せられないし北であろうと西であろうと東や南であろうと目に見える形を持ってスタートした騒乱もそれが現地ではないところに報道されるには時間が要る。しかしいなごのリーダーたちが語るところでは「だいたい三百秒です。つまり開始から五分ですが、それでフォーメーションは整います。布陣ですね。東品川五丁目での配置、港南三丁目での配置。北品川二丁目の陣形と、それから品川シーサイド方面からの二派。この二派が、アンダーグラウンド、足す《アンド》、オーバーグラウンドで。ただ、四方向からの多層のフォーメーションを整えた段階では、せいぜい千五、六百でしょうか？ここに八千は補充するために、三百秒の後に千二百秒……二十分は欠かせません。ですから開演から二十五分は見てもらったほうが」とのことだった。よろしい。二十五分が経過すれば追加の八千人も注ぎ込まれる。その時点で初代がわたしに言った「動員は万」が達成される。ちなみに補充のためには「信号機の赤から青、の指示の切り替わりの間隔と回数をベースに、街区を『面』として把握し、東西南北に『格子《グリッド》』を組んで、また、過去半年間の道路交通情報などを条件として反映させて、シミュレーションしたプランに従います」と言われたが〝面〟だの〝格子《グリッド》〟だのの実際のありようというか数十秒単位の展開をわたしが知るわけではないしそもそも知る必要もない。どこかでメガフォンよりも威力のある音響機材がその機材班ごと投入されるだの火炎瓶も配られるだの火炎瓶はもともとスーツケースに入れていた〝歩行者〟がじつに一つの方面につき十数人いいや数十人はいるだのゴルフクラブのケースには鉄製《アイアン》のクラブも事実あるのだが金属バットも入っているだのハンマーに関しては各方面のデモ隊が京浜運河や天王洲運河や天王洲南運河を渡る直前に配布されてこれらはアスファルトの路面を叩いて破摧《はさい》もできるタイプで砕いた断片は投石の代わりになるだのは聞いた。いいや投石の「石の代わりになります」だったか？　よろしい。これらの情報は要る。なぜならば平和的ではないデモであることの確認がやはり要るとわたしが考えているとジングルが鳴った。ボ……ボ……ボン！　ザァァア・レイディオオオ！　はいっと声が聞こえたがラジオのだ。あのラジオ・パーソナリティのだ。そうか。爆発《ばん》。もちろん爆弾もある。手製の爆弾がいなごの群れに所持されていないわけがない。いなごは流血の戦闘に備えてヘルメットもガスマスクも装備する。先陣すなわち最前線の一部はだけれども。催涙弾が撃たれるからマスクは要る。つまり警察が強制排除にかかることをいなごたちは計算に入れている。当然視している。そこで教母たるわたしの役割だが。これを遅らせるということが要る。

排除の攻撃をだ。

わたしはいなごを産んだのだった。四月には大量発生させた。そして誕生して成長した生物《いきもの》たちは自らの頭脳でもって考える。東大だ早慶だといった名門大学の学生たちであるゆえ。よろしい。よろしい。計画のための〝面〟にパラメータに〝格子《グリッド》〟にプロセスの関数化でよろしい。それは大学生たちの頭脳に委ねた。わたしが先走って産んだ生物《いきもの》たちの頭脳に。いまわたしはさらに先走って何かを出《な》そうとしていて今度のこれは鼠である。わたしは鼠を数百匹ばかり意識的に早産して今日という劇的な日に投じる。鼠は山手線に出る。山手線を齧る。本来ならば齧った後に流行病《えやみ》になる。つまりウイルスになるのであってこれはコンピュータ・ウイルスである。本来であれば都心部の公共交通機関の機能を全面麻痺させる。それが「山手線の内側が数万匹の鼠によって、その流行病《えやみ》に襲われる」のわたし大文字のYなりの解釈だ。この大文字のXの手になる表の予言書の文言《もんごん》の。ウイルスには名前がつけてあってレミングである。レミングは和名は旅鼠《たびねずみ》である。時どき大増殖する。そういう生態はまるっきりいなごの一種のたとえば砂漠飛蝗《さばくとびばった》の〝大発生〟する生態に通じる。ただしコンピュータ・ウイルスに化ける前のわたしの鼠はただの鼠だ。ただのわたしの鼠だ。ただの十何行かのコードだそうだ。これはJRの閉鎖型のネットワークに入っているけれども不正侵入ではない。そのネットワークを設計して構築する際に早《はや》仕込まれている。インフラの段階でと言い換えられる。同様のことは防衛庁にも警視庁にもNTTにも為《な》されていて教団傘下の企業がこれらの組織にコンピュータのシステムを提供したからである。二〇〇二年から二〇〇三年にかけてである。わたしは専門的な講義も少し受けたが「セキュリティ措置の、いわば……その前世に、入れてしまうわけです」と説かれて納得した。前世が転生して疫病となる。すなわちコンピュータ・ウイルスに。そしてウイルスに生まれ変わる時には閉鎖型の通信網を出ている。らしい。あるいは「出るや高次《メタ》構築をはじめるのです」と説明されたか？　まあいい。それも専門の頭脳に任せた。大切なのはレミングは本日はまだ登場しないということであって鼠はウイルスには転生しない。しかし不正な命令実行というのを強いて山手線を停める。これは停めるだけである。なにしろ東京の電車では山手線がもっとも停めやすい。本数の多さダイヤの過密さ運行ルートの単純さゆえに。極言すれば二本三本が緊急停車すれば環状線《ループ》の全部が停まるのだ。とわたしは説明された。「列車事故を回避することにプライオリティが置かれた世界でして」とも。よろしい。じつによろしい。そうした可能性というか命令《プログラム》がインストールずみであるとわたしは理解した。そこまでだったら人為的なミスに擬装できるだろうとの解説も。レミングはオリンピック後まで温存させつつだ。

鼠だ。数百匹ばかりの。

それらの門歯でもって山手線をガシガシと齧らせるのだ。

しかも「いなごが、そうした！」との報道とともに。

通報とともに。

するとまあ警視庁公安部の総務課はそちらに意識を奪《と》られざるをえない。いわゆる〝学生運動〟の担当の部課《セクション》はだ。これでどうなるのかをわたしは愉しむ。いなごたちはわたしのこのアシストを活用する。そしてお前だ。ラジオ・パーソナリティのお前だ。かつ前世が盲目の琵琶法師でキリシタンの伝道師だったお前だ。カーラジオに耳をすます。するといまはもう歌劇《オペラ》の中継に入っていてこれはテノールとアルトの掛け合いか？　こうした歌唱が『サロメ』の導入部か？　だからMC担当のお前はいったん退《の》いた。そのお前は「山手線に、不慮の事態が発生した」等と聞けば反応する。即座に反応して〝特務〟をこなしたいとの衝動に駆られる。お前はわたしの暗示をもって師父《ファーザー》のXが狙われるタイミングを覚知する。前世のその下層が疼きに疼き出すぞ。初代はわたしにいなごを出せと要望した。わたしはお前に「絶対にXを奪わせてはなりませんよ」と囁いた。わたしはつまり大文字のXを今日あそこで拉《らっ》しようとしている初代の計画をアシストしながらXの救出を画策した。さて。さぁて。あちらにもアシストしてこちらにもアシストしてそれでも尚《なお》わたしは以前に産んだいなごたちとその優秀きわまりない頭脳とこれから産む前産《まえざん》の数百匹ばかりの鼠を用いるに過ぎぬ。レミングなる流行病《えやみ》はまだ出さぬ。むろん龍もだ。海辺の龍とは海上自衛隊の保有する潜水艦であって東京湾に葉巻形のこれがヌッと現われて「本艦は、教団に帰属した」と告げるのがアテネ五輪の閉幕後のシナリオであり時機は守られる。わたしが前世をインストールした自衛官はもちろんいる。しかしクーデターにも見えるであろうから〝国家転覆〟のシンボルとなる龍はここでは出番ではない。だいいち詰めにはまだあと二カ月は要する。レミングとともに生まれてもらって唯一の指導者を持った真の教団の出産すなわち誕生を祝してもらわねば。いいや誕生をアシストしてもらわねば。そうなのだ。「オリンピック、のち、東京制圧」なのだ。その前に今日があるのだ。今日は？

さまざまな展開があるのだ。

策謀もあるのだ。

だからお前ラジオ・パーソナリティのＤＪＸよ。品川区の湾岸での生《ライブ》を続けよ。


初代のハイエースもそちらへ行ったぞ。

わたしのハイエースはここだ。江東区の湾岸にもう入った。

あちらにはいなごだがこちらには犬だ。

その距《へだ》たりは東京湾を挟んで五キロか六キロか。近いか？　遠いか？

ほう。子供らは燥《はしゃ》いでいる。

わたしのこのワゴン車に同乗する子供らがだ。

「ＤＪＸは、いるねえ」

「さっきまでのは本当にＤＪＸだったねえ。ずうっと！」

「本の人だったねえ」

「いたね。いたなあ！」

「本から出たね」

と6と6と9と3と6とが口々に言いすなわち全員が昂《たか》ぶっている。カーラジオの音声が子供らにもたらしたものとはそれだ。その興奮だ。なるほど〝本の人〟か？　言いえて妙だなとわたしは内心唸る。いいや実際にも唸った。だから「むう」と言って「お前たちが出したのだよ。あれを、前世に導いて、本物の人間《ひと》にしたのだよ。お前たちが」とも説いて6と6と9と3と6はするとワァッと歓声をあげた。うれしいのだ。この御母様《おん》よりお褒めにあずかり満たされてたまらないのだ。達成感なのだ。しかも期待感もある。今日もまたハイエースに乗って車外《そと》に出る予定なのだから。閉鎖された車内空間は地下世界《アンダーグラウンド》をそのまま運搬して走行させているのに等しい。その外の地面こそは一歩足を下ろしただけでも地上世界《オーバーグラウンド》である。本日はそこで二度めの任務がある。二度めの遣《つか》いに出るというのがある。6と6と9と3と6に。前回は幽霊役というのをやった。青酸カリの溶かされたジュースを服《の》んだり服まされたりした七歳児と八歳児と九歳児に扮するということをやった。つまり死者たちを演じた。今度は？　そのような演技は要らぬ。しかし鏡の一種になる。全員がだ。五人が五つの鏡となって囲んで案内するのだ。案内する？　そうではないな。ご案内するのだ。

敬意を添える接頭辞を落としてはならない。

6と6と9と3と6とは真の二代めの教祖をご案内するのだから。

ところで陽気に騒いでいる当の6と6と9と3と6という五人だが今度もまた揃いのオーバーオールを着た。わたしが着せた。先日と異なるのは揃いのキャップも今回は準備してあるとの点であってキャップとは野球帽である。黒地に白抜きでＦＤＨとあり鍔《つば》は赤い。そのＦＤＨというのは昨年日本一となったチームらしいがわたしは知識も関心もないのだけれどもしかし通俗的であり本年《いま》の子供らは誰もがかぶりうる帽子というのはよい。まだ着用させているわけではないが。まだ要らぬ。まだ五人の髪は長いから。

髪だ。

それがひとたび剃られたならばキャップは要る。

「髪を捧げるイニシエーションもあるのですよ」とわたしは五人に教えた。

「毛を？」

「頭の？」

「髪の毛を？」

「剃るの？」

「そうすると？」

「聖なる数が顕《あら》われますよ」とわたしは諭した。さぁて大嘘をつこうか。

真《しん》に真《まこと》の二代めの教祖とそうではない贋者とを区別するのは数である。前者はお一人おられて後者は五人いる。しかし後者のこともわたしは慈しんでいる。わたし大文字のYは慈愛の教母であるのだから当然だ。また母乳を何カ月も何年も吸ったのだから当然だ。そうだ聖なる母乳をわたしは吸わせたぞ。おお甘露だ甘露。甘《うま》み！　霊的な成長というのを与えたぞ。そのようなわけで五人は真《まこと》に真《しん》の二代めの鏡ともなりえたのだ。鏡像と。また今後もだ。わたしは側《そば》に控えさせて侍《はべ》らせて「まあ、このお一人と五人とは仲がよい」と言わせたい。わたし自身に歎息させたい。そういえば出家前のわたしは父親とそれから父親の後妻というのと暮らしていて弟妹《きょうだい》とはいっしょに暮らせなかった。弟妹《きょうだい》は実母が引き取っていたから。わたしのことはそうせずにわたしの実の母親は下の二人だけをそうしたから。そういうのはいかがなものか。いかがなものか。一般論だがきょうだいは揃ったほうがよいのではないか。と現在のわたしは思っているのだとふいにわたしは察した。ほとんど洞察した。なるほど。みなに幸《さち》あれだ。だとしたら反転した聖痕《スティグマ》もいまや反キリストの刻印ではない。

もちろん「真の二代めの教祖ではありません。自分は。自分たちは」と証すのは大事だが。

しかし数字の意味には豊かさを。豊饒さを。

そうだ「数を大切に」だ。

それゆえに獣《けもの》の数字は書物の数字に変わる。書物の数字にもだ。その印《しる》しにもだ。

「お前たちには一人ひとり、すばらしい数字が浮かびますよ」

「剃れば？」

「そうなんだ」

「えー」

「この頭に？　この髪の毛の、下に？」

「えー！」

わたしは「その聖なる数字を、一つひとつ、物語と紐《ひも》づけようではありませんか」と言った。

子供らはいろいろな物語を諳記《あんき》している。子供らは『６６６ＦＭ』からひらがなを学びカタカナを学び漢字もアルファベットも学んでいてそれゆえにDをディーとJをジェーとXをエックスと読めて「DJXは、いるねえ」と言えたのだったし「本の人だったねえ」「本から出たね」とも讃歎《さんたん》できた。では同じことはどうだ？　お前たちもその「本から出た」となったら？　このわたし大文字のY流の百人一首である歌ガルタのどれかにだ。お前たちがカルタのどれかと対応する。いいやお前たちの数字がだ。頭皮に彫《え》られた聖なる数がだ。それをわたしは「刺青《いれずみ》だ」とまでは解説しないが「お前は3になりますよ」だの「お前の剃毛した頭部《そこ》には9が浮かびます」だの「お前たちは双子だから6と6ですね。おお、双子には入らぬお前のほうも、この御母様には視《み》えました。6です」とは前もって言えた。前もって言うとは予《あらかじ》め言うことであってすなわち〝予言〟だ。これは当たるぞ。当たりたいか？　そうだろう当たりたいだろう。ではお前はどのカルタを取る？　どのエピソードと自らが結びつけられることを望む？　3となるお前は。どうだ？　なるほど。では9は。どうだ？

　どれだ？　なるほど。

なるほど。ところで6と6になって第三の6にもなるお前たち。お前たちにはひと続きの物語がよいな。「そのひと束と、次のひと束と、さらに次のひと束とが、しかし同じお話であるカルタになさい」とわたしは言った。こういうのを文学用語ではなんというのだ？　序破急か？　作中に現われる進行役DJXのその台詞すなわち口上《MC》は「二つにも三つにも、チョップ」したと言ったがチョップされた一連のものを三者で担当するのだ。そうするのがよいぞ。6と6と6よ。

　どれだ？

　おお。

　そうか。それを選ぶか。お前たち6と6と6は。『ユーコちゃんと深夜のタクシー』の導入と『ユーコちゃんと深夜のタクシー』の展開と『ユーコちゃんと深夜のタクシー』のエンディングのそれぞれの束か。ならばお前たちはそれぞれにそのカルタである。

この車内《なか》に頭を剃る道具はある。蒸らす湯のジャーまで一式用意してハイエースに積んだ。しかし剃るのは後である。後とは真《まこと》に真《しん》の二代めの教祖をこのハイエースまでご案内申しあげてからである。この走行する地下世界《アンダーグラウンド》内に。ご案内するのが6と6と9と3と6とであってそのように迎えに派《つか》わされている間は鏡でよい。二代めの鏡像すなわち似姿《にすがた》で。そうしたものに囲まれることで二代めは納得される。つまり「ああ、私の降臨の番なのだな」と。番であるとはつまり初代の時代《とき》は終わったということ。それを二代めはご理解なされぬか？

なされぬはずがない。見通されぬはずが。ない。

ないのだ。

贋者たちはその後に数字を露わにせよ。ここで。このハイエース内で。3は3。9は9。6と6と6が6で6で6。これがお迎えのイニシエーションだ。「儀式を執《と》り行ないますよ」とわたしがひと言口にしたならば始まる。

が。

その前に。「剃るのは後である」という意味の〝前〟のさらに前に。ハイエースの車内《なか》よりもその車外《そと》に意識を向ける時間がある。いまがそうである。いま現在がそれである。車窓越しに注意を払う。犬はどこだ？　ゴールデン・レトリバーは？　こちら江東区の運河地帯にはその警察犬《いぬ》がいるはずで。第三警察の警察犬《いぬ》が。あちら品川区の運河の一帯にいなごがそろそろ出るか出ているように。そろそろ湧いたように。大型犬がいるはずで。

で。

すでに『サロメ』の島に入っている初代のハイエースだが。いなごには埋もれないよう保安課が早々《はやばや》と配慮し対処したはずだが。すでに島のどこかのオフィス・ビルの駐車場に駐まったか？　ダミー会社を用いて契約してとのことだったか？　その駐車スペースを。どういう作戦だったか？　まあ詳細はそもそも教母まではあがらぬ。という生意気さがわたしには愉快だ。保安課め。

大文字のX

95

極上《プライム》なシートはじつに極上《プライム》だった。

私は観やすさに感謝する。

私はかぶりつきだ。

これは私の望んだことだ。私が囮《おとり》であることも私の望んだことだったが、しかし歌劇『サロメ』を楽しんで観るということも私は望んだ。私は観劇のための予習までしたのだから。あの〝世紀末文学〟はどのように路上の歌劇《ザ・ロード・オペラ》に変身するか？　私は「なるほどな。なるほど」と唸りながら観ているのだ。もちろん声には出していない。そうした独語《つぶやき》はオペラの鑑賞マナーに反する。お終いにブラボーと叫ぶのはよい。また、叫べたらよいものだなと私は思う。それが極上《プライム》なステージだったと感心しながら。しかし同時にまた、叫べないでこの野外劇（野外歌劇）が……いいや、市街か？　市街劇（市街歌劇）がぶった切られてしまうのもよいのだと思う。私はスペクタクルを歓迎する。どのようなスペクタクルでも、だ。関係者席——これは「特別観覧席」と称するのが内実に合う、ＶＩＰ《ビップ》席でもある——には二階のと三階のとがあって、私は二階で、やあ、かぶりつき度は勝《まさ》った。しかも最前列で……と説明するのは無駄だ。なぜならば座席図はやはり言葉では具《つぶ》さには説きづらい。だから私は昨晩、ここの座席図をコピーしたのである。コピーして渡した、犬に。サンに。第三警察犬に。つまり第三警察に、だ。私は素人《アマチュア》であるので図面から「それ」をビビッドに想い描いたりはできない。というわけで、ほう、来賓たちのために設《しつら》えられた空間はさすがに入るまではわからないものだな、と感じた。ＶＩＰ席には着いてみなければわからない、と感心した。たとえば席と席との間のゆとりだの。不用意な注目は回避されるように設定されている。しかも足もとには個人用のモニターがあって（一席ごとに）、視線をいつでも必要とあらば落とせる……エレガントな無視というのを可能にする。ちなみにモニターは、東西南北の四面に散らして演じられる『サロメ』の、私たちには当然ながら死角となる面、すなわち観覧席が二階と三階に設けられたこのビルの真下で、真下の路上で、すなわちこのビルを——この高層建築をも——背景として演じられる場面《シーン》を映す。それは冒頭部だった。そういう場面《シーン》＝死角があるのは、だ。冒頭部のみ肉眼では観られない脇役たちの歌（でのひとくさり）があって、主役が登場して以降は、この不都合は排される。まさにＶＩＰたちへの適切な配慮。もちろん主役とは題名役《タイトルロール》のユダヤの王女サロメであって、ＶＩＰたちには私が含まれる。本日はシックなネクタイを締めている、じつに趣味のよい装いをした『ボム・ザ・レディオ』原作者が。私の肉眼は派手に観る、派手な演出を派手に、だ。私はこれに関しても素人《アマチュア》だったと知る。演出プランはある程度は知っていたのだけれどもビビッドにちゃんとイメージできてはいなかった。というわけで、ほう、実際に観るまではわからないものだな、と感心の連続だ。そういうのは、繰り返し言うことになるが私が素人《アマチュア》であるからだ。

プロならばどうか？

プロと座席図。

プロとだいたいの演出プラン。

座席図は、コピーがあるから詳細で、演出は、私が把握した部分のみを口頭（とは電話だ）で伝えただけだから曖昧《あやふや》の極みで、しかし座席図を手にしたのは第三警察である。私からの電話を受けたのは第三警察である。わたしはこの市街歌劇『サロメ』の上演される島《アイル》に、その市街の要所要所に、彼らを配置しようと試みた。いいや、より正確に述べるのならば、彼らが自分たち第三警察の事前の配置、配備を試みるようにと私は試みた。いなごの迎撃のポジションに就《つ》かせよう、としたわけだ。演出プランを洩らすことで。たぶん、というよりも確実に、第三警察であれば島《アイル》の図面（地図、地理）を私よりも何百倍も詳《つまび》らかに、かつ精確に頭脳に叩き込んでいる。そのうえで、馬が出るのだ、等も知る。ここまでは私たち特別観覧者（ＶＩＰ）のいる建築物の屋外《そと》のことであって、このビルの内部であれば、もう掌握しているに等しい。私は、この高層建築に関して「何階建てで、どういう企業がどこ――の階《フロア》――に入っていて、一階にて通《ストリート》りに面して営業する飲食店は何と何と何で」とは語れない。しかし第三警察はむろん、語れるどころかビルの設計図面も今朝までには手に入れているどころか、たぶん四階には現場の指示の、指揮の本部を置いた。一階と三階が観覧席で、その上の階《フロア》の一隅に第三警察の拠点。そうなっているというか、そうする、と私は聞いた。

「ですので、ご安心を」と。

私を、拉致はさせない、と言ったのだ。

そして、いなごの動きは攪乱《かくらん》して、もしも現われるのが教団の秘密部隊であれば潰すと言ったのだ。そうなのだ。当局は教団を潰したい。その壊滅の意志に貪婪《どんらん》だ。私は？　私は教団を潰したい。教団は？　教団は私を拉《らっ》したい。そういう意志を婪《むさぼ》っている。というわけで、私はオペラ鑑賞である。ここで。私は大船に乗った気持ちか？　いいや。私は網を張っただけに過ぎないし私は一介の物書きに過ぎないから私が本当に当局に大切にされるなどは信じない。これは国家対宗教団体対作家なのだ。だから私は私なりに装備した。といっても三点だ。三種の神器ならぬ三種の人器《じんぎ》だ。一つはいつものナイフ。折り畳み《フォールディング》ナイフ。一つは携帯電話。ただの二つ折りのＦＯＭＡ《フォーマ》の携帯。一つはポータブル・ラジオで、上着の胸ポケットに収まっていて、そこからはコードがのびている。イヤフォンが私の耳に。私は、そうなのだ、片耳に嵌めたイヤフォンでラジオの放送も同時に聞いている。もちろん『ボム・ザ・レディオ』の月例特番《マンスリー・スペシャル》を聴取している。

いまはＤＪＸの声はない。

演奏（歌唱）がメインである。

演出が凄い。

それが観られる。肉眼で。聞ける。生《なま》……肉声とラジオとで。

たとえば回転するオーケストラ・ピット。たとえば回転する水槽車、特装の水槽トラック、そこに預言者を演じるバリトン歌手を乗せて、あたかも方形《スクエア》を描いている四本の道路を、回る。私は文学が現出するのを観る。『サロメ』という文学だ。しかも歌われる、サロメ役のソプラノと預言者役のバリトンの、これは二重唱か？　こういうのは二重唱とは言わないのか？　それぞれの独唱《アリア》？　これは官能的な音楽である。と私は聞いた、いわば聞き惚れた、この二人でじゅうぶんにスペクタクルだなと思い、と、場は転換に入って、ここからはＭＣの出番だ、と私はラジオの音声――イヤフォン――のほうに耳をすます。

なんだ？

放送事故か？

どうした、ＤＪＸ。

「……あっ、いや、あの……ん、ん。すみま……すみましぇーん。ここで、ええっと、ニュースです。で、いいんですよね、キワさん？　あ、ごめんなさいっ、番組の常連リスナー以外には伝わらないな、キワさんっていうのはプロデューサーで……はい。落ち着きます。ワタシ落ち着きました。それではニュースとともに実況です。中継しております市街歌劇『サロメ』は、スリリングになってきました。スリリングな状況《ありさま》です。じつは、ラジオの前にいる、あなたたちだけが知るっ！　歌手たちは気づいていないしオーケストラも、指揮者もだ、けれどもこのオペラ、このザ・ロォォォード・オペラの舞台《ステージ》はっ！　ワタシの言う、舞台《ステージ》、とは街区まるまるのことですけれども、つまり再開発街区だ、東品川の、東西南北のどっちもが――どっちに進んでも運河だ、その、東ね、いなごが湧いています。西ね、湧いています。南と北、やっぱりいなごが、あちゃあっ、湧いた。これは純血種か？　どうやら純血種だ、純血種の飛蝗《ばった》さんたちだ、と局の報道部が。しかも、いなご、こっちに来てます。どっ鳴り出して、という状況《ありさま》を、ちからも。えーっ！　にもかかわらず、さあ次の一場のための前奏が、イマジン！　……ん、ん？　え。それだけじゃないの？　ＪＲやま――」

大文字のY

「――イマジン！　……ん、ん？　え。それだけじゃないの？　ＪＲやま、山手線でも、いなご？が、はい湧き出しております。しかし問題は、山手線が全線、つまり内回りも外回りも、動かない。いま現在、動いておりません。これは『動かせない』という非常事態の、すなわち不慮の、えー、原因は――」

いなごは犯行声明は出さぬ。

しかし機能を全面的に麻痺させた山手線のその全二十九駅のホームにいる。プラカードを持って。旗《フラッグ》も掲げて。ひと駅にせいぜい十人。上限で十五人。だから併せて三百人なり四百人なりを投じただけだ。しかし陽動としての効果は絶大である。そして生《ライブ》で放送中のこのラジオ・パーソナリティへの信号としても。潜在意識へ向けてのシグナルとしても。いや前世の下層と呼ぼうか？　その人の心中の地下世界《アンダーグラウンド》を。

さて。往《ゆ》け。

わたしはお前の放送をずっと聞こう。この車内のカーラジオで。

それから車の窓だ。わたしは車外に見ることが叶った。警察犬《いぬ》を。

これは二度も叶った。

その大型犬とともに二代めがいらっしゃってわたしも6と6と9と3と6も二代めの教祖にご注目申しあげられた。八歳であられるそのお方に。この注目だが都合三度叶った。目下がその三度めである。一度め二度め三度めとハイエースのありようも変わったのだけれども具体的に述べれば現在《いま》はハイエースは駐車している。すなわち三度めに至って漸う《ようよ》駐車したわけだ。このワゴン車は。最初は二代めのいらっしゃる情景のかたわらを単に通過しただけだった。ステアリングを握る信者にやや減速はさせたが。目立たぬように。二度めは信号待ちというのを利用できて一時《いっとき》停まることが叶った。ここでわたしや6と6と9と3と6が目にした光景とは二代めの教祖がゴールデン・レトリバーに「さよなら」を告げられるという一場だった。いいや「じゃ、さよなら」と合図される瞬間だった。つまり手をふられたのだが他にも合図なされた。不思議なサインを出された。こうして一度めの減速に二度めは停車というのがあって三度めに駐車した。ハイエースはいまのように駐《と》まるに至ったのである。

そしてわたししたちはご注目申しあげている。

しかしまずは警察犬《いぬ》の話に戻ろう。その前にこの土地は眠ってはいないのだとわたしは告げよう。土曜日の午後で穏やかで雨の気配もない。人影は多いし家族連れも。そういう土地でおやおや第三警察が目覚めている。田沼意次の言葉を借りれば「非常線みたいなの、張ってまして」だ。さて眠っている誰かや何かを目覚めさせる行ないは愚かだがもう目覚めている誰かや何かをさらには目覚めさせまいと画策する行為は愚かか？　以下に幾つかの真理をわたしは記す。まず犬に関しての真理から。ある一頭が〝広域〟とも言える場所にいるとして何者であれば鋭敏にこれを発見するか？　同族である。犬に反応するのは犬である。これを真理ではないと否《いな》むのは難だ。というわけでわたしは否まない。

だから犬を出した。

湧かせたのだ。まず。

それは一頭のゴールデン・レトリバー探索のためである。たとえばイングリッシュ・セッター。たとえばコリー。それとこれらの品種も警察犬に採用されがちなのでどうかとは考えたがラブラドール・レトリバーやシェパード。こうした犬たちが飼い主にリードでひかれて散歩をしている。あるいは飼い主たちをひいて散歩をさせている。こうした飼い主たちは他の犬の飼い主たちだの当の犬だのに「こんにちは」「やあ」と挨拶して怪しまれるということがない。また「このあいだゴールデンを見ましてね。愛らしい垂れ耳のゴールデン・レトリバー。あのワンちゃん、今日もどっかにいたかなあ？」と堂々と尋ねられる。最速の情報収集が叶う。

もちろん今日に限って犬連れの散歩者がこれほど湧いているというのは妙だ。この江東区のこの湾岸地域のこの一地区内にというのは。では誰がまっさきに怪しむのか？　第三警察である。すると検問もどきや職務質問もどきが始まる。かもしれない。さぁて真理の二つめ。そこに監視があるのだと理解することと監視には限界があるのだと理解することは違う。わたしは結局のところマンパワーは限られているのだと言っている。捜査員たちが「あなたのご職業は？」と尋ねはじめれば区域内の不審な車輌に注がれる視線《め》は減る。理屈としてそうだ。犬が湧けば煙幕となるのだ。張られた非常線には張られる煙幕を。しかも犬の連れ手たちはもし「ご職業は？」と問われれば全員が答えられる。なぜならば雇われているだけの一般人だから。ＩＤも所持させてある。もちろんアルバイトの募集は教団はかけずに教団傘下のオーバーグラウンドの企業の関連会社が二つ三つ幽霊会社《ペーパーカンパニー》を噛ませてからかけた。はずだ。はずだ。たしか望遠撮影する映画の一場面のエキストラとして起用というのが告知文だった。はずだ。しかも私服の刑事が質問に来たら絶対にあなたは撮影されていますよと。この説明も含ませた。そして「ゴールデン・レトリバーの目撃情報は、逐一、事務サイドに入れて（連絡して）ほしい。撮影スタッフのためにも」とも。

つまり事務所の電話が鳴る。

そこで整理された情報がこのワゴン車の運転手の携帯に転送される。

というわけで一度めのその警察犬《いぬ》をハイエースの窓外に見るとの機会は速やかに得られた。やや走行速度を落としつつかたわらを。走行した。ああ二代めはごいっしょにおられた！　ゆえにわたしはご注視申しあげられた！　この目で。肉眼で。ああ数日前に粗いビデオ映像を見ただけでも呼吸《いき》と心臓をとめられたというのに。いらっしゃるのだ。そこに。そしてゴールデン・レトリバーがいてこの警察犬《いぬ》の前の肢《あし》後ろの肢が太い。見事な筋肉である。なるほど毛色はゴールドである。あえて日本語で黄金《こがね》の色彩のと言おうか。ハァハァと舌を垂らす。楽しいのか？　二代めのお側《そば》にいられるから？　さもありなん。で一頭の警察犬《いぬ》だけではなかった。二代めのお側には他に人間《ひと》もいてこちらは三十代の後半か？　いいや四十過ぎだな。女だ。これは大文字のＸの用意した守《も》り役なのか。さもあるべし。地味な印象の女であってなるほど乳母には相応だと言える。なるほどＸは己《おの》れの留守に当たっても配慮に欠けぬ。しかし問題は女ではない。ゴールデン・レトリバー。

この犬のいるところ第三警察はいる。第三警察の監視《め》が強烈にある。

だから通り過ぎた。さっさと。

ところで警察犬《いぬ》の話を続けよう。それには二種類ある。警察内部では〝直轄警察犬〟というふうに分類される。前者は東京ならば警視庁でじかに飼育される。後者は民間で飼われて訓練されたものが選抜される。オーディションに臨むのだ。合格すれば一年間の任期で採用される。という内情をわたしは田沼意次から聞いた。警視庁の公安部長の秘書官から。現役の警視であり来年には警視正に昇進するであろうエリートから。その桜田門のエリートにわたしは一つ尋ね忘れた。二代めのお側に従《つ》いたゴールデン・レトリバーはさて直轄なのか嘱託なのか？　わたしは〝嘱託警察犬〟であれば少々おもしろいというか好ましいなとは思った。これはわたしの記憶が疼《うず》いたためだ。というのもわたしも受胎のイニシエーションにおいて複数の志願者のなかから選《え》り抜かれた。そのイニシエーションには一次選考も最終選考もあった。あれもオーディションだったのだ。となると〝嘱託警察犬〟とわたしには親しさが。あるか。いいやないか？　しかし些事である。この問いはまるで重要ではない。そこで真理の三つめに移ろう。第三警察のマークする事柄は公安部もマークする。第三警察がそもそも深川署が所轄であるという地域をマークしたから田沼意次は公安部長の特命《コマンド》を受けて同地域をマークした。とも言える。わたしが「探れ」と言ったのだが。具体的に指示したのだったが。この二重のマークはピンポイントの場所を指す場合には×印となる。つまり第三警察のマークする地域があり人物があるとすれば人物の住所は×印で示された。

大文字のXがそこに住むわけだ。二代めをお護《まも》り申しあげて。

もちろん田沼意次はこの住所もわたしに教えた。

重要な問いというものはあるのだ。

ここに面がある。地面との言葉に孕まれる面だ。この土地をフラットな世界だと見做してみる。わたしの乗ったハイエースはこの平面にどのような軌跡を描いたか？　ひとまず小文字のbだったとしよう。たしか楽譜の変記号《フラット》はこれに似た記号だった。であればbは適切だ。ハイエースはまずbの下側の円を描いた。それも円の左下の隅から始めて右側の上方《うえ》に弧を描いて回りながら回った。下方《した》に向かう前に減速があった。ハイエースがやや速度を落として二代めへの一度めのご注目が叶った。それからハイエースはbの下側の円のその環《わ》を閉じる動きに入った。真下に行《ゆ》き回ることは止《や》めずしかし。ここからbの縦の棒の直進というのに移った。その途中に信号というのがあった。ハイエースを一時《いっとき》停めた信号である。これは運河の手前である。運河とそこに架かる橋の。ここでわたしたちは警察犬《いぬ》と二代めとのお別れというのを目にするのである。じつのところハイエースの運転手に「犬と別れますよ。いまから」との連絡が入ったから駆けつけた。に等しい。とはいえ運河の向こう側にはマンモス団地があってペットとの散歩はそこでは嫌われるというか暗黙のうちに禁じられているのだとはアルバイトを募る段階で把握していた。ので運河《そこ》で離れるのだろうとは読んでいた。あるいは待っていたと言おうか。事前に想い描けなかった不思議は二代めのサインであられる。警察犬《いぬ》に対する「さよなら」の身振りだ。たしかにいわゆるバイバイというのはされた。手をふられた。その後に拳《こぶし》を振り落とされて人さし指と中指を伸ばされた。V？　さらに胸の中心で左右の人さし指を縦に合わされた。いや実際に合わされるとまではゆかなかったか？　単に寄せられた？

なにやらわたしは無言劇と感じた。

警察犬《いぬ》が盛大にその尾を振ったことからも。「さよなら」および不思議の身振りに応えて。

「わあ」と言ったのは9だ。

「いまのは恩寵だねえ」と声を揃えたのは双子だから6と6だ。恩寵とはまた見事な用語を。

「犬にも霊の言語《ことば》を届けた！」とは3。

「だから届いたねえ」と残る6が応じた。

ああいうのがいいねと五人は言うのだった。お迎えにあがるにはああした手のサインを付けてと。たとえば自分は3だから指でこうしてと指を三本立てた。9は開いた片掌《かたて》に反対側の手の四本の指を添えた。そして6と6が自分たちならばこうだよねと言って左側の掌は開いて右の拳から立てて突き出した親指をその開《たなごころ》掌に当てた。ほう。三人がそうした手指のサインをいっせいに並んで為《な》すと実際に霊性が弾《はじ》ける。と見えるぞ。よいぞ。

そしてbの続きだが。この土地すなわちフラットな面に描かれたワゴン車の軌跡の締めだが。

bの縦棒の先端に駐まったのである。

その先端の何十メートルか先は？　×印である。二重のマークである。第三警察と警視庁公安部との。八十棟以上あるというこのマンモス団地のひと棟のとある部屋。その部屋は二階にあるのでじつは平面上には描けない。しかし構わない。依然として面で考える。Xが二代めの教祖を保護いたしつつ警護いたしつつ暮らすひと棟があるのだ。×印が。これは団地の公園に面している。公園内には遊具がいろいろある。ではその公園は何に面するか？　この大規模な公営団地専用であるらしい区立の小学校の敷地に面した。江東区立の小学校だ。今日はグラウンドが休日開放されている。でハイエースはどこに駐車するのか？　われらがワゴン車は？　このマンモス団地の敷地に隣接して建てられた小学校の教職員用駐車場にだ。そこに駐まる。そこがbの縦棒の先っぽである。小文字のbのその頂《いただ》き。もちろんハイエースの運転手は公的な駐車許可を取っている。もちろん詐欺にも近い手順《ステップ》を踏んだので駐車許可は持っているとだけ言うのがよい。だが職質を受けても躱《かわ》せる。そこまでの効能はある。そういうわけでbの頂点にハイエースだ。小学校の敷地に駐車した。ここのグラウンドには子供たちがいる。やや年長の人間もだが。その敷地がマンモス団地の公園に接している。そこにも子供たちがいる。フリスビー遊びをする者も縄跳びをする者もいる。親もいる。公園の向こうは？

×印だ。

さてわたしは運河のあちら側には犬連れの散歩者たちを湧かせたが運河のこちら側では何をしたか？　わたしは宅配便を湧かせた。それも×印のその棟にだけ。これまでは面の話をしてきたが荷物の送り状に何階の何号室だとわたしが書けないとは言っていない。わたしが直接書いたわけではないけれども。書かせたのだけれども。しかも荷物のその伝票の〝お届け先〟の電話番号は書き入れずに〝ご依頼主〟の電話番号は入れてこの番号というのがハイエースの運転手の携帯の番号《それ》だ。しかも但し書きを添えて「品物は生鮮品です。もしも不在の場合は、ここにお電話を」と配達係に指示した。つまり届けて留守ならば×印の住居内はいま留守だとわかる。荷物は五つの宅配業者にばらばらに託した。もちろん五つのばらばらの荷物をである。時間指定を利用した。正午から午後二時までが四社。これらからの「不在のようですね」の連絡はもう受けた。残る一社はじつは大手の進出で潰れかけている零細の業者である。だから「二時から二時半までの間に。もしも不在だったら、こちらに電話を」との要望もにこやかに呑んだ。らしい。わたしが直接これを頼んだのではないが。しかし電話番号は。

この五つめの荷物の送り状のみ〝お届け先〟の電話番号が入り〝ご依頼主〟のそれも入る。そして「もしも不在だったら、届け先《こちら》に電話を」と記されている。

そしてその番号は目下は運転手が預かっているがわたし用の携帯電話のものである。

宅配便の配達係たちは粛々と仕事をする。

×印のついた建物で。

その隣りに公園がある。わたしたちは小学校の敷地内からその公園を観察している。駐車したハイエース内から。車窓越しに。わたしたちとはわたしと6と6と9と3と6である。わたしたちは二代めにご注目申しあげているのである。公園に二代めはおられる。何をしておられる？　地面に屈んでおられる。花の観察？　いいや採集？　あそこにあるのは白詰草《しろつめくさ》か？　二代めのかたわらには例の地味なお守り役の女。持っているのはレジ袋か？　やはり花を採っているのか？

そこで電話が鳴る。

運転手の懐《ふところ》ろで。

しかし運転手は出ない。

「御《おん》母様に」とわたしにわたし専用の携帯をさし出す。ああなるほど。またも×印の住宅は屋内《なか》からは応答せずだったと。わたしは出る。そして言う。「ああっ、はい。すみません。ちょっと表に出たものですから。本当はいないといけないはずなのに留守にしちゃって。あの、下方《した》の、そこからも見下ろせる公園です。はい。ええっと……よろしかったら、声、かけてもらえません？　そうしたら、あたし、開《あ》けにゆきます。家《うち》を。玄関を。荷物、受けとれますし屋内《なか》に運び入れられますから。ええ、ええ、すみませぇん。ええっと、あたしの恰好は」とわたしは地味な女のその外観を説明する。その服装《いでたち》を。そして二代めの教祖から引き離す。のである。

おや？　ラジオの実況もだいぶ佳境だ。

「――イマジン！　この言葉をワタシは聴取者のあなたたちに、視聴の視、つまり『視《み》るは、要らない！』を強烈な圧をもって伝えたいがゆえに繰り返しています。圧、つまり圧力です。迫力です。イマジン！　どうだっ、迫力は、あるかっ！　しかしいまやこの叫びは、リスナーのみなさんへ向けられた命令形ではないのだ。ワタシはあなたたちに、想像せよ、と命じる前に、ワタシ自身にこの命令形を向けたっ！　この瞬間、ワタシは自らの脳内のスクリーンに、その画《え》を想い描けているのか？この鼓膜経由だけで？　……ん、ん……その、ワタシの耳にはイヤフォンが嵌まりますからね、コードがのびているんだな、有線と、それから無線なんだな。最終的には中継車なんだな。移動中継車だ、ラジオカーだっ。そこから指示が届いて。最新情報もっ！　あれですよ、ラジオカーはロングのバンで、車輪《あし》のついた副調整室で、というネタはどうでもいい。お復習《さら》いしましょう。ワタシ実況しながら、呆然と……ボー然としているんだから。慄然《りつぜん》としているんだから。さあ頭の、ア・タ・マの内側《なか》に地図を描きましょう。アナタのアタマのその内側の、その脳内スクリーンに。これです。ザ・ロォオォォッ……ド、オペラの舞台《ステージ》たる街が中央にある。その北にいなごの大群、これが南進した。西にもいなごのひと群れ、これは東進した。ひと群れとは言っても千人はゆうに超えているとの情報が。二、三千人？　でっ、南にもクラスター状のいなごが湧いてっ、もっちろん北進だ！　東。相撲の行司ふうに言ったら、ひがぁ〜し〜。うわあっ、目下《いま》はこぶしを回している場合じゃない、ここの東には品川埠頭があるのか？　だとしたら東京入管があったよな？　あるよね、東京入国管理局。しかし、それも余談ですっ。いなごの東のクラスターも、これは西に行進、つまり西進して、もう入った。来ています。なにしろハンマーを持ってるって。投石は？　どうなの、始まったの？　大規模に？　あ、ワタシはいま、この情報をラジオカーに乗ってるディレクターに確認しているわけですけれども、もしもし？　もしもーし。あっ、またもやディレクターの上役《うえ》の方が、じかにっ、指示で。はい、キワさん。わかりました、言っちゃいます。あのですね、リスナーのみなさん。いなごたちは本日、目新しいプラカードを掲げておりまして。そこには三文字の漢字と、ひらがなで『へ』、つまりエですね、助詞の、が書かれていて。不届き極まりないことに漢字のうちの三つは、陛下の、天皇陛下の、天皇でして。それとワタシはさっきアナタのアタマがどうのと言ったけれども、リスナーのあなたのア・タ・マと言ったけれども、その頭という文字。漢字。脳味噌の容《い》れ物ね。ですから、そっとイマジン。『天皇』に『頭』に、ひらがなの『へ』。そうすると四文字で――。

いやいや、その『頭』はアタマとは読みません。

音読みでズだ。

だから『天皇頭《てんのうず》へ』だ。

そして、これもいいんですね、キワさん？　この生放送で言っちゃって？　はいっ。りんかい線の天王洲《てんのうず》アイル駅の、構内《なか》から、ここって地下駅なんだけれども、いなごたちが、いま、ドワッと！　湧いてます。いまというかもう湧いてます。ぜんぜん噴出だっ。……なんだよぅ、つまり最初から、ここ天王洲が標的かよぅ。とワタシは思った。泣ける。うう。つまりですね、このいなごという社会運動のメッセージは、あれだ、日本国憲法をどうするかだ。どうするかって答えは一つで、改正しましょう、だ。そのために、九条までを再検討だ。すると筆頭に来るのは、天皇制……象徴天皇制で。そういうイシューで。あ？　筆頭だからアタマ？　そっか。なのかもね。おもしろい着想だね。なぁんて言えん！　ちなみに、みなさん、衝突はもう始まっています。それで……なに、キワさん？　警官隊の到着は、いつもより遅かった？　機動隊の出動が？　――だ、そうです。リスナーのみなさん。というのも、あれですね、山手線だ。あっちが完全に停まっている、しかも全部の駅のホームで、いなごたちの示威《じい》……って、これはデモンストレーションの意味の示威ですよ、って、なにをワタシは説明しているのだっ。このむっつり破廉恥が！　山手線のトラブルに戻りますが、あれはシステム障害との速報も。……電子的なテロじゃないよね、これ。というのを、きっと警察も懸念した。どうやら警官隊は『そっちに行《ゆ》かねば』となった！　先にね。しかもＪＲ山手線は、二十……八駅だっけ？　九駅だっけ？　いっぱいあります。んで。遅れたかぁ。やられたかぁ。なんだコレ。しかし来たんだね？　来て、なんだコレ。騒乱じゃん。天王洲の……湾岸騒乱じゃん。

　えっ？

　はい、キワさん。

　あの、えっと、リスナーのみなさん。続けますよ。どんどん続けますよ。この中継のダイナミズムは、いぇい、聴取率に直結だ。それにね、山手線。山手線……に……大いなる障害……という事態。不慮の……。へっ。あのね。ワタシもね。リスナーのみなみな様、このワタシもイマジン！　間接情報《ニュース》ばっかりじゃ駄目だ。いけませんよね？　レポーターなんだから。現場の。ラジオカーからの音声に頼ってばかりじゃ。これはライブ、歌劇のライブ演奏のその生《ライブ》な中継なんだから。ワタクシ、不肖ＤＪＸは、さらに最前線へ、赴きまーす！」

大文字のX

96

　百年と九十九年について語ろう。私は戯曲の『サロメ』を著わしたオスカー・ワイルドを「十九世紀末の文学者だ」と理解していて、これは正しい了解である。このアイルランドの作家は一九〇〇年にパリで没したのだから。また『サロメ』はフランス語で書かれていてパリの出版社から一八九三年に出されたから。まさに十九世紀末である。見事に〝世紀末文学〟である。そして私だが、私は教団のための予言書というのを無署名で一九九五年に著わした。二冊も、である。これも見事な〝世紀末文学〟だった。そして教団はそもそも時代《とき》が二十世紀末だからこそ、世界最終戦争（ハルマゲドン）というのを画策した。自作自演を試みた。私が教団に、関わる……拐《かどわ》かされる前に、だ。私は時おり妙な気持ちになる。日本が（というか、現代の国家・文化のマジョリティが、と言うべきだろうが）西暦を採用しなければ、つまりキリスト紀元というのを無視しえていれば、一九九五年の三月二十日に東京都心——の地下、三つの路線の地下鉄の五つの電車内——で化学兵器を用いた無差別テロは発生しなかった、ということになるから。数字にどのような意味があるのだ？ どうして「一九九九年」などという一のあとの九のぞろ目を「禍《わざわ》いだ、禍いだ、真実の禍いだ！」と讃《たた》えなければならなかった？

一九九九年はどうして平成十一年であるだけでは足らないのだ？

というよりも、どうして平成十一年は昭和七十四年ではない？

しかし私は、昭和……昭和のことも忘れ出した。やたら西暦に馴染みはじめた。この私も！ つまり西暦に馴染み、西暦《それ》を用いるだけで私はハルマゲドンを起こす側に荷担《かたん》している。そのことを認めたうえで二つの世紀末に戻ろう。オスカー・ワイルドの世紀末と私（私たち）の世紀末と。これは十九世紀のものと二十世紀のものとを比較しているのだから暦数的な距《へだ》たりは「百年」である。一世紀の違い。百年。まあ戯曲『サロメ』と私の二種類の予言書とでは百二年の距たりを挟むのだが。この端数を気にするのならば、端数があえて不吉さを——不穏さを——顕《た》たせる比較にも入《はい》れる。私の新たなる二種類の書物、『６６６ＦＭ』と『らっぱの人』はともに二〇〇四年に出た。すなわち今年だ。今年から百年をさかのぼ……らずに、ぞろ目の九十九年さかのぼったら、何が？

何がある？

ドイツのドレスデンで、リヒャルト・シュトラウス作曲の歌劇『サロメ』の初演がある。

そうなのだ、九十九年前に。西暦一九〇五年に。この、じりじりするほどの一歩手前——一歩だけ手前感。「あと一年で」との感覚、焦燥の感覚《それ》。つまりそうした数字は、精神に障《さわ》るから、終末を煽《あお》るから、そうなのだ――事実として災禍《わざわい》である。

それをコロリと転がせるかという点に、意味（や期待）を転倒させられるかに、私の文学は賭けられている。

完全なる転倒？　いいや。傾《かし》がせるだけでもよいのだが。


よい報《しら》せもある。

報告は私の耳にもたらされる。イヤフォンを嵌めた片側の耳の、鼓膜に。私の上等なスーツの上着の胸ポケットに入ったポータブル・ラジオからそのイヤフォンのコードはのびている。私はＤＪＸの声を聴いている。さっき、大変によいことを言った。こうだった――

ああっ、なんか、路面店になってるレストランの、イタ飯《めし》のレストランの、ガラスが割られて！　しかもわざわざ壁ぎわにきれいに、きれーに陳列されてた高価《たっか》そうなワインのボトルが、落ちて、落っことされて、割れて！　うわっ、なんですかっ、これは酒類への怒りですか⁉　アルコールなんぞ禁じてしまえっと。まるで今日のこの午後の天王洲《てんのうず》は、いやいや東京タワーも拝める絶好のロケーションですから、今日のこのアフタヌーンの東京はっ、ずばり、禁酒法時代だ！

では『らっぱの人』は、作中の主人公ＤＪＸのみならず、設定それ自体も現実化を？

幸いなるかな。聖なるかな。

私の長篇小説がこの島《アイル》に溶ける。

他にはどのような報せが？　これもあった――

うわっ、市街劇が……市街戦へ⁉

さすがに極《き》まったコピーだ。わがラジオDJはしゃべりのプロだ。真実のプロフェッショナル。九十九年と百年とを比較したのだから、歳月《としつき》という時間を離れて、空間をも考える。私がそれをいま考える。DJXはどのようなレポートを続けたのだったか？　この野外歌劇『サロメ』が上演される島《アイル》の、東西南北にいなごが湧いたと言ったのだ。そして島《アイル》に迫った、雪崩《なだ》れ込んだと報告したのだ。北から来た……西から来た……南から来た……東からも。これはつまり、四つの方角からの、この埋め立て地の磔刑《たっけい》である。

その路上のオペラが磔《はりつけ》にされる。十字に。

それでは最前線というのを、見よう。この極上《プライム》なシートから。全景がわかる、というわけではないけれども、しかし特別観覧席こそはベストなポジションである。ビルの二階なのだから。このビルの二階なのだから。かぶりつきというのができるのだから。しかも私は片側の耳で、ライブ中継される『ボム・ザ・レディオ』が聴けている。得られている、音声《こえ》が。

あたかも情景に付されたコメンタリーだ。

それにしても、――最前線とは、そこか？

ここか？

私は屋外を見、かつ室内にも注意を払い、そのようにして二つの視界を持ちながら、一つの耳はラジオを聴取し、残った側はそうではない。

すなわち倍加された視覚と、倍加された聴覚と。

そんなことを私がするのは、啓のためか？　それともあの、全盲の、髭面の、教団の、指導者《グル》のた

——。

97

ためだ、とは言わない。

ただ描写しよう。目に見えるものが二つ、聞こえるものも二つ。二種類と二種類とがこの何十分間か、同時に進行した。それを以下に凝集させよう。

片耳にはＤＪＸのだばだばだばだば、どぅん。爆発《ぼん》！　さあ迫真の中継はとの声があって、いっぽうで屋内は初めは静かである、まだ騒がれていない、すなわち情報がない。もともと私語は控えられていて、待たれていたのはブラボーだけだ。しかしスペクタクルは一つ生じたのだけれども、それに対して「ブラボー！」の喝采はあがらない。上品にも終幕《おしまい》を待っているのだろう。ドウシテオ前タチノ表情ハ変ワラナイノダ、私以外ノＶＩＰ《びっぷ》タチヨ？　いまＤＪの語りは悪《あ》しきタイミングである。なにしろ西に爆弾の炸裂が見えた。この観覧席から。それを派手派手しい演出の一部なのだと私以外のＶＩＰたちは考える——そうであるはずだ——から黙ったままでいる。するとスペクタクルだから「ブラボー、ブラボー！」でもよいのだが、このビルのこの二階のこの空間には慎ましさが満ちる。しかしデモ隊が迫り出すと。警官隊がデモ隊を阻《はば》み出すと。ほんの少し室内にざわつきというのは生じた。ヤットナノダナ、ト私ハ、ナカバ呆レテ周囲ニ、チラリ、チラリト目ヲヤッタ。しかし同種の落ち着き（じみた態度、習性）を賞讃の対象に変えることもできる。イヤフォンからはＤＪＸのそれにしてもオーケストラはこの事態の、つーか、展開《なりゆき》の、つーか、迫り来る危機にまだ気づいていないのかっ。そうであるから演奏を続けているのかっ。ならば確かめに、オケピ方向へ！　いざとの声がして、それはうおっ！　ここから眺めるだけでも、指揮者の粘りが、鬼気迫る表情がっとの解説《コメント》になって、これぞコメンタリーであるわけだが、私は眼下にして正面の、オーケストラ・ピットを見る、その時に目にした——見下ろした——のだった、回転するオーケストラ・ピットには当然ながらオーケストラがいて、しかも楽団員たちのほぼ全員が（たぶん）表情を強《こわ》ばらせている、にもかかわらず管楽器を吹いて弦楽器を弾《ひ》いている、太鼓だのタンバリンだの木琴だのの打楽器はタイミングしだいで——その出番が来たら——叩いている、なぜならば指揮者が、指揮棒を下ろさないからだ。それが振られている間は、オーケストラは臨戦状態だからだ。ここにもプロが、真実のプロフェッショナルがと私は感心して、それから。

アア、ダカラ私以外ノＶＩＰタチハ、マダ非常事態デハナイノダト？

勘違イシテ？

と左右を見た。だが驚いたのは、警官隊がデモの前線《フロント》に放水を始めてもまだ本格的には騒ぎ出さない。いくら情報がないからだ、届けられないからだとはいえ、こうも貴賓（もしかしたら生まれながらの著名人）というのは沈着か？　その鈍さに私はいやはや、まいる。しかしＤＪＸがあぁっ、水には火を、というわけなのでしょうか、火とは、ええと火炎だ、だからっ、かっかっかっ、火炎瓶だっ！　この実況はと言って、それからノイズに数秒いいや数十秒巻き込まれた時には、ここ特別観覧席から俯瞰される状況のその内側にも、火。火炎。投じられる火炎《ひ》のボトル。すると指揮者のその指揮棒が、下ろされた、ついに、すると「ああ、タクトが」と後列の席にいる誰かが洩らして、いいや、呻いて、そうなのだ演奏は途絶された。そうなのだ演奏家たちが散り出した。しかも回転するオーケストラ・ピットの円盤……ボードの縁《へり》から、落ちる、場合によっては転がり落ちる。ソコデ私ハ、ソット後方ヲ見ヤッタ、スルト貴賓タチモ、ナァンダ、浮キ足ダッテイルデハナイカ。ミナ逃ゲ腰カ？ ちょうどDJXが馬が、うわっと言って、私は、どこにいるのだ、馬は？ と探して、すると、いた、兵士役を演じていた歌手——日本人だ——が馬上から引きずり下ろされて、誰かに乗っとられた。まさに乗って、奪《と》られたのだ。学生だ、いや学生に見える、だから学生ではない、誰かが擬装《カムフラージュ》している、と私は看取する、なぜならば馬を、巧みに操れ過ぎる、しかも、「この馬は暴れているのだぞ」と、巧妙に見せかけられ過ぎている。馭《ぎょ》して、だからこそ暴走する一頭の馬は、いいや二頭に増えた、そちらでも掠《かす》められた、また兵士役の、戦闘服の扮装《いでたち》をしていた日本人歌手が、いなごの衣裳を着用しているに等しい者に、騎手に、やられた。その二頭が暴徒たちの前線《フロント》を、まっぷたつにする、いいや二頭がそれぞれにだから二カ所で、まっぷたつ……四つ、にする。たぶん悲鳴があがった。ビルの窓ガラスのせいで、明瞭には聞こえない。しかし室内の悲鳴は聞こえる、はっきり、うるさい。そしてDJXは、愉快な解説《コメント》を、それはこうだ——あちゃー。自分は現代《いま》の欧州の軍人でありますって恰好の歌手さん、歌手さんたち、が、地面に……路上に転がって、これは「路上から」だ！ しかもこのオペラって、民間の警備会社と契約して、路上に警備員が出ているから、ああっ、なんか逃げ惑っている警備員の、警備員さんたちの、そのファッションが、ちょっとマズい、いなごに狙われやすい、誤解されて！ 誤解だっ！ 路上の、誤解っ！ というか、おまわりさん、おまわりさん、あなたたち警察の関係者、おー巡《まわ》りなその恰好が、いま、まさにオペラだっ！　一理はある。しかし、どうだろうか？　警察関係の人間の、その全員が制服を着るか？　暴れ馬を走らせている騎手《ジョッキー》に扮したりプロフェッショナルの騎手《ジョッキー》を雇ったりしているのが、警察の……第三警察の関係者なのだと、そういう真相に至っては「マズい」のだろうか、わがラジオ番組のジョッキーよ？

真実のしゃべりのプロフェッショナル、DJXよ？

ああ、そうか、君はそれどころではないのだな？　なぜならばオケピからさっきっ、奔《はし》り出したっ、管楽器担当のっ、演奏者のっ、ああっ、落としちゃ駄目だよ、楽器、拾いますっということで、そうか、とうとうDJX、君は、いまワタシは、どうにかこうにか路上から、一本のらっぱを！　拾っ……救出しましたっ。これってトランペット？　いずれにしても金管楽器です。どうする？　吹こうか⁉　いや、そういう場面じゃないっ。大切なのは実況で、ワタシの任務は、不肖このワタクシの任務は、ミッションはっと叫んで、その後にそういえばご来場の方々の、えー……っと、特別な方々の無事を、ワタシ、確かめる責任が、報道の、そういう責務が、中継担当の、ワタシにはっ！　ではと叫んで、この時には私は屋内にがやがやと騒動があるのを聞いている、何人ものVIPが携帯を出して、誰かやどこかに問い合わせている、怒鳴ってもいる、もうオペラのお上品な鑑賞はない、ソコデ私ハフリ返ルノダガ、アア、何人モガ逃ゲ出シテイルゾ。逃ゲ腰ガ「逃ゲタ腰」ニナッタカ？　しかし、それはどうでもよい、私には。だから、見る。真っ正面の窓外のカタストロフィをだ。いなごはここに襲来したのだった。私の愛おしい息子。なのか？　そうなのか？　この予言の息子は、私の著わした文言《もんごん》「オリンピック、のち、東京制圧」の道具《ツール》で、つまり教団の道具《ツール》で、それが宗教国家の樹立のための三つの霊的な生物《いきもの》の一つで、つまり聖都としての正六面体《ヘブンリー・エルサレム》の都市を顕現させるために要って、この「正六面体の都市《ヘブンリー・エルサレム》をここ地上に」とは単なる修辞だが、いなごはそうではなかった、現実の存在《もの》となった、だから早々に無力化する、私がだ、いいや第三警察がだ、私がしてしまってはそれは〝子殺し〟だから、私は絶対にしない、直接《じか》には、それからいずれ誕生するであろう鼠に対しても、龍に対しても。

鼠？

龍？

お前たちも出るのだろうが、その前に。

その前に、教団の力よ、衰えよ。すなわち……第三警察よ、とことん、やれ。この六月に勢いを削げば、その八月はない。そのアテネの五輪《オリンピック》の開催される八月の、後の、予言の成就は。教団の東京制圧は。そうだ、私は彼らのために未来を書いた。彼らとは、髭面の、長髪……いいや蓬髪《ほうはつ》の、盲者の、あの霊的な救済者、指導者《グル》、に率いられた教団で。私は彼ら、教団のために未来を書いた。破壊のM《ム》であり創造のA《オ》をも駆動する、その黙示文書であり同時に創世記でもある記述を、M《ム》でA《オ》の原稿を、A《オ》でM《ム》の書物を、推敲し改訂できるのは、著者たる私だけだ。さあ、彼らと私と第三警察。これが。宗教団体と作家と、国家……の手足。どんどんと、やれ。すでに把握ずみの路上の歌劇《ザ・ロード・オペラ》の演出プランに乗じて。この『サロメ』上演の島《アイル》のまるごとの図面を、活用して。そうか、何十分か前には預言者役のロシア人のバリトンを乗せていた特装の水槽トラック、を、水槽《タンク》ごとスペクタクルに再利用？　再活用、したな？　転がる水槽《タンク》、散る水、圧《お》される群衆。いなごの翅《はね》をびっちょり、濡らし、ついでに手足も捥《も》いで。さすが国家の手足。いや、違う、そういう直接性ではない。それだけでは。いなごの群れの、誤誘導、か？　いなごの波濤《はとう》を、教団の精鋭部隊には活用させないための、全部が布石、か？　つまり、第三警察というお前たちも……最高に、真実のプロフェッショナル、か？

だな。私服の下には、きっと防弾チョッキを、着用して。だな。

あらゆる作戦が、誤誘導と、選別。


さて最前線だ。

98

さて、最前線はどこだ？　ここだ。

このビルだ。

その、二階だ。この階《フロア》だ。

ひとこと言いたい。私は二種類の情景をこの視覚《め》に捉えて、二種類のサウンドをこの聴覚《みみ》で消化するというのに疲れた。ただ単に倦《う》んだというのではない。たぶん限界に達した。感官が「そろそろリミットを超える。超えた」と訴えるのをたぶん認めた。私は三点の装備を、それは冗談で三種の人器《じんぎ》と名づけたものだけれども、ここ最前線に携えるのを忘れなかった。携えるだのイヤフォンであれば耳に嵌めるだのするのを。にもかかわらず、必携品であるはずの目薬を忘れた。日に三度は最低、点眼をしているというのにだ。私の視界は、ゆえに、霞む。いま霞みはじめている。よかろう。致し方あるまい、と私はこの私の老いた両眼にいたわりを述べよう。それから二つの耳にも、耳小骨《じしょうこつ》だの鼓膜だのにも、ねぎらうよ、と言おう。よって休め。しばし無音でかまわない。それは、私という父親が、啓という息子に倣《なら》うということだから。その高度難聴の――聾者の――世界に、わが耳よ、自らを擬《なぞら》えて、あれ。

霞む目よ、無音の耳よ、休養のひと時だ。

しかし、ひと時に入る前に、ひとこと言いたい。以前に私はマニュアルを書いたのだと。それもだ、「選ばれた信者（九十名は必要）が、霊力に護られている。霊力にはカラシニコフ一九七四年型自動小銃と、教団所有の工場で量産された山梨県産の五十挺が含まれる（一九九五年三月十八日朝に、搬出。後《のち》、隠匿が完了）。小型銃器の力は、宙《そら》を裂き」等と書いたのだと。ゆえに想像は容易である。私をこのビルのこの二階から拉《らっ》するために、彼らが何をするか？　まず何を措《お》いてもビル内にいなごを突入させる。たぶん一階からの殺到というのがある。非常階段も？　あれば使用するだろう。外階段でこの階《フロア》にダイレクトに斬り込む、等。それを数十人の単位《ユニット》でやる、等。しかし私はもう、この高層建築に関して「何階建てで、どういう企業がどこ――の階《フロア》――に入っていて」とは語れない、と言った。と同時に、第三警察が「たぶん四階には現場の指示の、指揮の本部を置いた」とも言ったが。だから、建物の内側《なか》への殺到には、いなごの事前にプログラムされた波濤、狂濤《きょうとう》が活用されるが、それは第三警察に操られる、だろう。だから、この点は私が頭を働かせてもしかたがない。何が想像し甲斐がある？　そうだな、電源の、ブレーカーの、その集積箇所を、いっきに押さえる。つまり電気を落とす、いなごの（とは「教団の」の謂《い》いだが）別働隊が、これをやる。この急襲を。ビルの全体の――あるいは二階に限定しての――停電だ。しかし昼間だから、その効果は薄いか？　しかし恐慌の誘因にはできる。そして私の拉致劇に用いられるのは、小道具をストレートに挙げると、やはり銃は出る。国内すなわち教団自身の密造の？　それとも北朝鮮かロシアとのコネクションを活《い》かした、密輸入の？　たぶん銃火器類までは出ない。私は生きて捕らえられなければならないから。すると私には、薬物が注《さ》される？　注射器で？　背後から？

　などと想像するのは無駄だ。

　その手の、拉致劇を成立させるためのアクション——活劇——はどうしたって若者向けだから、無益だ。

　老人にはもはや、無縁だ、ということ。

　この老作家には。

　だが、なお、ひとこと言いたい。私はここで、死ぬつもりはな……いいや、斃《たお》れるつもりはない、がよいか？　拘束されるつもりは、か？　薬物に眠らされるつもりも、か？　なぜならば私には家族がいる、そしてここではないところで、待っている、私を。無事に還《かえ》るのを。この最前線から、だ。

　そのうえ私は、最前線がここにしかない、との謬《あやま》った認識は持たない。私は、この私という予言書の著者を囮《おとり》にすることで、すなわち、群れを成すいなごをこの東品川の街区に集結させることで、隅田川のデルタである深川地域の、そこには、その城砦《じょうさい》には、大群とはなりえない何かをさし向けた、とは考えうる。大量発生もしないし群飛《ぐんぴ》もしないし、だから密《ひそ》やかで、小規模で、しかし最強な。その〝強さ〟……〝勁《つよ》さ〟とはいろいろあるだろうが。それこそ想像もしえないが、私には。けれども対応は想像でき、その対応とは「この私が、どうするか」だが、私は電話であちらの作業班員に連絡を入れる、第三警察の。覆面遊撃車にも連絡を入れる。

それを携帯電話で、する。

それと——。

そうだった。私はナイフを握らねば。構えねば。折り畳みナイフ《フォールディング》を。さあ。

やはり、ひとことが多過ぎた。そして、私の両目よ、私の両耳よ、休んだね。休息しているね？

見えないよ。霞んでいるから。視野が。

聞こえないよ。無音しかないから。聴野《ちょうや》には。

来たね？　何人も。何十人も？

返り討ちだね？　その何割かは。いなごの。

というよりも、教団の精鋭の。武闘派の。

武闘派だから、殉教もするね？

第三警察も、たじたじだね？

ＶＩＰが巻き添えに……なったね？

私を誰かが、連れ出すね？

廊下だ。

あなたは第三警察だね。このビルの四階に本部を持つ、人間のひ、——。

——あっ。

上の上の階《フロア》に本部を持つ、人間の一人だね、と認識しようとしたのに、殺《や》られたね。

ここはあなたたちの、私たちの、じつに絶妙な根拠地なのに。

それなのに、まいるね。

じゃあ、私の身は、私が護《まも》っ――。

ナイフが。

糞。

払われた。落とされた。糞っ、私のトレーニングは、私の近接格闘のトレーニングは、この程度にしか。

刃《やいば》は床に叩き落とされる、だけ、で。こんな。こ、ん、な。両腕を固められて。後ろ側に極《き》められて。拘束さ、れ、て。

†その瞬間に音を聞いたのだ、と私は最初は気づけない。†私の左右の耳（聴覚器官）はどちらも啓に肖《あやか》って閉じて閉じて休んでいたから、耳もとでその、鈍い何か、鋭利さを欠いた音響《サウンド》、が響いても理解させない。†しかしその瞬間とは解放の瞬間だったから、私に、おや？　両腕の束縛が、その圧迫と痛みが、いま、ないぞ、とは感じさせた。†すると知覚は後追いして、やあ、さっき、どうやら何かを聞いたな、と気づかせる。†どうやら鈍い音響《サウンド》があったな、と認めさせる。†その瞬間に私は一時《いちどき》に視聴覚を目覚めさせる。†私は私の拘束者を、誰かが、後方から殴った、と悟ったのだった。†それもその拘束者の頭を、頭部を、まともに何かでもって痛打した、と悟った。†痛打した――痛撃した、と。†なぜ、それがわかるのかと言えば、足もとに倒れた男が見える。†つまり床に倒されている、年齢《とし》は二十代の半ばらしい屈強な男が見える。†そして呻いている。†頭頂を押さえている。†いいや、のみならず、口の端《はし》から血も流している。†私は視線をあげる。†それをする前に体を捻《ひね》る。†なぜならば救護に来た人間を見たかった。†私を救出に、この窮地からの救い出しに、現われ

た者を確認したかった。†するとま後ろにいて、らっぱを持っていた。奇妙な服装《いでたち》をしていて、そのマントは白かったし、角《つの》も白かった。†マイクは握っていなかった。†「ややあ。先生」とその救済者は私に言って、私は、なんだ私は自分の小説の登場人物に助け出されたのだなと知った。†つまり自分が創造した『らっぱの人』の主人公に。†つまりＤＪＸに。†「ぶち下ろしたんですよ、トランペット」とＤＪＸは言った。†私は「じゃあ、鳴らさずに、凶器にしたの？」と訊いた。†「一撃でしたね」と主人公は答えた。†「どうしてマイクがないの？」と私は訊いて、「中継をしていないからです」と答えをもらって、「どうして中継をしていないの？」と私は訊いて、「ＣＭをぶち込んだんです」との答えをもらった。†「ここの建物の、ビルの、エントランスで。強引に『はいっ、ＣＭ、どーん！』と言って。さ、これからワタシは、煙《けむ》に巻く役になります。先生のための、煙幕ですっ」とも解説された。

†「私の？」と私は訊いて。

†「先生の」と彼が答えて。

†さらに「先生は、師の、Ｘで」と彼は急《せ》いて言い添えて。

†急いていたのは時間がなかったからで。†「ＣＭ後にはまた生《ライブ》の中継に戻りますから」と私は言われて。†「で、先生は、この二分三分のあいだにお逃げになるとしたら、どちら側へ？」と問われて、私はほとんど反射的に「そうだね、四階」と答えていて、ＤＪＸが「ならばワタシは上階《うえ》とは反対に、一階経由で、下方《した》へ、下方《した》へと煙を。煙幕をっ！」と応じていて。†私は、このビルを垂直に二手に分かれるのだ、垂直方向に、と了解した。

†「さ、急いで。ナイフなんて持たないで！」とらっぱの人が言った。

99

垂直移動とは数を積みあげるようなものである。二階の次が三階であり三階の次が四階である。二から三から四だ。数字？　それは重要だったか否か。

屋上には階数がない。操作盤に〞R〟とあるがこれはアルファベットだ。アルファベットの大文字である。すなわち数は消え失《う》せる。これは啓示か？

待て。操作盤。それはエレベーターの操作盤である、と私は語り落とした。しかし最初からエレベーターの籠《ケージ》の内側に身を置いたのではない。

手短かに解説すれば三階まではエスカレーターがあったのでエスカレーターを用い四階へは階段で到達した。その後にエレベーターに乗り込んだ、のであるから私はもう四階にはいない。

四階には落胆させられた。

いなかったのだ。人が。ほとんど見つけることができない。人間《ひと》が消えている。

そのような情景は不穏である。

私の期待した光景とは、たとえば私が四階に至る、と、たちまち第三警察の戦闘員が——それこそティピカルな外見《そとみ》で、頭部にヘルメット、顔にはガスマスクを装着して、かつ日本警察用の短機関銃であるヘッケラー&コッホ社のMP5を構える——さっと躍り出て、この躍り出るとは私の目の前にだ、身振りで「さあ、こちらへ」と合図する、これにて一件落着である、等。というのは戯《ざ》れ言《ごと》だ。

だがカムフラージュされた〝本部〟とやらを、私は速やかに見出せるか？

このようには不安視した。不穏なその階《フロア》のただなかで。

その時にショート・メッセージを受信した。わが携帯電話の。

携帯が、振動した、上着の内側で。

そう感ずるや、私はさっさと退《の》き、これはつまり「階段に戻った」ということだが、上方《うえ》にのぼった。

垂直に、とは私を押しあげる真っ当な衝動である。

そのメッセージは、誰から？　内容は？

私のガールフレンドからである。画面《ディスプレイ》には「いま話せる？」と――疑問符を入れて――六文字がある。

足をとめずに返信のメッセージを打つ。「三分か四分後　こっちから（電話を）かける」、とまでは書かない。伝わるだろう。送る。

次の階《フロア》でエレベーターを探して、すると、あった、六階（一つ上階《うえ》）止まりのものと制限を持たない高層階用と。後者に乗り込んだのだった。そして垂直移動を完成させるために、〝R〟を押したのだった。屋上《ルーフ》 roof の頭文字のR。

乗っている間に私の頭は回転して、降りる前には幾つかの停止階を指定すること、つまり操作盤の、その数字――数のボタン――を複数押すこと、いいや地階も入れること、このビルの地下は？　パーキングだ、とまで確認して、地階の数字には単なる〝1〟や〝2〟の数のほかに〝B〟も冠《かぶ》さるのだな、すなわちB1、B2とも視認して、このようにアルファベットの大文字と消失しない数のペアは、どういう啓示だ？　と瞬間的には考えたが、しかしネクタイを外すのに忙しい。私は、これは紐《ひも》になるのだし紐があれば何かを縛《いまし》められる、と考えている。

だから屋上の、いいや屋上空間に通ずるエレベーター・ホールを出る前に、いいや、まずはエレベーターの籠《ケージ》を出る前に数階ぶんのボタンを押して、その一基のエレベーターのわき、階段、を確認して、ひとまず近づいている音はない、足音や人声《こえ》は、ともチェックして、それからである、エレベーター・ホールを出て、扉を閉めて、その扉を外側からネクタイで縛る。かたわらの――これはなんと言うのだ？――鋼鉄製のフレームじみたものの、部分部分で空いている穴の、その洞《うろ》を利用して。

私は疲れたか？　いいや。

なにしろ三分前後だ、経過したのは。たぶん。つまり、ガールフレンドとの約束の数字を守れた。そのうえでのこの〝R〟である。私は、数（累積される数字）の彼岸にたぶん真っ当に到達した。

「ごめん。オペラの最中だった？　よね？」

「いいんだ」と私はガールフレンドに言った。

「きっとマナーモードだろうなって思って、メッセージにしたの」

「ありがとう」

「いまは？　会場を出たの？」

「会場というか、客席をね」

「あっ、そっか。廊下?」

「屋外《そと》までは、出たね。ビルの」

嘘ではないな、と私は思う。私は外気を吸い込みながら、そう思う。やや烟《けぶ》いか? それはまあ、そうだ。この『サロメ』上演の島《アイル》をめざして、出動する消防車、救急車が騒がしいのだから。いかにも喧《やかま》しいサイレン……は、しかしながら島《アイル》そのものには入れず(なにしろ騒乱の現場だ、四囲には運河だ、そして——優先されるのは機動隊だ)、奇妙にサウンドの輪郭が暈《ぼ》けている。遠さ、か?

ところでヘリは?

報道ヘリコプターは?

警視庁の航空隊の、ヘリは?

ああ、いた。なるほど。その巨《おお》きなマシンの翼の羽搏《はばた》きは、耳に——。

「もしもし?」江東区からのガールフレンドの声が、問う。

「すまない。空を眺めていた」

「あら」

「それで、きっと大事な話だね? 至急の」

「そこまで大切、には、ならないけれど」と含み笑いが聞こえた。「あなたに荷物が来て」

「私に?」荷物?

「宅配便」

「それは、私の住居に、ということだね?」

「そうよ。ただ、伝票にね、『生鮮品』ってあって。いま、たとえばあたしが冷蔵庫に入れるとかって、したほうが――」その冷蔵庫との単語が出た時点で、やっと私はセイセンが生鮮であることを了解した。「――いいのか、訊こうと思ったの。あなたに」

「それは、内容《なかみ》がわからないと、ね」

「そう。だから、まず梱包を解いていいのかって」

尋ねようとした、尋ねるために電話をしようとした、電話でやりとりをするためにまずショート・メッセージを打った、と理解して私は、まず、差出人は誰だろうか？　と尋ねる。ある名前が返る。憶えはある、出版関係だ、だが。生鮮食品？　しかも代理人（の会社、いつものエージェンシー）には送らずに？　そもそも私の現住所を、公《おおや》けにはしていないアドレスを、どうやって？　との疑念は、声にはいっさい滲《にじ》ませず、私は、ああ、あれかあ、あれはね、いいよ、放っておいて、とガールフレンドに言う。ガールフレンドは当然、いいの？　と尋ね返す。私は、うん、腐らないから、と平然と回答して、次の質問には緊張を滲ませないための努力が要ったが、啓はいっしょかな、君と？　と訊く。するとガールフレンドは、ううん、と否《いな》んで、下、と言った。私は、下？　と訊き直す。

「ここの、ほら、いちばん側《そば》の、公園？　この団地の」と彼女は言った。「配達の人に、あたしね、上から呼ばれちゃって。この建物の二階から。大きな声で」

「そうなんだ？」と言った私の声は、落ち着いているか？　大丈夫だ。彼女に不安を抱かせてはならない。彼女を動揺させてはならない。つまり私が動揺してはならない。が、急がねば――。

「面倒をかけたね」と私は言う。

急いではならない――。

「大丈夫よ。でも、本当にいいの、冷蔵《しま》わないで？」

「玄関に置いていいよ」とはっきり指示した。堂々とすることが肝要だ。ああしろ、そして、こうしろと。「そのまま、戻っていいから。雑草摘《つ》みはきっと、クライマックスだ。そうだろう？」

「そうなの」とガールフレンド。

さて十分だか十五分だか五分だか以前《まえ》に、「さ、急いで」と私に言ったのは誰だ？　それは――。

「本日の採集、クライマックス。でね、啓もあたしも、『ああ、しまったなあ』って。『あの図鑑、ぜんぜん貼る前だけれども、ここにあったほうがよかったなあ』って。標本をね、押し葉や押し花をね、貼りつける前に」

「本番の前に――だね？」と私は言葉をさし挟む。

「そう。そうなの。どういうのを採って、どう完成させるかは、あっ、完成させるって、もちろん図鑑を、ね？　あたしたちの、あの雑草図鑑を、ね？」われらが自家製《ホームメイド》の雑草図鑑。「そのためには啓もあたしも、『表紙のイメージに合わせないと、駄目だ！』って。わかる？　表紙は」

「――私が、雑草のシンボルとして描いた、ドクダミ。だね？」と私は、言葉をさし挟む。

「あの、上手な絵。とても」とガールフレンドが褒める。ありがとうと私は思う。「だから、宅配のついでに、雑草図鑑を、この部屋に取りに来られたのは、ね？　なかなか好都合だったの。それで――」

「持ったね？」

私は急《せ》いた。なぜならばＤＪＸだったのだ、あの……「さ、急いで」を言ったのは。

「うん？」と彼女。

「図鑑を。もう」

「持ってるわ」

「じゃあ携えて、戻ろう。啓のところに。このまま話をしながら。この電話で。そう。家《うち》は、玄関は、もう出て。え？　なあに？」

私の語気《トーン》がおかしい、と指摘されれば、私はほとほと彼女に感心する。その察知または感知の能力にひたすら感歎して、あとは頼る。彼女の勇敢さに。その凜々《りり》しさと、その頭のよさに。私は確認というのをする前に、「ねえ、演じてほしい」と求める。このまま電話でニコニコと話しながら、地面《した》に下りる、ことを。地面《した》にある公園に。いや、ニコニコしているのは電話をしている最中だけ、でよい。私も、他にもかける相手がいるから。これから。いったん切らねばならない。しかし指示は、やり切る。私は「思い出せるかな？」と彼女に問う。「ゆうべ、大雑把に車の種類を伝えた。何かあったら、その車を訪ねるのがいいって。ワンボックス・カーだ。うん、そうだ。それが君の、君と啓の、掩護《えんご》になる。野暮ったい車だ。野暮だからいいんだね。こうやって電話を続けながら、ちらちら観察して。下方《した》を。いるから。近くに。控えてる。そうでなければ、うん、来る。近場に。それを待って。いいかい？　にこやかだね、君は？　強《こわ》ばらせてはいけないよ、顔を。そして」と言いながら、慌てないようにね、と頼み込みながら、いっぽうでＤＪＸだったのだな、私に「さ、急いで」とさっき言ったのは、さっき窮地にあったこの私を、私という『らっぱの人』の著者を、救いに現われたのは、うん『らっぱの人』の作中人物だった、そう咀嚼する。これは洞察である。私は整理する。なぜ文庫本の『６６６ＦＭ』を、私が、ガールフレンドに二冊贈ったのだったか？　同一の書籍《ほん》を、あの……

今年に入って私たち（とは私とガールフレンドと、啓だ）が初めて全員顔を揃えた、一月の、二十……二日に？　祈ったからだった。私は何かを祈っていたのだ。その時に、そうしながら。そして、二冊あるおんなじ本というのを、ガールフレンドが他人《ひと》には配らず（余るほうも、だ）、一冊はただ読んで、もう一冊は解体したというのは、なぜだったか？　理解するためだ、私を――私という作家を。私という人間を？　解《ばら》したほうの文庫本は、エピソードごとの細かい束に、小冊子に変えた、と言った。そしてわれわれが家族で共同制作する一冊の〝本〟、その自家製《ホームメイド》の雑草図鑑に花言葉の欄を用意して、彼女は、どうすると言った？　彼女は、物語を捧げると言ったのだ、個々の雑草に。つまり、花言葉を物語にするといったのだ。しかも『６６６ＦＭ』から物語を採る、と。それは、つまり、個々の束（小冊子）が、個々の雑草に充てられるということ。それは、つまり、私の「祈る」という行為が、いま花言葉に変わるということ。

生まれ変わる。

転生する。

私は、『らっぱの人』の作者である自分が『らっぱの人』の主人公に、創り出した登場人物に救出された、との現実から、ここまでをいっきに整理した。すると、ガールフレンドにはこう告げずにはいられなかった。――「花言葉を大切にね」と。これもまた私の指示である。ああしろ、そしてこうしろの後の、そうしろ。

大事であるということ。大切であるということ。

もう一本の電話をし終えて、私は、これまでには一度も考えたこともないようなことを考える。

ある集団が世界を壊すなら、個人は世界を鎮《しず》めると初めて考える。

私の文学的な本能がそれを考える。


物事の始まりと終わりについて。

――始まりは〝始原〟にはない、それはつねに〝終末〟とセットである、要するにゴールとはスタート地点なのだ。何事かの出発《はじまり》がひっついている、つねに、つねに……。仮に、私のこうしたラディカルな思想がなかなかに正しいとする。となると、私の、今年の頭まで抱《いだ》いていた望みは次のように言い換えられなければならない、ともなる。その望みとは、――私は御仏《みほとけ》の出現を待ち、すなわち曼《まん》陀羅華《だらげ》の降りしきることを待つ……というものだった。天上からその白い美花が降ることを……と。これは間違いだ。破壊力のＭと創造力のＡと、そこから直観される文学者のビジョンに照らして間違いだ。あまりにも不遜であまりにも謙虚である私の、たかが一個人の、しかしながら無限のビジョン――。私は待ってはならないのだ。私が降らせなければならないのだ。天上からの白色《ホワイト》の美花を。

地上《ここ》にはない花はどこにあるのか？

たとえば昨晩の私ならば、わが創作物『６６６ＦＭ』のテキストを出力した紙をペーパーフラワーに、と言った。

それはもちろん白色《ホワイト》の花だ。

私は、そうした白色《ホワイト》が盛んに天上から降る光景を幻視できるか？　できるとも。ここは東品川の島《アイル》にあるビルの屋上である。私たちの江東区の城砦《じょうさい》は、空の、あの下方《した》のあたりである。ほら。ほら、そこに降れ。そうした瑞兆を専門的には、たしか雨華瑞《うけずい》と言ったか？

さあ。啓。降るよ。
お前と約束していた花々だよ。

大文字のY

その中継はわたしに我を忘れさせる。その光景はわたしを釘づけにする。釘づけにされてわたしはものを考える。つまりわたしは聞いているし見ているし考えている。そのいずれにも没頭した。聞いているのはふたたび言うも疎《おろ》かだがラジオの生《ライブ》の中継である。これをハイエースの車内で傾聴するのである。またハイエースの窓外《そと》に見ているのは公園である。土曜日の午後のマンモス団地の公園であって音は遮断されているが賑々しい。その公園の向こう側には×印。二代めの教祖の守《も》り役か何かの地味な女が数分前にその×印に去った。これはわたしが退《の》けさせたのである。また公園のこちら側は公立小学校の敷地であってハイエースはその教職員用駐車場に駐《と》まる。ここにわたしがいるのである。いまやわたし一人がいるのである。いや運転手はいた。しかし6と6と9と3と6はもう車内にはおらぬ。もう遣《つか》いに出たのだ。公園に独りいらっしゃる二代めの御《おん》もとへ。

フォーメーションを組んで。整えて。

その6と6と9と3と6のフォーメーションを注視するというそのことがわたしにものを考えさせた。

わたしは何を考えた？

ある物語の筋。を思い出した。その物語の細部。をよみがえらせた。なぜならばフォーメーションが刺激した。なかでも6と6と6のだ。わたしが思い出していた物語には若い女が出る。たしか二十歳《はたち》だったか？　この若い女がタクシーに乗るのだ。それも夜中に乗車するのだ。午前の二時だの三時だのに。すると運転手が「お客さん、空を見て」などと言う。うながされて女はタクシーの窓越しに夜空を眺めて円々《まるまる》とした月を発見して「ああ、きっと十五夜ですねえ」などと応える。すると運転手は「見えますか？　十五夜に」などと確認して女は「はい。もちろん」と回答して運転手は「今日はね、今晩はね、陰暦の第二日めなんですよ」と説いた。これはすなわち新月にも等しいということだ。満月はありえないということだ。中天にかかる満月《それ》は。運転手が「やばいな」と言い若い女は慌てる。運転手に「シートベルトの着用を、お願いします」と乞われ「対向車線と後ろに、いますか？」とも尋ねられる。それは他の自動車《くるま》を目視できるかとの質問だったが女にはできなかった。それどころか沿道からは人影も失《う》せた。運転手は「きっと、猫一匹いない」とも言った。「それはどういうことなの？」と若い女は尋ねて「それはあいつらが現われるということです」と運転手は答えて事実あいつらというのが出現する。事業者名をどこにも出していない白いタクシー二台である。二台とも表示灯にはサンスクリット語のようなシンボルを刻む。つまり梵字だ。さあどうなるのかという箇所までが『ユーコちゃんと深夜のタクシー』の最初の束である。三つある束のうちの一つめである。つまり6と6と6が紐《ひも》づけされたカルタの最初のやつ。では二つめのカルタは？　主人公の若い女が乗っているタクシーが白いタクシーたちに追われる追跡劇《チェイス》が描かれる。さらに二台おんなじような白いタクシーが現われて計四台に追われる。しかし主人公つまりユーコの乗ったタクシーの運転手は危険だのなんだのを顧みない。タイヤを軋ませる。エンジンを唸らせる。ガードレールを二度吹き飛ばす。自分のタクシーを生物《いきもの》のように操って白い〝あいつら〟四台を捲《ま》こうと試みる。

ユーコはこの状況をどう受け止めたか?

むろんユーコは恐怖した。

「うわっ、うわっ」などと喚《わめ》いた。

それを聞いた運転手は「心配しないで。メーターは停めたから」と言う。

料金メーターをだ。この台詞のやりとりは愉快でわたしは忘れられぬ。で三つめの束はどうなるのだったか? すなわち『ユーコちゃんと深夜のタクシー』の最終のカルタは? 完結篇は? とわたしが考えるのには理由《わけ》があって当然ながらそれはわたしが6と6と9と3と6のフォーメーションをいま注視しているためである。その光景がわたしを釘づけにしている。そして耳。そのFMラジオの中継はわたしに我を忘れさせている。つまりわたしの目は公園に奪われていて耳はしかし『サロメ』の島にある。品川区の湾岸に。そしてわたしの全身が江東区の湾岸にあるわけだけれども頭脳がこうしてものを考えた。

何を考えたかはすでに説いた。

だいたい説いた。

そこで目を語る。

まずはフォーメーションというのの解説だ。それぞれの頭皮に彫《え》られた数字と〝本〟すなわち『666FM』の挿話とを紐づけた子供らをわたしは派《つか》わしたが当然これはお迎えのためである。二代めの教祖をお迎えいたすためである。このお迎えのイニシエーションは物語と数と切られる髪とで成り立つ。いいや切られるのではない。剃られるのだ。剃毛すれば聖なる数が顕《あら》われる。6と6と9と3と6の頭部に。それぞれの数字は「大文字のXの著わした『666FM』の、これらの子供たちは部品《パーツ》である」と証す。また「二代めの〝候補〟たちというのは真の二代めではなかった」と証す。なんとなんと二つ同時に証して予言書の著者Xも讃《たた》えるのだし真《まこと》に真《しん》の二代めの教団へのその〝降臨〟も速やかに成す。大文字のYとして至上の幸《さち》とはこれであり誉れもまたこれである。お迎え申しあげたら二代めは？　いいや二代めをお迎え申しあげたら教団は？　もちろんXの予言の成就である。「オリンピック、のち、東京制圧」である。東京《ここ》を！　そして「降臨劇、のち、本物の教祖がお一人」である。この文言《もんごん》は誰のであった？　ああわたしのか。教団を孕み直して真《しん》に真《まこと》の教団を産もうとしているわたしYの。なるほどなるほど〝予言〟だな。これは当たるぞ。これも当たる。

ああ二代めよ。

わが子よ。

母は来ましたよ。

玉座におつかせ申しあげるために。そのために6と6と9と3と6とをやった。三分か四分前に。6と6と9と3と6は揃いのオーバーオールを着ている。わたしが着せたぞ。しかし初めっから五人がその服装《いでたち》で揃い過ぎていては凡夫《ぼんぷ》たちの目も惹き過ぎる。ここでの要点は目立つけれども目立たないである。目立たないけれども目立つである。たとえば双子の女児たちのオーバーオール姿はよい。

すなわち6と6だが「お揃いね。愛らしいわね」と言わせてよい。けっして危険な注目にはならぬ。であるから6のうちのあと一人すなわち男児の6とそれから3と9とは散らした。散らしたとはその公園にである。土曜日の午後のマンモス団地の賑やかな公園《そこ》にである。それからこのハイエースの駐車する公立小学校のグラウンドにも一人。控えさせた。そこは休日開放されていてやはり人間《ひと》が多いのだ。子供にあふれるのだ。好都合なのだ。これもここでの要《かな》めの点だけれども公園の敷地だのなんだのを監視する輩《やから》がいるとして子供連れはむろんマークされる。子供を連れた〝不審者〟としてだ。しかし子供だけの場合は？　すなわち大人連れではない事例《ケース》は？　怪しまれるか？　否。というわけで八歳児の6と6と9と3と6の五人だけにフォーメーションを組ませたのである。わたしは。

で二代めのお年齢《とし》は？

満八歳であられる。

八歳の男児でいらっしゃる。

その二代めのお眼路《めじ》に順々にわたしは6と6と9と3と6を出す。凡夫すなわちプリタクジャナたちに注目されることは避けつつ。しかし二代めのお側《そば》に。お気づきになった時には同じオーバーオールの同じように長髪のそれから年頃も御《おん》自らと同じだと確実にお感じになる五人がいる。そうなれば「おや？」と思われる。そうなれば観察もなさる。するとどうだ？　どうだ？　みな鏡ではないか？　なにしろ母親は違っても胤《たね》はいっしょだ。兄弟姉妹なのだ6と6と9と3と6とわが二代めの教祖とは。わが母胎《はら》から生まれ落ちなされし子とは。霊的にも立派にのびていてこの点でも似姿《にすがた》に違いない。全員がだ。だから二代めは「おや？」と思われて後《のち》「五つの鏡像だぞ」と感じられるのである。すなわち6と6と9と3と6に魅入られ給うのだ。その登場に。で。

ご理解へ進まれる。

ご納得へ進まれる。

という展開であるのだからわたしはフォーメーションから目が離せない。ハイエースの窓外《そと》のこの光景にわたしは釘づけにされているのである。すでに言ったが双子の6と6は早々に公園に出してよいから出した。そして6と6に続けるのはやはり6だ。男児の6である。なんとなれば『ユーコちゃんと深夜のタクシー』というひと続きの物語をこれらは担っている。序破急である。だから『ユーコちゃんと深夜のタクシー』の〝序〟である序盤のカルタに結ばれた6と『ユーコちゃんと深夜のタクシー』の〝破〟である中盤のカルタに紐づけられた6と『ユーコちゃんと深夜のタクシー』の〝急〟である終盤のカルタに対応する6とは順々に出ねば。

出ねばならぬのだ。

とわたしは考えた。

流れは肝要である。ゆえにわたしの思考は刺激された。とまで語るのは蛇足だ。


目を語る。

目とは視界に捉えられて音を持たぬ情景。無言劇か？

そうなのだ。なにしろ二代めのかつての〝候補〟たちは真《まこと》に真《しん》の二代めの前に立つや不思議の身振りをまず行ない申した。

6たちは声でのご挨拶はいたさず左側の開いた掌に右側の握った拳《こぶし》から突き出した親指を当てた。

「6です。お迎えです」と言いたかったのだ。それで。

9は片側の開 掌《たなごころ》に反対側の手の四本の指をそっと添えた。

「自分は9です。お迎えなのです」と言いたかったのだ。言葉を用いずに。

3は右手の三本の指を立てた。

「お迎えの3が自分ですから、ご納得を」と伝えたかったのだ。霊の言語《ことば》で。

それらは恩寵の身振りである。不思議の身振りである。あの警察犬《いぬ》との別れ際に二代めが行なわれたそれに五人は魅了されて倣《なら》った。

で。どうなったか？

二代めは感動された。

そのような表情《いろ》をわたしは見た。

まず双子に対して。

それから双子ではない6に対して。

9に対して。

3に対しては？

おや。二代めも言葉をお返しにならぬ。おや？ しかも全員にだ。そういえば一度も。身振りには御《お》身《ん》振りでもって応じられて喜ばれてらっしゃった。ここまで。だがしかし。おや？ 戸惑われていらっしゃる？

困惑？

おおいに手をふられて。二代めが。

お顔もしかめられて。

どうしたのだ6と6と9と3と6よ。早《はよ》うご案内いたせ。こちらへ。ご理解とご納得へ進め。られて。つまり「ああ、私の降臨の番なのだな」と二代めにご理
解を。ご理解を。ご納
得を。ご納得を。どうした？

そこで揉めるな。目立つ。早うフォーメーションどおりにふたたび散《ばら》けて分担でご案内を。いたせ。

何をしている。一分経ったか？　二分経ったぞ。ぬう待て。

あの女が急ぎ足で。

あの地味な女が×印から急《せ》いてぬう戻る。戻った。ぬう。わたしが遠退《とおの》けたというのに。なにやらニコニコと。手には本らしきものを携えて。

なに。本？


耳を語っていなかった。

FMラジオの中継はわたしに我を忘れさせていたのだ。その公園の光景がわたしを釘づけにするかたわら。

6と6と9と3と6のフォーメーションから目を離せないことがわたしに思考を強いたかたわら。いかにもわたしは視覚と頭脳と聴覚とに分裂していたのである。見ている考えた聞いている。そのいずれにも没頭して。で。生《ライブ》の中継である。DJXはどうおしゃべりした？

「琵琶、ホーシ！　さながら現代の琵琶法師であるワタクシ『ボム・ザ・レディオ』のパーソナリティ、DJXは、べん、べん、べん……っと唇《くち》で琵琶をかき鳴らして、さあ、いまいずこだ？　生放送

の生演奏の生サロメはいまや生の湾岸騒乱の生の最前線レポートの生の『これからどうなってしまうんだあ！』状態となって、プロデューサーは依然、ゴー、ゴー、ゴーだと。もはや『戦場のラジオDJ』でよろしい、と！　うわぁ爆発《ぼん》。それでですね、ワタシは本日、ここ天王洲《てんのうず》にご来場の貴賓のみなみな様のご無事を、さっき！　確かめに！　行って！　ご無事でござる、とは！　判明させて！　それでどうした？　それでワタシはひとまずVIP《ビップ》の別状ございませんことは確認した、がっ！　なんだぁVIPも狙われておるよ。けれども誰に？　もはや箍《たが》が外れてノーコントロールの学生たち？　ひとまずは暴徒と命名する？　それだっ！

しかしそれだけなのかっ。

わからん。

わからんのかっ。と『知りたい』『聞きたい』『真相を究明したい』のしたーい事項が山ほどありますが、しかし不肖DJXの急務はっ！　来賓のみなみな様の安全確認に続いては、来賓のみなみな様のどこまでも剣呑《けんのん》さなき地点への誘導に、尽きるっ！　君子は危うきに近寄らず。VIPはいつだってセーフティ。だが暴徒にドワァッと押し入られちゃってるビルのその内部の安全地帯とは？　とりあえず出られないといけませんから、この荒れ荒れのビルから、屋外《そと》にね、それをご誘導いたしましょーう。ということで。探すのは出口ですよ、下方《した》ですよ。はーい、VIPのみなさん、この覆面の白マントの角《つの》を生やしたラ、ラ、ラ、ラジオ・パーソナリティをあなたのツアコンに、この窮地専用の添乗員に、はいっ。三階からは二階へ、二階からは一階へ、まいりますっ。下方《した》なんですよ、下方《した》っ。ありゃ。

あちゃー。

一階は出られそうに、ないっ。

のですなあ。しかし大丈夫。地下がありますよ。このビルの地階はなんだ？　ああ駐車場ね。パーキングね。パーの王様ね。キングで。うわっ！　なんだっ！　この連中っ！

襲ってきた。

ワタシは、そういう乱暴者たちは、掻き分けてっ。ええとＶＩＰさんたちのお二方《ふたかた》お三方《さんかた》、すみません。あなたたち楯《たて》になっていただいて。ええと、煙《けむ》に巻きたいのでね。きゃはっ！　と笑ってはならない。しかしワタシには『煙幕をはらねばならぬ。何がぁ、なんでも！』というミッションがっ。

ここでワタシはなぜか父親と叫びたい。師父《ファーザー》！」

Ｘを護っているぞ。その前世がロレンソ了斎となったＤＪは。

本だ。

大判の。あの女は×印から戻るや。その本を示して。

二代めにお示し申しあげた。いいや全員に。みなに。

みな？

しゃがませた。

屈ませた。

草の観察？

なに。いっしょに採っている？　摘《つ》んでいる？

白詰草《しろつめくさ》をか。

花の観察？　なにを悠長な。6よ6よ9よ3よ6よ。

口を開いているぞ。あの四十過ぎの女は。何かを語って聞かせている。らしい。6と6に。9と3に。6に。

そして二代めに微笑むということをいたして。いたして。不思議のジェスチャーをその女もいたして。いたして。恩寵のサイン？

二代めは微笑まれた。

3と9も。また6と6と6も。

なんだ？

お前たちは何をきらきらと瞳《め》を輝かせている？　何事をいったい聞いている？

物語られているのだ？　その女から。

女は。

腰をあげた。

周囲に視線を。疾《はし》らせた。なに？　不審者を見つけ出そうとしているのか。いいや見出したのか？　なに。たしかに自転車が。郵便配達人のだ。だが配達人か？　変装？　すると第三警察の。なに。公園の手洗い場のあの蛇口でずうっと後ろを見せていたあの男。が身を反《かえ》した。三十歳前後で視線が鋭い。のではないか？　このハイエースの車窓《まど》からはそこまでは覚知できぬ。しかし女のほうは。見た。するど第三警察？　あれも？　おお蛇口の男が起《た》ったぞ。その動きは敏捷か。たしかに捷《はや》い。

なに。女がこのハイエースを。見た。

この乗用ワゴン車を。

このワンボックス車は一台の車輛の形をしたアンダーグラウンドである。路上をするすると走行するアンダーグラウンドである。なぜならば車中の鎖《とざ》された空間は地下室と変わりがない。このトヨタのハイエースは地上に在《あ》るアンダーグラウンドなのだ。しかもカーラジオも具わる。しかも観察用の窓も具わる。女がこちらを視線で射貫《いぬ》いている。しかも何かを言った。6と6と9と3と6に言ったのか二代めに申しあげたのか？　そしてお前たち6と6と9と3と6はどうして魅入られたような表《い》情《ろ》を。するのだ。まるで慈しみを浴びたかのような表情《いろ》を。見せるのだ？　それは違うだろう間違いだろうそれは謬《あやま》りだろう。一人が先導する。男児の6だ。だが待て。先導とはいったい？　こちらへ？　このハイエースへ？　それはつまり女はその片手でもって二代めのお手もお引きいたした。のであるからご案内か？　おおハイエースへ？　しかししかし。しかし。しかし。来る。来た。蹴った。蹴った？　ドアを。開ける。いいや男児の6が開いて。ああ。ああ二代めでいらっしゃる。ああ二代めが車内《ここ》へ。女に連れられて。さきに女に車内《ここ》に押し込まれて。御《おん》押し入れいたされて。満八歳の。わが子。それで女は？　なんだその顔は。まるで「頼っているのです、あなたを」と言わんばかりの切実さ。このハイエースに助けを求めに来たとでも。そうした様子。難を逃れて車内《ここ》へ来たのだと。ここアンダーグラウンドへ駆け込んだのだと。

「母親です。私が」とその地味な女は息急《せ》き切って名乗るのだった。「この子の」

　どの子だ。わが子だぞ？

「ですから」と女は続ける。「どうか、保護を。私たち母子《おやこ》の」

あとは三つの風景があったのだ。音の情景も含めて。
女と二代めが飛び込んできたハイエースの扉《と》は。飛び入《い》っていらっしゃったドアは。開いていて。そこに見える車体の影がある。このハイエースの駐められた小学校の教職員駐車場にその車も入ってきて。たったいまだ。この瞬間にだ。その車体の影が滑るように現われて停まる。おおワンボックス車か。それもまた？　おお四輪駆動だな。このハイエースほど高級ではない。しかし似たような全長の。――

似たような全長のワゴン車の話をラジオもしている。ＤＪＸが描き出すのだ。「これはトヨタのっ……ハイエ……エースです……ねっ！　ううっ、息が切れる。こうしたラジオでの、らん、乱闘の生中継、は《わ》っ！」と言ったか？　そして「この型式《モデル》のハイエースの、全長は、たし……たしかっ！」とも説明したか？　そうだ五メートルを超えるぞ。ゆうゆう超えているのだぞ。それがビルの地下にあるのか？　その地下のパーキングに？　とすれば保安課はそこに初代の車を。そのハイエースのための駐車スペースを。確保したのか。このハイエースと同車種であるそれのための置き場所を？　ならばＤＪＸよ。お前に目下群がる〝乱暴者〟というのは。その勢力は。「……っと！　蹴って、開けました！　ん？　ん、んん⁉　この車内《なか》にもラジオが流れて……るっ！　しかもワタシの声、だっ！もしや『ボム・ザ・レディオ』をお聞きになってる？　えーっ⁉　生《ライブ》の放送をいまですかあ。それってまるで戦況のチェックのために、いまっ、いま・いま・ただいまっ、この天王洲の湾岸騒乱最前線で何がどう繰り広げられているのかを、知るっ……つーかスパイするために？」と言うや。一喝する声が。何者かの。中継《それ》の遠景に。おお初代ではないか。この声の主《ぬし》は初代に他ならぬではないか。こうした傲《おご》った叱声《しっせい》は。――

誰かが「花言葉を」と言っている。意外や。言ったのは6だ。しかもわたしには言わなかった。誰にものを言った？　女にだ。いったい何を尋ねているのだ。そして女はどうして「白詰草は花かんむりが簡単に作れるぐらい、編めるから。束にできるから。だから長いのを充てるのがいいの。三つのエピソードの束を充ててやるのが。君たちはそれをカルタと言った？　そうね、カルタでもいいわ。『ユーコちゃんと深夜のタクシー』の三つのカルタ。そして、あなたにはこの花言葉よ。ほら、エンディングにはあったでしょう？　ユーコちゃんに伝えるタクシーの運転手の言葉。『おれたちは月齢を無視しすぎたんだ。昨日が新月で、なのに今晩はいきなり満月で、にもかかわらず現代人は気にしない。っていう態度が罰せられた。わかるかい、お客さん？　人間は傲慢すぎたんだ』。ね？　これが花言葉」と言った。答えた？　しかも本を翳《かざ》しながら。その本。その大判の本は手作りか？　表紙はただの画用紙だな。ボール紙。そこにも野草。いいや雑草か。描いた？　花弁がある。白い。しかも四枚もある。それらの花びらの真ん中の一点だけが黄色だ。色鉛筆だな。画材は。一点の黄色《イエロー》から四枚の花びらがのびる。真上に。真下に。右と左という二つの真横に。そうだ十字だ。そして花弁は白い。白色《ホワイト》だ。白色《ホワイト》の華《はな》。わたしはその本に。手を。のばし。た。い。――

黄金《こがね》色が現われる。なんだこれは？　跳び込んできたのだ。このハイエースの車内に。いま。たったいま。ゴールドであるのは体毛だ。体毛に包まれているのは筋肉だ。おお。ゴールデン・レトリバー？　つまり警《い》察犬《ぬ》が。つまり選抜の犬であるのかもしれないエリートのお前が。お前のその顔に。笑顔は。ない。牙が。わたしを。咬《か》。――

ラジオが。カーラジオが。これはＤＪＸと初代のある種の問答？　いいや口論か。いいやラジオ番組なのだからインタビューか？　ＤＪＸは「はいっ、ではっ」と言ったか？　言ったな。「あなたは

『作家を拉《らっ》する作戦の、邪魔をするな。DJめ』とただいま、おっしゃいましたっ」と言ったな。「この不肖、DJXのDJめに。プロデューサーのキワさんが日常《にっちじょー》呼びかけるところ、『Xちゃん』のXめに。さぁて手品です。このワタシの掌には突如として、おやおや？　ナイフが。こんなものはどこにあったのだ？　こんなものはこのビルの二階の、VIP観覧席の、その部屋の前の、廊下に、落ちておったのだ。おった、おった。落とし主はこんな物騒なものは拾わねばとばかり、まさにそうしかけたのですけれども、ワタシそれを遠慮してもらいまして。そして物騒なものは物騒なラジオDJにーっ、と。ぱくりまして。いま、ここに！　琵琶、ホーシ！　というわけで。おごれる者は久しからず。原文は『おごれる人』だったっけ？　いずれにしましても。さよなら」と言うや。叫《さけ》。――

わたしは本の表紙を見つめている。

警察犬《いぬ》に咬まれて身体をグラッとさせながら。

しかし視線はそらさない。表紙から。

十字にひろがる花弁から。

その十字が傾《かし》いで。X。

古川日出男

ふるかわ・ひでお

1966年、福島県郡山市生まれ。98年『13』でデビュー。『アラビアの夜の種族』(2001)で日本推理作家協会賞および日本SF大賞、『LOVE』(2005)で三島由紀夫賞、『女たち三百人の裏切りの書』(2015)で野間文芸新人賞および読売文学賞を受賞。『平家物語』全巻の現代語訳も手がけ、戯曲『冬眠する熊に添い寝してごらん』ならびに「ローマ帝国の三島由紀夫」は岸田國士戯曲賞の候補となった。他の著作に『聖家族』『馬たちよ、それでも光は無垢で』『ミライミライ』『森　おおきな森』『ゼロエフ』など。アメリカ、フランス、イギリス等、海外での評価も高い。2018年には『ミライミライ』の登場人物・三田村真(DJ産土)により編集されたアンソロジー『とても短い長い歳月 THE PORTABLE FURUKAWA』が刊行された。これは自選集にして古川版『６６６ＦＭ』である。

初出

「曼陀羅華Ｘ　１９９４－２００３」2019年10月号
「曼陀羅華Ｘ　２００４」2020年3月号－12月号
「曼陀羅華Ｘ」2021年1月号－8月号、10月号

※いずれも「新潮」に掲載。

単行本化にあたり、大幅に初出原稿の解体と再構成、改稿をした。
編集する指さきは血にまみれたように感じたが、実際には涙があふれただけだった。(F)

カバー写真
David Wall/Moment/Getty Images

曼陀羅華《まんだらげ》X

著者

古川日出男《ふるかわひでお》

発行

2022年2月25日

発行者

佐藤隆信

発行所

株式会社新潮社

〒162-8711 東京都新宿区矢来町71

電話 編集部 03-3266-5411

読者係 03-3266-5111

https://www.shinchosha.co.jp

装幀

新潮社装幀室

印刷所

錦明印刷株式会社

製本所

加藤製本株式会社

乱丁・落丁本は、ご面倒ですが小社読者係宛お送り下さい。
送料小社負担にてお取替えいたします。価格はカバーに表示してあります。

ISBN978-4-10-306079-6 C0093

グスコーブドリの太陽系
宮沢賢治リサイタル＆リミックス

古川日出男

私はグスコーブドリの伝記が嫌いだ。何かが間違っている。この物語を書き直したい——宮沢賢治と並走してきた著者が、その作品宇宙を探査する「ほんとう」への旅。

ミライミライ

古川日出男

北海道で抗ソ組織を率いたゲリラの物語と、インドとの連邦国家となった日本で生れ世界を魅了したヒップホップグループの物語が交錯する壮大な青春・音楽・歴史小説。

女たち三百人の裏切りの書

古川日出男

死して百有余年、怨霊として甦った紫式部が、本ものの宇治十帖を語り出す。海賊たち、武士たち、孤島の異族たちが集結して結晶する、《古川日出男版》源氏物語。

冬眠する熊に添い寝してごらん

古川日出男

秘められた掟を生きる兄弟と、呪われし出自をまとう女が交わるとき、血の宿命は百年を超えて彼らを撃ち抜く——。蜷川幸雄へ書下ろす、小説家の豊饒なる長篇戯曲！

馬たちよ、それでも光は無垢で

古川日出男

そこへ行け。震災から一月、福島県に生まれた作家は浜通りをめざす。被災、被曝、馬たちよ！目にする現実とかつて描いた東北が共鳴する、祈りと再生の長編小説。

小説の家

編 柴崎友香・岡田利規ナ・コーラ・木村友祐・山崎ナオコーラ・岡田利規ナ・青木淳悟・阿部和重・最果タヒ・長嶋有・福永信・柴崎友香・岡田利規しい・栗原裕一郎・古川日出男・いしいしんじ・耕治人・円城塔・栗原裕一郎・古川日出男・い

この家の窓からは "大切なもの" が見える。小説とアート、詩、漫画、演劇の境界を越え、時空も超えて生まれたスペクタクルな全11篇。前代未聞のアンソロジー！